藏族文学史教程

主　编：李　宜
副主编：梁　斌
　　　　赵　丽
　　　　黄　波

陕西师范大学出版总社　西安

图书代号　JC24N2135

图书在版编目（CIP）数据

藏族文学史教程 / 李宜主编. -- 西安：陕西师范大学出版总社有限公司, 2024. 10. -- ISBN 978-7-5695-4683-5

Ⅰ. I207. 914

中国国家版本馆 CIP 数据核字第 20241SU523 号

藏 族 文 学 史 教 程
ZANGZU WENXUESHI JIAOCHENG

李　宜　主编

策划编辑	冯新宏
责任编辑	胡选宏
责任校对	冯新宏　张　萌
封面设计	李渊博
出版发行	陕西师范大学出版总社
	（西安市长安南路 199 号　邮编 710062）
网　　址	http：//www. snupg. com
印　　刷	西安市建明工贸有限责任公司
开　　本	787 mm×1092 mm　1/16
印　　张	17.75
字　　数	430 千
版　　次	2024 年 10 月第 1 版
印　　次	2024 年 10 月第 1 次印刷
书　　号	ISBN 978-7-5695-4683-5
定　　价	59.00 元

读者购书、书店添货若发现印刷装订问题，请与本社高等教育出版中心联系。
电　话：（029）85307864　85303622（传真）

目　　录

绪论 ………………………………………………………………………… 1

第一编　原始社会和奴隶社会时期的藏族文学
（远古时代—9世纪40年代初）

第一章　社会发展与文学概况 ……………………………………… 7
第一节　社会发展概况 …………………………………………… 7
第二节　文学概况 ………………………………………………… 11

第二章　藏族神话 …………………………………………………… 13
第一节　藏族神话的分类与内容 ………………………………… 13
第二节　藏族神话艺术特征及民族精神 ………………………… 28

第三章　藏族传说 …………………………………………………… 32
第一节　藏族传说分类 …………………………………………… 32
第二节　传说的特点和艺术成就 ………………………………… 44

第四章　故事 ………………………………………………………… 46
第一节　敦煌文献保存的藏文故事 ……………………………… 46
第二节　《尸语故事》 …………………………………………… 48

第五章　史传文学 …………………………………………………… 61
第一节　赞普传略 ………………………………………………… 61
第二节　碑铭散文 ………………………………………………… 70

第六章　《巴协》 …………………………………………………… 75
第一节　版本、作者及年代 ……………………………………… 75
第二节　思想内容 ………………………………………………… 76

— 1 —

第七章　翻译事业的兴盛 ……86
第一节　汉文典籍、故事等的翻译 …… 87
第二节　印度文学《罗摩衍那》的翻译 …… 94

第二编　分裂割据时期的藏族文学
（9世纪40年代—13世纪60年代）

第一章　社会发展与文学概况 …… 99
第一节　社会发展概况 …… 99
第二节　文学概况 …… 101

第二章　《格萨尔王》 …… 103
第一节　分部本《格萨尔王》故事梗概 …… 103
第二节　思想内容 …… 108
第三节　艺术成就 …… 117
第四节　《格萨尔王》说唱艺人及说唱仪式 …… 121
第五节　《格萨尔王》的传播及保护 …… 125

第三章　《米拉日巴道歌》 …… 128
第一节　作者及全书结构 …… 128
第二节　思想内容 …… 129
第三节　艺术成就 …… 139

第四章　《萨迦格言》 …… 144
第一节　作者及思想内容 …… 144
第二节　艺术特征 …… 148

第三编　封建农奴制社会前期的藏族文学
（13世纪60年代—17世纪40年代）

第一章　社会发展与文学概况 …… 153
第一节　社会发展概况 …… 153
第二节　文学概况 …… 155

第二章　历史文学 …… 157
第一节　《西藏王统记》 …… 157
第二节　《贤者喜宴》 …… 167

第三章　传记文学 ... 174
第一节　《米拉日巴传》 ... 174
第二节　《玛尔巴传》 ... 186

第四章　故事 ... 192
第一节　口头流传故事 ... 192
第二节　书面故事 ... 193

第四编　封建农奴制社会后期的藏族文学
（17世纪40年代—中华人民共和国成立）

第一章　社会发展与文学概况 ... 199
第一节　社会发展概况 ... 199
第二节　文学概况 ... 201

第二章　史传文学 ... 203
第一节　《西藏王臣记》 ... 203
第二节　《颇罗鼐传》 ... 210
第三节　《多仁班智达传》 ... 221

第三章　藏戏 ... 231
第一节　藏戏概述 ... 231
第二节　藏戏剧目内容及剧本 ... 234

第四章　作家诗 ... 242
第一节　仓央嘉措诗歌 ... 242
第二节　《国王修身论》 ... 248
第三节　其他作家诗歌 ... 252

第五章　小说 ... 256
第一节　《猴鸟的故事》 ... 256
第二节　《旋努达美》 ... 259

第六章　民间故事 ... 264
第一节　阿古顿巴故事 ... 264
第二节　其他民间故事 ... 269

第七章　藏汉文学交流 ... 273

后记 ... 277

绪　论

一、藏族文学产生的生态环境

1. 自然环境

藏族主要分布于平均海拔在 4000 米以上、素有"世界屋脊"之称的青藏高原之上。现代考古资料证明，青藏高原在一亿六千万年至一亿四千万年前还是古地中海的一部分；在上新世初期上升为陆地并逐渐升高。近几百万年来急剧隆起，形成了其境域内群山连绵、山峰林立的地理风貌。主要山脉有横断山脉、唐古拉山脉、喀喇昆仑山脉、喜马拉雅山脉、巴颜喀拉山脉、冈底斯山脉等。东南部的喜马拉雅山脉平均海拔 6000 米以上，是世界上海拔最高的山脉，举世闻名的珠穆朗玛峰就位于此。西藏境域内不仅群山耸立，而且大江大河纵横交错，主要有金沙江、澜沧江、怒江、雅鲁藏布江、尼洋河等，长江、黄河、湄公河和印度河等亚洲许多著名的大江大河，都发源或流经此地。

藏族居住区域内连绵不断的雪山、奔流咆哮的江河、星罗棋布的湖泊、广阔无垠的草原和高大蔽日的森林，形成了山水相间、纵横交织的复杂地貌。其辽阔的地域、落后的交通是造成藏民族之间文化交流困难的主要因素。久之，在藏族不同的居住地域，形成了独具特色的地方方言、社会习俗和民间艺术，较完整地保留了其独特的民族特征。

2. 人文环境

藏族文学孕育于西藏古老的多元文化土壤之中，它的起源、形成和繁荣都受其独特的人文环境的影响。自古以来，藏族先民就在青藏高原繁衍生息。据考古资料，西藏固有的原始居民群大约在五万年前的旧石器时代晚期就出现在雅鲁藏布江流域。根据乃东、拉萨、林芝等地，特别是昌都卡若遗址发掘的考古资料，至少五千年以前，在藏南雅鲁藏布江流域和藏东三江谷地，已经产生了较发达的远古文化。新石器时代晚期，雅鲁藏布江中游河谷雅砻部落兴起，私有制产生，原始社会渐趋瓦解。

高海拔和错综复杂的地理环境使这里经常出现大风、冰雹、暴雪等极端天气和多种自然灾害。面对如此恶劣的自然条件，藏族先民产生了"万物有灵"的观念。约公元前 5 世纪，与释迦牟尼同一时期，象雄的辛饶米沃创立了苯教。苯教在当时不仅影响到人们的婚姻、出行、安葬等习俗，而且对会盟、交兵、继位、主政等国家大事的决策也有一定的影响。据苯教史书记载，苯教在祭奉自己的保护神本尊和祖先，或举行盟誓仪式时，要用狗、牛、羊、马等实施牲祭，甚至用人来进行血祭。藏族文学中的寄魂树、寄魂湖和祭祀仪式等情节体现出浓郁的苯教色彩。

7世纪，松赞干布建立了统一的吐蕃王朝，他派吞米·桑布扎等人到印度学习梵文。桑布扎在梵文的基础上创制了藏族文字。松赞干布迎娶尼泊尔王室赤尊公主、大唐文成公主入藏后，修建了布达拉宫、大昭寺和小昭寺，并派人翻译了大量佛教经典，推动了佛教在西藏的传播。

8世纪，赞普赤松德赞在位期间，大力扶持佛教，修建了西藏第一座佛、法、僧三宝俱全的佛教寺院——桑耶寺，对佛教在藏地的传播影响深远。10世纪，阿里古格王朝国王邀请印度高僧阿底峡到阿里等地讲经传法。阿底峡和弟子仁钦桑布共同翻译许多佛教经书，开启了藏传佛教的后弘期。这一时期出现的众多教派和高僧活佛及其翻译的大量经书，对佛教在藏地的推广起到了积极作用。

13世纪，萨迦派受到元朝政府的册封和支持，结束了吐蕃王朝之后西藏几百年分割混乱的局面，西藏地方纳入了元政府管辖。

1409年，宗喀巴创立藏传佛教格鲁派（黄教），严格教律、整饬佛教，有后来居上之势。17世纪中叶，清顺治帝册封达赖喇嘛活佛；18世纪初期，康熙帝册封班禅额尔德尼。这两个活佛体系建立后，整个藏族民众居住区域的佛教都在格鲁派统领之下。1642年，格鲁派在蒙古和硕特部首领固始汗的支持下建立了甘丹颇章政权，五世达赖喇嘛阿旺·洛桑嘉措成为西藏地方政府的领导核心，政教合一制度得到加强。1751年，清政府废除郡王制，建立噶厦地方政府，进一步巩固了西藏的政教合一制度。

西藏政教合一制度建立以后，佛教文化成为西藏农奴社会上层建筑制度的核心部分，统治阶级借助政权的力量把佛教作为传播文化的基本方式。经过长期的灌输、熏陶，藏族绝大部分民众都崇信佛教，念经朝佛成为人们精神生活的第一需要，他们对现实事物、历史事件和历史人物的价值判断，都遵守佛教教义和宗教思维的逻辑。藏族文学在其孕育、形成、发展的整个过程中，也深受了佛教思想影响。

总之，青藏高原海拔高、温差大、地域辽阔、山河纵横、交通不便，与外界几乎隔绝的自然环境是藏族文学保留其独特个性的外在因素；而在西藏独特的政教合一制度影响下，藏族民众表现出思想佛教化以及生活佛教化的人文特征，这是藏族文学宗教化色彩浓厚的内在因素之一。

二、藏族文学的分期

本书所述藏族文学，包括藏族地区远古时期至中华人民共和国成立前的文学，具体可分为以下四个阶段。

第一阶段：原始社会和奴隶社会时期的藏族文学（远古时代—9世纪40年代初）。几万年前，青藏高原便有藏族先民居住。公元7世纪，松赞干布统一青藏高原建立吐蕃王朝，藏族从原始社会进入奴隶制社会。公元842年朗达玛被杀，吐蕃王朝覆灭。此阶段文学主要以原始神话、藏族传说、敦煌藏文文献、《巴协》等为主。

第二阶段：分裂割据时期的藏族文学（9世纪40年代—13世纪60年代），共四百多年。吐蕃王朝瓦解后，藏族奴隶制社会解体，逐渐向封建农奴制社会过渡。藏族文学有反映吐蕃王朝历史文化的《玛尼全集》《五部遗教》等"伏藏"内容披露；还有弘扬佛法的《米拉日巴道歌》、歌颂英雄人物的《格萨尔王传》以及宣传从政、治学、待人接物的《萨迦格言》的出现；同时也有大量佛经被翻译成藏文。

第三阶段：封建农奴制社会前期的藏族文学（13世纪60年代—17世纪40年代），约四百年。元、明两个封建政权扶持西藏地方政权萨迦、帕竹、噶玛巴等教派管理西藏，封建农奴制度逐步建立并强化。这一时期，印度文论《诗镜》被翻译成藏文，"年阿体"诗歌形成，历史文学《西藏王统记》《贤者喜宴》以及传记文学《米拉日巴传》等竞相开放。

第四阶段：封建农奴制社会后期的藏族文学（17世纪40年代—中华人民共和国成立），约三百年。这一历史阶段包括清政府治理西藏和中华民国管理西藏两个时期。这一时期的文学主要有史传文学《西藏王臣记》《颇罗鼐传》、藏戏、仓央嘉措诗歌、小说《猴鸟的故事》《旋努达美》以及民间故事《阿古顿巴》等。

总而言之，从以上藏族古典文学的四个发展阶段来看，吐蕃时期是古典文学的酝酿、萌发阶段；分裂割据时期是古典文学正式兴起、形成阶段；从元朝起西藏纳入元政府管辖到1949年中华人民共和国成立，是藏族古典文学的兴盛发展阶段。

藏族古典文学是藏民族优秀传统文化的代表，题材多样，内容丰富。在本书编写过程中，编者努力遵循辩证唯物主义和历史唯物主义原则，在每编的第一章，简要介绍相应历史时期藏族社会与文学发展概况，以藏族古典文学代表作品和作家为重点，力求对作品及作家做出较为客观、恰当的评价。同时，运用马克思主义文化观对藏族文学史中出现的佛教思想（主要是藏传佛教）进行客观评述，运用批判性思维正确评价宗教对藏族文学发展的积极影响和消极作用。书中涉及藏族人物、地理名称等，存在在不同文献中汉文翻译或书写不一致的情况，本书原则上参考权威中文文献的名称或书写形式。例如在不同文献中，对藏族著名历史人物禄东赞有噶尔·东赞、噶尔·东赞域松、禄东赞等多种汉文翻译，本书采用权威中文翻译文献中常用的禄东赞这一名称。不同文献中对同一个历史人物有拉托托日年赞、拉脱脱日年赞等两种书写形式，对同一个地名有雅砻、雅隆等两种不同的书写形式，本书依据权威中文翻译文献分别采用第一种书写形式。当然，以权威文献为据只是一般性原则，书中不同篇章，如介绍《西藏王统记》《贤者喜宴》《西藏王臣记》等作品，均涉及对松赞干布迎娶文成公主这一历史事件的记述，又存在不一致的情况。此类情况则以该文献为准，不做统一。

第一编
原始社会和奴隶社会时期的藏族文学
（远古时代—9世纪40年代初）

第一章 社会发展与文学概况

藏族是我国具有悠久历史和灿烂文化的民族之一。在长期的发展过程中，各民族人民共同缔造了伟大祖国。藏族主要分布在我国西藏自治区，青海省的海北、黄南、海南、果洛、玉树等五个藏族自治州和海西蒙古族藏族自治州，四川省的阿坝藏族羌族自治州、甘孜藏族自治州和木里藏族自治县，甘肃省的甘南藏族自治州和天祝藏族自治县，云南省的迪庆藏族自治州，也是藏族聚居区。据考古发现，青藏高原很早就有人类居住，本章对藏族原始社会和奴隶社会的发展情况及文学概况进行简要介绍。

第一节 社会发展概况

远古时代到 9 世纪中叶，藏族从原始社会发展到奴隶社会，下面简单梳理其发展轨迹。

一、原始社会

根据考古发掘和汉藏文史籍记载，在新石器时代和铜石并用时代，青藏高原便有人类生存。

据西藏林芝、昌都、阿里和山南等地考古发掘及史籍记载，在几万年前，藏族先民就居住在青藏高原。旧石器时代是人类历史上人种形成及氏族部落萌芽的重要时期。目前为止，西藏地区发现的旧石器文化遗址有八处，分布在定日、申扎、双湖、日土、普兰、吉隆等县境内，相对集中于西藏的北部和西部。上述发现，以定日县的苏热和申扎县的珠洛勒两处较具代表性。在苏热共采集石片、石器四十件，其年代初步推定为旧石器时代中期和晚期，距今大约五万年。从中反映出制造和使用这种石器的藏族先民有比较丰富的劳动经验和较为熟练的劳动技能，主要从事狩猎和采撷。珠洛勒共采集石片、石器十四件，与苏热石器属同一类型，但年代稍晚，且表现出明显的进步性。西藏地区旧石器在器型和工艺等方面明显具有我国华北旧石器常见的特征，即石片石器占绝大多数，均用锤击法打片，多由破裂面向背面加工，并保留砾石面，以砍器、边刮器、尖状器三种器型最为普遍。西藏发现的旧石器几乎全是此类石片石器，如在藏北申扎县珠洛勒等地发现的旧石器，安志敏先生认为其主要器形"均与宁夏水洞沟遗址出土的遗物相近似或基本一致，同时相似的器形也见于河北阳原虎头梁和山西沁水下川遗址，另外，类似的椭圆形长刮器还见于云南宜良板桥遗址"①。张森水先生对定日县苏热旧石器的分析认为，"如将定日的标本与云南宜良的旧石器和宁夏水洞沟的旧石器以及与巴基斯坦的索安文化晚期的旧石器加以比较，存在着一定程度的相似性"②。发现于吉隆县哈东淌等地的旧石器在工具类型和以砾石为加工原料等方面"都显示出与中国西南地区旧石器文化的相似性"③。上述研究结果表明，亚洲旧石器文化与西藏旧石器文化可能发生过交流。从地理分布上看，西藏的旧石器文化主要分布在高原西部、北部及南部地区，而高原北邻的新疆和南邻的印度恒河平原地区均未发现与西藏旧石器文化相似的同期文化遗存，因此可以推断，西藏旧石器文化与我国华北地区、西南地区旧石器文化发生交流的主要通道应是高原西部的外流河流域、东部的三江河谷以及东北部黄河、长江源头的高原地区。这三个地区都具有海拔高差相对较小、水源丰富、河谷畅通等易于人类迁徙和文化传播的地理条件，因此在生产力水平和通行能力相对低下的旧石器时代，可能成为西藏高原与相邻地区进行文化交流的主要通道。

至晚在旧石器时代晚期，上述三个地区就已成为西藏与相邻地区之间进行文化交流的主要通道，并且在其后的新石器时代经由这三条主要通道的文化交流，也一直比较频繁且规模亦有所扩大。代表藏东的新石器文化类型，正好分布在南北方向交往通行方便的三江深峡河谷地区，在其北部与之时代大体相当的是甘青地区的马家窑文化和齐家文化。卡若文化中典型的细石器如盘状敲砸器、有肩石斧、长条形石锛（斧），陶器中的器形及纹饰等，圆形或方形的半地穴式居址，以及粟类农作物等因素，均可在马家窑、齐家文化中找到同类遗存。

卡若区的卡若遗址位于西藏昌都市东南约 12 公里处。1977 年，当地水泥厂在施工中发现了大量的石斧、石锛和陶罐等原始文物和工具。1979 年，西藏自治区文管会和中国社会科学院考古研究所、四川大学历史系考古专业、云南省博物馆联合组成卡若遗址考古队进行正式发掘。发掘面积 1800 平方米，发现房屋遗迹三十一处，出土石器、骨器和陶片等共计上万件的文物，以及大量的动物骨骼和粟米。卡若遗址经放射性碳素鉴定，年代在距今四五千年以前，属于新石器时代的母系氏族社会。

卡若遗址所代表的原始文化具有浓厚的地方色彩。首先在生产工具方面，遗址呈现新石器时代的全部特征，但仍然是打制石器、细石器、磨制石器并存，其中以打制石器占大多数。其次在陶器方面，陶质均为手制的夹砂陶，纹饰以刻画纹、锥刺纹和附加堆纹为主，器形是以罐、盆、碗为主的小平底器。再次，在建筑方面，大量采用石块作为原料，

---

① 安志敏、尹泽生、李炳元：《藏北申扎、双湖的旧石器和细石器》，《考古》1979 年第 6 期。
② 张森水：《西藏定日新发现的旧石器》，载中国科学院西藏科学考察队编《珠穆朗玛峰地区科学考察报告（1966—1968）·第四纪地质》，科学出版社，1976 年，第 109 页。
③ 索朗旺堆：《西藏考古新发现综述》，载四川大学博物馆、西藏自治区文物管理委员会编《南方民族考古》1991 年第 4 辑《西藏文物考古专辑》，四川科学技术出版社，1992 年，第 10 页。

如石墙房屋、石砌道路、石围圈等。以上特征表明，卡若文化是青藏高原上新石器时代具有代表性的文化。过去在定日县苏热、申扎县卢令、日土县扎布、普兰县霍尔等地发现的旧石器，在那曲、申扎、双湖、班戈、聂拉木、日土等地发现的细石器，在林芝、墨脱以及拉萨、札达、乃东、小恩达等地发现的新石器时代的文化，都与昌都卡若文化有相似之处。可见藏族在原始社会时期已经创造了灿烂的文明。

曲贡文化遗址属于新石器时代晚期，它位于拉萨北郊5公里的河谷边缘地带，海拔3690米。1984年10月，西藏考古学家在拉萨北郊娘热山沟曲贡村考古发掘出双肩石铲、双耳铁锅等文物，把拉萨的文明史推到四千年之前。曲贡文化遗址是迄今为止在西藏发现面积较大、文化层堆积较厚、多种文化并存的遗址之一，被誉为拉萨的"半坡"。

另据众多藏汉文史料记载：西藏山南雅砻河谷一带，很早就有原始居民群活动。他们生活在河谷丛林之中，狩猎飞鸟走兽，采集野生植物为食；披兽皮、缀树叶为衣；穴居野处，与群兽为邻，过着原始的生活。

藏族神话记载：藏族祖先由猕猴演变而来，后分成色、牟、董、东四个支系。也有说还有查和楚两个支系，共六个支系。部分史书中记载，藏族的原始社会经历了十个不同的发展时代，即：(1) 黑夜叉统治时代，有了弓、箭等；(2) 魔王统治时代，有了斧、钺；(3) 罗刹统治时代，有了枪矛；(4) 天神统治时代，有了合金刀；(5) 牟桔柯杰统治时代，有了绳套；(6) 卓卓鬼统治时代，有了"乌朵"（放牧用的抛石索带）；(7) 玛桑九族统治时代，有了牛角匕首和铠甲、盾；(8) 龙统治时代；(9) 鬼王统治时代；(10) 贡布温古统治时期。在如此漫长的发展过程中，他们逐步发明创造了弓、斧、钺、刀、矛、甲、盾等工具和武器。后又形成四十小邦、十二大邦等若干氏族和部落，其中的雅砻部落发展很快。他们的首领聂赤赞普（大约公元前300多年，时值战国中期，周显王在位）被推举为六牦牛部（也有记为六河谷部的）领袖，是后世吐蕃王室的始祖。他修建了西藏第一座宫室——雍布拉康。从聂赤赞普下传九代是布德贡杰赞普时期，这时人们开始垦荒种地，修渠灌田，以牛拉木犁耕地，烧木为炭，开采银、铜等矿石加以冶炼，制造工具，熬皮制胶，并在河上架桥，在钦域（今山南琼结县）修建了钦瓦达孜宫。其农业、牧业有了明显的分工并取得很大的进步。由于农业、牧业、冶炼技术、手工业和建筑技术的长足进步，社会经济也迅速繁荣起来，雅砻部落更加强盛，逐步向奴隶制社会过渡。

二、奴隶社会

除雅砻部落之外，还有苏毗、羊同（分大、小羊同）、党项、白兰、附国、突厥、吐谷浑等部族也居住在青藏高原上。这些部族有的已经进入奴隶制社会，建立起强大的政权。6、7世纪，雅砻部落的达布聂赛、纳日伦赞和松赞干布祖孙三代励精图治，先后征服苏毗、大小羊同等部族及吐谷浑、突厥等部分地区，逐步建立了强大的奴隶制社会吐蕃王朝。

达布聂赛时期，雅砻部落的社会经济取得重大发展。据藏族史籍记载，当时出现了犏牛、骡子等杂交牲畜和储存牧草的生产措施，标志着牧业的重大发展和牧业定居的趋向。

同时，造升斗、定量具、议价格，出现了活跃的贸易交流。

纳日伦赞时期，改进冶炼技术，改良牲畜品种，放牧定居，将野牦牛、野马、野狗驯化为家畜牦牛、马和狗，提高了社会生产力和人民生活水平。纳日伦赞还设置内相和外相等官职，增强其统治，为雅砻部落的强盛和吐蕃的统一奠定了坚实的基础。

松赞干布不但是藏族发展史上，而且也是我国古代历史上一位重要的政治人物。他雄才大略，深谋远虑。幼年即赞普位，平定内部动乱，建立并加强了吐蕃统一政权。他对内设官定制，进行军事行政区域的规划，制定法律，采用历法，统一度量衡，建都拉萨（古称逻娑，亦作逻些），加强了对吐蕃全境的管理和统治；对外加强与其他各先进民族的交往和国外友邦的联系，吸取他们在政治、经济、文化等方面的优点以推动吐蕃社会前进。由于当时奴隶制社会正处于上升阶段，生产关系适应于社会生产力的发展要求，当时在高地掘池蓄水，低处引水入河，修建防旱、排涝设施等，所以，雅鲁藏布江两岸牛羊遍野、农田相连，呈现一派繁荣兴旺的景象。

据藏文史书记载，松赞干布还派吞米·桑布扎等人到印度学习。回国后，参照梵文字母，依据藏语特点创制了藏文字母，并编著了文法书，推动了藏族文化的发展。

8世纪中叶的赞普赤松德赞也是一位明主。他幼年即位，平定叛乱；统计各地赋税，写定清册，加重对平民的税收；调整官职制度，撤换领兵将领，对所属各部族派设专职官吏常驻督理；增订法律，严明赏罚，旌表武功；对外扩疆拓土，使吐蕃王朝步入最强盛的时期。

但是，由于穷兵黩武、长年征战和大兴土木修建寺庙等，财力物力耗损巨大，百姓苦不堪言，社会秩序动荡不安。8世纪末，广大奴隶和平民无法忍受残酷的压榨，相继举行了大规模的起义。同时，统治阶级内部争权夺利的斗争也日趋尖锐。842年，朗达玛赞普被杀，吐蕃王朝覆灭。

整个吐蕃王朝时期，藏族与汉族建立了亲密友好的关系。松赞干布与文成公主以及赤德祖赞与金城公主的联姻，使藏汉两大民族成为甥舅关系，"和同为一家"。松赞干布和历代赞普都曾选派吐蕃贵族子弟到长安入国学。他们习诗书，成为精通汉语的人才。有的还善作汉诗，被收录在《全唐诗》中。松赞干布曾被唐高宗封为西海郡王并授驸马都尉之称，后又加封为宾王（或作宝王）。据藏汉史书记载，文成公主入藏时，除带去凿磨、造碾、酿酒、制纸、制墨等技工外，还带有大批医药及其他方面的典籍。金城公主入藏时，带去了杂伎诸工、龟兹乐和多种工艺书籍，后来又派使臣向唐朝请《毛诗》《礼记》《左传》和《文选》等典籍，唐中宗皆令秘书省照办。

唐朝与吐蕃之间使臣往来不绝。据学者统计，从松赞干布执政到朗达玛被杀的二百余年间，唐蕃使者相互往来共二百九十多次。其中，吐蕃使者赴唐一百九十多次，唐朝使者前往吐蕃一百多次。[①] 有时一次派遣的使团人数竟达百余人之多。有的使臣还长期居留对

---

① 杨永红：《使者往来与唐蕃军事》，《西藏大学学报》（社会科学版）2009年第2期。

方地域数十年之久，有的则在该地安家立业，传宗接代。遣使的内容包括通好、联姻、结盟、朝贺、报捷、取经、请僧、赠礼、致敬、吊祭、报丧、求匠、赐封等，进一步加深了两族民众之间的密切交往。汉族先进的生产技术以及天文、历算、医药、文史典籍等陆续传入吐蕃，对吐蕃的政治、经济和文化的发展起到了积极的促进作用。这时期藏汉民族的密切交往和友好关系还反映在一些文人的诗歌之中。如吕温于唐德宗贞元二十年（804年）出使吐蕃期间有《吐蕃别馆和周十一郎中杨七录事望白水山作》一诗云："纯精结奇状，皎皎天一涯。玉嶂拥清气，莲峰开白花。半岩晦云雪，高顶澄烟霞。朝昏对宾馆，隐映如仙家。夙闻蕴孤尚，终欲穷幽遐。暂因行役暇，偶得志所嘉。明时无外户，胜境即中华。况今舅甥国，谁道隔流沙。"前八句写青藏高原美丽的冰山雪峰，后八句写唐蕃甥舅关系的传统友谊。唐诗中还有描写观看马球比赛和时装的作品，反映出吐蕃文化、习俗等对汉族的重大影响。

藏族最初信奉苯教。苯教是一种比较原始的宗教，崇尚万物有灵之说。据传他们的始祖是辛饶米沃，生于象雄的魏摩隆仁。大约在聂赤赞普时，苯教已传入藏族地区。苯教徒为人们禳灾祈福、念咒治病等，少数上层苯教徒还参与当时统治阶层的政治活动，有很大的影响力。所以，藏族历史著述中有"以苯治国"的记载。

松赞干布时期，从唐朝和尼泊尔、印度等地传入了佛教，翻译了一些佛经。当时的译师，除藏族僧人外，还有汉族僧人以及尼泊尔、印度的僧人。赤德祖赞和赤松德赞曾派使团到唐都长安求取佛法，带回不少佛教经典。赤松德赞从印度邀请大师到吐蕃宣讲佛法，修建桑耶寺，并让贵族子弟出家，成为藏族史上第一次出现的僧侣团体。同时让这些出家人学习佛经与汉文、梵文，培养了不少翻译人才，翻译了部分佛教经典。到了赤热巴巾时，更是大力组织人力进行翻译工作，三藏经典基本完成。同时将翻译中的名词术语以及一些藏文书写法加以规范化，消除了翻译上的混乱和学习上的困难。

佛教在传入吐蕃社会的过程中，曾经受到部分奴隶主贵族的顽固抵制，特别是苯教教徒的激烈反对。但是，由于历代赞普的大力提倡和崇奉，在经过多次激烈的较量后，佛教终于在吐蕃社会站住脚跟，得到较大的发展。但仍局限于王室和部分奴隶主贵族之中，并未深入民众当中。9世纪中期，朗达玛即赞普位，执行破坏佛教的政治措施，佛教受到了致命的打击。佛教传入吐蕃后，宣扬了出世、宿命论等唯心主义思想。但是，在被统称为佛教经典的三藏著述之中，也有天文历算、语言学、医药学、工艺美术等方面的论著。这些著作的传入和散播，对藏族的政治、经济，特别是文化的发展产生了积极的影响。

第二节　文学概况

这一时期的藏族文学可以分为两个阶段：一是吐蕃以前原始社会时期的文学；另一阶段是吐蕃建立后，奴隶社会时期的文学。

原始社会的历史是漫长的。当时青藏高原的居民尚处在人类发展的童年时代。据藏族史书记载，到了原始社会的后期，歌舞、神话、故事等文学品类已经发展起来。如《柱下遗教》记载，当时有《顶生王的故事》《鸟的故事》《猴子的故事》等很多故事流传。又如《贤者喜宴》中记载，在佛教经典传来之前，有诸多故事流传，如《尸语故事》《玛桑故事》《家雀故事》等。① 再如《拉达克王统世系》中记载，在德晓勒（赞普）时期，"鲁""卓"盛行。"鲁"是一种徒歌，"卓"则是配歌的舞蹈。有些书中还记录了一些当时流行的谜语，极为形象生动。当时的统治者用这些故事、谜语等"启发民智，治理国政"，由此可见在民间文学方面，其重要的文学样式已经基本齐备且相当发达，同时也受到社会的极大重视。

目前所见极不完全的原始社会时期的文学，主要是以诗歌与散文形式流传。民间的神话和歌谣反映了藏族原始先民的思想感情和探索精神，富有浪漫主义色彩。

吐蕃时期，由于政治、经济、文化等方面的飞速发展，文学也随之繁荣起来。以松赞干布为代表的历代吐蕃赞普采取与周围各民族或邦国交流学习的措施，翻译了大量的汉族典籍和众多的佛经书籍。从文学的角度看，不少汉族文史作品及印度佛教文学作品传入吐蕃社会，对藏族文史著作的产生起到催化作用，深刻影响了藏族文学的发展。

神话、传说、诗歌、谚语等民间口头文学被人们用文字记录下来，传记、编年史、碑铭等书面创作也运用了较多口头文学的形式和手法。编年史、传略等的编写体例明显受到汉族古代史书的影响。这些口头文学及书面文学作品朴素自然，简洁明畅，多采用散文与歌谣间杂的文体，内容几乎未受到佛教影响。

整个远古时代和吐蕃时期的神话、传说、诗歌、传略、碑铭和编年史等，为藏族文学的发展奠定了坚实的基础，其创作思想、创作方法以及创作题材等，深刻影响着后世藏族文学的发展。

---

① 中国戏曲志编辑委员会：《中国戏曲志·西藏卷》，文化艺术出版社，1993年，第4—5页。

第二章 藏族神话

神话是原始先民以幻想的形式来解释世界的起源、反映自然界和社会生活的一种口头文学。一般叙述人类演化初期所发生的事件或故事，是通过人们的幻想用一种不自觉的艺术方式加工过的自然和社会形式本身。承传者对这些事件、故事信以为真。

第一节 藏族神话的分类与内容

藏族神话产生于藏族的原始社会，它以故事的形式表现了藏族先民对自然、社会现象的认识和愿望。

一、藏族神话的产生

藏族神话大约产生于原始氏族部落时期。当时的藏族先民还处在人类发展的童年时代。原始社会的生产工具十分简陋，生产力水平低下。人们对自然界中天、地、山、川的形成，风、雨、雷、电的产生，鸟、兽、虫、鱼的出现，春、夏、秋、冬的变化，水、火、旱、涝的灾害以及人类的生、老、病、死等，都感到神秘惊奇、迷惑不解，甚至恐惧不安。这些现象都与藏族先民的生产、生活以至生命安全等有着密切的关系并产生巨大的影响。因此，他们渴望了解和认识这些现象，更进一步加以控制和利用，以达到减轻劳动、增加收获、改善生活的目的。但是，在当时的情况下，他们又缺乏对这些现象做出科学解释和判断的能力，不能得出正确的结论和答案。他们只能以人类自身和人类社会为依据，推想种种客观事物都和人一样，是有生命、有意识的，认为它们的生产、发展、变化、消亡等，都受着一种异己的、超自然的力量——神的控制和支配。这种认识和解释，充满藏族原始人类的天真幻想，于是就产生了神话。

二、藏族神话的分类

根据内容的不同，藏族神话可以分为三类：一是自然神话，二是创世神话，三是发明创造神话。

1. 自然神话

自然神话多以山川风雷、鸟兽草木为描述对象，是人类尚处在童年时期对世界形成过程的猜测和认知。这种认识虽然是幼稚的、不科学的,但却反映了人类对大自然的探索精神,难能可贵。

藏族的原始先民用一组古老的问答歌——《斯巴形成歌》①,对天地山川、自然万物的最初形成做出了解答:

  问:最初斯巴形成时,
    天地混合在一起,
    请问谁把天地分?
    最初斯巴形成时,
    阴阳混合在一起,
    请问谁把阴阳分?
  答兼问:最初斯巴形成时,
    天地混合在一起,
    分开天地是大鹏,
    大鹏头上有什么?
    最初天地形成时,
    阴阳混合在一起,
    分开阴阳是太阳,
    太阳顶上有什么?

歌中的藏语"斯巴"一词,是"宇宙""世界"的意思。在藏族的传统观念中,大鹏鸟被认为是神圣崇高的百鸟之王,是降服龙魔的神鸟。在另外一组答歌中说:"大鹏把天撑高空","巨龟分开阴阳界"。关于大鹏开天辟地的神话,在藏族中流传很广,但详细情节则有待发掘。

在藏族原始宗教——苯教的古老传说中,最初天地本相合,后来才天升地降,两相分开,中间产生了人类。这与问答歌里所讲"天地混合在一起"是一致的。

从问答歌的格律看,是整齐的七音节歌句,似乎是较后期的产物。可能也是后来的人们根据原始神话编唱的。

类似的神话在汉族中也有流传和记载。三国时,徐整所著《三五历记》中记载:太极之初,天地本来混沌相合。后来天地开辟,天日高一丈,地日厚一丈。因此,天就极高,地就极低,形成天地。

关于天地等形成情况,在藏族的《当初"什巴"形成时》②问答歌中也有表达:

---

① 吴伟、耿予方:《西藏文学》,五洲传播出版社,2002年,第8页。
② 中央民族学院少数民族语言文学系藏语文教研室藏族文学小组编:《藏族民歌选》,上海文艺出版社,1981年,第234—237页。

一

问：当初"什巴"① 形成的时候，
连火石大的石头都没有的地方，
游牧民的架锅石从何来？

当初"什巴"形成的时候，
连鞭把儿都没有的地方，
游牧民的燃料从何来？

当初"什巴"形成的时候，
连一滴水都没有的地方，
游牧民的饮水从何来？

答：当初"什巴"形成的时候，
在连火石大的石头也没有的地方，
挖出草皮当架锅石。

当初"什巴"形成的时候，
在连一根鞭把儿也没有的地方，
割了"边玛"② 当燃料。

当初"什巴"形成的时候，
在连一滴水也没有的地方，
拿了白雪当饮水。

二

问：当初"什巴"形成的时候，
天地融合在一起，
请问分开天地的是谁？

当初"什巴"形成的时候，

---

① 什巴：世界、宇宙之意。
② 边玛：一种灌木，能当柴烧。

阴阳融合在一起，
请问分开阴阳的是谁？

当初"什巴"形成的时候，
汉藏融合在一起，
请问分开汉藏的是谁？

答并问：当初"什巴"形成的时候，
天地融合在一起，
分开天地的是大鹏鸟。
大鹏鸟的头上有什么？

当初"什巴"形成的时候，
阴阳融合在一起，
分开阴阳的是太阳。
太阳头上有什么？

当初"什巴"形成的时候，
汉藏融合在一起，
分开汉藏的是皇帝。
皇帝头上有什么？

答：当初"什巴"形成的时候，
天地混合在一起，
分开天地的是大鹏鸟。
大鹏鸟头上有角，
鹏角上面什么也没有。

当初"什巴"形成的时候，
阴阳混合在一起，
分开阴阳的是太阳。
太阳头上有天空，
天空上面什么也没有。

当初"什巴"形成的时候，

汉藏混合在一起，
　　分开汉藏的是皇帝。
　　皇帝头上有珊瑚顶，
　　珊瑚顶上面什么也没有。

关于高山、森林和平原的形成，在另外一篇《斯巴问答歌》①中是这样说的：

　　问：斯巴宰杀小牛时，
　　　　砍下牛头放哪里？
　　　　我不知道问歌手；
　　　　斯巴宰杀小牛时，
　　　　割下牛尾放哪里？
　　　　我不知道问歌手；
　　　　斯巴宰杀小牛时，
　　　　剥下牛皮放哪里？
　　　　我不知道问歌手。

　　答：斯巴宰杀小牛时，
　　　　砍下牛头放高处，
　　　　所以山峰高高耸；
　　　　斯巴宰杀小牛时，
　　　　割下牛尾栽山阴，
　　　　所以森林浓郁郁；
　　　　斯巴宰杀小牛时，
　　　　剥下牛皮铺平处，
　　　　所以大地平坦坦。

另外一组异文的答歌是："答你歌手第一句，世故老汉宰牛时，牛头立在山岗上，长出雪山十万座。答你歌手第二句，世故老汉宰牛时，牛皮铺在草地上，显出平滩六万片。答你歌手第三句，世故老汉宰牛时，牛血倒在泉水中，涌来江河一千条。"还有一首异文的答歌中说："割下牛尾放路上，所以道路弯曲曲。"

歌中的"斯巴"，已经不是"世界""宇宙"的意思，而是一个牧民或神的形象。有的意译为"世故老汉"。问答歌以牛身上的不同部位来解释大地、山峰、森林等大自然的形成，以牛头对山岳，牛尾对森林，牛皮对大地，联想奇妙而合乎情理。全歌充满了牧民的生活气息，反映出人类发展到畜牧业时代的思想认识。这些问答歌普遍流传于甘肃、青海等地以畜牧业为主的藏族地区，有着深厚的现实基础。

---

① 转引自谢选骏：《中国神话》，浙江教育出版社，1995年，第19—20页。

而流传于四川凉山彝族自治州木里藏族自治县的神话却说:"一只脸面像人的大鸟,名叫马世杰,它把左边的翅膀一摇,成了天空,它把右边的翅膀一摇,成了大地;它的右眼叫作月亮,左眼移为太阳;它的骨骼成了地上的石头,筋络化作了山脉,血液变成了江河;它身上的肌肉成了地上的泥巴,毛发成了大地上的森林、禾苗和花草。"

如果说,在前面的神话中,开天辟地的是动物大鹏和巨龟的话,那么,后面组歌中开天辟地的则是劳动的人,或者说是劳动的神。它鲜明地反映出藏族原始人类对自身力量的觉醒,开始从动物图腾崇拜走向对人神的敬仰。

大海变陆地的神话在《柱下遗教》《贤者喜宴》等历史典籍中都有记载。不过最为生动的,要数云南迪庆藏族自治州流传的神话《大海变陆地》。神话讲:在很久以前,大地原是一片海洋,后来天天刮风,尘土被吹到海面,越积越多,久而久之形成了现在的大地。当时太阳和月亮从海里升出来,两姐妹商量着分工轮流升起照亮世界,不让海水老往上涨。月亮让太阳先出来,太阳说:"白天出来我害羞。""那么你就晚上出来吧!"月亮谦让姐姐说。太阳又说:"夜里出来我害怕。"月亮问:"那怎么办呢?"她想了一想,对姐姐说:"你还是白天出来吧!不必害羞,我给你一根针,谁要看你,你就用针扎他!"所以直到现在,人们要是在烈日下瞧她,总是那么扎眼。月亮晚上出来,心里也有些害怕,因此便带着一只兔子做伴。

藏族史书如《柱下遗教》《西藏王统记》和《贤者喜宴》中记载说:西藏地区原来是一片大海。后来,所有的水都流入"贡曲曲拉"山洞,陆地才显现出来。

另在西藏那曲地区流传着一则神话:世界开始时是一片大海。后来,天空升起七个太阳。由于太阳的猛烈暴晒,山岩都崩裂了。崩裂的碎石与海水混合,经过风吹雨淋又结成了石头,石头上积了土,慢慢长出了草和花。后来又生长了五谷。这则天空升起七个太阳的神话,与汉族及西南地区的某些神话相似;天石裂缝要塌下来,一位能人使海水变成云雾,升空托住天石的神话,则与女娲补天的神话相似。这类神话,一方面形象地反映出远古时期大自然给人类造成的危害;一方面也表现出人类为了生存,去征服大自然的大无畏斗争精神,给人以鼓舞和力量。

近代科学考证,在远古时期,青藏高原一带原本是一片汪洋大海。藏族神话中关于世界本来是海洋的说法,很可能就是这一自然现象遥远的、曲折的艺术反映。

此外,在藏族神话中,以山神神话最为丰富。藏族居住的青藏高原,山高水险,地势高寒,人们常在山崩、地震、泥石流、冰雪、风暴的威胁下生存,生活条件较之其他民族更为艰苦,因此对山神的崇拜特别普遍。在西藏,雅拉香波雪山、念青唐古拉山、纳木那尼峰、珠穆朗玛峰等都有神话流传;青海的阿尼玛卿山、年保玉则山,甘肃的阿米年青山以及四川的斯古拉山、木尔多山、格聂山等,也都流传着山神神话。而且山神神话往往与江河湖泊的神话交织在一起,山神大多为男性,江河湖泊的神灵多为女性。他们之间,有的是兄妹,更多的是夫妻或情人。这些神话不仅反映了青藏高原的山多为雪山,融化的雪水即在山脚汇集成江河湖泊的自然特点,而且还演绎了人类社会的发展历程。

喜马拉雅山以珠穆朗玛峰为首的五座山峰，在藏族神话中被称为"长寿五仙女"。最初，喜马拉雅山区，低处是汪洋大海；岸上是无边森林，林中奇花异草，斑鹿、羚羊、犀牛成群，杜鹃、画眉、百灵欢唱；高处崇山叠翠，云雾缭绕，呈现出一幅美丽、安详的图景。可是，后来海面出现了一头巨大的五首毒龙，搅起万丈海浪，捣毁树木花草，侵扰飞禽走兽，使它们无处奔逃。正在危难时刻，天上飘来五朵彩云，彩云变成五位仙女，降服了毒龙，救助了飞禽走兽。经飞禽走兽的再三恳求，五位仙女答应永远留下来，护卫它们，从此便成为喜马拉雅区域的地方神。① 大姐扎西次仁玛，长得年轻漂亮，全身素装，一脸温和的笑容，骑一头白色狮子，左手持一支占卜神箭，披着孔雀毛制成的披风，头戴华冠，主管人间的福禄寿辰，奉献给人类的是聪明和智慧。二姐婷吉希桑玛，身着绿装，手持魔镜和一根系有彩带的木棍，骑一匹野马，主管星算，奉献给人类的是预知未来的智慧。三姐米玉洛桑玛，身着黄色衣服，右手持装满粮食的盘子，骑一头金黄色老虎，主管农田，奉献给人类的是食物丰富的福禄。四妹决班震桑玛，一身红装，手持一个装满宝物的盘子，骑一头红色雌鹿，主管宝库，奉献给人类的是宝物增多的智慧。小妹名叫达嘎卓桑玛，全身碧绿，容貌秀丽，身穿轻柔天衣，手持占卜神箭，骑一条遨游天空的玉龙，主管畜牧，奉献给人类的是牲畜繁荣的智慧。她们姐妹五人，战风傲雪，常年在世界屋脊上，俯视人间众生，关心黎民疾苦，万年不辞辛劳，博得了人们的敬爱与景仰。这则神话比起其他神话较为古老，是母权氏族社会的反映。当时"妇女不仅居于自由的地位，而且居于受到高度尊敬的地位"②。在生产上，处于采集经济时期，采摘野果、分配果实、养老育幼等方面，妇女均比男子擅长；在氏族上，当时处于群婚制阶段，子女只知其母，不识其父，因此，在氏族中，母系血缘是唯一的；在智力上，妇女遥遥领先，处于被神化的优越地位。原始时代的生产劳动、分配管理等社会实践，培育和锻炼了妇女的聪明才智和领导才能。正如拉法格所说："妇女对于不会操心和没有预见的野蛮人是神明；她，聪明而有预见的人，支配他的命运从摇篮到坟墓。男人是在智力的收获和自己日常生活事件的基础上形成自己的意识形态，所以一开始必然将妇女神化。"③ 但是，随着生产力水平的提高，经济的发展，男子在谋取生产资料方面起了决定作用。他们在狩猎、捕鱼、农耕、放牧、运输，乃至掠夺性的战争等方面，都超过妇女，担当了重任，在家庭、氏族和整个社会中，逐渐占据了支配地位，形成父系氏族社会。山神神话，源于藏族的山神崇拜，把大自然人格化，赞颂高原的自然景色，表达了人们美好的愿望，最富雪域高原特色。

西藏的羊八井镇一带有很多温泉。地热田有许多高温泉眼，银柱喷射，热气蒸腾。相传很久以前，附近念青唐古拉山的山神有一个美丽的妻子和一个漂亮的女儿，每当热水湖上薄雾弥漫，宛如轻纱白帐笼罩的时候，母女二人便相伴来到湖中，沐浴戏水。人们还

---

① 赤烈曲扎编著：《西藏风土志》，西藏人民出版社，2006年，第2页。
② 恩格斯：《家庭、私有制和国家的起源》，载中共中央马克思恩格斯列宁斯大林著作编译局编译《马克思恩格斯文集》第四卷，人民出版社，2009年，第60页。
③ 拉法格：《宗教和资本》，王子野译，生活·读书·新知三联书店，1963年，第59页。

说，山神有一盏金灯，当他高兴的时候，便把金灯高举在湖上，金光四射，照亮了湖水和雪山，照得这一带鲜花盛开，百鸟齐鸣，成了人间仙境。

在《斯巴问答歌》中，还有描绘飞禽走兽特征的对歌。如：

问：斯巴宰杀小牛时，
　　丢了一块鲜牛肉，
　　偷肉毛贼是哪个？
　　我不知道问歌手；
　　斯巴宰杀小牛时，
　　丢了一块白牛油，
　　偷油毛贼是哪个？
　　我不知道问歌手；
　　斯巴宰杀小牛时，
　　丢了一些红牛血，
　　偷血毛贼是哪个？
　　我不知道问歌手。
答：斯巴宰杀小牛时，
　　丢了一块鲜牛肉，
　　窃贼就是大公鸡，
　　不会偷窃顶头上；
　　斯巴宰杀小牛时，
　　丢了一块白牛油，
　　窃贼就是花喜鹊，
　　不会偷窃贴肚上；
　　斯巴宰杀小牛时，
　　丢了一些红牛血，
　　窃贼就是红嘴鸦，
　　不会偷窃粘嘴上。①

从这组问答歌中，可以看出古代藏族先民探求范围之广泛：大至天地山川，小至鸡冠鸟喙，他们都对之产生极大的兴趣，歌中对提出的问题，做了非常有趣的解答。

上面列举的关于大自然的神话，它们所反映的意识形态，主要是对自然现象的解释，同时，也包含着人类战胜自然的内容。所以，它们可能是藏族神话中比较早期的产物，充满藏族先民强烈的求知愿望和探索精神。这种愿望和精神是人类极其可贵的本质之一。它推动人类探奇钩玄，追寻真理，求取知识，由蒙昧走向文明，是推动人类发展进化的巨大

---

① 谢选骏：《中国神话》，浙江教育出版社，1995年，第20页。

力量。这些神话充满瑰丽的幻想，如把喜马拉雅山的五座晶莹雪峰幻想为护卫人间的仙女五姐妹，把太阳照射热田雾霭呈现五彩缤纷的美景幻想为人间幸福的仙境等。这种幻想或想象力，按照马克思的说法，是一个"十分强烈地促进人类发展的伟大天赋"，这种伟大天赋，饱含着人类对美好未来的期望，从而把人类引向科学、创造以及对大自然的征服和利用。这些神话还充满联想，如把牛头和高山、牛皮和大地、牛尾和森林、鲜牛肉和红鸡冠等做了奇妙的类比联想。它们看起来虽然幼稚可笑，极不科学，但是，这正是人类思维趋于深化，走向辩证的起点，是人类迈向知识海洋的第一步。正是这些绚丽的幻想和美妙的联想，显示出了人类童年的天真可爱，赋予这些神话经久不衰的艺术魅力。

2. 创世神话

创世神话是伴随原始人认识能力的提高，逐渐发现自然界的某些内在联系和共同性，从而产生抽象思维和概括能力之后所出现的。从发生时序上讲，创世神话应晚于自然神话。创世神话试图回答世界是怎样产生的、人类是如何诞生的两个重大问题。因此，创世神话实际包括"开世神话"和"始祖神话"两个主题。

开世神话

藏族神话中关于世界的起源，主要体现在甘肃的藏族民歌《采花歌》[①] 中：

采百花敬献至尊的天王爷，
谢您高撑天穹万物才有光明。

采百花敬献至圣的地王爷，
谢您奋压大地万物才有生存的根基。

采百花敬献至威的水王爷，
谢您智施法力世界才能风调雨顺。

歌谣中的"天王爷""地王爷""水王爷"大概就是"天神""年神"和"龙神"。这是一首和藏族苯教的宇宙三界观念有联系的创世神话，可惜目前尚未找到完整的资料。

苯教经典中还记载了卵生神话。世界形成之时，有位叫南喀东丹却松的国王，拥有"五种本原物质"。法师赤杰曲巴把它们搜集起来，放入自己体内，轻轻地"哈"了一声，就吹起了风。当风以光轮的形式旋转起来时，就出现了火，火越烧越旺，火的热气和带有凉意的风相接触，产生了露水，在露珠上出现了微粒。这些微粒被风吹落，堆积成了山。法师又从"五种本原物质"中生出一个发亮的呈牦牛状的卵和一个黑色的呈锥形的卵。然后，用一个光轮去敲发亮的卵，产生了火光。雨和雾又从"五种本原物质"中产生出来，形成了海。于是天、地、海出现，世界就这样造出来了。

[①] 中国民间文学集成全国编辑委员会、中国民间文学集成甘肃卷编辑委员会：《中国歌谣集成·甘肃卷》，中国ISBN中心，2000年，第656页。

始祖神话

藏族地区关于人类自身来源的神话，首推猕猴演变成人的神话。

很久以前，在西藏山南雅砻河谷地方，气候温和，山深林密。山上的一只猕猴和罗刹女结为夫妻，生了六只猕猴（有说只生了一只，有的藏文书中说生了四只小猴），老猴把它们送到果实丰茂的树林中去生活。三年之后，老猴再去看时，已经繁衍出五百多只猴子了。因为食物不够，它们都饿得饥肠辘辘，吱吱悲啼，看见老猴来了，便围上来要吃食。老猴看见这种情景，心中十分难过，便把它们领到一处长满野生谷类的山坡说："你们就吃这个吧！"从此，众猴开始吃不种而收的野谷。它们身上的毛慢慢变短，尾巴也渐渐消失，之后又会说话，逐渐演变成人类。

这则神话除口头流传外，在《玛尼全集》《西藏王统记》《贤者喜宴》和《西藏王臣记》等藏文历史著作中都有详略不同的记载。直到现在，泽当地区的贡布日神山上有一个天然山洞，在距洞口不远处有一个裂缝，裂缝处有一个猴子头型，据说就是当年修炼的猕猴的化身。还留存有群猴采食野谷的山坡（索当贡布山）、群猴游戏的坝子（泽当）等古迹。"猕猴变人"的故事，在西藏家喻户晓，并远播海外。山南桑耶寺、拉萨布达拉宫、罗布林卡的壁画都绘有这则故事，同时藏族的许多书籍也有记载。这则故事充分说明了山南是雪域民众繁衍生息的地方。

猕猴演化成人的神话与古猿进化成人类的科学论断，只是巧合。这则神话是古代原始社会时期氏族图腾崇拜的反映。但是，神话在叙述猕猴采食林中野果和收食野生谷类等情节时，却闪耀着一定程度的朴素唯物史观的思想火花。后来众多藏族史书中所说的猕猴是观音菩萨的化身、与罗刹女结合是观音菩萨的点化、五种谷类也是观音菩萨所赐等情节，可以看出其在流传过程中受到了藏传佛教的影响。

在四川省阿坝藏族羌族自治州的白马藏族地区，流传着一则"洪水泛滥，姐弟成亲"的神话。古时候，洪水泛滥，淹没了田地、山川和人类。有姐弟二人钻进牛皮筒里，漂了七天七夜之后，才存活下来。姐弟二人在不得已的情况下，结为夫妻，繁衍了现在的人类。该神话还提到天下大雨、庄稼受旱的情景，谈到磨盘、簸箕、筛子等与农业生产有关的器物，说明这则神话产生在农业生产已经发展起来的原始社会时期。有的异文本说：洪水泛滥是因为发生了大地震，大山崩塌，堵塞了大河所致。这是当时发生自然灾害的反映。

还有一则神话说：太极之初，有一个由五种宝贝形成的蛋。后来蛋破裂了，从中生出一个英雄来。这位英雄具有狮子的头，象的鼻子，老虎的爪子。他的脚像刀一样锋利，毛发像剑一样坚硬。头上长着两只犄角，犄角中间栖息着鸟王大鹏。这则神话中的英雄形象，很可能是图腾崇拜的混合体，是氏族联盟或氏族融合的标志。它与汉族《山海经》中所描绘的人首蛇身等各种奇形怪状的形象属于同一类型。这一神话表达出在当时的生活条件下，人们希望变得像狮子、老虎般手脚坚硬、勇武有力，曲折地表达出原始人类想用一切强有力的武器来武装自己，战胜自然，求得生存的强烈愿望。

苯教的经典中记述说：最初从五种本原物中产生出雨和雾，形成了海洋。风吹海面吹起一个气泡，气泡跳到蓝色的卵上碰碎了，从中出现了一个蓝色的女人，名叫曲坚木杰莫。另外，从一个发亮的卵（白色的卵）的中心产生了斯巴桑波奔赤，他是一个有绿色头发的白人。他们没有触对方的鼻子就结合了，生出了野兽、畜类和鸟类。他们低下头，触了触鼻子结合了，生下了九个兄弟、九个姐妹。以后由他们分别繁衍成天神和人类。另外还有一个黑色的卵，从中心跳出一个带黑光的人，名叫闷巴塞敦那波，是虚幻世界的国王。他从自己的影子里衍生出顿显那莫，两相结合生下了八个兄弟和八个姐妹。他们成为恶魔族类的祖先。最有趣的是，作为神和人祖先的九姐妹中的二姐朗曼噶姆，就是《格萨尔王传》中格萨尔王的姑母，她在关键时刻总是给格萨尔王以有益的指导，使他在人间建立了丰功伟业。

在藏族的神话体系中，创世和人类起源两个主题有时又被融合在一则神话中。苯教著作《黑头矮人的起源》中首先讲创世之前，宇宙处于空的状态，接着有光产生，光的出现使空间有了冷暖的区别并由此导致冷霜的出现，冷霜形成水珠及水塘，水中又产生薄膜并经波浪滚动形成一枚卵，这个卵即是宇宙最原始的生物。它孵化出一黑一白两只鹰，双鹰交配生出三枚有颜色的卵：黑卵、白卵与花卵。其中白卵与黑卵分别生出光明与黑暗两界的诸神，花色卵则生出混沌状的肉团生灵，名叫孟伦伦兰兰。该生灵用意念生出身体器官，它成型后，通过祈祷与发愿的力量，创造了穆神、恰神、祖神三大神系及其居住地，世界的构造亦由此而形成。穆神系导致辛饶苯教出现，恰神系导致黑头矮人出世，祖神系是牲畜的起源。此后，恰神世系中的雅拉达珠神第三十七子降于大地进行人类世系的创造，他娶了一个曾用布制成猕猴形状来代替即将来临的人类承受灾祸的女子（亦是女神）为妻，生下廷格王子。廷格王子又先后娶恰神女、穆神女、墀族女为妻，分别生下名叫吐蕃、汉地、霍尔、南诏及于阗等众兄弟。廷格又与聂神女结合，生下人类的近亲四兄弟：猕猴、獾、棕熊等。有一天，廷格王子被他的四个人类儿子邀请喝茶，因预料儿子们会由此产生纠纷而自杀。他死后，众兄弟仍然存在纠纷，他们为瓜分父亲的遗体而争吵，最后在神的仲裁下，吐蕃得到包括父亲头颅在内的尸体的上半部，霍尔得到尸体的中间部分及拇指，汉地得到心脏及尸体的下半部分。由于这种分割行为，吐蕃因而就住在地势较高的上部地区（高原地区），并实行以火祭祖的习俗。霍尔（蒙古人）居住在柔软如腹部的大草原并精于射术（射箭技术的关键在拇指的运用）。汉地人住在地势较低的下部地区并善于生殖（因为人体下半身的重要部分是生殖器）。分割完父亲的尸体后，众兄弟有了自己的居住地与世系传承，世界的布局由此确定。

藏族苯教经典《十万龙经》中讲述了母龙创世神话。神话说：母龙头上部变成天空，右眼变成月亮，左眼变成太阳，四颗上门牙变成四颗行星。当它睁开眼时白天就出现，闭上眼睛时黑夜即将降临。从它的上下牙处显现出似月形的黄道带，它的声音形成雷，舌头形成闪电，呼出之气形成云，眼泪形成雨。它的鼻孔产生风，血液变成苯教宇宙中的五大洋，血管变成河流，肉体变成大地，骨骼形成山脉。这则创世神话与汉族盘古开天辟地的神话也有相似的地方。

在四川白马藏区还流传着绷天绷地的神话：老母虫木日扎该急忙向发出声音的地方钻过去，看见罗拉甲伍在绷天。天绷好了，是圆拱形的，在上方。后来撒拉甲伍又绷地。地是圆球形的，在天底下。可是一比，天绷小了，地绷大了，怎么也盖不严。罗拉甲伍报怨撒拉甲伍说："你看！叫你先绷地你不听，这下子怎么办？"撒拉甲伍不作声，只好使劲挤地，把地挤小一点。这下，天和地终于扣严了。在挤的时候，地面上有些地方鼓了出来，有的地方陷了下去。鼓出来的地方成了山坡、高地；凹下去的地方就形成了沟壑、海子。

众多的创世神话不但表明藏族族源众多，地域辽阔，而且显示出人类在与大自然的斗争中，已经明确地意识到自身的存在和力量，产生了自我意识，渴望探求世界和人类自身产生与发展的奥秘。神话中所说的天神、恶魔，无非是人类社会中善与恶、光明与黑暗的反映。

3. 关于劳动生产的神话

藏族神话中还有一些关于劳动生产的神话故事。

马和野马的故事

从前，在九重天上有一匹公马和一匹母马，它们生了一匹小马。由于天上水草不够，它们降落到人间来。后来，小马到吉隆当哇，与那里的马王结合，生下了小马三兄弟。又因为没有足够吃的草，没有足够喝的水，三兄弟便分别到三个地方去。大哥二哥去的地方，有水喝，有草吃，三弟去的地方有茂密的青草可吃，有清澈的泉水可饮。

过了一段时间，马大哥意吉当江碰见了野牦牛噶哇，野牦牛想霸占草原。马大哥说："马和牦牛不要互相争斗。马先吃草，野牛后饮水；野牛先吃草，马后饮水。"可是野牦牛不同意，用尖锐的犄角挑死了马大哥。鸟儿啄食马肉，大口地喝下红红的马血，野狗啃吃马骨……后来，马弟弟知道了。小弟弟说："仇敌的心要割下，野牦牛噶哇的心要割下。亲人的仇要报，哥哥意吉当江的仇要报！"但是，二哥却说："大哥意吉当江，在马里是跑得最快的，在驹里本领最大，它都敌不过野牦牛，你和我两个，追呢，赶不上；逃呢，跑不脱；斗呢，打不过。兄仇弟不报，敌血我不喝！"这样，一个要报仇，一个不肯报仇，两只小马争论起来，意见不合，各奔东西。最后，小弟弟找到了"人"，请人帮它杀死野牦牛，报了哥哥的仇。为了报答人的恩情，它便成了人类忠诚的朋友，而二哥到处游荡，成了野马。

这篇神话生动而细腻地刻画了马、牛的形象。语言上采取重叠叙述的手法，活泼流畅。故事中多次提到"没有足够吃的草，没有足够喝的水"，曲折地反映出牧业发展起来之后，水草的重要性及因水草不足而搬迁游牧的情况。马大哥与野牦牛争夺草原，既描绘了畜类世界，也折射出人间游牧部落之间为争夺水草丰美的牧场而斗争的现实。

青稞种子的来历

相传古代有一个聪明、勇敢、善良的阿初王子，他为了让人们吃上粮食，决心到蛇王那里去取青稞种子。阿初王子带着二十个武士，翻过九十九座大山，渡过九十九条大河。

这二十个武士，有的被毒蛇咬死，有的被猛兽吃掉，有的被野人杀害，最后只剩下阿初王子。他在山神的指点下，终于从蛇王那里盗来了青稞种子，可是，不幸被蛇王发现。凶狠咨嵩的蛇王把他变成了一只狗。这只小狗只有得到一个姑娘的爱情时，才能恢复人形。后来，这只狗得到一个土司的三姑娘的爱情，恢复了人身。夫妻二人辛勤地播种和耕耘，使大地上长满了青稞。人们从此吃上了由青稞磨出来的糌粑。为了感谢狗给人间带来的青稞种子，人们便在每年收完青稞，吃新青稞磨成的糌粑时，先捏一团糌粑给狗吃。

这则神话歌颂了为人类做出贡献的英雄人物，表现出藏族原始先民在强大的自然力面前毫不畏惧的态度以及征服自然的意志。从故事的核心看，它无疑是狗图腾崇拜的产物。其中所谓"王子""土司"等，显然是在长期流传的过程中，到了阶级社会，人们添加进去的。

关于青稞种子的来历，藏族还有另外的神话传说。古时候，有一次天上忽然出现了九个太阳，晒得大地到处草木枯焦，滴水无存，人们都被烤死了。有一个少年，在喜鹊的帮助下，藏到事先挖好的地洞中，才幸免于难。后来，少年和天神的三姑娘结为夫妻，在妻子和岳母的帮助下，瞒着天神，他从天界偷回五谷种子，播种在人间。这则神话优美动人，充满浪漫主义色彩。神话中天上出现的九个太阳，曲折反映出古时候发生大旱灾的情形，也是人类与大自然斗争的艺术写照，与汉族后羿射九日的神话有相同之处。

还有一首古歌里说：

> 最初斯巴形成时，
> 阳山坡上长白竹，
> 白竹顶上白鸠落，
> 白鸠送来大米种；
>
> 最初斯巴形成时，
> 阴山坡上长青竹，
> 青竹顶上青鸠落，
> 青鸠送来青稞种；
>
> 最初斯巴形成时，
> 山坳中间长红竹，
> 红竹顶上红鸠落，
> 红鸠送来红麦种。①

这首诗歌的结构、格律好像也是"斯巴形成问答歌"的一个组成部分。歌中所说的各种粮食种子都是斑鸠送来的，耐人寻味。在另一首长篇问答歌《青稞歌》中，提到五谷种子是大海龙王赐给人类的。

---

① 察仓·尕藏才旦：《西藏本教》，西藏人民出版社，2006年，第40页。

取树种的故事

从前,拉萨附近的小山村里住着卓玛姑娘和她的母亲。卓玛特别希望周围光秃秃的山上长出绿油油的树木。一天,卓玛背着背篓去小溪边捡牛粪。天快黑时,她闻到一股扑鼻的香味,寻着香气找到一块闪光的绿松石。卓玛把绿松石带回家,黑乎乎的小屋立刻亮了起来。母女二人特别高兴。晚上,卓玛躺在垫子上翻来覆去睡不着。她想如果绿松石能把光秃秃的荒山变成绿色的林海该多好呀。睡梦中,一位白发老人告诉她:"卓玛,你不是天天盼着山上长树吗?你得到堆噶雅去取树种,只有那里的树种才能在你的家乡栽活。那个地方很远,路上也很艰险。不过,你的宝物绿松石会帮助你,你对它连喊三声,它就能变成一匹千里马,可以驮着你到你想去的地方。"卓玛醒后,立刻把梦告诉阿妈并说服她同意自己去取树种。卓玛拿出绿松石,连喊三声:"宝石变骏马。"卓玛手上的绿松石立刻消失,变成了一匹雪白的千里马。卓玛告别阿妈,骑上绿松石变的骏马出发了。她走啊,走啊,首先走到一个无边无际的荒滩,那里狂风呼啸,飞沙击痛了她的脸,寒气袭进了她的心,巨力撕破了她的衣裳,她抓紧马鬃,迎着狂风放开嗓门唱道:"狂风、狂风别嚣张,是卓玛奔驰在路上,只不过为取树种经过这里,你为啥这样对待姑娘?"狂风平息了,卓玛终于走过无际荒滩。她继续往前走,来到一个一望无边的大湖边,湖水卷起波涛,冰冷的湖水如针一样刺在她的身上。她抓紧马鬃,放开嗓门唱道:"狂涛、狂涛别嚣张,是卓玛奔驰在路上,只不过为取树种经过这里,你为啥这样对待姑娘?"波涛安静了,湖水让出一条路放她通行,卓玛顺利地渡过了辽阔的大湖。她又来到一片茫茫的草原,火热的太阳烤炙着她的皮肉,烧烫着她的手足,她抓紧马鬃,迎着烈日放开嗓门唱道:"烈日、烈日别嚣张,是卓玛奔驰在路上,只不过为取树种经过这里,你为啥这样对待姑娘?"烈日降温了,卓玛又顺利地穿过茫茫的草原。在这漫长的路上,卓玛唱着取树种的歌,翻过一座座高山,渡过一条条大河,穿过一片片森林,碰到一群群野兽,遇见一阵阵雨雪,最后终于来到堆噶雅这个地方。可是,卓玛已经累得精疲力尽,加上口渴肚饥,不禁眼一黑,从马上摔下来,昏迷不醒。懂事的白马见姑娘失去知觉,箭似的向树林中跑去,以悲壮的长鸣召唤着人们来救自己的主人。

当卓玛清醒过来的时候,发现自己躺在一张干净、松软的厚垫子上,面前站着一个健壮的青年,端着一碗热腾腾的酥油茶递到她手中。卓玛一边喝茶,一边向窗外望去,见自己的征途良友——白马正在院子里吃草,她心中对这位青年充满感激之情。青年人非常佩服卓玛不远万里来取树种的勇敢行为,答应帮助她完成任务。从这天起,卓玛和这位青年人天天到山上寻找树种。由于青年人熟悉当地情况,很快就采集了大量的树种。卓玛就要回家乡了,青年人特意为她送行,送了一程又一程。卓玛非常喜欢这位救了自己性命又帮助她实现多年愿望的青年,便唱了一曲自编的山歌:"天上一朵朵的白云,那是我的化身;如果你喜爱的话,就请大胆地吐露真情。"青年人听了卓玛的歌声,正合自己心意,也回唱了一首当地山歌:"地上一座座雪山就是我,山上的流水就是你;假如流水愿意,雪山决不变心。"青年唱完之后,双手牵着白马的缰绳,两眼盯着卓玛的笑脸,深情地说:"卓玛，我愿意和你一起，把你的家乡建设得像堆噶雅一样树木成林，可以吗？"卓玛高兴地说："那就请你快上马吧！"于是，卓玛同这位青年一同骑在白马上，顺着原路很快回到了家乡。他们把采集的树种像爱情一样播种在所有的山坡上，经常浇水，护理，不到几年工夫，光秃秃的荒山变成了绿色的海洋。在这绿色的山谷，经常飘荡着一支动人的山歌："看到满山遍野的绿树，如同看见卓玛的身影；愿姑娘和她的远方伙伴，像松树一样万年长青！"①

七兄弟星的故事

在西藏的拉萨和昌都一带，关于房屋建造流传着一则神话：很早以前，格萨尔王统领着西藏地区。他勇猛善战，打败了西方、北方的很多敌人；消灭了山里、林中许多凶猛的野兽；铲除了河里、湖里许多妖魔鬼怪。田里头长出了青稞、小麦和豌豆，山坡上放牧着牦牛、犏牛和黄牛，人们的日子过得比从前好多了。人们歌颂格萨尔王道："英勇的格萨尔大王，是白梵天神之子下降，护佑着卫藏四如②的百姓，生活过得幸福而安康。"但是，那些被打败的大大小小的妖魔鬼怪纠集在一起，变成风暴，常常挟着沙石，横扫草原。庄稼和牛羊都被卷得一干二净，老百姓住的帐篷也难以抵挡风暴的袭击。后来，有七个兄弟为大家修建了很多坚固的三层楼房，人住在中层，把牲畜关进楼下，最上层晒粮食，供神佛。从此人们不再受风暴的威胁。白梵天神听说这件事，便派使者把七兄弟请到天上替天神盖楼房。一到晚上，天空中就出现七颗亮星，那就是七兄弟在帮助天神盖楼房。这七颗亮星又不断变动位置，那是他们在一处盖完房子后，又被请到另一个地方的缘故。③

这则故事对"风暴"形成原因的解释，采取了拟人化的神鬼描述，符合原始神话的特征。一方面赞美了让人们住进房屋的建筑方面的劳动英雄，反映了人类的一个发展阶段；一方面又巧妙地解释了北斗七星的来历。神话描写了青藏高原的原始居民开始建筑房屋的过程，神话中的"格萨尔""三层楼房"等情节，以及强烈的"善恶"伦理意义，是在神话流传过程中增加进去的。七兄弟星的故事表达了藏族先民对大自然的反抗和征服。

从社会生产看，由采食野生植物到狩杀猎物，再到发展畜牧业，最终走向农业生产；从居住条件看，从穴居野外到搬进帐篷，再到住进三层楼房。这些神话就像汉族神话中所讲的燧人氏、有巢氏、神农氏代表着汉族先民的发展阶段一样，它们同样也代表着藏族史前时期社会发展的阶段。它们包含着原始社会时期藏族先民对自己的活动和社会发展的记载，留下了藏族原始先民在青藏高原上辛勤开拓、不断前进的足迹。

---

① 《西藏民间故事选》，西藏人民出版社，1984年，第288—292页。

② 卫藏四如："卫"指前藏，"藏"指后藏。藏族古代从松赞干布开始，把前藏划分为乌如（治所在今拉萨地区）和要如（治所在今乃东昌珠地区），后藏划分为叶如（治所在今南木林地区）和如拉（治所在今拉孜地区），共为四如。"如"有译为"区"的，有译为"翼"的，是大区域范围的军政建制。在四个"如"的地域内，分设长官、元帅、副将等，组成地方一级的军政管理机构，以不同颜色的旗帜和马匹，作为区别各如部的标志。参看《藏族简史》编写组编写《藏族简史》，西藏人民出版社，1985年，第24页。

③ 《西藏民间故事选》，西藏人民出版社，1984年，第14—15页。

第二节　藏族神话艺术特征及民族精神

一、藏族神话的艺术特征

1. 浪漫神奇的想象力

藏族神话充满丰富的幻想和联想。如把圆鼓的牛头与高山、平展的牛皮与大地、蓬松的牛尾与森林、鲜红的牛血与鸡冠等，做了奇妙的联想。又如看见鸟类从蛋中出生而联想到人类的祖先也是蛋中生出来的，从北斗七星变换方向联想到盖房七兄弟迁移，把喜马拉雅山的五座晶莹雪峰幻想为护卫人间美丽的五姐妹仙女，把太阳照射地热的雾霭呈现五彩缤纷的奇观想象为人间幸福的仙境等。他们以神奇的想象，把大自然人格化，即所谓"逗神思而施以人化"，认为自然万物都是有灵魂的。

在四川白马藏族流传着一首有关太阳的古歌：

> 太阳有父有母也有儿，
> 太阳的父亲是朝晖，
> 太阳的母亲是夕照；
> 太阳的儿子是中午的烈焰。
> ……………
> 太阳早晨吃什么？
> 太阳早晨吃的是高山的花草。
> 太阳中午吃的是什么？
> 太阳中午吃的是普照的万物。
> 太阳黄昏吃的是什么？
> 太阳黄昏吃的是重重的青山。[①]

歌中把太阳看作和人一样有生命、有家族、能走路、会吃东西的生物，这种人格化和想象，是与藏族原始先民信仰万物有灵的苯教紧密联系的。它使我们察知藏族原始居民的宗教信仰和观念形态。这种幻想和想象，马克思认为是一个"十分强烈地促进人类发展的伟大天赋"。这种伟大的天赋，饱含着人类对美好未来的憧憬和期望，从而把人类引向科学、创造以及对大自然的征服和利用。藏族民众正是沿着这条追求幸福的道路，一代又一代地在征服和改造青藏高原的过程中不断奋发前进。

这些绚丽的幻想和美妙的联想显示了藏族先民活泼、灵透的思想和儿童般的天真烂漫，赋予这些神话经久不衰的艺术魅力，并开后世浪漫主义的先河。正如高尔基所讲：浪

[①] 佟锦华：《藏族民间文学》，西藏人民出版社，1991年，第35页。

漫主义是神话的基础，而且它是十分有益的，因为它帮助激起对于现实的革命态度。[①]

藏族神话是以深厚的现实生活和客观真实为基础的，是自然界和社会现象在人们头脑中曲折的、经过不自觉的艺术加工的反映。马匹是藏族人民生活中不可缺少的忠诚伴侣，家马的饲养，是青藏高原的原始居民从狩猎时代走向畜牧业的重大标志。这些便成为"马和野马"这则神话的现实基础。又如青稞，是藏族人民赖以生活的主要食粮，青稞的播种反映了藏族的社会生产由畜牧业迈向农业生产的重大进程。有关青稞及五谷种子来历的神话，正是藏族先民对这一历史进程的艺术再现。关于狗和青稞种子来历的关系，可能反映了在远古时代，当狗成了最早的家畜以后，捕猎时，狗跟着人们在山野蔓草中东奔西跑，身上的毛沾上了许多野生植物的种子，带回家后，撒落在附近，生长出来，被人发现而成为食物的过程。四川白马藏族中还流传着一则狗与粮食种子的神话："很久很久以前，世上是没有荞子的，人们靠吃野果子充饥。一天，一只狗对人说：'人啊，你们吃野果子充饥，日子太辛苦了。海子那边，老天爷晒了很多粮食，我去偷点来给你们做种子。'狗游过海子，到老天爷晒坝里滚了几滚，用身上的湿毛沾满了粮食。可是，当它从海子游回来的时候，身上的粮食被水冲走了。只有翘在水面的尾巴上，还剩了几粒荞子。……人们把这几粒荞子种在地里。一年年过去了，人们收获的粮食便越来越多。"再如，西藏山南的雅砻河谷一带，气候温和，山林茂密，猴类成群。当地的原始人类与猴群长期相处，发生了密切联系。猴子的活动，在某种程度上又近似当时的人类活动，所以被神话渲染为人类的祖先，而成为图腾崇拜的对象。这便是神话"猕猴演化成人"的现实基础。近代科学考察证明，在遥远的古代，西藏高原一带原本是一片汪洋大海。后来，由于地壳运动才渐渐升高起来。而大海变陆地的神话描述，很可能就是这一自然现象的艺术反映。凡此种种，清楚地说明藏族神话是扎根在青藏高原肥沃的土地之上，孕育在藏族社会宽阔的怀抱之中，翱翔在雪山草原大自然的晴空里。所以，藏族神话，如马克思在《政治经济学批判》导言中所说，"是已经通过人民的幻想用一种不自觉的艺术方式加工过的自然和社会形式本身"[②]。这些神话不但是研究藏族文学发展的宝贵资料，而且也能帮助我们认识和研究藏族史前的发展历程、社会概貌和自然变化。

2. 故事情节生动曲折

藏族神话的故事情节生动曲折。如创世神话中一则人类起源的故事：猕猴和罗刹女结合后，生下六只小猴子，这些小猴子被送到深山老林中。三年后，老猴子再去看时，猴子已繁衍到五百多只，个个饿得皮包骨头。故事接着深入主题，写出众猴子忍饥挨饿的惨状。老猴子把这些猴子领到长满野谷的山坡，猴子吃了粮食之后，体毛减褪，尾巴消失，之后又会说话，逐渐演变成人类。故事一波三折，是藏族先民通过自己的想象对人类起源做出的解答。

---

① 北京师范大学文艺理论组编：《文艺理论学习参考资料》，高等教育出版社，1956年，第625页。
② 马克思：《〈政治经济学批判〉序言、导言》，人民出版社，1971年，第33页。

另有一则神话：卓玛把拾牛粪时捡到的绿松石带回家，小黑屋瞬时变得明亮。卓玛晚上梦见一位白发老人告诉她如何取到树种。卓玛醒后按照老人嘱咐，把绿松石变成一匹千里马。卓玛骑上骏马去寻找树种。一路上，她经历了呼啸的狂风、刺骨的湖水、火热的太阳、饥饿的野兽等重重考验，在一位青年人的帮助下，终于取回树种，并得到爱情。故事通过多种描写手法，层层渲染卓玛为实现自己使拉萨周围光秃秃的荒山长出绿油油树木的愿望，不怕严寒酷暑、雨雪猛兽的大无畏精神。故事情节曲折生动，表现出藏族先民征服自然、改造自然的强烈愿望。

二、藏族神话蕴含的民族精神

1. 对大自然和人类社会勇于探索的精神

前面介绍的众多神话，表现出藏族先民对天地的形成、人类的起源、家畜的饲养、五谷的产生、房屋的修建等都有强烈的探索精神。

从前面所介绍的问答歌、神话故事中，可以看出古代藏族原始先民探求范围极其广泛，大至天地山川，小至鸡冠鸟喙，他们都产生了极大的兴趣，表现出强烈的求知愿望和探索精神。这种精神推动人类去探索自然，追寻真理，求取知识。由一无所知，到略知一二；由知之甚少，到知之渐多。由蒙昧状态走向文明时代，它是推动人类发展进步的巨大力量。藏族原始先民追本求源的精神是和雪山、高原、森林、草原等青藏高原的自然环境以及青稞、马牛、三层碉楼等藏族的社会生产和生活等密切结合的。正是在这种孜孜以求的精神的推动下，他们逐渐加深了对这些事物的认识和理解，并越来越多地掌握其规律，从而改造大自然，开发和建设了辽阔的青藏高原，为祖国的发展和人类的进步做出了巨大贡献。

2. 战胜大自然的积极、乐观的心态

藏族神话表现出藏族原始先民对大自然的斗争精神和乐观心态。处于原始社会阶段的藏族先民，生产力水平极其低下，自然灾害对他们威胁很大，很大程度上仍然处于弱势地位，与大自然斗争成为他们生活的主要任务。他们要通过斗争，夺取胜利，以求得生存和发展。藏族神话在很大程度上体现了这个问题。如"青稞种子的来历"描述了阿初王子和猛兽、毒蛇、九十九座大山、九十九条大河斗争，与保存着青稞种子不肯给人类的蛇王斗争，最后战胜它们并取得青稞种子。"取树种的故事"讲述了卓玛姑娘战胜狂风、怒涛、烈日、严寒等，采到树种。"七兄弟星的故事"描绘了七兄弟修盖楼房，以抵御妖魔鬼怪所变风暴的袭击的故事。这些都是把自然灾害等作为危害人类生存，阻碍人类前进的假的、恶的、丑的形象加以渲染，并在与之斗争的过程中，显现出真的、善的、美的事物来。最后真、善、美战胜了假、恶、丑，显示出藏族原始先民对大自然的斗争精神及乐观心态，表达了他们对劳动以及勇于创造的歌颂和赞美。我们可以看到，藏族先民在与大自然的斗争中，并不总是胜利，他们也有失败、挫折和牺牲。但是，从整个人类历史的发展进程看，失败、挫折和牺牲都是局部的、暂时的，而胜利才是全面的、长久的。

藏族神话歌颂了那些在斗争中做出重大贡献和牺牲的英雄人物，如与蛇王斗争的阿初王子、与狂风暴雪斗争的七兄弟、化海水为汽托住裂天的能人等。他们给人类增添了更多的物质财富，发现了更广阔的劳动对象，开辟了更丰富的生活资源，使人类的生活得到改善和提高。他们不但造福人类，而且泽被天神。人们在神话中对他们加以颂扬，虽然他们看起来被夸大化了，但实质上，他们已经成为藏族原始先民进行创造性劳动的集中代表和典型的艺术形象，成为人们心目中真善美的化身。藏族神话中的这些劳动能手和斗争英雄，虽然很多被赋予超人的力量，被神化了，但是，正如列宁在《哲学笔记》中所说：神等于完美的人的形象。也就是说人创造的神，不过是神化了的人的本质而已。

三、藏族神话对后世藏族文学的影响

1. 开创了浪漫主义先河

藏族神话中绚丽奇妙的幻想和想象、美好而积极的追求和愿望，以及勇于创造、敢于斗争的英雄主义气概等，成为后世藏族文学浪漫主义创作的源头。如伟大的英雄史诗《格萨尔王》便深受神话的影响。史诗描述格萨尔王及其众多英雄人物都是天神下凡，他们英勇善战、变化无穷等情节，都充满神话般的幻想和想象。史诗中的山有山神，水有水神，人有战神，人神交通等，都构成了《格萨尔王》浓郁的浪漫主义色彩。

2. 为后世藏族文学提供了素材

藏族神话中常常通过美丽的幻想和想象来表达民众意志、实现人们意愿的艺术手法，被民间故事、传说、小说、戏剧等文学形式普遍采用。在藏族作家文学中，有的采录记述了古代神话，有的还加以改造利用。如猕猴演变成人的故事情节被许多著作记述，阿初王子斗猛兽、毒蛇等情节也在小说、戏剧中被广泛引用。《柱下遗教》《西藏王统记》《贤者喜宴》《西藏王臣记》等著作，在记述很多历史事件时加入了大量神话成分，如"聂赤赞普下降人间为王""止贡赞普被杀""修建大昭寺""修建桑耶寺"等。还有不少神话被编成长篇问答歌流行于世，如《斯巴问答歌》《斯巴形成歌》《青稞歌》《吉祥羊歌》等，都属这一类的代表作品。同时，这些古老的神话也借上述种种文学样式得以保存流传下来。总之，藏族神话既记载了藏族原始先民的意识形态和道德观念，又表达了他们的宗教信仰与理想愿望，是研究和认识藏族社会初期发展历史的珍贵资料。

第三章 藏族传说

学界对于传说的界定大致有广义和狭义两种：广义的民间传说又俗称"口碑"，是一切以口头方式讲述生活中各种各样事件的散文叙事作品的统称。与广义传说概念的宽泛性不同，狭义的民间传说是指民众口头创作、口耳相传的描述特定历史人物或历史事件、解释某种地方风物或习俗的传奇性叙事。

在民间传说中，故事的主人公有的是历史上著名的人物，人物活动或事件发展的结果也常与某些历史、地理现象及社会风俗相附会，因而往往给人以它是真实历史的错觉，但没有史料可以证实其真伪。因此，民间传说与历史有本质的区别。同样，藏族传说与历史也有很大的不同。藏族传说既不是真实人物的传记，也不是历史事件的记录（其中可能包含着真实历史的某些因素），而是藏族民众的艺术创作。

藏族的许多传说把比较广泛的社会生活内容通过艺术概括而依托在某一历史人物、事件或某一自然物、人造物之上，达到历史的因素和历史的方式与文学创作的有机融合，使它成为艺术化的历史，或者历史化的艺术。

第一节 藏族传说分类

从现存的有关吐蕃的一些文献资料和口头流传的民间传说来看，有关吐蕃时期的传说非常丰富。按照讲述内容的性质大致分为史事传说、人物传说和风物传说这三类。这只是大致的分类，其实三者之间交叉的情况很多，往往以人物传说为中心，联系着史事传说和风物传说，彼此之间很难完全划分。

一、史事传说

史事传说也称历史事件传说，是以历史事件为叙述中心的传说。这类传说往往与人物传说有所交叉，但是两者各有侧重，史事传说重在记事，而人物传说重在记人。

1. 止贡赞普被杀的传说

相传雅砻部落的第八代赞普为止贡。"止"是刀剑的意思，"贡"是杀死的意思，合起来，就是"要被刀剑杀死"的意思。为什么给他取这么一个不吉利的名字呢？原来，他降生时，家人们请老祖母给他取名字，老祖母问道："吉地方的扎玛岩峰坍塌了没有？当玛地方的牦牛草场被火烧了没有？登列维尔湖干涸了没有？"家人回答："岩峰没有塌，湖水没有干，草场也没有被烧。"因为老祖母年老耳聋，错听成"岩峰塌了，湖水干了，草场烧了"，便认为是不祥之兆，说道："不死于水中，便亡于刀下，就叫止贡吧！"由此，取了这样一个名字。

止贡是天神之子。他长大后，身材魁梧、相貌英俊、武艺高强，具有飞升天界的神通。他继承王位当上赞普后，勇猛好斗，性情急躁。经常以父系九族和母系三部为对手，问他们："敢与我较量比武吗？"众人纷纷回答说："不敢！"有一回，止贡对大臣洛昂达孜说："喂，洛昂，你敢和我较量吗？"洛昂说："不敢！"止贡说："国王的话，是山上滚下来的巨石，不准违抗！"洛昂没办法，便提出比武的条件，说："赞普，如果您将宝库中天然幻变的长矛、宝剑、盾牌、盔甲都借给我，我就应战。"止贡赞普便把库藏的宝物都给了洛昂。洛昂在对阵前，又说："请您将径直悠远的天绳砍断，把九级天梯朝下放倒。"止贡赞普也答应了他的条件。

随后，止贡和洛昂骑马厮杀起来。洛昂赶来一百头黄牛，所有的牛角上装着尖利的金刀，牛背上驮着灰袋，黄牛朝前奔跑，扬起漫天灰尘，止贡赞普什么也看不见。洛昂趁机冲了上去，用斧头砍死了止贡，夺取了王位，又将止贡的几个儿子流放到工布地区，止贡的妻子被放逐到雅砻雪山放牧。有一天，止贡的妻子梦见雅拉香波山神化作白衣人与自己交合，后生了一个儿子，叫如拉吉。如拉吉长大后，杀死了洛昂达孜，并从工布迎回哥哥夏赤当了赞普，即布德贡杰赞普。

夏赤和如拉吉到工布大河中寻找止贡的尸体，可收藏尸首的龙王要一个眼如鸟目、下眼皮往上合闭的人，作为赎回尸首的代价。为此，如拉吉便到四面八方去寻找，但是没有找到。因为干粮吃尽，鞋底磨穿，只好回到家中，请母亲给他准备干粮，再去寻访。当找到眼如鸟目的小孩时，小孩的母亲又提出条件。如拉吉答应照办后，这才得到鸟目孩子，将其交给龙王，最后得到了止贡赞普的尸体，交给夏赤和聂赤去安葬。传说止贡前面的七个赞普死后，均乘天梯回到仙界，叫作天神七王。到止贡时，天梯被砍断，只好埋葬到山南的琼结地方。止贡的坟墓是雅砻部落的赞普在人间的第一座坟墓。

这则历史传说，反映了西藏山南地区雅砻一带早期的氏族部落之间或部落内部不同势力集团之间的矛盾斗争。这则传说最初记载于敦煌古藏文历史文书的赞普传记中，后来的历史著作《柱下遗教》《西藏王统记》《贤者喜宴》《西藏王臣记》等皆有记载。有些情节差异较大，有一本手抄的《柱下遗教》中讲：止贡赞普的三个儿子因争赞普位而不和，被其父驱逐至三处，止贡赞普带兵攻打克什米尔，返回途中，因争谁是射箭英雄，而与玛桑族的李达木（又说与手下玛桑）比试被杀。如拉吉后来当了赞普，就是布德贡杰等。但是，总的主题仍然是反映部落之间的战争。

2. 松赞干布迎娶文成公主的传说

这则传说在藏族各个地区普遍流传。赞普松赞干布雄才大略、英明能干。他仰慕唐朝先进的生产技术和文化，又听说唐朝皇帝有一位美丽聪明的女儿，便想求娶来做妃子。于是派聪明能干的大臣禄东赞（藏语书籍中称噶尔·东赞或噶尔·东赞域松）率领请婚使团，前往长安请婚。不料同时还有波斯、霍尔、印度等处的使团也来求娶公主。各地婚使都希望能迎娶贤惠的文成公主做自己国王的妃子。唐太宗非常为难，于是决定让婚使们比赛智慧，谁胜利了，便可迎娶公主。唐太宗命人给使臣们一颗九曲明珠和一条丝带，叫他们把柔软的丝带穿过明珠的九曲孔眼。其他使臣抢先接去，想尽千方百计，可是怎么也穿不过去。这时，禄东赞坐在一棵大树下想主意，忽然发现一只大蚂蚁，他灵机一动，拿来一根丝线，一头系在蚂蚁腰上，另一头系紧丝带的一端。在九曲孔眼的一边抹上蜂蜜，把蚂蚁放进另一边，蚂蚁闻到蜂蜜的香味，便带着丝线，曲曲弯弯爬去。爬了一阵，蚂蚁太累了，在半道休息。禄东赞特别着急，顺着孔眼往里慢慢吹气。蚂蚁借助吹气的力量，顺利地从那边爬出来。禄东赞见蚂蚁爬出来，赶紧抓住丝线，慢慢拉扯，就把丝带也拉过来，穿在明珠上了。蚂蚁的腰为什么很细，据说就是那个时候穿洞眼给勒细的。

在第二场比赛时，皇帝叫人牵了一百匹母马和一百匹马驹来，让婚使们分辨它们的母子关系。各位婚使轮流辨认，有的按毛色分，有的照老幼配，有的以高矮比。但是，都弄错了。最后，轮到禄东赞时，他把母马和马驹分开关了一夜。第二天，把马驹放到母马群中，马驹都急急忙忙地找到自己的妈妈去吃奶。于是，禄东赞分辨出了马驹和母马。第三次比赛是认鸡。有一百只母鸡和几百只小鸡，请婚使们指出哪些小鸡是哪只母鸡孵的。这件事又把其他婚使难住了，谁也指认不清。禄东赞便把鸡群赶到广场上，撒了很多酒糟，母鸡一见吃食，就"咯咯"地呼唤小鸡来吃，这时小鸡都跑到自己妈妈那里啄食去了。大家见了，都佩服禄东赞的智慧。

后来，又经过识别木根木梢、宰羊揉皮饮酒、赴宴找路回店等比试，禄东赞都以过人的智慧获得胜利。最后，在汉族老大娘的帮助下，从五百个穿着打扮完全一样的美女当中认出文成公主，终于完成了迎亲使命。文成公主带着先进的生产技术前往西藏，成为历史上"汉藏联姻"的佳话。[①]

这则传说受到藏族人民广泛喜爱，后来被编成藏戏搬上舞台。有的情节还被画成壁画，塑成酥油人物。藏族作家也把主要情节写进自己的历史著作中，如《柱下遗教》《西藏王统记》《贤者喜宴》《西藏王臣记》等书中都有详细记述。这一传说之所以受到藏族社会各阶层的一致喜爱和重视，首先是因为传说表现了藏族人民十分珍惜汉藏兄弟民族的团结友谊，并赞扬了为加强两族团结和发展做出贡献的人物。文成公主入吐蕃有益于藏族政治、经济、文化的繁荣和发展。传说中说："文成公主出发到西藏来了。她从内地带来了青稞、豌豆、油菜籽、小麦和荞麦五样粮食的种子，带了耕牛和奶牛，带了白的、黑的、

[①] 参看曾国庆、郭卫平编著：《历代藏族名人传》，西藏人民出版社，1996年，第16—18页。

红的、蓝的和绿的五种颜色的羊，还有内地的许多铁匠、木匠、石匠也跟着文成公主一起进藏来了。"多种藏族史书和藏戏中也说，唐太宗赐给文成公主历算、经典三百卷，各种手工技艺六十种，能治四百零四种病的药材，百种验方、针灸医术和四种炮制医药的方法等。在汉文史书中则记载得更为确切翔实，限于篇幅，不再一一引证。

应该指出，传说中所说的青稞等粮食种子和牛羊等牲畜，在藏族地区早已存在。传说中认为是文成公主带到吐蕃，这是文学上典型集中的一种手法及传说中夸大、神化的结果，也反映出汉族农牧业方面的先进生产技术传入藏族的良好影响和作用。它体现了时代的要求，传达了人民的心声，具有极大的艺术真实性。

其次是由于故事情节波澜起伏，柳暗花明，引人入胜。几次智慧比赛，一波刚平，一波又起。比赛内容虽都是日常生活和劳动中司空见惯的事物，但解决的方法却是那么新颖奇特，出人意料而又合乎生活逻辑，充满生活气息。禄东赞已经变成了藏族劳动人民智慧的集中代表。穿珠引线、养马、喂鸡、宰羊揉皮都是劳动生活，体现了人民群众在汉藏长期友好交往中所起的主导作用。

3. 修建拉萨大昭寺的传说

传说西藏拉萨地区原本是一片湖泊沼泽。松赞干布时期，他从尼泊尔迎娶的妃子赤尊公主想修建佛殿，便选好地方，打下地基，开始修建。不料白天修起来，一到夜晚，就被鬼神全部拆毁，踪影全无。反复几次，都是这样，赤尊才悟到应该勘察地形风水。她素知汉妃文成公主擅长风水历算，便派一名女仆向文成公主请教。文成公主详细分析了西藏各地的地形地貌，并指出西藏地形像一个仰卧的罗刹女，这个魔女呈人形，头朝东，脚朝西。而修建大昭寺选址所在的湖泊恰好是罗刹女的心脏部位，湖泊则是魔女的血液，所以修建寺庙的方法应是填湖建寺。同时指出在边缘郊区修建另外十二个寺庙，可以震住魔女的四肢及各个关节，并教以修筑方法说："用白绵羊从彭域驮土来，填平湖泊做地基，若在原湖泊之处修盖佛寺，则一切善好皆显现，所有罪愆全障断！"但是，女仆没有记全文成公主的话，回去对赤尊说："让山羊驮土填平湖泊！"赤尊照此办理，倒进土去，湖里全变成了泥水，连千万分之一也没填上。赤尊怀疑文成公主存心整她，便去找松赞干布。松赞干布说："文成公主不会整你，我祈问一下本尊佛吧！"于是向佛上供祈祷，请求指明如何做好。忽见佛像右脚的大拇指放出一道光芒，没入卧塘湖中。

第二天清早，松赞干布和赤尊带着随从到了卧塘湖畔。松赞干布摘下手上的戒指说："这只戒指落到哪里，便在哪里修佛寺。"说罢将戒指向空中一扔，落下来时，恰恰掉在湖心。赤尊公主认为松赞干布和文成公主商量好了来戏弄自己，因而伤心落泪。松赞干布说道："公主是不会忌妒的，这我知道。你就在这里修佛寺吧！我来帮你。"赤尊听后转悲为喜，忙答应照办。随后，松赞干布命令尼泊尔石匠从桑朴地方运来石头，加工后，让大臣们往湖心扔，在湖心堆起一座四方形的石碉堡，然后从岸边到石堡放上长木，木上铺板，盖住湖面。从龙宫取来金刚泥，涂在所有木料上，使木料不怕浸泡，不易腐烂，好像金刚钻一样结实。再在上面铺上铜砖，熔铜汁灌缝接紧，然后铺上砖、木板、石板、沙子和土，弄得和平地一样。松赞干布颁布命令："吐蕃众百姓都来帮助我修建佛殿！"在大昭寺的修建过程中，有时狂风乱刮，飞沙走石；有时大雨倾盆，寒冷异常；有时浓雾弥漫，天地茫茫。但是，工地上总是发出乒乒乓乓的干活声、雄浑整齐的号子声，大家都在紧张地劳动。这时，松赞干布也化成五百个化身，亲自指挥他们在大殿里劳动，以致女仆前来送饭时，找不到哪个是真正的赞普。一次，太阳刚落山，木工、雕刻、油漆等活刚做完，忽然天空乌云密布，电闪雷鸣，眼看就要下大雨。大臣禄东赞赶快敲起干活的大钟，大喊道："刚刷了油漆的木料，会被雨水冲掉，我们快去盖好！"刚休息的百姓连忙把牦牛毛布集中起来，拿去遮盖。百姓们到达佛殿时，只见木料已全被松赞干布的化身盖好。他们把天窗盖好后，就回去了。佛殿建好后，就是大昭寺，又叫羊土幻显殿。另外，文成公主又招来汉地及各处木匠修建了小昭寺，其他王妃也各修一座寺院。这些寺院落成之日，歌舞欢庆，热闹非凡。

这则传说形象地描述了修建大昭寺过程中所遇到的困难：湖泊地带，缺乏修寺的土地，填湖平地的工程极为艰巨；沼泽地带土层稀软，奠基也是很大的困难，所以白天修的，夜晚便垮掉。这里说被鬼神拆毁，一方面反映了当时的自然条件，一方面也包含着反对佛教的人们的人为因素。有些藏族书籍中记为"被不喜佛法的鬼神拆毁"。由此可以看出当时反对佛教的势力是很强大的。但是故事中记述了人们在困难面前没有退缩和屈服，而是动脑筋、想办法，克服种种困难，终于修起了雄壮巍峨的大昭寺、小昭寺，热情赞扬了那些战天斗地、改造大自然、创造了奇迹的英雄们，饱含着人类进步、人定胜天的历史唯物主义思想。

故事中描写松赞干布英明果断并善于调解后妃之间的关系、描写文成公主真诚助人、赤尊公主生性好猜忌等，虽然着墨不多，但也跃然可见。叙述劳动场面的热烈气氛、填湖铺地的过程详细生动。描写女仆辨认不出真假松赞干布，跟在赤尊后面偷看，不禁失声，致使松赞干布的五百化身凿掉了狮子鼻子的情节，尤为细腻风趣。对松赞干布虽然有些神化，但是作为修建大昭寺、小昭寺的支持者和组织者，他的功绩是值得赞扬的。同时，从这种神化手法中，我们也可以看出古代神话的巨大影响。

以上历史传说，在十二三世纪出现的一些历史著述中已经有完整而详细的记载，说明它们在民间广泛流传，引起了文人的重视。

二、人物传说

人物传说是以历代社会生活中实有其人的著名人物为中心，通过艺术加工、幻想、虚构等手法，叙述他们的行为、事迹或遭遇等的故事。

1. 聂赤赞普的传说

藏族传说中认为聂赤赞普是雅砻部落的第一代赞普，本是天神的儿子，当他从天上降到人间时，须弥山向他鞠躬致敬，树木奔走相迎，泉水清澈恭候，圆石、磐石等皆滚动向他行礼。这时有十二个正在放牧的牧人（有的说是苯波教徒）看见他，问他从哪里来，他一声不吭，只以手指天示意。众牧人见他相貌英武，仪表非凡，认定是天神下降，便以肩膀为舆，抬回自己部落，让他做了雅砻部落的首领，取名为聂赤赞普。"聂"汉语是"颈项""脖子"的意思，"赤"汉语意为"座位""宝座"，"赞普"是"威武""严厉"的意思，后转变为"王"意。合起来是"以颈为座的赞普"，也就是"坐在肩膀上的国王"之意。

这则传说最初记载于敦煌藏文史料的手卷中，后来的《柱下遗教》《西藏王统记》《贤者喜宴》等书中也加以演绎记述。一些书中还记载了另外一种说法：很久以前，在波域（今波密地区）有一个妇女叫甲莫赞，她生了九个儿子，最小的名叫乌比热。乌比热长得非常漂亮，手指间长着蹼膜，神通广大。人们认为他是鬼怪化身，把他从波域赶走。乌比热流浪到山南雅砻河谷，遇见了正在为自己部落寻找首领的雅砻部落的人，这些人见乌比热容貌奇特，便问："你是什么人？从什么地方来？"乌比热回答："我是有本事的人，从波域来，到蕃地去。"雅砻部落的人特别高兴，连忙说："你到我们这儿当首领吧。"说罢便把他抬在自己的肩膀上，抬回到部落所在地。从此，乌比热就成了聂赤赞普。聂赤赞普当上雅砻部落首领后，修建了雍布拉康城堡作为自己的住地。于是，"最早的国王是聂赤赞普，最早的城堡是雍布拉康"就成了藏族人们的口头谚语。

聂赤赞普的传说具有浓郁的神话色彩。一方面继承了藏族神话的浪漫主义色彩，另一方面也是通过对聂赤赞普的神化，来抬高吐蕃王族的身份，从而巩固其统治地位。聂赤赞普降到人间时，大山、泉水、树木、巨石等都迎接致敬的情景，显示他顺天应时，平添无限气派，宣传了"王权神授"的观点。传说中还说：自他以下六代赞普，一到儿子能骑马执政的年龄，父王便沿着天上放下的光绳（光梯）回到天界，像彩虹一样消失在蓝蓝的天空之中。

2. 文成公主的传说

除了迎娶文成公主的史事传说外，民间还有许多关于文成公主进藏途中以及到达拉萨时的一系列传说。这些传说产生的年代，目前难以考定。因与文成公主的传说内容相同，所以在此一并叙述。

五色羊的传说

文成公主从长安出发时，带着白、黑、红、绿、蓝等五种颜色的羊。她来到汉藏交界的甲曲河，正要过河时，河水突然暴涨，把羊群冲走了。文成公主很着急，慌忙喊道："我的黑、白绵羊快回来！"黑色、白色绵羊借公主呼唤的力量游过河来，其他红、绿、蓝三种颜色的羊都被河水冲走了。从此世上只有黑、白两种颜色的羊，文成公主为此非常难过。

这则传说流传很广。后来，藏族人民为安慰文成公主，编唱了《最初羊从哪儿来》[①]

[①] 中央民族学院少数民族语言文学系藏语文教研室藏族文学小组编：《藏族民歌选》，上海文艺出版社，1981年，第98页。

这首歌:

> 最初吉祥羊从哪里来?
> 最初吉祥羊从汉区来。
> 汉地的皇后情愿给,
> 西藏的噶尔也请求。
> 渡过"加曲"① 大河时,
> 各色的羊儿被冲走。
> 剩下白羊可以染成任何色,
> 可以做姑娘们的衣料。
> 剩下黑羊天然黑色不用染,
> 可以缝制小伙子的藏袍。

日月山的传说

文成公主进藏途中,当来到青海湟源县与共和县交界的地方时,被唐太宗留下的吐蕃大臣禄东赞设计跑了回来,赶上了文成公主。禄东赞为让公主坚定舍弃中原前往吐蕃的决心,便找来两块像小磨盘一样大小的圆石头,分别涂上金液和银汁,装在箱子里。见了文成公主后,他撒谎说是父王赐给文成公主的金日银月。但当打开箱子看时,却是两块磨掉了多处金粉、银粉的石头。禄东赞借机说父王不疼爱女儿,赐假东西骗公主。但文成公主看出了他的心思,也借机表达前往吐蕃的决心,把两块石头丢在地上。顿时,平地里冒出两座大山来,这就是有名的日、月两座山。

另一则传说认为日月山是文成公主的日月宝镜掉在地上摔成两半变成的。文成公主远嫁吐蕃时,太宗皇帝赐赠给她一面可以显见愿望的神奇宝镜。他嘱咐公主到雪域后如果想家就可以拿出来看看,以解思乡之愁。当送亲队伍到达青海境内时,文成公主知道故土已远,思乡之情更加浓烈。她拿出宝镜观看家乡,宝镜中显现出的故乡风情,使公主不禁泪流满面。送亲大臣李道宗见此情景,力劝公主以国家社稷为重,千万不可儿女情长。公主听从劝告,为了斩断思乡之情,毅然将皇帝赐予的宝镜投掷山下。宝镜落地分为两半,分别化作现在的日、月两座高山。

这则传说实际上也可以归入风物传说类。这两座高高耸立的大山,形象地烘托出文成公主为了唐蕃友好、藏汉团结,抛却亲人,远离家乡,誓赴吐蕃的坚定不移的决心。将两座大山命名为日月山,更抒发了文成公主"此情此意"日月可鉴的伟大精神。当人们看到或想起日月山,犹如看到文成公主当年在唐蕃古道上风尘仆仆、勇往直前、义无反顾的飒爽英姿。

进入拉萨的传说

当文成公主快要到达拉萨时,人们为此准备盛大的欢迎仪式,便询问松赞干布公主从

---

① "加曲"大河,意为"汉河",此处随意指汉藏交界之河,非定指某一条河。

哪个方向进拉萨,松赞干布回答:"公主是救度母化身,神通广大变化莫测,从哪个方向进拉萨很难说,四方臣民都要做好准备。"于是拉萨四方的人们都做好了充分的迎接准备。文成公主进入拉萨以后,东西南北四方的臣民都说是他们迎来了公主。因此,东方的渡口叫"汉女渡",北方的村子叫"迎主村"……

后来,人们还根据当时欢迎文成公主进入拉萨的盛况,编唱了一首《迎公主歌》[①]:

正月十五那一天,
文成公主答应来西藏。
莲花大坝不用怕,
有百匹善走骏马来接你;
高山连绵不用怕,
有百头力大犏牛来接你;
大河条条不用怕,
有百只黑色皮船来接你;
来到拉萨"拉通"渡口时,
有百条马头木船来接你;
来到拉萨"吉吾"滩时,
有百辆双轮马车来接你;
来到拉萨"东孜苏"时,
有百名英俊青年来接你;
来到"卡阿东"的山脚时,
有百名美丽姑娘来接你;
来到布达拉宫时,
有百名亲信大臣来接你。
今天公主来到吐蕃境,
好像狮子进入大森林,
好像孔雀飞落大平原,
好像不落的太阳升起来,
西藏从此幸福又繁荣。

这首歌记录了藏族人民欢迎文成公主的场面,歌颂了文成公主入藏的史实,表达了藏族人民对文成公主的热爱以及对汉藏友好联姻的珍惜之情。歌中连用三个"不用怕"和八个"来接你"的排比句,把这种感情推向了高峰,给人留下深刻的印象。歌中提到的"红宫"是17世纪五世达赖喇嘛时,由第巴桑结嘉措修建的。所以,这首歌产生较晚或者虽

[①] 中央民族学院少数民族语言文学系藏语文教研室藏族文学小组编:《藏族民歌选》,上海文艺出版社,1981年,第200—201页。

产生较早,但在流传中,由后来的传唱者加入了"红宫"一词。

关于文成公主的其他传说

文成公主进藏途经青海省玉树和康区白马乡时,教当地百姓垦田种植和安装水磨的传说;在康定到折多山之间的河上架设"公主桥"的传说;在甘孜附近修建寺庙(人们称之为"公主寺")的传说;经过阿坝地区吃梨时,丢下三棵梨种长出雪花梨的传说;在拉萨大昭寺前栽种"公主柳"的传说;等等。还有一则传说讲:公主到了吐蕃工布地区的路纳地方,遇见一条小河过不去,后找了一根树干横在河上,搭了一个独木桥过去了。过河后,一只小鸟飞来说:"公主,公主,这儿过不去!"公主听了,马上拔一把羊毛撒在地上,就走过去了。从此,路纳地方的牛羊一直长得又肥又壮。传说还讲道:公主随行队伍中,有医术高明的医生,为藏族百姓医治疾病。凡此种种,藏族人民特别感谢、怀念公主,所以他们从心底里唱出了许多赞扬文成公主的歌。如《公主带来的手工艺》[①] 歌中唱道:

> 王后文成公主,
> 带来手工技艺五千种,
> 给西藏地区的工艺,
> 打开了繁荣的大门。
>
> 王后文成公主,
> 带来畜种五千,
> 给西藏乳酪的丰收,
> 奠定了坚实的根基。
>
> 土地肥来土地肥,
> 肥沃土地数"白归雄"。
> 种下公主带来的谷类,
> 共有三千八百种。
>
> 求神打卦多年,
> 病痛总不离身。
> 公主带来的曼巴,
> 治好了我的病根。

应该指出,耕种和畜牧在当时藏族生产中已经有了一定发展,歌中所说文成公主带来

[①] 中央民族学院少数民族语言文学系藏语文教研室藏族文学小组编:《藏族民歌选》,上海文艺出版社,1981年,第201—202页。

"畜种五千""手工技艺五千种""谷类三千八百种",自然不是史实。我们可以理解为文成公主一行带来了一些牲畜和谷类的优良品种或不同品种。至于医药和手工技艺,早已在民间往来中传入吐蕃。文成公主入吐蕃时,又大量带入则也是事实。这里的根本问题是历史真实和艺术真实的辩证关系问题。即传说采取夸张、集中的手法,使人物更加典型化,甚至带有神话色彩,以表达历史的真实的本质。上述传说中的文成公主正是汉藏民族友好团结的集中代表。因此,在传说中,她已经不是历史上完完全全的真实人物,而成为代表汉藏友谊的典型人物,艺术地表现出汉藏民族友好团结的事实。当然,文成公主作为一个王室出身的年轻女子,为藏汉民族的友好团结和祖国的统一事业做出了巨大的贡献,因此受到藏族人民长久的怀念和热情的歌颂,这也是她作为传说中艺术典型的深厚基础。

从以上诗歌的格律看,它与吐蕃时期所流行的诗歌格律不同。这有两种可能:一是在吐蕃时期已开始传唱,而在后来的流传中变换了表现形式;二是在吐蕃以后产生的。这些都是比较复杂的民间文学作品的系年问题,没有可靠的资料,一时尚难断定。只因与文成公主传说的内容密切关联或类似,所以暂时归在一起叙述。

3. 禄东赞的传说

禄东赞是松赞干布时期一位富有智慧的大臣。前面我们讲述他在唐太宗七试婚使中打败其他婚使,帮助松赞干布迎娶文成公主入吐蕃。除此之外,在藏族民间还流传着许多关于他的传说。

禄东赞找儿媳妇

禄东赞很有智慧,但是,他的儿子却不聪明。他想找一个聪明能干的儿媳妇来帮助儿子。一天,他给儿子一百只羊和一百条口袋,吩咐儿子说:"你不能杀羊,不能卖羊,也不能把羊雇佣出去。但必须在一个星期内,驮回一百袋青稞麦。"儿子赶着羊,驮着空口袋出了家门,走到市场,东瞅瞅,西看看,卖青稞的挺多,但是无法装回家。后来,儿子碰到一个姑娘,教他剪了羊毛,卖了,然后买了青稞,驮回家去。禄东赞说:"把羊毛都剪光了,这方法不好!你还赶着这些羊去。再在一周内,再驮一百袋青稞来!"儿子一筹莫展。姑娘又教他割下羊角,做成刀把、锥子把去卖,然后买了青稞驮回家。禄东赞很惊奇,又派儿子去叫姑娘搓一根九庹长的灰草绳,并说只要姑娘能搓好,自己就能系上。结果姑娘将草绳盘在石板上烧成灰绳,禄东赞却不能系。他虽然很难为情,但却高高兴兴地把姑娘认作儿媳妇。

在另一则异文本中,没有割羊角一节,但增加了姑娘通过禄东赞的儿子反试他的情节。这则传说充满牧民的生活气息,反映了藏族古代以物易物的商业交换情况。

禄东赞与青海湖

禄东赞迎请文成公主快到拉萨时,松赞干布的另一位大臣则颠伦布为把自己的女儿嫁给赞普,便在松赞干布与文成公主之间进行造谣挑拨。禄东赞揭穿了则颠伦布的阴谋后,松赞干布惩罚了他。则颠伦布怀恨在心,设计陷害并挑拨松赞干布将禄东赞剜去双目,关进死牢,准备处死。后来,禄东赞在儿媳妇的帮助下逃出监狱,和儿子一起逃到了青海。

有一年，安多草原大旱，大家急得没办法，便去找禄东赞出主意。他儿子从父亲那里得知寻找水源的办法后，经过千辛万苦，终于找到了一眼泉水。泉眼上盖着一块光滑的大石板，儿子取水后，忘记盖石板，结果"砰"的一声，惊天动地，泉眼喷出巨大的水柱，淹没了大片的草原。禄东赞为阻挡汹涌澎湃的水势，毅然向水头扑去。随着"轰"的一声响，他的身躯化作一座巍峨的高山，挡住了向南涌流的水浪。这座山就是现在青海湖南边的隆宝赛什金山。天地被禄东赞的献身精神所感动，搬来一座山，压住泉口，止住了泛滥的水流。流出来的水汇成了青海湖，那座压住泉水的山，便是湖中的海心山和鸟岛。隆宝赛什金山里的"隆宝"，汉语意为"论布"，是"大臣"的意思。这里特指禄东赞，因此藏族民众又称他为"论布噶尔"。

从以上传说可以看出，禄东赞是被作为一个智慧典型传颂的，而且他的才智都是和生产劳动联系在一起，从中透露出劳动人民的聪明和情操。

三、风物传说

风物传说与特定地方的山川古迹、花鸟虫鱼、地方特产、动植物及风俗习惯相关，是说明其由来、命名和特征的解释性故事。[1] 这类传说均不是创作者讲述曾经发生过的事实，而是对特定地方的风物所做的艺术性的解释，使其具有历史和文化的双层内涵。正如万建中所言："风物传说是对一个地方人工或自然景物形象的一种想象性叙事，是对某些风俗习惯的诠释，叙事和诠释的目的在于确认和提升景物、习惯的文化地位，并注入历史的逻辑力量。"[2] 藏族的风物传说一般分为山川名胜传说和节日习俗传说两类。

1. 山川名胜传说

山川名胜传说，指解释特定地方的自然物与人工物的由来、命名和特征的传说。

昌珠寺的传说

昌珠寺始建于7世纪40年代前后，为吐蕃时期建造的第一批佛教寺院之一。它位于现在山南市乃东区的雅砻河东岸，相传是松赞干布为了镇压罗刹女所建的十二座寺院中的一个。赤尊公主修建大昭寺时，文成公主用五行算法算出西藏地形如一个女魔仰卧。女魔的左臂在山南地区贡布山的西南方向，那里有一个大湖，湖中有一条五头怪龙作祟。为了镇服这条怪龙，松赞干布变成一只大鹏鸟，飞落到贡布山顶，俯视湖中怪龙的活动。只要怪龙一露头，大鹏立刻俯冲到湖面与它搏斗，啄掉它一颗龙头。大鹏斗累了，飞回山顶休息并继续守候。这样反复搏斗数次，终于啄掉了怪龙的五颗脑袋。为了镇压怪龙，使它永世不得作祟，便填平湖泊，在上面修建了一座寺庙，取名叫"昌珠寺"，意为"鹏（鹰）龙寺"。

相传文成公主从拉萨回到山南后，曾居住在这座寺院里。现在寺内有一立桩形土灶，上面放置一个盆形陶器，传说为文成公主当年所用之物。昌珠寺内现珍藏一幅珍珠唐卡，

---

[1] 胡芳：《青藏地区风物传说研究》，《青海社会科学》2011年第2期。
[2] 万建中：《民间文学引论》，北京大学出版社，2006年，第183页。

长2米、宽1.2米,耗用26两珍珠、1 997颗珊瑚、15.5克黄金,还有1颗钻石、2颗红宝石、1颗蓝宝石、0.55两紫鸦乌宝石、189粒松耳石。唐卡上的观音像就由29 927颗小珍珠镶嵌而成。民间传说这也是文成公主当年所用的唐卡,但事实并非如此。

牦牛河的传说

远古时候,石渠、玉树一带的草原上,由于长久干旱,牧草干枯,牲畜死亡。牧民们向天神祈雨,天神不但不降雨,反而派一头神牛降临草原,命其把草原上的草都啃光,草原变成了不毛之地。但是,神牛同情牧民,便从鼻孔中喷出两股清泉浇灌了草原,滋润了牧草,援救了牲畜和牧民。天神得知神牛违抗了他的命令,非常生气,便把神牛变成了石牛。神牛毫不屈服,虽变为石牛,仍从鼻孔喷出两股水流,与其他小河汇成了浩浩荡荡的长江的源头。藏族人民为了感谢神牛的恩惠,便把这条河称作"直曲",意为"(母)牦牛河"。

鹏城的传说

巴塘又叫鹏城,为什么呢?相传古时候,这里大河中的龙王作怪,害死了国王的两个王子和一个公主,他们分别变成了当地的大山。

拉萨有一只大鹏鸟,知道龙王在作祟害人,便穿云破雾飞来,要除掉害人的龙王。当它飞到时,看见一座清澈的碧湖,便落入湖中,想洗洗尘土,歇歇体力,好与恶龙战斗。不料被龙王看见了,便命令旱神把湖的两岸砍开,湖水急速奔泻而下,不等大鹏飞起,湖水流干,把大鹏陷在湖泥中。龙王得意忘形,哈哈大笑。大鹏一嘴把它啄死,为当地除掉了一害。最后,大鹏鸟也饿死在湖泥中,形成了肥沃的土地。人们在上面耕种、居住,随之出现了这座古老的城市。人们为怀念为民除害的大鹏,便称这座城市为"鹏城"。

2. 节日习俗传说

节日习俗传说一般指解释藏民族节日风俗习惯形成原因的传说。

"望果节"广泛流行于西藏雅鲁藏布江中游和拉萨河两岸农区,是当地农民祈求各种神灵保佑,免遭冰雹及一切灾难,确保农作物取得丰收的祭祀节日。"望"汉语意为"田地""土地","果"意为"转圈","望果"的意思就是"转田地",一般指人们在庄稼成熟时围绕着地头转圈来表达对丰收的祈求和渴望。

据说"望果节"起源于两千多年前的布德贡杰赞普时期。那时雅砻地区的农业生产比较发达,赞普为了确保粮食丰收,便向苯教巫师求赐教旨。巫师根据苯教教义,叫农夫绕着庄稼地转圈,祈祷诸神护佑,使农作物获得好收成,这便是"望果节"转田仪式的最早缘起。以村落为单位,全体村民出动,绕本村田地转圈游行。队伍最前面,由捧着炷香和高举幡杆的人引路,接着由苯教巫师举"达达"(绕着哈达的木棒)和羊右腿领队,意为"收地气"、求丰收。后面跟着手拿青稞穗和麦穗的本村乡民。绕圈之后,把谷物穗插在谷仓或供在祭祀台上,祈求今年好收成。随后,便进行娱乐活动,内容有角力、斗剑、耍梭镖。①

这种以苯教教义为指导的望果习俗，一直延续到8世纪中期。8世纪后期，宁玛派兴盛，这时的望果活动随之改变为由咒师主持念咒这种带有宁玛派特色的形式来保佑庄稼丰收。15世纪，格鲁派成为西藏的主要教派，渐居统治地位，"望果节"活动中便融进了更多的格鲁派色彩。在围绕着本村田地转圈的队伍当中，走在最前面的是举着佛像、打着旗幡的僧侣，手拿经幡或身背经书的村民们紧跟其后，绕着即将收割的麦田转圈，祈祷诸神佑助取得好收成。"15世纪后，望果活动就成为传统节日了。"②

藏族人民在长期的生产生活实践中，形成了大量的民间信仰和节日习俗。这些节日习俗记录在他们的习俗传说中，反映出藏民族的生活心理和道德风尚，是对本民族习俗的集体"历史记忆"，并成为其民俗文化中最具艺术魅力和生命活力的文化基因，具有深厚而独特的文化内涵。

第二节 传说的特点和艺术成就

吐蕃时期的藏族传说丰富多彩，传说的特征和艺术成就体现在三个方面。

一、以传说形式保存了藏族的族群记忆

吐蕃时期的传说大多与藏族当时的著名历史人物、重大历史事件或当地的地理环境、自然风物有紧密的关系，反映出藏民族的集体想象。如松赞干布、文成公主、禄东赞等都是藏族历史上非常著名的人物，他们对藏族的发展、对汉藏两大民族友谊的建立、对祖国的统一都做出了巨大的贡献。所以，藏族民众通过传说来歌颂他们。又如迎请文成公主，修建大昭寺、小昭寺等，都是藏族发展史上的重大事件，这些事件对藏族社会进程和人民生活产生了广泛而深远的影响。所以，人们利用传说来加以传述和赞美，不断实现着本民族的历史文化记忆，增强着族群意识和认同感。再如昌珠寺、巴塘、"直曲"（牦牛河）等都是藏族地区所特有的，与它们相关的这些传说便带有极其显著的历史性、地区性和民族性。从中我们可以看到藏族历史的发展演变，了解藏族某些杰出历史人物的丰功伟绩，领略藏族地区的景物风光，感受藏族人民的思想、感情和愿望。藏族传说在流传过程中，告诉人们藏民族有过怎样的昨天，演绎着民族的历史，使族群内部的全体成员铭记在心，形成了一种民族自我意识，加深了族群的认同感。

二、具有浓郁的神话色彩

藏族传说记述的历史人物、历史事件或地方风物，有着浓厚的现实基础。但在很多具体的故事情节上，有着明显的夸张、渲染、虚构和幻想成分，并不是历史人物、历史事件

---

① 赤烈曲扎编著：《西藏风土志》，西藏人民出版社，2006年，第162—163页。
② 于乃昌：《西藏审美文化》，西藏人民出版社，1989年，第115—116页。

的原型。例如：松赞干布能幻化成五百工匠参加大昭寺修建，文成公主的日月宝镜变成日月山，禄东赞化为大山阻挡洪水，等等，都以幻想、神化的艺术手法来展现，已经远离了历史真实。但是，这些幻想情节艺术地再现了历史和人物的本质特点。比如说，松赞干布变化成五百工匠参加大昭寺修建一节，虽是虚构，但它艺术地、真实地反映出松赞干布作为领导者和组织者在修建大昭寺这一重大历史事件中起到的主导和关键作用。再如禄东赞到长安迎请文成公主时，刚见到唐太宗，唐太宗便给他出了三个难题，他都按松赞干布事先给他的"锦囊妙计"——做出圆满答复。每次回答的最后都说"如果不答应赐嫁公主，便要派大军来攻打长安，抢走公主"等。这些情节自然是虚构的，但从历史上来看，贞观八年（634年），松赞干布曾派使臣向唐朝请婚，太宗没有允许。之后，松赞干布便带兵攻打到松潘一带，虽然失败撤兵，却使唐朝感受到吐蕃的强大实力，不能等闲视之。所以，当吐蕃在贞观十五年（641年）又派使臣请婚时，太宗便慨然答应许婚。可见传说中禄东赞答问时的威胁口气并不是毫无根据，而是艺术地再现了历史的真实和事件的本质。当时唐与吐蕃都是政权初建，都需要和平环境，不宜两强相拼，造成动荡不安的局面。双方采取联姻政策，从此四十年间，藏汉和睦相处，友好往来，共同发展和进步。

这些传说既是历史的艺术再现，有着坚实的现实基础，又受到神话的巨大影响，富于幻想和神化。因此，从创作方法上来讲是浪漫主义和现实主义的结合。

三、展现丰富的民俗生活，具有民族志的功能

传说故事是藏民族文化传承的载体，在民族生活中具有重要意义。传说中的历史事件或地方风物，都是围绕历史人物这个中心环节展开的。如关于文成公主的传说便牵连着一系列事件和地方风物，三者交叉错综、互相渗透、密不可分，构成一个统一的传说群，或者称为"传说系列"。同样，松赞干布和禄东赞的传说也是互相关联的。禄东赞去长安，是为松赞干布迎请文成公主；松赞干布修建大昭寺，需要文成公主勘测地形、禄东赞领工出主意等；禄东赞协助松赞干布统一了青藏高原，建立了强大的吐蕃王朝，他出使唐朝，迎请文成公主，加强了唐朝和吐蕃的友好团结。禄东赞文治武功，勋绩卓著，虽然吐蕃的七贤臣中没有他，但在藏族民间文学中，却流传着一系列关于他的传说，并把他作为藏族人民智慧的象征。这些传说为人们全面了解禄东赞提供了极有价值的参考资料。

藏族的传说与其历史文化、政治经济和生活习惯关系密切。这些传说记录了藏民族的起源和发展，在讲述民族历史、加深族群记忆的同时，也蕴藏着大量的民俗现象，述说和书写了藏民族详细的民俗习惯。"望果节"等传说在向人们阐释和解析藏族的民俗现象时，也展示出丰富的民俗生活，为人们提供了真实鲜活的民族志材料。这些传说不但长期在民间口头流传，而且对后期的文人著作影响深远。藏族著名的历史著作《玛尼全集》《柱下遗教》《西藏王统记》《贤者喜宴》《西藏王臣记》等以不同的文体、风格记述了这些传说，也给这些著作增添了浓郁的文学色彩，成为文史不分的传世佳作。

第四章　故事

松赞干布时期创制了藏文。因此，吐蕃时期发生的一些故事被用文字记录了下来。目前所能看到的最早用文字记载的藏族故事，主要有敦煌文献中保存的藏文故事以及《尸语故事》。

第一节　敦煌文献保存的藏文故事

甘肃敦煌千佛洞的石室中收藏有大量唐朝和五代时期所写的文献资料（也有少量刻印本）。1900年（清光绪二十六年），守洞的王道士（俗名王圆箓）打扫积沙时，发现洞壁有裂缝，破之而得石室，发现室内藏有大量珍贵的文献资料写卷，其中有汉文写卷，还有藏文、回纥文、波罗密文等写卷。

1907年至1908年之间，英国人斯坦因和法国人伯希和暗中买通王道士，先后将大批文献手卷盗运到英国和法国。其中斯坦因偷运有七千多卷，先藏于英国伦敦印度事务部图书馆，后又改归到大英博物馆图书馆。伯希和盗运到法国的有两千五百多卷，现藏于法国巴黎图书馆。

中国人知道这件事后，许多人开始保护这些文献，将所得大部分文献存于国立北京图书馆中，一小部分流落到私人手中。1962年，我国商务印书馆编辑出版的《敦煌遗书总目索引》中包含北京图书馆藏有的八千卷，斯坦因盗走的七千多卷，伯希和盗运的两千五百多卷，流散各地的三千多卷，共两万多卷。

一、敦煌藏文文献的发现

在敦煌所存的少数民族文字的文献中，藏文文献数量最多，主要以吐蕃时期的遗卷为主。写卷内容包括历史著作，辑录的民间文学，抄写的佛教经典，翻译的汉文史料、故事及印度的佛经故事。

敦煌藏文文献大部分是吐蕃时期的资料，是迄今为止人们所见到的最早的古藏文文献之一，为当时藏族人士亲笔撰写的第一手资料，真实可靠。这些藏文文献内容丰富、形式多样，历史著述中还有编年大事记，从650年（唐高宗永徽元年）至764年（唐代宗广德二年），共一百一十五年大事；同时还有吐蕃赞普传略十节，其中有《止贡赞普传略》《达布聂赛传略》《松赞干布传略》及《赤松德赞传略》等，记载了他们的文治武功以及邦国之间征战、会盟、联姻、交往等重大事件，既是重要的历史资料，又具有文学价值。民间文学中还有谚语、卜辞诗歌、故事等。这些藏族古文献对研究藏族吐蕃时期的社会历史、宗教信仰、文学艺术、语言文字、风俗习惯及民族交往都有极高的价值。

二、敦煌藏文故事

敦煌古藏文写卷中辑录的民间文学，除谚语、卜辞等诗歌外，还有几篇神话和故事。学界一般把20世纪初在敦煌发现的古藏文写卷中记载的藏族早期的神话及民间故事，称为敦煌藏文故事。

其中的《马与野马》在前面神话部分已经介绍，另外还有两篇故事，一篇是《金波聂基兄弟俩和增格巴辛姐妹仨》，另一篇是《白噶白喜和金波聂基》。它们虽然有些残破不全，有些话一时还难于理解，并且顺序也有些混乱，但是，故事的大体情节仍可看清。

《金波聂基兄弟俩和增格巴辛姐妹仨》包括四部分。第一部分是金波聂基和金波宾柱兄弟俩商量给父亲办丧事的情况。有些文意还不甚明白。

第二部分讲：隆米龙和夏德江夫妻二人生了三个女儿。父亲隆米龙去放羊时，被黑罗刹吃了。罗刹披上隆米龙的皮，冒充父亲，赶着羊回了家。第二天，罗刹叫大女儿去放羊，趁机把她吃了，还把吃剩的心当作小鹿的心给母亲吃。然后又派二女儿增格巴辛去放羊，打算也把她吃掉。但是，增格巴辛遇到一头叫作"草地驴小虎"的驴子。在这头驴子的帮助下，她逃脱了黑罗刹的追捕，回家把事实真相告诉了妈妈。但是妈妈却要跟黑罗刹一起回黑罗刹的地方去住，并把二女儿藏在山洞里，改名叫"花翎孔雀"。后来，花翎孔雀抓住白雕的尾巴去见了天后齐吉纳齐，然后又翻过九座山，渡过九条河继续前进。

第三部分：金波聂基越来越穷，羊越来越瘦。他用马尾套扣住了一只花翎孔雀，回家放在竹篮里面。第二天天亮，金波聂基去拾柴，回到家时，见盘里摆着热气腾腾的饭菜和一满勺酒，他饱餐一顿，心想："这是怎么回事？"于是他假装去拾柴，躲起来观察，只见花翎孔雀从篮子里出来，变成一位非常美丽的姑娘，在忙着做饭盛酒。于是他就娶姑娘为妻，共同生活。

第四部分：父亲教导儿子金波聂基要报答父亲的恩情。只有几句话，后面便残缺了。

《白噶白喜和金波聂基》包括两部分。一部分讲：白噶白喜小姑娘的妈妈被罗刹吃了。罗刹变成母亲回到家中。……第二天一早小姑娘就去放羊，变成妈妈的罗刹来捉她，她和罗刹围着羊群转。这时来了一头野驴，叫她变成美丽的小孔雀飞走。野驴戴上姑娘的帽子，摇起姑娘的铃铛，假装小姑娘把罗刹吸引住，然后又设计逃走了。（第五部分）

另一部分说（第六部分）：在年域桑塘人住的吉厅地方，有个人叫登甘聂哇，他有两个老婆，大老婆生子名叫叶秦宾柱，小老婆生子叫金波聂基。一次大雪天，兄弟二人各自下扣扑鸟。弟弟金波聂基扣住一只小孔雀，哥哥想换，金波聂基不肯，便带回家中养着。白天当金波聂基放羊、妈妈去找吃食回来时，家中已摆好饭菜。后来发现是孔雀变成一位美丽的姑娘做的饭,他便悄悄把孔雀皮收起来,娶姑娘做了妻子。

两个故事总共六部分。第三部分和第六部分是同类型故事,或者说是同一故事的不同异文,属于"田螺姑娘"型。第二部分和第五部分也是同类型故事或是同一故事的异文,属于"狼外婆"型。但是,这两组不同的故事,又通过姑娘(增格巴辛或白噶白喜)变成孔雀和青年金波聂基捉孔雀,结成夫妻的情节密切联系起来。原文的第六部分,看来似乎是故事的开头,它的最末一句是"父亲额德推冲(即登甘聂哇)……年老升了天"。而第一部分的前面是"死了后,用一块草席做口袋",然后是兄弟二人商量给父亲办丧事。弟弟的名字完全一样,哥哥一个叫叶秦宾柱一个叫金波宾柱,略有不同。

从以上简述可以看出故事情节非常生动,而且已经脱离神话的框架,成为以反映社会生活为题材的故事。语言也很形象,如形容天后齐吉纳齐的老态时说:"她老得眼皮盖住了鼻子,鼻子的皱纹盖住了嘴,嘴上的皱纹盖住了下巴……"

西藏人民出版社 1980 年出版的藏文本《尸语故事》第二十一章中的第九个故事《朗昂朗琼》的开头,也是罗刹吃了出外牧羊的爸爸,然后变成爸爸,又先后骗吃了大女儿和二女儿,最后又要骗吃三女儿朗昂朗琼。三女儿在一只小花狗的帮助下,逃脱了罗刹的追捉。这和上述故事的第五部分,特别是第二部分的情节大体相同,只是二女儿换成了三女儿,逃跑女孩的名字不一样,救助女孩逃跑的一个是"草地驴小虎",一个是"小花狗"。由此可见,上述故事很可能是流传在民间的《尸语故事》异文的辑录。可惜残缺不全,无法窥其全貌,一时难下断语。

第二节 《尸语故事》

藏族的《尸语故事》最初来源于印度的《僵尸鬼故事二十五则》。金克木在《梵语文学史》中指出:印度的《僵尸鬼故事二十五则》是由一个大故事贯串了二十四个小故事而构成,加上大故事共二十五则。其中大故事的内容是:健日王每天收到一个出家人献给他的一枚果子,果子里藏着一颗宝石。为了酬谢这个出家人,他答应夜间到火葬场,替出家人把一具尸首搬到祭坛上去。当健日王搬着尸首往回走时,尸首便给他讲故事。讲完故事,又给他提出一个难以解决的问题。当健日王开口回答时,死尸便回到了火葬场。如此来而往复,共二十四次。最后,健日王被难住,没有回答。僵尸鬼(附在尸首上的)便告诉健日王,出家人要害健日王。健日王便回去杀了出家人。

一、藏文《尸语故事》的故事框架

藏文本《尸语故事》也叫《说不完的故事》,其大故事框架有两种说法。一说王子、富家子和乞儿三人一块儿去玩,看见一棵大树上有鸟巢,他们便捡石头打,并发誓打不下来不回家。但是王子在中午便回家了,富家子到下午也回家了,都违背了誓言。只有乞儿遵守誓言继续打。这时,龙树大师来了,问明情况,觉得这个孩子不错,想收为徒。为了进一步考查他，便叫他去尸林背尸首，还告诉他不能和尸首说话。乞儿去背尸首的归途中，尸首便讲故事。听着故事，乞儿不由自主地发出各种惊叹评语，因此，尸首便回到了尸林。这样反复数次，直到乞儿不回答，背回尸首为止。

另一说法是：很早以前，在一个地方，有七个兄弟都会法术，当地人称他们是"巫术师七弟兄"。在离他们不远的一户人家有兄弟两人，哥哥叫作"赛杰"（高明之意），弟弟取名"顿珠"（成功之意）。哥哥赛杰到巫术师七弟兄那里去学法术。

三年里，巫术师七弟兄每天只让赛杰伺候他们，从不给他教变法术的方法和秘诀。一天，弟弟顿珠来给哥哥送吃的，看哥哥什么也没有学到，晚上便偷偷溜到巫术师七弟兄那里去偷看，正巧碰上他们练习法术。顿珠藏在一个阴暗的角落里，把他们练习的诀窍一点不漏地记在心里。他回到哥哥赛杰住的地方，把哥哥喊起来："哥哥！这个魔术你是学不会的，何必在这里受罪？咱俩还是回家去吧。"赛杰便和弟弟日夜兼程回家去了。到家以后，顿珠说："哥哥！我们的马厩里，有一匹很漂亮的白马，你把它卖了赚点钱过日子。注意！别带到巫术师七弟兄那里。"说完自己飞快地跑到马厩变成一匹白马。赛杰到了马厩，果然看到一匹非常洁白的骏马，笑得合不拢嘴，把卖马的事也忘了。

天亮后，巫术师七弟兄发现赛杰兄弟俩都走了，他们想：弟兄俩昨天晚上一定藏在暗处偷偷学到了巫术秘诀。七弟兄变成七个商人，给骡马驮上货物，来到顿珠兄弟住的地方。赛杰没有看出七个商人就是巫术师七弟兄变的，于是把他们迎进家门。巫术师七弟兄用百两黄金，高价买下了顿珠变的马。七弟兄牵着马，边走边说："咱们把这匹马杀了，肉和皮子都剁成碎块。"说完便哈哈大笑。顿珠虽然变成了马，不能说话，但他知道自己马上要被杀掉，心里非常害怕。到了河边，六个哥哥去喝酒闲谈，留下小弟弟看马。顿珠变的小马突然挣脱缰绳向远处飞跑。巫术师七弟兄一看马逃跑了，急忙追赶。快要追上时，顿珠变的那匹马看到河里鱼儿游来游去，马上变成一条金鱼，钻到水里去了。那巫术师七弟兄变成水獭追上去，眼看又要追上了，金鱼朝天上一看，看到一鸽子，它马上变成一只鸽子，扑扇着翅膀向天空飞去，巫术师七弟兄也马上变成七只鹞鹰追了上去，眼看就要抓住了，那白鸽拼命地飞进了半山腰龙树大师坐禅修行的山洞里。顿珠现出原形，向大师合十跪拜，说道："祖师，我被巫术师七弟兄追逼，欲逃无路，欲藏无洞。请大师救救我吧！"说完连连叩头。大师说："眼见弱小而不救，空发慈悲有何用！一般来说，我是不管俗人的事的，但是，你确实是一个可怜的弱者，现已面临险境。七个人欺侮一个人，这是神圣的佛教和世间人理所不能容忍的。现在你变成我的一颗念珠不要动。"顿珠马上变成了大师念珠上的一颗珠子，躲藏在大师的拇指下面。

过了一会儿，巫术师七弟兄变成了七个苦行僧，来到山洞大吼道："喂，老头！刚才有一只白鸽飞到了这山洞里，它在哪里？快交还给我们！"大师闭着眼睛，念着"嘛呢"真经，没有理睬他们。七个苦行僧很生气，变成了七个尖肚蚂蚁，爬到大师身上。顿珠看后，不禁打了一个冷战，说道："阿嚏！大师为我而遭到伤害，于心何忍？"便从念珠串上跳了下来，变成一只锦毛大公鸡，一下子便把蚂蚁全啄死了。那些蚂蚁立刻现了原形，成了七具人尸。

大师看到七具尸体，非常不安。顿珠也非常后悔，甘愿受罚。大师说："你从这里往西方去，找到一个叫司瓦采（阴森森的山林）的大坟地，坟地里有一个名叫若·娥珠锦的尸体，它腰部以上是金子，下半身是松耳石，头上戴一个青铜顶髻，若能把它背回来，我们赡部州的人都能长寿，活到几百岁，吃喝和富人一样，没有一个穷人。你若能把它背到我面前来，也就消除你的罪孽了。"顿珠答应去办。

大师告诉顿珠千万不要和尸体说话，否则他就会回到坟场。同时为了顿珠顺利回到山洞，大师给他改名为德诀桑布（顺利美好之意）。德诀桑布按照大师的嘱咐到西方去了。一路上历尽了千辛万苦，来到司瓦采坟地，找到若·娥珠锦的尸体，背着往回走。没有走多远，若·娥珠锦开口说："喂！天这么长，走得这么累，你不说话，那我给你讲一个故事吧。"最后，德诀桑布不由发出各种惊叹评语，因此，尸首便回到了坟场。这样反复数次，直到德诀桑布不回答，背回尸首为止。

比较印度《僵尸鬼故事二十五则》和藏文《尸语故事》的大故事框架，在某些细节和人物上虽然不尽相同，但大体上还是一致的。由此可以证明，其源头应是印度，但到西藏已被本土化。

二、藏族《尸语故事》的版本

藏族《尸语故事》的版本主要有三个系统。第一，藏族流传的口头故事。第二，手抄本《尸语故事》，包括：（1）青海十三回手抄本《具神通的人尸故事》，标明是龙树和德觉桑宝二人著，有十三个故事；（2）西藏二十一回手抄本《僵尸变金的佛法故事》（标题上说明是龙树所著）和《佛法故事》，流传在西藏的二十一回手抄本。第三，刻本《尸语故事》，包括：（1）四川德格十六回木刻本《具神通的故事》，十六个故事；（2）甘肃夏河拉卜楞寺的二十一回木刻本《人尸变金的故事》，二十一个故事；（3）青海人民出版社出版的二十四回本《尸语故事》，二十四则故事；（4）西藏人民出版社出版的二十一回本《尸语故事》。

以上版本里的故事有些是完全相同或基本相同的，有些则是完全不相同的，合并相同的再加不相同的，共有故事三十五则，已经大大超出印度《僵尸鬼故事二十五则》之数。还有人说有一百多个故事的本子，但目前没有看到，无从比较。《尸语故事》中小故事的数量没有定量，可以随时增减，也可以自由抽换，极为灵活方便。

从以上介绍可以得出下面几个结论：第一，藏族《尸语故事》与印度《僵尸鬼故事二十五则》的内容不尽相同。不相同的部分有两种情况：一是原来印度的故事被改造、被藏族化了；一是藏族故事被加入进去，加入的数量至少在十个故事以上。第二，现在流行的藏族《尸语故事》中的故事，在保留原来印度大故事框架的基础上，大部分已经换成了藏族自己的故事。

三、作者及产生年代

印度《僵尸鬼故事二十五则》的集录者在金克木所著《梵语文学史》中没有谈到，但藏族《尸语故事》的一些本子的书目上明确标为龙树大师所著。龙树是印度大乘佛教创始人之一，大约生活在3世纪。说他是作者，似乎有些牵强，若说是他集录，则有可能。因为印度佛教徒有利用民间故事宣传教义的传统。当然，这尚需进一步的证据支撑。

金克木在《梵语文学史》中曾提到《僵尸鬼故事二十五则》的产生年代："它的最初结集写定的时代不能确定，可能是在现有的《五卷书》的最古的传本写定之后。"而《五卷书》"现在印度有几种传本，最早的可能上溯到公元二、三世纪"[①]。那么，印度《僵尸鬼故事二十五则》的集录时间大约在3世纪，龙树辑录《尸语故事》的说法大体可信。

藏族《尸语故事》的时代，据藏族史书《贤者喜宴》记载：在西藏山南地区的雅砻部落的第九代赞普布德贡杰时期，就有《尸语故事》流传。推算起来，相当于公元前1世纪前后，比所传龙树辑录《僵尸鬼故事二十五则》的时间略早一二百年。这有四种可能：一是推算年代略有误差；二是《僵尸鬼故事二十五则》的辑录成书年代早于龙树；三是布德贡杰时期即有《尸语故事》流传之说不准确；四是口头流传的《僵尸鬼故事二十五则》传入藏族在前，印度将其辑录成书在后。到底如何，尚待进一步探讨。

敦煌存有古藏文《尸语故事》写卷，遗憾的是我们尚未见到。

四、思想内容

1. 揭露统治者的贪得无厌、凶狠残暴

这类主题作品主要有《真赛》《龙女智斗国王》《如意宝碗》《富人作贼》《通灵马救姑娘》等篇目。下面列举其中两则故事加以说明。

《真赛》

某地有个国王名字叫真赛，是聪明机灵的意思。一天，国王发现一个平民与自己同名，于是，他把平民叫来说："我叫真赛，你怎么也叫真赛？！你既然叫真赛，一定很机灵。那么，你来偷我颈上挂的灵魂玉吧。若能偷去，我把半壁江山给你；如果偷不去，你的妻子和家产就全归我了！"平民真赛只能答应。他施出妙计，在国王的重重防护下，还是把国王的灵魂玉偷了出来。国王却言而无信，不但不给一半江山，反而要把平民真赛杀死。真赛特别生气，把国王的灵魂玉狠狠地摔到地上。玉碎了一地，国王便死了。[②]

国王因为平民与自己同名，便设计杀害，计谋失败后，恼羞成怒要把平民杀死，揭露了统治者的阴险凶残；同时还想借机霸占平民的妻子和财产，表现出他的贪婪无耻。故事在抨击国王凶残、贪婪、愚蠢的同时，也赞美了平民的机智、勇敢和反抗精神。

故事还反映出藏族民众古老的信仰：人们认为，每个人的灵魂不但寄存在人的肉体上，还可以寄附到另外一件东西上。有的寄附在一棵树上，那这棵树就是他的寄魂树。如果这棵树枯萎了，这个人必然会遭灾殃；如果这棵树被砍倒，这个人便会死亡。故事中国

---

① 金克木：《梵语文学史》，江西教育出版社，1999年，第222、214页。
② 龙树大师：《尸语故事》（藏文版），西藏人民出版社，2006年。本节所选故事主要依据西藏人民出版社版本。

王的灵魂就是寄附在他脖子下面挂的玉上面，当玉被摔碎后，他便死去。从这则故事可见古代藏族人有寄魂物的思想。

《如意宝碗》

这则故事也称《农夫与暴君》。从前，在一处名叫哲宇的地方，住着一位租种别人土地的贫苦农夫。他一年辛勤耕耘，因为向国王交不起地租和苛捐杂税而日趋贫苦。有一年，这一带遭受了严重的天灾，国王的差税却加重了。农夫无法交上租子，残暴的国王便下令说："交不起租税，就不让你住在这里，到别的地方去找生路吧！"随后立即封上他的家门，农夫只得流落他乡。一天，农夫走到了一处空旷无人的荒原，感到饥渴难忍，头昏眼花，但仍挣扎着往前走。突然，他发现一具马的尸体，这具马尸除头上还剩下一点肉外，全是骨头。为了活命，他解下腰带，拴起马头扛在肩上。最后，他爬上一棵棕榈树的树顶，蹲在树杈间歇息。

晚上，阴沉沉的天空乌云翻滚，不一会儿，电闪雷鸣，下起滂沱大雨。这时，远处来了一位头戴黑帽、骑着一匹花斑马的人，来到树底下歇脚。只见他一个人又吃又喝，嘴里还结结巴巴地说着一些叫人听不懂的话。农夫想：这一定是幻变的魔怪，不然，怎么会有人到这里来？他越想心里越害怕，不料，马头从怀里掉了下去。树下的"魔怪"被突然砸下来的东西吓坏了，慌忙中，飞奔逃走。第二天，农夫从树顶上下来，发现一只金碗中盛着满满一碗酒，就端起金碗一饮而尽。这时，他希望能吃到一些肉和糌粑，往金碗里一瞧，既有肉又有糌粑，吃饱后浑身是劲。他暗暗自喜：这金碗，莫非是如意宝碗！于是将金碗揣进怀里藏起来，赶快离开此地向前走。

农夫走着走着，碰到了一位持拐杖的人。言谈中，他知道这个人也是因为交不起地租而外出流浪的，于是两人成了好朋友。农夫说："咱俩白天隐居歇息，晚上行走，免得碰上强盗。"手持拐杖的人说："唉！何必担心呢。碰上了，我这把拐杖摔出去，钩住对方的脖子，便置他于死地。白天不出去，不想个活命的法子，怎么行呢？"农夫说："糊口的事儿好办，你想吃什么，只管说就是了。"于是，这个手持拐杖的人也吃到了想吃的肉、酥油、酒等。两人十分高兴，结为兄弟。

两人走着走着，又碰到一位手持铁锤的人。农夫上前问："你上哪儿去？拿把锤干什么？"那人回答："我是去讨饭的。这把铁锤，只要把它往地上敲九下，就会出现一座九层高的城堡。"农夫也按照那个人的需要，请他吃了各种食物，然后三人结拜为兄弟，一同启程。路上，他们又碰上一位手拿山羊皮的人。农夫又问："你上哪儿去？拿这张山羊皮干什么？"那人回答："家乡歉收，外出讨饭时，抖一抖这张山羊皮便能下雨，使劲抖动，就能降暴雨。"农夫又从宝碗中给他拿出各种食物，让他饱吃一顿，然后结拜为兄弟一同前行。四个萍水相逢的人，从此结成同甘共苦的好兄弟。他们人多了，胆子也大了，就商量如何报复那个残暴的国王。最后，他们来到宫殿的后面，用铁锤每敲地面一下，便出现一层铁制城堡。他们连续敲了九次，出现了一座九层高的铁堡。

第二天早上，国王的大臣出来闲逛，看到宫殿后有一座九层铁堡，他走近铁堡门口仔细看，认出铁堡里待着的人是从前被驱赶出家门的贫苦农夫，赶紧回宫禀报国王。国王听到这个消息，生气地说："真是奴仆填饱了肚子，想来同主子较量！快派卫兵把铁堡烧掉。"卫兵们抱着柴草把铁堡堵严，点上火，架起一个很大的皮风箱朝里灌风。霎时，浓烟滚滚，烈火熊熊。农夫站在铁城堡顶层，抖动起那张山羊皮，天上立刻降下了倾盆大雨，火势变小。国王又下令："用铁锤和铁钳子把城堡砸掉！"卫兵们遵命，砸个不停。农夫竭尽全力抖动那张山羊皮，雨下得更猛，卫兵们全被大水冲走了。国王更加恐慌，与大臣们一起，穿上铠甲，手操弓箭，朝着铁堡猛射起来。农夫向他们摔出拐杖，杀死了残暴的国王和他的大臣。

故事揭露了反动统治者的残酷剥削使劳动人民家破人亡的真实情况，抨击了国王的暴虐，赞美了劳动人民团结友爱和反抗斗争的精神。这类故事的结局，一般都是被害劳动人民获得最后胜利，反映出劳动人民对前途的坚定信心和必胜信念。

2. 表现青年男女之间的爱情

爱情主题的作品，主要有《鸟衣王子》《朗昂朗琼姑娘》《夺心姑娘》等。

《鸟衣王子》

德诀桑布还是和上次一样，把若·娥珠锦背上往回走。他没走几步，若·娥珠锦又讲了一个故事。说在古时候，一家有三个姑娘，父母亲早已去世。三姐妹养着一头奶牛。她们把牛奶打成酥油积蓄起来，把奶汁做成奶渣储存起来。吃穿用都靠这头牛，奶牛成为她们的如意宝贝。有一天，奶牛突然丢失。大姑娘出去找宝贝牛，她走了很远，便在山上一个洞旁边休息。这时，飞来一只洁白的小鸟，向她叫道："叽叽——叽！叽叽——叽！施给我一些糌粑吃，告诉你一件好事情；施给我一些酥油吃，告诉你两件好事情；施给我一些干肉吃，告诉你三件好事情；若许我做终身伴侣，全部的好事都告诉你。"姑娘一听，生气地骂道："谁愿嫁给你这个扁毛畜生。"她捡起一块石头向小白鸟打去，白鸟飞走了。姑娘找了一天，没有找到奶牛，便垂头丧气地回家了。

第二天，二姑娘出去找奶牛。当她走到石洞口，打算坐下来吃东西休息时，那小白鸟又飞了过来，和昨天一样，对着二姑娘叫了一遍。二姑娘走了很远的路，累得气都喘不上来，没有找到牛，又听到小白鸟不入耳的叫声，她气极了，捡起一根木棒打过去，那鸟摇摇尾巴又飞走了。

第三天，三姑娘出去找奶牛。来到那个石洞口，打算休息吃糌粑。那只小白鸟飞来，和前两次一样，对着她叫了一遍。姑娘看到这只小白鸟既通人性，长得又好看，就先给了点糌粑，又给了一些酥油，最后给了一些肉干，满足了它的要求。白鸟说："姑娘！请到洞里来看一看。"姑娘跟在它后面，先打开一道红门，再依次打开金门、海螺门和松石门进去，只见屋里堆满了黄金、玉石、珊瑚和珍珠等。白鸟蹲在宝座上面说道："姑娘！你的奶牛早已被吃掉，再也不会找到了，不要再走了，请在这里住下吧！做这个家庭的女主人不好吗？"姑娘看到这只小白鸟长得很美，又有这么多金银珠宝，便答应留下来。姑娘每天背水做饭，打扫房子，操劳家务，时间一天一天过去了。一天，这个地方有个盛大的集会，姑娘高兴地来到集会上，有赛马的、射箭的、讲故事的，让人眼花缭乱。有一位骑青马的青年，赢得了大会的称赞。那青年也不住地用眼睛瞅她。姑娘高高兴兴地玩了一天，在回家路上遇到了一个老太婆。老太婆问道："今天大会上的男女青年，哪个长得最出色？哪个容貌最漂亮？""男的要数骑青马的青年最出色，女的要数我最漂亮。"老太婆说："那个骑青马的就是你的丈夫。明天你藏在门后瞧着，等他脱下鸟衣，到马棚里牵着青马出去之后，你就将鸟衣扔进火里烧掉。这样，那个像天神一样的青年，就成了你的丈夫了。"

第二天，姑娘按照老太婆说的，躲在大门后边偷看，只见小白鸟脱去鸟衣，在地上打了个滚儿，立刻变成了一个健壮的青年，骑着青马出去了。她赶紧跑进去，把鸟衣烧掉了。赛马以后，青年回到家里，惊慌地问道："你怎么回来了？我的鸟衣呢？""鸟衣被我烧掉了。"姑娘高高兴兴地回答。"哎呀！现在糟糕了。烧了鸟衣，我们再也不能在一起生活了。"姑娘问道："这是为什么呢？你不穿鸟衣，不是更好看吗？"他哭着说："哎！我也并不喜欢穿它呀！我是一个王子，被女妖抓住了，穿上这鸟衣，女妖就没有办法伤害我，没有这鸟衣，我就会落到魔鬼的手里。"姑娘非常后悔。突然刮起一阵黑风，鸟衣王子又被女妖抓走了。姑娘寻遍了所有的荒山野谷，一边走一边喊："鸟衣王子！鸟衣王子！"最后，姑娘找到一条山沟里，听到鸟衣王子的回声。她顺着声音找去，在一个大佛殿的旁边，找到了面容憔悴，穿着铁鞋，还背着一背铁鞋的鸟衣王子。他说："现在我要给女妖背水，一直背到把这些铁鞋背完。你要是真心爱我，回去用百种鸟羽为我做一件鸟衣，我还可以回去。"王子刚说完，妖怪吼叫着又把他抓走了。姑娘回到家里，找了一百种鸟羽，不分昼夜织成了一件鸟衣。姑娘将鸟衣送去，王子向着鸟衣翻了一个筋斗，马上变成了一个各色羽毛闪闪发光的小鸟。女妖无法再伤害他，他俩又生活在一起了。故事讲到这里，德诀桑布问道："那个老太婆就是女妖变的吧！"若·娥珠锦又"啪啦"一声像彩虹消失一样飞走了。

《朗昂郎琼姑娘》

老两口有三个女儿和一群羊，老头去放羊被魔鬼吃了。魔鬼冒充老头，又骗吃了大姑娘和二姑娘。最后要吃三姑娘，三姑娘得到小狗的帮助，跟在小铁锅后边逃出魔掌，来到一只金鸡的住处，金鸡热情招待她住下来。后来，姑娘发现金鸡是一个英俊少年，心生爱慕，便找机会把金鸡皮烧了。结果铸成大错，使少年被赞神抓去当了奴隶。姑娘非常难过，便按照少年的嘱咐，到少年的妈妈跟前去做纺织活儿。最后，姑娘在仙人的帮助下，使少年回到人间与她团聚。

这个故事的开头与敦煌所藏的残缺故事《金波聂基兄弟俩和增格巴辛姐妹仨》的开头情节大体相同，都是魔鬼吃了放羊的父亲，又害三姐妹。不同的是，今本中救三妹的是小狗，敦煌本是小驴。另外，今本里冒充父亲的魔鬼谎称把女儿许配给人家，挨个领出去吃了。敦煌本里则说魔鬼借口叫女儿去放羊，而后把她们吃了。由此看来，这类故事的源头本是一个，不过在流传的过程中有所变异而已。故事中提到少年被赞神抓去，赞神是苯教的说法，可见这个故事流传时间之久远。

《夺心姑娘》

一个姑娘和王子相爱，后来王子死去，灵魂常来和姑娘相聚。姑娘问王子有什么办法可以把他救活，王子说办法倒是有，不过很困难也很危险。姑娘不怕困难和危险，从"死城"（或"死国"）的咒师手中把王子的心夺了回来，使王子复活，两人团聚。

以上三个故事都歌颂了青年男女之间坚贞、纯洁的爱情，特别赞美女子为追求幸福的爱情而做的英勇斗争。

在奴隶社会，农奴没有人身自由，他们的恋爱和婚姻也受到种种限制和破坏。反动的奴隶主像魔鬼、赞神、"死国"的咒师一样，夺去了青年恋人的身和心，使他们遭受种种不幸。但是青年男女并没有屈服，而是挺身而出，积极争取自己的幸福。故事中所讲的这些姑娘，正是千百万受迫害的藏族男女青年中光辉形象的典型。

另一则故事《王子变狗寻妃》反映了藏族人民选择配偶不以貌美为唯一标准，而以心地善良为首要追求的健康观点和审美意识。与狗结合的情节，是远古时代人兽不分的观念形态的反映，也与狗图腾崇拜密切相关。从妇女结婚后，哪怕丈夫是一只狗，也要恭敬侍奉的观点看，则是社会进入父权时期的道德观念的表现。

3. 赞美友爱互助、诚实善良等品质

这类主题有《尼玛维色与达瓦维色》《牧童与小花狗》《金翅鸟》《诚实少年》等作品。

《尼玛维色与达瓦维色》

很早以前，有个国王有两个王后，一个叫尼玛赤尊，另一个叫达瓦赤尊。她俩各有一个儿子。尼玛赤尊生的王子叫尼玛维色，达瓦赤尊生的王子叫达瓦维色。尼玛赤尊王后病故后，达瓦赤尊想："不除掉尼玛维色，我儿子永远得不到王位。"从此，她便下定决心要除掉尼玛维色。

一次，达瓦赤尊王后装作生病，躺在床上几天不起。国王多次请来医生，怎么也治不好她的病。国王问王后："你的病怎样才能治好？"王后说："只要您发誓答应我的要求，就一定能治好我的病。"国王发誓一定按照王后的要求来做。于是王后说："如果我能吃上尼玛维色的心脏，我的病一定会好起来。"达瓦维色在屋外听到父王母后的谈话，他立即告诉哥哥尼玛维色："为了治好我妈妈的病，她想服用你的心脏。你在这里会有生命危险，我俩一起逃往他乡吧。"尼玛维色说："你的双亲都在，况且你年龄又小，不能跟我一起走，路上会遇到很多危险。"达瓦维色回答道："死也要跟哥哥一起走。"尼玛维色只好答应弟弟的请求，当天夜里兄弟二人便一起逃出王宫。

走了几天几夜后，因为路上的劳累和饥饿，达瓦维色病倒了。尼玛维色背着弟弟走了一段路后，发现弟弟已经不能动弹，不能说话。尼玛维色十分伤心地把弟弟放在干净的地方，周围垒起石头。他离开此地，去寻找能救助弟弟的人。他走了很久，来到一个岩石山的修行洞里，向里面的一位修行者磕头，并说明自己的来意。修行者说："看样子，你弟弟还没有死，我俩去找他。"可他们找到那里时，已经不见弟弟的影子。尼玛维色着急地

喊叫着弟弟的名字。这时,达瓦维色从山顶上走下来,两人悲喜交加抱在一起。之后,兄弟二人开始在修行者身边生活,成为修行者的徒弟。修行者对他们说:"你俩不要到外面去玩,少跟别人说闲话。"

时间一久,他俩忘记了师父的教导,跟附近的小孩一起玩耍,比力气。此地的孩子都知道他俩属虎,谁也斗不过他们。当地有个国王,每年要把一个属虎的小孩作为祭品,扔进湖中。这年由于在本地找不到一个属虎的小孩,就派人出外到处寻找。国王知道修行者身边有两个属虎的孩子后,立即派大臣去找修行者。大臣来到修行者居住的山洞里大声命令:"你这儿藏有两个属虎的孩子,赶快给我交出来。"修行者说:"我是个隐居在山中的修行人,怎么会有这样的孩子?"当他们要抓走修行者时,尼玛维色走出来说道:"别抓我的师父,属虎的就是我。"达瓦维色也出来说道:"我才是属虎的,你们想抓人就抓我吧。"最后兄弟俩都被大臣抓走。两人来到王宫,公主见了觉得兄弟两人很可怜,她请求父王:"尊敬的父王,可怜可怜他们,别把他俩扔进湖中。"国王不但没有听公主的劝说,反而责备道:"如果是这样的话,我把你也一起扔进湖中去。"第二天,三个孩子便一起被扔进湖里。他们三个沉到湖底后,湖神问:"你们三个,谁是我的祭品?"尼玛维色说:"是我。"达瓦维色说:"是我。"公主也抢着说:"是我。"湖神听了孩子们的回话,十分感动,就说:"现在我不要属虎的孩子了,我把你们送回到人间。"于是他们三人一起回到岸边,走进王宫。国王和大臣们看到他们平安返回,感到很惊讶,都认为他们是神的化身。国王很羞愧地向他们道了歉,并要求尼玛维色做自己的女婿,让他们各自坐在金宝座、银宝座、绿宝座上,并举行了隆重的宴会。不久尼玛维色要求父王,让自己回国一趟。国王同意了他的请求。尼玛维色带着很多大臣及仆人,把达瓦维色送到了父母身边。父王看到两个儿子平安归来,激动地说:"过去我受了王后的骗,害苦了两个孩子,我要除掉她。"尼玛维色说:"不必这样,事情已经过去了,今后办事要更加慎重。"尼玛维色告别父王和弟弟达瓦维色,回到了公主的国家。之后,居住在两地的两个王子经常去看望养育他俩的修行人。

《牧童与小花狗》

从前,在一座华丽的王宫附近,居住着一家很贫穷的牧户。母子俩相依为命,靠喂养几只山羊过日子。勤劳憨厚的儿子每天早早地就把山羊赶到水草丰茂的地方放牧,让它们吃得饱饱的,喝得足足的。

有一天,他将羊群赶到黑白两湖之间,忽然看见离他不远的地方,有一只白色的青蛙和一只黑色的青蛙正在搏斗。当他跑过去看时,白青蛙已被黑青蛙打得血肉模糊,奄奄一息了。他伸手拉开它们,并把黑青蛙放进黑湖里,把白青蛙放入白湖中,然后赶着山羊,唱着牧歌回家:"慈母好比黄色的金,金一旦坠地无法拾,情人犹如山上的草,草断了一根拾一根。"歌声婉转悠扬,歌词达理动听,儿子未归歌声先回,阿妈听了乐滋滋。

第二天,他又和往常一样拂晓起床,赶山羊到那白湖边,让它们吃上露珠草。当金色的阳光慢慢擦去草尖上的水珠时,突然,一位白衣老者骑着白马来到他身边说:"感谢你的大德，今日请你随我走一趟。"牧童面对陌生的老人，不解地问："我与你没有恩也没有仇，为何要跟你走？"老者说："那你在我的马背上吐口痰行吗？"那牧童想："吐口痰有什么？"于是向白马背上吐了口口水。就在他吐出口水的一瞬间，不觉到了龙宫里，见一个年轻英俊的白衣王子正睡在龙床上呻吟。老龙见了牧童，一边说他救了龙子，一边让他坐下吃拙玛麻古①。他正吃得香时，坐在灶边的一位独眼老阿妈说："分给我一口拙玛麻古吃，我就说一句话。"牧童把所有的拙玛麻古全给她吃了，于是她就说："你救了白龙王的独生子，他还会赐你许多宝物，如果他问你要什么，你就要灶边的小花狗，别的什么都不要。"龙王冬琼嘎布果然问牧童想要什么东西，并说："只要是你想要的都答应你。昨天，黑湖龙王杜娃娜布准备杀死我的儿子，幸亏你救了他的命，我要报答你的大恩。"牧童虽然不知道那独眼老阿妈的意思，但还是说："我救你儿子是无意之中救的，不必报答。如果你一定要酬谢我，那我只要灶边的小花狗。"白龙王听牧童这么一说，吃了一惊，然后说："看来，老阿妈多嘴了。不过我有言在先，只好把小花狗送给你了。"牧童在龙宫吃饱喝足后，领着小花狗回来，山羊仍安然无恙。

  此后，牧童依然牧羊，老母亲到滩里挖人参果。每当母子回家时，小狗卧在灶边，灶上摆满了各种热腾腾、香喷喷的食物。从此，这一家母子俩吃的穿的应有尽有，过着美满生活。但他们始终不明白这究竟是怎么一回事，心中十分不安。一天早晨，牧童佯装出去放牧。他将羊赶到滩里，自己悄悄躲在帐篷外窥探。只见那小花狗在地上打个滚，脱去狗皮，变成一位美丽的姑娘。她首先往灶里加满了干牛粪，然后背上水桶到河边背水去了。牧童心想："我从龙宫要的狗，原来是龙王的公主。"他冲进去将龙女脱下的狗皮扔进火里。龙女背水回来，发现已经没有了隐身的狗皮，她惋惜地对牧童说："此事不能透露给任何人。"

  不久，国王发现牧童家有个陌生的美女进进出出，就把他叫去问话。牧童告诉了国王事情的经过。国王说："你一个穷得连饭都吃不起的小子，怎么配有龙女呢？她应该属于我。明日你用绸子裹我的后山吾卡崩巴山，如果你的绸缎裹不了山，你就无权拥有龙女，必须把龙女交给我。"牧童垂头丧气地回来，将国王的话告诉了龙女。龙女说："这没什么，你去白湖边大声喊：'龙王冬琼嘎布，我需要用一下你的绸缎箱，大的不要太大了，小的不要太小了，把那中箱借给我。'记住，路上千万别开箱。"牧童来到湖边，照龙女说的去喊，果然湖水掀起浪来，把一个精制的中箱推到他面前。次日，国王把库中所有的绸缎全运到山头往下盖，还没有盖到半山，他的绸缎就用完了。牧童将中箱背上山顶打开，美丽的龙域绸缎飘飘而下，不一会儿便把国王的后山变成了绸山。国王扫兴而归。

  又过了一日，国王提出打仗决胜负。牧童被吓得六神无主，可龙女不慌不忙地说："你去，找我父王借兵。"并详细告诉了牧童借兵的方法。牧童到湖边按龙女教的说了，不一会儿一个沉重的箱子送到他面前。他背箱回家，箱子特别重。回家路上，他坐在地上休

---

① 拙玛麻古：用人参果、酥油、白糖制成的美味食物。

息时，无意中打开了箱子，里面呐喊着冲出千军万马，异口同声地问："冲哪里？要杀谁？"牧童慌忙把手指向对面山林。一眨眼工夫，山林被砍得精光，连一根小树枝都没剩下。当夜，国王命令各部人马前来攻打牧童，活捉龙女。国王兵多将广，人喊马嘶，满山遍野地向牧童的帐篷压过来。牧童打开了龙王的兵箱，冲出兵马。两军相逢，杀声震天，死尸遍野。国王的兵马在龙军面前不堪一击，被杀得片甲不留，国王也在乱刀乱箭中丧生。次日，牧童搬进王宫，当上了国王，从此和美丽的龙女一起治理国家，给草原带来了和平与吉祥。

《金翅鸟》

铁匠、木匠、石匠、花匠、卦师、医生和乞丐的孩子，七个人结为兄弟。一次，他们商量好分头出外谋生，约定三年后重聚。乞丐的儿子出去给人当雇工，和主人的女儿相爱结了婚。两人被主人赶出来后，国王见他妻子美丽，便抢了去，并把他关在石洞里。

三年后，六兄弟回来，不见七弟。卦师的儿子算卦得知他遭了灾殃，大家便赶去把他营救出来。之后，又合力制造了一只金翅鸟。乞丐的儿子驾着这只鸟把妻子救了回来。这则故事揭露了统治者抢人妻子的强霸行为，同时也说明，只要劳动人民团结互助，就可以抗击统治者，保卫自己。

有的版本还讲，救回姑娘以后，七兄弟都争夸自己的功劳大，应该得到姑娘，他们争执起来，互不相让。这便大大削弱了团结互助的主题思想，也不符合故事情节的逻辑发展。

《诚实少年》

《诚实少年》也叫《不说谎的牧童》，故事说：两个头人各以财产的一半打赌，看一个牧童说不说谎。认为"没有不说谎的牧童"的头人玩弄阴谋诡计，想让牧童说谎，最后以失败告终。故事赞美了劳动者牧童诚实率直的优良品质，揭露了剥削阶级的阴险与贪婪等丑行。

4. 揭露宗教徒撒谎骗人的真实面目

此类故事以《猪头卦师》最有代表性。一次，国王的公主丢失了玉耳坠，怎么也找不到，只好请喇嘛来打卦。喇嘛早就看见这个翠绿发光的玉耳坠，他把它裹进一块牛粪里，同其他牛粪饼一起贴到墙上。又假装念了天经，然后敲着法鼓，在众人面前转来转去，最后一把抓住墙上有玉耳坠的牛粪饼，大叫："玉耳坠就在这里。"喇嘛这点小把戏，居然得到国王赐以牛马、金银等厚赏，由穷光蛋变成了富翁。第二次，王后得了病，面黄肌瘦，愁得国王坐卧不安。他派人又去把这个"神通广大"的喇嘛请来。喇嘛让国王把猪杀掉，但王后的病并未见好。喇嘛骑上牦牛想逃跑，被牛角刺伤了臂膀，他又叫国王把牛杀掉。这时王后的病有所好转，喇嘛大言不惭地说："猪鬼牛魔都被我杀了，王后安心休息吧！"这样，喇嘛又得了一批金银赏赐。第三次，敌兵临近王宫，国王又把"降服猪鬼牛魔"的喇嘛请来退敌。喇嘛吓得目瞪口呆，望着房顶自言自语地说："梁、柱子！"国王以为是破敌妙计，下令士兵扛起梁和柱子出战，敌兵不知是什么战术，竟四散逃命而去。一个喇嘛靠几次偶然的机缘替国王找回了丢失的玉耳坠，杀死了猪鬼牛妖并治好了王妃的病，因而得到丰厚的报酬，成为有名的卦师。故事情节曲折，风趣幽默，对所谓能知过去未来的宗教徒等的欺骗伎俩进行了尖锐的讽刺，同时，对宗教职业者的寄生性也有所揭露。

另外还有一则同类型的故事《商人章玛色琼当国王》。故事讲一个商人在几次事件中，完全靠偶然机会和运气，说对了煎饼张数，找回了国王的骏马和灵魂玉，寻回了生意人的毛驴，猜中了大臣手中的蜜蜂，从而取得王臣百姓的崇奉并当了国王。故事客观上揭露了所谓"先知者""预言家"的欺骗伎俩。

在西藏人民出版社1980年出版的藏文本中，这两则故事都是以赞叹"幸运""运气"的口气讲述的，主观上并没有暴露卦师欺骗的本质。1963年青海人民出版社出版的藏文本中，在《猪头卦师》故事的最后，由背尸的德诀桑布发出惊叹说："巫师、卦师、幻术师，真是人间三种大骗子啊！"以画龙点睛之笔，起到揭露批判的作用，强化了故事的主题表达。从所表述的观念形态看，这似乎是在后来的流传中增添进去的笔墨。

其他还有批评嫉妒行为的如《两个公格》，指责狡诈品德的如《骗亲被虎吃》等。总的说来，大部分故事的主题都积极向上，但是也有一些宣传宿命论等宗教迷信思想的内容，应予批判。

五、艺术特点

1. 故事情节曲折多变，富有浪漫主义色彩

《牧童与小花狗》中牧童出外放牧，偶遇白青蛙与青黑蛙打架，救出被打得血肉模糊的白青蛙。龙王酬谢牧童救子之恩，允许牧童把龙宫的小花狗带回家，小花狗变成美丽的龙女。国王欲霸占龙女，龙女为牧童出谋划策，在龙王帮助下打败了国王。故事情节跌宕起伏，曲折多变。而白青蛙是龙子所变、龙女变成小花狗、龙王赠送的绸缎箱中蕴藏着无数匹绸缎、小箱中能装千万军马等情节，都富有浪漫主义色彩。《鸟衣王子》中三姑娘出外寻找奶牛，遇到一只漂亮的小鸟，和它一起生活。三姑娘得知草原集会上的英俊少年是小鸟所变，便烧掉鸟衣，希望永远能和他在一起。王子变成小鸟为避免女妖伤害，而不明真相的三姑娘听信谗言烧毁了鸟衣。失去鸟衣的王子又被女妖抓去服苦役。最后姑娘不舍昼夜织成一件百鸟衣救回王子。故事情节可谓一波三折，读来引人入胜。

2. 反映了藏族古代的社会现实及人们的审美意识

在《农夫与暴君》《真赛》等故事中，国王剥削压迫百姓、抢人妻女等情节，真实地反映了藏族古代社会中的阶级关系和丑恶现象，赞美了为民众利益情愿自我牺牲的卓玛，对尼玛维色与达瓦维色之间的兄弟友爱、农夫和其他穷苦百姓之间团结斗争的精神、金鸡少年与郎昂等青年男女间的真挚爱情进行了歌颂。这些故事表达了古代藏族劳动人民的道德观念、审美意识和爱憎心理等。故事的结尾几乎都是幸福美满的，显示出藏族人民对美好生活的憧憬及对未来的坚定信心。

3. 语言朴实，叙事中常插入谚语

故事叙事中常插入一些流传的谚语，通俗易懂。如讲懒惰的坏处时，便引用谚语"男人贪睡丢弓箭，丢了弓箭敌人狂；女人贪睡丢纺锤，丢了纺锤衣破碎，衣服破烂被狗追"；说青年要到外面开开眼界时，便引"大鹏盛年凌空高翔，高空虽广无所惧；青年壮时周游世界，世界虽广无所惧"。凡此种种，使叙述更为活泼生动，使故事更有哲理意味。

六、书面记录与民间流传情况的比较

《尸语故事》中的故事，大都在藏族群众中广泛流传。民间流传的《尸语故事》比书面内容更加丰富、健康。这里以《朗昂郎琼姑娘》这则故事为例，做以比较。

在民间流传的故事中，当金鸡少年的心被摄去之后，朗昂姑娘为了他俩能常常相聚，恩爱到头，决心去魔域夺心。她历尽千辛万苦，冒着生命危险闯过五关，来到魔域给魔王当牛做马，每日背一百桶水，倒一百筐灰，繁重的劳动磨烂了腰……终于取得魔王信任，派她去晒人心，她趁机夺回了金鸡少年的心，与少年团聚，过上幸福生活。

在书面记录中，故事是这样的：当金鸡少年被女妖带走后，姑娘特别伤心，知道是前世修马头金刚时不够虔诚，今世生为女人而受苦。依照少年临行前的嘱咐，她带着少年的本尊来到少年家里，日日供养，一心观修，最后依靠本尊马头金刚之力，帮少年从女妖处逃回，姑娘与金鸡少年团聚。

从以上比较可以看出，民间流传的故事比书面记录的内容斗争性更强，与现实生活更密切相关。朗昂为了真挚的爱情，勇敢、沉着，不怕牺牲，克服一切困难，最后终于取得胜利。魔域四户小魔所受的虐待，就是奴隶社会中奴隶受苦的缩影，朗昂姑娘为魔王服苦役的情景，也是奴隶受苦的真实写照。书中朗昂的形象就逊色多了，她每天只是以纺织赚酥油，点酥油灯来供养本尊马头金刚，以求打败魔王。她将取回金鸡少年心的希望全部寄托在神佛身上，依靠人力取得胜利的因素很少，大大削弱了对朗昂追求幸福生活的斗争精神的表述。

第五章 史传文学

吐蕃时期，藏族的历史、传记著述开始形成并发展起来，形成了藏族文学发展史上第一批书面创作，也就是没有署名的文人作品。其产生和发展的原因，主要有以下四个方面：第一，在吐蕃的前、中期，整个社会的政治、经济和文化发展很快，疆土开拓迅速，这是史传文学产生、发展的根本原因。第二，在吐蕃社会历史迅猛发展的过程中，出现了许多英明的赞普和著名的将相。他们为藏族社会的繁荣强盛立下了汗马功劳。对他们建立的不朽功勋，广大藏族民众不但崇敬而且歌颂他们，这是史传文学产生、发展的直接依据。第三，随着历代赞普的开疆拓土，加强了吐蕃与四邻的交往。在交往过程中，吐蕃汲取了中原汉族和友邻印度等的先进文化。如汉族优秀的史传作品《尚书》《春秋后语》等的译入和流传，开扩了眼界，丰富了思想，是史传文学产生、发展的外部因素。第四，藏族文化的丰厚积淀，民间文学的全面发展，特别是历史人物和史事传说的发达，成为其产生、发展的肥沃土壤。从形式上看，史传文学大体可以分为历代赞普传略和碑文铭刻等。

第一节 赞普传略

在前面第四章所讲的敦煌藏文历史文献中，主要有赞普传略、王臣唱和及唐蕃统帅论战等内容，共有十卷，分别是：

（1）《止贡赞普传略》：内容已在第三章"藏族传说"中讲述。

（2）岱处保南木雄赞赞普在位及其后世，诸大相任职者世系。

（3）《达布聂赛传略》（在后世的《西藏王统记》《贤者喜宴》《青史》《西藏王臣记》等藏文史书中，达布聂赛称"达日聂塞"）：记述孙波邦国内部二王互相吞并，君主残暴，不听劝谏，君臣不和，其大臣曾古、义策等私投雅砻部落首领达布聂赛，准备里应外合，攻灭孙波，但因达布聂赛去世而事未果。

（4）《纳日伦赞传略》：讲述达布聂赛死后，其子伦赞（纳日伦赞，后世一些藏文史书中称"纳日松赞"）和伦果两兄弟继承父志，与孙波的重臣曾古、义策等重续前盟，里应外合，终灭孙波。同时还记载了琼保·邦色杀了藏番帮主玛门以后献其二万户给纳日伦赞的事迹，以及米钦自告奋勇征讨并平定了达布地区叛乱的经过。

（5）赤松赞普与韦氏义策等人盟誓。

（6）《松赞干布传略》：讲述松赞干布年幼即赞普位，先后平定了父族、母系、象雄、苏毗（孙波）、达布、工布和娘布等部落、地区的叛乱，又将吐谷浑收归辖下，以及松赞干布在贵族琼保氏的挑拨下杀害了尚囊氏，琼保·邦色在禄东赞识破其想谋害松赞干布计谋后自杀，并让儿子昂日琼割下自己首级请求赞普不要毁灭家族之事。

（7）《赤都松与赤德祖赞传略》：前一部分主要讲述赤都松执杀噶尔氏家族重要成员，巩固了王室权力及征服突厥、南诏等事迹，后一部分记叙赤德祖赞与唐朝的战争。

（8）《赤松德赞传略》：记述赤松德赞的文治武功，另有松赞干布消灭象雄事迹插入这一部分。

（9）赤都松与大臣、妃子唱和。

（10）噶尔·钦陵与唐将王（孝）杰论战等。[①]

与后世历史作品比较，这部分著述具有明确的史传观念。以史为经，通过史实的叙述，贯通史的脉络；以传为纬，塑造英雄群像。经纬交织，组成了优秀的文史作品。

一、思想内容

1. 记述吐蕃王朝的建立过程，赞美在统一过程中建功立业的历史人物

青藏高原上原本居住着雅砻、苏毗、羊同、党项、白兰、吐谷浑、藏博、达布、工布、娘布等部族，它们之间分散独立，互不统属。6、7世纪，由于社会发展的必然趋势，这些分散的部族才逐步融合统一成为强大的吐蕃王朝。传略以文学的笔触，艺术地再现了这一段历史，同时也歌颂了在统一过程中立下汗马功劳的英雄人物。文献中较详细地记述了雅砻部落的首领达布聂赛和纳日伦赞父子两代吞并苏毗的历史过程：

> 当雅隆部落达布聂赛赞普之时，在邻邦的年噶旧堡有孙波主达甲卧；在补哇的尤纳地方，有孙波主赤邦松。达甲卧为人昏庸，听信奸邪，以善为恶，以恶为善，不纳贤良忠言，对敢于直言劝谏之臣，则处以非刑。因此君主昏昏于上，臣属惴惴于下，互相猜忌，离心离德，臣属百姓皆生怨恨之心。

> 一次，有个叫年·吉松纳布的大臣劝谏达甲卧说："王之所为，皆反常规。国政日非，风俗日坏，平民屏蔽，邦将灭亡，如不悔改，恐不堪设想！"但是，达甲卧不听忠言，反说："此话犯上有罪！"将吉松纳布罢官废为百姓。吉松怀恨，乃杀达甲卧而投赤邦松。赤邦松大喜，封地赐奴以赏吉松。

> 在赏赐给吉松纳布的奴户中，门·刀日曾古白因受吉松妻的凌辱，去向赤都松申诉。赤都松说："再没有人比吉松纳布更忠于我了。你们是他的奴户，他有权任意惩

[①] 敦煌古藏文写卷 P.T. 1287 的《赞普传记》中，每卷原来没有标题，本书所列标题是后世研究者根据内容概括总结而成。其中六卷的内容是吐蕃时期七位赞普的传记，故在标题加卷名；另外四卷记述的是其他内容，因此标题未加卷名，以示区分。

治你!"曾古闻此,心中不服,愤恨异常。

此时,赤邦松之臣韦·雪刀日枯古和欣·赤协顿孔二人格斗,欣氏杀死韦氏。韦之兄名叫庞刀日义擦告于赤邦松曰:"臣弟被欣氏杀害,应如何偿命?"赤邦松答曰:"欣氏身为内相,我难以责之。况且,以善者杀不善,杀就杀了吧!"义擦闻此,也极为不满。

因此,曾古和义擦对赤邦松均心怀二志,在回家途中结伴而行。义擦在前,曾古随后而歌曰:"滔滔大河对岸,雅隆藏布对岸,有一人,人之主,实乃天神之子。愿听真主调遣,愿驮好的鞍鞯。"如是说出心腹之言。义擦在前,闻歌了悟,便道:"曾古,你说的全是实情,我也满腔怨恨,和你想的完全一样!"于是二人共立盟誓,叛孙波主而投靠雅隆部落达布聂赛。义擦联络舅舅农氏参与其盟。

此后,娘氏、韦氏、农氏三姓即以才崩纳僧为使者向达布聂赛联系。达布聂赛说:"我虽有一妹嫁在孙波主跟前,但是,我愿从你等所请!"于是娘、韦、农三氏与达布聂赛盟誓而至钦哇宫。白日隐藏在密林深处,夜晚潜入钦哇宫中,共立盟约,密谋里应外合之策。此事为百姓所觉察,作歌咏之曰:"人好呢马也强,白日呢林中藏,夜间呢入钦宫,敌人呢抑友朋?"

但在未引兵向赤邦松进攻之前,达布聂赛赞普就去世了。

以上所引是《达布聂赛传略》的原文大意。在《纳日伦赞传略》中接着记述:

达布聂赛之子伦赞与伦果兄弟,继父志与赤邦松的臣属娘氏、韦氏、农氏等重续前盟,约定日期,里应外合,最后消灭了孙波。赤邦松之子芒布杰逃亡突厥。自此,雅隆部落的疆域和权势获得巨大的发展。娘氏、韦氏等作歌以颂其事,并上赞普尊号曰:"政比天高,权比山坚,可号纳日伦赞!"("纳"意为天,"日"意为山)于是纳日伦赞封地赐奴,委官赏爵,以酬娘氏、韦氏、农氏等盖世之功。

从其他藏文史书及《隋书》《新唐书》《旧唐书》等汉文史书的记载看,孙波即苏毗。孙波有二王,当时疆土大于雅砻部落,国势也较强盛。但因君主昏庸残暴,是非不明,君臣离心,内部不和,才给雅砻部落以可乘之机而遭亡国之祸。

这些传略还记述了以下内容:纳日伦赞收服藏博;松赞干布平定羊同、达布、工布、娘布、苏毗之乱,征讨吐谷浑;赤都松征服突厥和南诏;赤松德赞征服于阗,攻入长安,平息南诏之乱;等等。

以上内容生动记述了青藏高原各部族统一融合的过程,并歌颂了在统一过程中建立了丰功伟绩的英雄人物。

2. 反映统治阶级内部争权夺利的激烈斗争

《松赞干布传略》具体而详尽地描写了松赞干布与尚囊、琼保的矛盾斗争。琼保·邦色记恨尚囊在庆功宴会上批驳自己居功自傲的言论,便挑拨尚囊与松赞干布之间的关系。他多次在松赞干布面前说尚囊心怀二志,在尚囊跟前说赞普要责罚他。尚囊把琼保当成可靠的朋友,认为他说的是实情。所以,当赞普对他有所派遣时,他都拒不接受,潜居在都哇堡中不肯出来。因此,赞普说:"尚囊确实心怀二志,应摧毁其都哇堡!"这时,尚囊之奴仆巴策金布心生怨恨把尚囊消灭,都哇堡也被拆除了。

之后,琼保年老整日闲居,便请松赞干布驾临他的封地藏蕃巡视,并准备在封地的赤堡园中大宴赞普。赞普答应后,便派禄东赞先去安排行宫诸事。禄东赞到了赤堡园,发现琼保准备暗害赞普,急忙逃回,向松赞干布禀报实情。禄东赞逃走后,琼保知道阴谋暴露,畏罪自杀。琼保之子昂日琼遵父亲之嘱,断父之首,带着赶到钦哇宫,向赞普禀报:"我的父亲老朽昏庸,背叛赞普,预谋不轨。我将父亲杀死,断其首,来报赞普。请求赞普无论如何不要灭臣家族。"松赞干布答应其请求,没有毁灭他的家族。

尚囊和琼保都是协助纳日伦赞和松赞干布父子开疆拓土的开国功臣。琼保一贯居功自大,桀骜不驯;但尚囊却素来忠顺服帖。但是,二人都在功成之后被杀。琼保在挑拨离间松赞干布与尚囊的君臣关系之后,又谋叛自杀,纵然才智杰出,终自食恶果,罪有应得。只是忠心耿耿、屡建奇功的尚囊死得确实太冤枉。

再如叙述赤都松与噶氏家族的矛盾时,记录了赤都松斥责噶氏觊觎赞普王位的一首歌。这首一百多句的诗歌反映了统治阶级的内部矛盾。歌中曰:

啊!
如今呢细察看,
地上呢蟑螂虫,
像鸟呢要显能,
想要呢飞天际,
想飞呢无羽翼。
即使呢有飞翼,
蓝天呢高又高,
云层呢难穿越。
向上呢不到天,
往下呢难着地,
不高呢又不低,
变作呢鹰之食。
恰布呢小河谷,
属民呢想当王,
噶氏呢想当王,
蛤蟆呢想飞腾。
属民呢想当王,
碧河呢倒着淌,
磐石呢滚山上,
恰布呢人喧嚷:

虽然呢往上滚，
想到呢香波顶，
但是呢去不成！

噶氏家族从禄东赞为大论掌握吐蕃军政大权以来，传其数子。半个世纪中，分据吐蕃内外，遇事独断专行，造成贵族专政局势，遂与赞普王室之间形成尖锐矛盾。赤都松即赞普位后，年岁渐长，乃生灭噶氏之心。这首歌中，先是揭露噶氏"欲谋不轨"的企图，然后以各种比喻强调说明臣属不应觊觎王位，造反定难得逞的道理。反映了吐蕃王室布杰氏（王室姓氏，汉文史书译为"悉补野"）与奴隶主贵族噶氏（封地在恰布）之间的尖锐矛盾，预示着一场你死我活的斗争风暴即将来临。赤都松在歌中紧接着又说：

曾登呢扎古峰，
雅拉呢香波山，
谁大呢哪座小，
众人呢都知道；
蓝色呢加曲河，
雅隆呢大河流，
谁长呢哪条短，
唐拉呢雅秀知；
…………
是民呢役使王，
抑或呢王役民，
蓝天呢上苍知！
是人呢骑骏马，
抑或呢马骑人？
巫师呢他知道！

歌中前段所讲"曾登扎古"是噶氏家族封地中的山，是与噶氏家族息息相关的"灵魂山"；雅拉香波山则是吐蕃王室发祥地山南琼结县境内的雪山，是与吐蕃王室关系密切的"灵魂山"。加曲河是噶氏封地中的小河，雅隆（鲁）大江则是山南地区的大河。诗歌用这些对赞普王室和噶氏家族有象征性的事物作比喻，阐述噶氏家族与赞普王室的权势、地位和力量不能相比，造成先声夺人之势。后面所引比喻，明确生动地指出王室与属民之间等级森严，属民绝对不能逾越。之后，赤都松在诗歌的最后部分做出结论说：

民不呢役使王，
马不呢能骑人，
草不呢能割镰，
钦哇呢达孜官，
布杰呢王统延！

>　　……………
>　　如今呢来观察，
>　　恰布呢小谷中，
>　　云雀呢有一群，
>　　雀群呢飞太狂，
>　　母雀呢被鹰餐，
>　　幼雀呢散平川，
>　　从今呢到以后，
>　　犯罪呢莫悔憾！

这首诗歌有一百一十五句，可谓长歌。诗歌字里行间明显地透露出赤都松这位失去权利、受制于人的赞普的满腔愤恨和浓浓的杀机。不久，赤都松便借狩猎之名，突袭噶氏，逼大论钦陵自杀身亡，其弟等投奔唐朝。噶氏中掌握军政权力者多人被杀，从此一蹶不振。赤都松遂尽收大权于自己手中，结束了贵族专权的局面。《赤都松传略》对此事记述说："噶尔等一部分大臣心怀不忠，欲叛国王，王乃神思熟虑，出威猛之师而执之，将叛逆之臣悉治之罪，政权比前更加巩固扩大。"这些记述生动描绘了吐蕃时期奴隶主贵族内部争权夺利、尔虞我诈、互相残杀的真实情况。

3. 记载部族邦国之间的友好往来

部族邦国之间友好往来的记载有：达布聂赛的妹妹嫁给孙波主赤邦松，松赞干布的妹妹嫁给羊同王李米夏，赤德祖赞与南诏的交往，等等。在《赤都松与赤德祖赞传略》中，记述了南诏派使臣段忠国到吐蕃晋见赤德祖赞的情形：

>　　此后，阁罗凤的大臣段忠国来到赞普驾前，在旁塘的大殿中向赞普行晋见礼。这时，赞普君臣向之唱歌，歌曰：
>　　从那呢七层天，
>　　蓝空呢神境中，
>　　神子呢做人主，
>　　降临呢蕃中央。
>　　所有呢人间地，
>　　不能呢与蕃比，
>　　地高呢土洁净。
>　　充当呢世间王，
>　　政善呢根基牢，
>　　睦邻呢众小邦。
>　　……………
>　　罗凤呢封为王，
>　　越来呢越亲近，

近神呢如近天，
愈交呢越巩固，
巩固呢似香波。
从今呢往以后，
忠国呢主与奴，
天地呢心相合，
雾霭呢满神界。
对众呢有利益，
先迎呢后相送，
唱歌呢又跳舞，
所命呢皆遵行！

吐蕃君臣所唱之歌，既描述了吐蕃海拔高，政治稳定，又赞美了吐蕃与南诏之间的友好交往。此外，传略中还阐述了亡国之因、兴邦之道等。

二、艺术成就

1. 传略选材精确恰当

传略的线索主要是围绕征战与统一这个主题来选择历史人物和历史事件。一方面，从选取的历史人物看，吐蕃王室世系从聂赤开始到朗达玛共有四十三代赞普，而在传略中只选取了七位赞普的事迹。他们是：止贡赞普（第八代）、达布聂赛（第三十一代）、纳日伦赞（第三十二代）、松赞干布（第三十三代）、赤都松（第三十六代）、赤德祖赞（第三十七代）、赤松德赞（第三十八代）。所选七位赞普中除止贡赞普外，都是6世纪到8世纪之间的历史人物，他们都是吐蕃时期开疆拓土的领袖人物，为青藏高原的统一做出了巨大的贡献。作者独具慧眼地选择了达布聂赛（征服了强大的邻邦苏毗）作为开创吐蕃王朝的第一代赞普。传略中没有选择被后来的僧人学者捧得极高的赤热巴巾（赤祖德赞）来做传，这与主题有关。

另一方面，再看历史事件，在上述七位赞普时期，围绕他们所发生的历史事件很多，这从后来出现的许多藏文史书、唐代及以后的汉文史书中可以看到。但是，传略作者主要围绕东征西战、开疆拓土、统一诸邦以及安定内部的事件来记叙，即使其中也记载了一些与邻邦的友好往来和君臣盟誓之类的事件，也是围绕着统一主题来写的。可以看出作者在围绕主题思想选择素材方面独具匠心。

2. 人物刻画生动形象

传略中对主要人物的刻画生动形象。如《纳日伦赞传略》中描写君臣商议平息达布叛乱：

> 此后，达保地区叛乱，王臣集会，商讨选任能将，前往平息。这时，有一个名叫参哥米钦的人自告奋勇说："我能率兵去平叛！"琼保·邦色听了说道："你过去当过

将军吗?！你若是英俊豪杰之士，当如锥处囊中，脱颖而出。但是，你在赞普麾下任职多年，却从来未闻有人称赞你智勇能干。这说明你不堪重任，为什么还大言不惭！此实误国害民之举！"参哥米钦答道："诚然，过去没有人称赞过我。实在因为没把我置于囊中，故锥尖未出。若置我于囊中，则莫说锥尖，就是锥柄也会脱囊而出的！所以，今有所请，因往昔未处囊中，故今日请置我于囊中！"于是，赞普准米钦所请，授以将军之职，率兵征讨，终平达保之乱。

这段文字写纳日伦赞赞普召开会议、授命米钦，前后只有简单的两句话，却把纳日伦赞"知人善任"的领袖才能烘托出来。琼保虽然也只有一段话，但把他"居功自大，轻视别人"的高傲性格刻画得形象生动。米钦的两段话，把他勇于自荐、敢当重任的进取精神表现得活灵活现。作者通过人物自己的语言和行动塑造其性格，形象鲜明，栩栩如生。参哥米钦"锥处囊中"的一段话，与司马迁《史记》中记载的毛遂自荐故事如出一辙，可能是吸收了毛遂自荐故事的素材而写成的。

在同一篇传略中，刻画琼保居功自傲性格的还有以下内容：

其后（征服苏毗之后），赞普与臣民举行庆祝宴会。宴间，琼保·邦色苏孜自矜其功而歌曰：

门噶呢有一虎，
杀虎呢苏孜杀，
虎皮呢献王上，
内脏呢赏洛、埃；
藏蕃呢王宫上，
鹫鹰呢在飞翔，
杀鹰呢苏孜杀，
鹰翅呢献王上，
羽毛呢赏洛、埃；
…………
往昔呢彭地广，
如今呢更无际，
中间呢花马满，
四周呢牦牛绕，
苏孜呢功劳高！

从上述歌中可以看出琼保·邦色把征服苏毗、吞并藏博、扩大疆域等功劳全部归到自己身上，而对所受赏赐极为不满。寥寥几笔把琼保居功自傲、目中无人、自以为是的神态描写得生动形象。

其他如写松赞干布幼年即位，父被毒死、亲族为乱、属邦叛离，发生了全面的动乱。松赞干布面对分崩离析的局面，从容不迫，胸有成竹。他迅速惩办毒死父亲的罪魁祸首，平定内乱，威服四邦，拓土增民，表现出松赞干布英武善战、长于谋略的一代英主的形象。

3. 叙事手法虚实结合

传略中的记事，不是有闻必录，而是围绕主题选择重大事件，重点突出地加以渲染描绘。如写达布聂赛和纳日伦赞父子两代征服苏毗的战斗，首先从苏毗王达甲卧的邪恶暴虐写起，再写赤邦松的昏庸无能、处事不公，然后指出苏毗国君臣不和、离心离德，最后写达布聂赛和纳日伦赞先后联合苏毗众臣为内应征服苏毗、赏赐功臣等。事件完整，人物突出。作者之所以浓墨重笔地描绘这场战斗，是因为它是雅砻部落兴盛及吐蕃政权建立的重要节点。它的胜利使雅砻部落成为青藏高原上势力最强的部落，为后来统一青藏高原奠定了坚实的基础。

再如写松赞干布征服羊同一节，详细叙述了松赞干布的妹妹通过唱歌和赠品通报消息，劝哥哥出兵攻打羊同的情节。作者对此详细记述，也是因为羊同地广人众，是吐蕃的劲敌，战争的胜败在很大程度上决定着吐蕃的生死存亡。

又如赤都松与噶氏家族的一场斗争，除以散文记述了赤都松惩治噶氏家族叛臣外，还用赤都松唱的一百多句歌词，对噶氏的叛逆行迹加以揭露抨击。因为这场斗争关系到吐蕃王室的兴衰和存亡，赤都松下了很大决心，做了充分的准备，才发动这场突袭战。

传略中对其他一些次要或非重点事件则采取略述或一笔带过的手法，使情节有主有次、虚实结合，重点突出而又有所烘托，运用巧妙，值得效仿。

此外，传略在散文叙述中插入诗歌的对话，使行文更加生动活泼。它是藏族散韵结合的文学形式在书面创作中第一次出现，与后来受印度文学影响的作家文学中的散韵结合不完全相同。因为前者的韵文（歌词）只在对话时、发表言论时应用；后者则担负着对话和叙述两重任务。总之，传略语言朴素，叙事明快，条理清晰，从用词造句方面看，接近安多方言，有些词语的意义尚待进一步探讨。

三、《噶尔·钦陵与唐将论战记》

这是一篇论辩小品文，它附在几篇传略之后，别具一格。下面摘录数段：

> 王孝杰尚书送给钦陵一袋粟米、一袋蔓菁籽和一封信函。信中说："吐蕃的军队如老虎列队、牦牛成行，其数寥寥，我悉知之。谚云：量头缝帽，量足做靴。我制胜吐蕃军队的方法多如粟米和蔓菁籽。细喉咙能吞纳的，大肚腹自然能容下；霹雳轰击，哪有不被击毁的！"噶尔·钦陵回答道："战阵之事，难论多寡。比如小鸟虽多，不过是一鹞之食；小鱼虽多，不过是一獭之餐；鹿角虽多能取胜吗？公牦牛角虽短却能制胜；松树虽长百年，一斧即可砍倒；江河虽宽，一庹长的牛皮船即可横渡；青稞稻谷虽长满平原，一盘水磨即可磨完；星辰虽然布满天空，一轮红日高照使之黯然无光……你的军兵虽然多如湖上蚊蝇，但无益于临阵作战；犹如山头雾霭，于人无足轻重。我的军兵如一把镰刀割草，遇者则断；如一细箭射庞大之牦牛，当然射死！"

王孝杰尚书又说："以大山之重，压彼微卵，当然粉碎；以大海之涛灭火，自然剿灭！"噶尔·钦陵答道："大山之巅有峰，峰之上有树，树之顶有巢，巢之内有卵。若山不垮则岩不坍，岩不坍则树不倒，树不倒则巢不覆，巢不覆则卵不碎。你所说'山压卵碎'者，不是如此而已吗？火燃于山上，水流于谷中，连山坡也流不上去，何论灭山头之火？……由此观之，不能以大小、多寡而论军队之强弱与战争之胜负也！"

这篇小品文虽然记录了汉藏两个民族之间不友好的一段关系，但是运用丰富的谚语、贴切的比喻，从多方面生动形象地阐述了大与小、多与少之间的辩证关系，深刻精辟地论证了小可以胜大、少可以克多的道理，论证有力，逻辑性强。

第二节　碑铭散文

吐蕃时期保存下来的一些盟誓碑文、铸钟铭文和摩崖刻石，大都是和约盟誓、祝颂祈祷一类的记述性文字。其内容大致可以分为记述汉藏友谊、歌颂赞普德政功勋、记录大臣功绩、盟誓信佛崇法、颁赏王族特权等。

一、记述汉藏友好团结

根据汉、藏文史资料来看，唐朝与吐蕃之间，互相通婚、吊庆、修好、献礼、互市、和盟等往来频繁，累世不绝。唐朝与吐蕃曾经多次进行友好会盟，但是只留下了两次盟文。第一次是783年，在唐德宗李适建中四年与赤松德赞时期，双方互派使节在清水结盟。盟文在北宋王钦若、杨亿等编纂的巨型类书《册府元龟》中有记载。但是，不见藏文著录。建中四年正月，唐朝陇右节度使张镒奉诏和吐蕃大相结赞会盟。盟文首先回顾唐朝与吐蕃之间的姻亲友好关系："唐有天下……与吐蕃赞普代为婚姻，固结邻好，安危同体，甥舅之国，将二百年。"接着又指出双方"其间或因小忿，弃惠为仇，封疆骚然，靡有宁岁"，摩擦不断。同时也希望今后友好相处，"诈谋不起，兵革不用矣。……两国之要，求之永久。古有结盟，今请用之"。最后为了藏汉民族的永久团结，彼此不再发生战争，双方重新划定了边界。

第二次是821年，唐穆宗李恒长庆元年与赤热巴巾时期，双方互派使节，先在唐朝京城长安的兴唐寺盟誓，次年又在吐蕃逻些（拉萨）重盟。823年，将盟文用藏汉两种文字刻石碑，树于大昭寺门前。这就是历史上有名的甥舅和盟碑，又称唐蕃会盟碑或长庆会盟碑。它是汉藏两族人民团结友好的历史见证。

唐蕃会盟碑通高5.6米，由碑首、碑身和碑座三部分组成。碑首为四坡平顶，上置一莲座宝珠。碑身为长方形截面柱形，上部有收分，高为3.8米。碑座为龟趺座，由一块整石雕刻而成。碑座下面为高0.1米的长方形底座，底座上面卧伏一个微露头部、四肢收拢的乌龟，造型古朴生动。

碑文首先阐明结盟始末："圣神赞普赤祖德赞（即赤热巴巾）与大唐文武孝德皇帝和叶社稷如一统，立大和盟约。兹述舅甥二主结约始末及此盟约节目，勒石以铭。"强调结立盟约的目的是"和叶社稷如一统"。

然后追述和赞扬了历史上汉藏民族的友好往来与亲密关系。碑文中说：

> 圣神赞普弃宗弄赞（即松赞干布）与唐主太宗文武圣皇帝和叶社稷如一，于贞观之岁，迎娶文成公主至赞普牙帐。此后，圣神赞普弃隶缩赞（即赤德祖赞）与唐主三郎开元圣神文武皇帝重协社稷如一，更续姻好。景龙之岁，复迎娶金城公主降嫁赞普之衙，成此舅甥之喜庆矣。……与唐之亲好夫复遑言，谊属重亲，地接比邻乐于和叶社稷如一统，甥舅所思，熙融如一。与唐主圣神文武皇帝结大和盟约，旧恨消泯，更续新好。此后，赞普甥一代，唐主舅又传三叶。嫌怨碍难未生，欢好诚忱不绝，亲爱使者，通传书翰，珍宝美货，馈遗频频。

这些友好往来的记述是当时汉藏民族亲密团结的象征，反映了历史的真实，表现了人民的愿望。

碑文也反省了过去某些"弃却姻好，代以兵争"的不愉快事件，谴责了"开衅"的"边将"。最后点题："……圣神赞普赤祖德赞陛下……乃与唐主文武孝德皇帝舅甥圣意相合，和叶社稷如一统，情意绵长。结此千秋万世福乐大和盟约于唐之京师西隅兴唐寺前。……又盟于吐蕃逻些东哲堆园……其立石镌碑于此，为大蕃彝泰九年，大唐长庆三年，即阴水兔年（癸卯）春二月十四日事也。……同一盟文之碑，亦树于唐之京师。"

唐朝与吐蕃在这次盟誓以后，基本结束了彼此之间的纠纷。这体现出汉藏民族友好关系的进一步加强，顺应了历史的潮流。甥舅会盟碑文反复强调"和叶社稷如一统"，表达出藏汉两族人民的意愿就是和平共处，不再遭受战争之苦。盟约文字朴实无华、通俗流畅，结构细密严谨，表达技巧高超，是藏族文化高度发达的有力证明。

一千多年前，刻录会盟文的石碑分别树立在唐朝的长安和吐蕃的逻些（拉萨）。长安的会盟碑早已被战火毁灭，拉萨的甥舅会盟碑至今仍巍然矗立在大昭寺门前，受到人民的敬仰，成为汉藏人民团结友好的历史见证。

二、记载功臣名将的功绩

西藏现在还保存着一些表彰吐蕃将相名臣功绩的古代碑文，著名的有俺拉木·达扎鲁恭记功碑、谐拉康碑（甲）、谐拉康碑（乙）等。

1. 俺拉木·达扎鲁恭记功碑

俺拉木·达扎鲁恭是赞普赤松德赞手下的重臣之一，屡建奇功，位居大论要职。赤松德赞赐爵树碑以表其功，故名记功碑。它在布达拉宫所在红山的对面，石碑立于高1.92米、面积22.25平方米的正方形台基上。台基正中为高1.32米的阶梯形碑座。方椎柱形的碑身通高8米，下宽上窄。碑身的北、东、南三面均刻有藏文楷书。碑身完好，碑文记述达扎鲁恭的功绩、赐予的爵位和赏赐他及其后代的特权等。碑文虽经一千多年风雨的剥蚀，字迹大部分仍清晰可辨。

记功的内容如：

……对君上所委重任皆力行唯谨，勤于内政外务，惜财节库，功勋昭著。对大官小民一律相待，处以公允。对吐蕃黔首政务多有裨益建树。（碑左文字）

赞普赤德祖赞时期，俺拉木·达扎鲁恭忠诚之业绩卓著：有巴尔·东匝布和朗·涅斯在大相任内，生叛逆之志。赞普父王赤德祖赞被其杀害归天。赞普子赤松德赞亦将受其危害，黔首庶政大乱。此时，鲁恭将巴尔·东匝布和朗氏叛逆之阴谋禀告王子赤松德赞圣聪。鉴于巴尔与朗氏之叛逆确系事实，乃将彼等判罪。鲁恭实忠贞之臣！（碑背面文字）

赞普赤松德赞之时，俺拉木·达扎鲁恭忠心耿耿，谋略广博，刚毅雄武，因令彼任大论平章政事。对于唐政彼悉知之，因又任命为攻（唐）城堡之统军元帅。彼娴于战阵，长于谋划，常操胜算。首先攻克唐之藩属阿豺部，自唐土掠取人口、牲畜、辖土，唐人震惊。……（碑背面文字）

……此时，俺拉木·达扎鲁恭乃首倡引兵深入唐之腹地，攻取唐京师之计谋。（赞普）遂命尚·琛结结色舒同和论·达扎鲁恭二人为进攻唐京师之统军元帅，直驱京师，于周至之渡口与唐军大战。蕃军掩袭，杀伤唐军甚众。唐帝广平王从京城出走，逃往陕州，京师陷落。……（碑背面文字）

以上文字重点记述了达扎鲁恭帮助赞普平叛逆臣、治理国政，率领吐蕃军队攻打唐朝、攻陷长安等功绩。它客观地反映出吐蕃统治阶级内部尖锐复杂的矛盾斗争；反映了唐、蕃双方在民族友好的总趋势中，有时也会发生战争，给百姓带来灾难。

赤松德赞授予达扎鲁恭的诏书刻在石碑的正面。主要内容为：赞普对达扎鲁恭的子孙后代赐爵授官，予以保护。只要不背叛赞普，对其罪行均减刑或赦免，不剥夺其奴隶、土地、牲畜等家产。还特别申明："绝不听信挑拨离间之言，不计小过，不予罪谴。""如有背叛赞普者……则罪谴仅及本身，决不连坐其兄弟子侄"等。字里行间流露出对达扎鲁恭的重用。但是，立碑三年后（768年），赤松德赞因达扎鲁恭手握重兵，声威震主，便借达扎鲁恭崇尚苯教反对佛教的罪名，流放他到北方，最后因困而死。达扎鲁恭终难逃"狡兔死，走狗烹；飞鸟尽，良弓藏；敌国灭，谋臣亡"的悲惨命运。达扎鲁恭记功碑文字简洁、语言流畅，是研究吐蕃奴隶制社会及吐蕃与唐朝关系的重要文物。

2. 谐拉康碑

谐拉康碑位于拉萨市城东100多公里处的墨竹工卡县尼玛江热乡，它因在该乡谐村的格鲁派寺院谐拉康（意为"帽儿寺"）而得名。在谐拉康大门的两侧各立一块石碑，两碑相距6米。这两块石碑是赤德松赞为旌表高僧娘·定埃增的功劳而颁诏刻立。娘·定埃增在赤德松赞幼年时就开始担任他的老师，是娘氏家族中以僧侣身份参与吐蕃地方政事的重要人物，位居"大论"之上的"曲论"要职。

右侧碑是赤德松赞在9世纪初期赐予娘·定埃增的盟文诏敕碑，由碑盖、碑身和碑座三部分组成。碑身高 4.93 米，下宽上窄。正面上宽 78 厘米，下宽 85 厘米。侧面上宽 38 厘米，下宽 41 厘米。碑体完好，文字清晰。碑座高 93 厘米，正面宽 75 厘米，侧宽 118 厘米。左侧的石碑立于 812 年，是右侧盟文诏敕的重申和补充，原刻藏文 49 列，现碑身已残为三部分。

碑文中讲：

> 班第·定埃增为人自始至终忠贞不二。予幼冲之年，未亲政事，其间，曾代替予之父王母后亲予教诲，又代替予之舅氏培育教养。……迨父王及王兄先后崩殂，予尚未即位，斯时，有人骚乱，陷害朕躬，尔班第·定埃增了知内情，倡有益之议，纷乱消泯，奠定一切善业之基石，于社稷诸事有莫大之功业。及至在予之驾前，常为社稷献策擘划，忠诚如一，上下臣工奉为楷模栋梁，各方宁谧安乐。及任平章政事之社稷大论，一切所为，无论久暂，对众人皆大有裨益。如此忠贞，超越此前任何一人，奉献一切力量效忠尽职。予窃思之，参比往昔宫廷表册，施予相应之惠，而班第本人，持臣民之礼，遵比丘之规，不肯接受。感恩报德，易忠勉良乃是先王陈法，予乃下诏，授与班第·定埃增重盟大誓，赐以雍仲永固之权力，长远、平安。为令人民普遍知晓，于三宝所依之此神殿之处，敕建盟誓文盦，立碑树石。而盟书誓文，明白勒诸石上，四周封以大印而覆盖之。子孙后世继位主政者，平章政事，社稷大论，后来从政官员人等，凡盟书誓文中所有者、碑上书列各款，不得减少，不得更改，不得变动。①

引文先讲述定埃增是赤德松赞的师父，从小对他进行培养教育。接着讲"父王及王兄先后崩殂，……有人骚乱，陷害朕躬"，赤松德赞去世后，外戚联合赤松德赞的妃子、赤德松赞的母亲蔡邦氏以反佛崇苯为号召，想篡夺吐蕃政权。赤德松赞之兄牟尼赞普登位后，推行佛法，他在位一年多就被母后蔡邦氏毒死。娘·定埃增等人极力保护并拥立赤德松赞登上赞普之位。引文最后表彰定埃增忠心耿耿，辅佐赞普治国有方，功绩卓越。为此，赤德松赞两次盟誓勒石，赏赐定埃增奴隶、牧场和园林，并授予他有管理藏、堆诸部的特权。在表彰功绩的文字之后，便是赐爵、封赏后代、永享财产禄位等，大体与俺拉木·达扎鲁恭记功碑相同。谐拉康乙碑与甲碑的内容大体相同，只是更多强调了所赐特权永受保护之意。

定埃增有政治眼光，长于谋略，善于治国。他抵制强大的外戚势力，拥立赤德松赞即位，保护了吐蕃王室政权，安定了吐蕃社会，功不可没。定埃增功劳卓著，成为佛教僧侣掌政的前辈人物。该碑对研究定埃增的贡献及西藏历史发展都有极高的文献价值。

三、其他

此外还有赤德松赞墓碑，歌颂赤德松赞"足智多谋，宽宏大度，勇毅不拔，骁武娴兵"，"为人主而常理法度，内乱不起，百姓安宁，蕃土民庶，能安谧起居，各享逸乐，地

---

① 王尧编著：《吐蕃金石录》，文物出版社，1982 年，第 116 页。

久天长，子孙后代，社稷安若磐石，黎庶和乐雍熙"① 等。

工布第穆萨摩崖刻石是赤德松赞时期赐给工布地区噶布小王的盟誓文书，确认并维护噶布小王在当地的特权，不允许他人滋扰侵犯。

其他如噶迥寺建寺碑②、桑耶寺兴佛证盟碑是倡行佛法，约之以盟誓的；楚布江浦建寺碑③是记述建寺缘起及赐予寺庙特权的。还有铜钟铭文等，不再一一论述。

总之，各类碑文的文字简朴，语言通畅，叙事清晰，也是研究吐蕃时期文学的代表性作品。

---

① 王尧编著：《吐蕃金石录》，文物出版社，1982年，第148页。
② 约810年即唐宪宗元和五年，赤德松赞兴建噶迥寺，并集合吐蕃王妃、小邦王子、大臣集会盟誓，世代尊奉佛法，并规定今后新娶王妃、委派大臣，必须是立誓信奉佛教的人。赤德松赞还命令从僧人中委任堪布管理寺庙，委任高僧为钵阐布，位在众大臣之上，掌管国政。
③ 位于拉萨堆龙德庆县楚布寺的楚布江浦建寺碑是赤热巴巾时期，尚·蔡邦达桑聂多于堆之江浦修建了神殿，赤热巴巾立碑发誓：供养神殿之奴隶、农田、牧场、供物、财产、牲畜等永远属于神殿，不得向神殿寺户征收赋税，不得没收神殿之供养粮及财物。

第六章 《巴协》

《巴协》是研究藏族历史不可缺少的一部古代典籍，同时也是一部非常重要的藏族文学作品，受到国内外藏学研究者的普遍重视。

第一节 版本、作者及年代

一、版本及名称

《巴协》一书的名称因手抄本不同，而有不同的称呼。

其一，北京民族文化宫图书馆收藏的手写本，全称是《巴协——巴·赛囊著》，1980年民族出版社出版时，据此本定名为《巴协》。其扉页的背面写明："本书根据民族文化宫图书馆收藏的手写本整理出版。"同时，在出版说明中又指出："出版社为了对藏族历史研究有所助益，根据民族文化宫、西藏档案馆和西藏师范学院彭措次仁同志所藏手写本印刷出版。"其中提到西藏档案馆和彭措次仁的两种手抄本，但没有说明这两种手抄本的全称是否与出版的名称一致。

其二，《贤者喜宴》所引《巴协》全文。书中只提《巴协》简称，而没有提及全称。以上两种本子的内容及行文顺序大体一致。

其三，法国学者史泰安的 1961 年巴黎影印本。该书全名为《赞普赤松德赞、堪布（菩提萨埵）和上师白玛时期弘扬显密二宗的巴氏正文与续篇》。史泰安在此书的引言中写道："这里印出的手抄本，是黎吉生在拉萨请人用楷体字抄录的。"影印本的全称据此而来。又说："我们已经取杜齐所藏另一草体字抄本与之对校。"这说明还有一本草书抄本，但没有提及书的全名。这个本子与前面所提两种在行文顺序方面差距较大。

另外，《西藏王统记》在书末所列参考书目中把《巴协》称为《桑耶寺大诰》；《贤者喜宴》中简称《巴协》，并说"又名《桑耶寺详志》"。张怡荪主编的《藏汉大辞典》的《巴协》条目注曰："别名《桑鸢寺详志》。"

二、作者

（1）一般认为是巴色朗，也称巴·赛囊。巴·赛囊是吐蕃赞普赤松德赞倡行佛教的得力助手。他曾受赤松德赞派遣前往印度迎请寂护（也有译为静命）到吐蕃传播佛法；同时也曾奉命到中原向唐朝皇帝求取佛经。后来，他随寂护出家为僧，取法名益希旺布，成为藏族历史上最初出家为僧的七觉士之一。寂护圆寂后，他被任命为寂护的继承人。

（2）巴·赛囊和桑喜两人合著。此说由松巴堪布·益西班觉在所著的《如意宝树史》一书中提出。益西班觉认为："此书（指《巴协》）是关于修建桑耶寺的著述，为赛囊和桑喜等人所著。"因此，有桑喜是《巴协》的作者之说。桑喜的父亲名叫巴都，是唐朝派往吐蕃向赞普献礼的使臣，后来留居吐蕃。桑喜童年时被称为"甲楚噶堪"（"汉童舞者"之意），他从小给赤松德赞做玩伴，长大备受重用，也是赤松德赞推行佛教的重要助手。

（3）库敦·尊珠雍仲（藏文书籍中也称"仲敦巴"）。此说来自《藏汉大辞典》的《桑鸢寺详志》条目中关于《巴协》的作者，注为 库敦·尊珠雍仲。库敦·尊珠雍仲（1011—1075年）是藏传佛教后弘期的重要人物，他是阿底峡的大弟子。但是在《藏汉大辞典》的另一个词条《巴协》的释文中，则注为"桑喜著"，二者自相矛盾。

此外，还有学者认为《巴协》的正文是巴·赛囊所写，库敦·尊珠雍仲只写了《巴协》的增补部分。这种正文与增补部分是不同人所写的观点，从巴黎影印本《巴协》中可以得到印证，该书在叙述到赤松德赞颁布兴佛命令时说："关于赞普兴佛命令的详细文本，共有三份。一份存在拉萨，一份颁发康区，一份保存在国王的库藏中。"在其后叙述王子牟尼赞普事迹时，出现了"这以下是增补部分"的注脚。由此可以证实增补部分是后人的续作。

三、写作年代

如果认为《巴协》的正文是巴·赛囊（或者再加上桑喜）所著，增补部分是库敦·尊珠雍仲所作，那么，正文是8世纪的作品，而续作则是11世纪的产物。但是，也有人认为《巴协》是13世纪的作品，巴·赛囊并不是《巴协》的作者。不过，从娘·尼玛沃色（约12世纪）所著《佛教史·花蜜精露》一书中多处引用《巴协》的内容来看，《巴协》的问世时间如果不是8世纪或11世纪，那么绝对不会晚于12世纪。

第二节　思想内容

《巴协》包括正文和增补两部分。正文重点记述了赤德祖赞和赤松德赞父子两代的主要事迹：赤德祖赞和金城公主联姻；赤德祖赞派使臣桑喜到中原向唐朝皇帝求取佛经；赤松德赞派使臣到印度和中原求取佛法并延请佛教大师到吐蕃传播佛法，修建桑耶寺；建立机构、组织人员大量翻译佛经；吐蕃第一批七人出家为僧和后继出家者；吐蕃苯教与佛教之间的矛盾斗争；佛教顿悟派与渐悟派之间的矛盾斗争；等等。

增补部分简要叙述了牟尼赞普三次平均财富，牟笛赞普被害，赤德松赞修噶迥寺，赤热巴巾（即赤祖德赞）建寺、译经、厘定译语等事件，记载了朗达玛（即吾都木赞）灭法被杀的过程；还概述了藏传佛教后弘期开始，卫藏地区的鲁梅等十人去多康地区习学佛法，复回卫藏，传扬佛法；以及阿底峡从阿里到前、后藏弘法等史实。

本书主要包括以下三个方面的内容：

一、表现藏汉团结，唐蕃一家

吐蕃王朝从松赞干布开始，便将唐朝和吐蕃的友好交往以及藏汉两个民族的团结合作作为重大国策一直延续下来。《巴协》一书记载了赤德祖赞和赤松德赞时期的藏汉友谊。全书记述了赤德祖赞和金城公主的联姻佳话。书中开始介绍赞普赤德祖赞的妃子赤尊生下了一个英俊的王子。众大臣都说："这位王子不像凡人之子，而是天神的后裔！"[①] 取名"降擦拉温"（汉语意为"降族的外甥，天神的子孙"，降族是其生母赤尊的族系）。

王子长大成人后，王臣商议："因为吐蕃全是猕猴和罗刹女所生子孙，不适合做王子的妃子，应该给他娶一位汉族姑娘才好。……现在的唐朝皇帝是李赤协朗米色（实指唐中宗李显），他有一个女儿叫金城公主，若能迎娶前来，最为合适。"在商议的过程中，赞普和大臣们还共同回顾了松赞干布与唐朝文成公主联姻的友好关系。商定之后，赤德祖赞指派大臣娘·赤桑养顿为婚使。娘·赤桑养顿带领三十个随从到达长安后，向皇帝献上请婚信函。皇帝答应赐嫁金城公主。金城公主有一面神奇的宝镜，从镜中可以看见三界一切。她取出宝镜一看，只见吐蕃境内，雅砻风光优美，王子年轻英俊，便高兴地答应了。随后，金城公主携带无数珍贵的嫁妆、众多的陪嫁人员，和婚使一起出发去吐蕃。

在金城公主来吐蕃的途中，王子降擦拉温夜间在旁塘骑马，不幸被咒师用箭射死。公主在途中听到这个消息非常难过，于是白天弹琵琶唱悲歌，晚上吹笛子唱哀歌：

> 印度地方虽有圣法，
> 但途径尼泊尔太酷热，
> 想到此时真伤心；
> 中原家乡虽有星象学，
> 无奈归途太遥远，
> 想起此情实伤心；
> 吐蕃国中虽有贤赞普，
> 但是大臣太凶恶，
> 吐蕃的大臣罪孽大！

金城公主歌罢悲痛欲绝。她所唱悲歌的结尾，对放箭射死降擦拉温王子的咒师与吐蕃专权的大臣加以指责，表现出奴隶主贵族与吐蕃王室之间激烈的矛盾斗争。但金城公主为

[①] 巴色朗：《巴协》，民族出版社，1980年。本章所引《巴协》内容均出自该书，以下不再作注。

了唐蕃友谊，藏汉团结，仍然前往吐蕃，按照藏族当时的习俗与赤德祖赞成亲。

金城公主是唐中宗的养女。据藏汉史籍记载，金城公主于唐中宗景龙四年（710年）嫁给赤德祖赞。当时，吐蕃因长期征战，国势衰微，贵族大臣专权，危及王室。祖母没禄氏为取得唐朝的支持，多次遣使请求和亲结盟。中宗因其"屡披诚款，积有岁时。思托旧亲，请崇新好"所以许婚。双方特别重视这次联姻。唐中宗亲率百官送公主至始平县（今陕西省兴平市）。在送别宴会上，中宗命令群臣赋诗饯别。如徐彦伯在《奉和送金城公主适西蕃应制》诗："凤扆怜箫曲，鸾闱念掌珍。羌庭遥筑馆，汉策重和亲。星转银河夕，花移玉树春。圣心悽送远，留跸望征尘。"描述了当时送别的情景。诗中"汉策重和亲"一句，点名这次许婚的重要性。吐蕃也派出浩浩荡荡的迎亲队伍。"遣其大臣赞咄等千余人迎金城公主"。金城公主到达逻娑后，吐蕃为其筑宫室并举行了盛大的婚礼庆典。金城公主进入吐蕃后，极力主持唐蕃和好，促成双方开元年间的会盟，并派人向唐朝求得《毛诗》《礼记》《左传》《文选》等汉文典籍。这次联姻表现出唐朝对吐蕃王室的大力支持，在稳定吐蕃的政治局势，发展吐蕃经济、文化等方面起到了积极作用。

书中还描绘了一场吐蕃宫廷内部嫔妃之间的矛盾斗争。

后来，公主于兔年生了一位王子。这时，赞普赤德祖赞正在扎玛尔地方的翁布才宫中。使者前来禀报："公主生了王子。"赞普便回到雅砻旁塘去看刚出生的王子。不料婴儿被纳囊妃喜登抢去，并说："这是我生的。"两位王妃争执不下。大臣们也不知所措，便把婴儿放在平坝一头的坑里，让二人去抢，看谁先抢到，便是谁的。公主先跑到刚抱起王子，后来的喜登便拼命去抢夺。公主怕把孩子拉扯死了，便放手道：'孩子是我的，你这泼妇！'于是大家都知道孩子是公主的。但因纳囊氏家族势力大，都不敢明言。

过了一年，到了举行王子的周岁"迈步"庆宴的时候，赞普将汉族亲友和纳囊氏亲友请来做客。赞普在金盏中斟满酒交给王子，叫他把酒献给亲舅舅。这时，纳囊氏亲友的手中拿着斗篷等孩子喜爱的物品，逗着王子说："到舅舅怀里来！"王子说："赤松德赞我是汉家好外甥，纳囊家族怎能当舅舅！"说完，把酒献给汉族舅舅，投入汉族舅舅怀中。"赤松德赞"的名字，也这样由自己取定了。

上面金城公主与喜登两位王妃争夺儿子的故事是民间传说故事中经常出现的情节。关于赤松德赞的生母问题，《巴协》中记为金城公主，其后出现的《西藏王统记》《贤者喜宴》《西藏王臣记》和《红史》等书中多从此说。但是，在敦煌发现的藏文史料大事编年记中，却记有金城公主739年去世、赤松德赞742年出生两件大事。另在赞普世系中明确记载："赤德祖赞与纳囊妃芒莫杰喜登所生子赤松德赞。"在汉文史籍中，对金城公主生子之事没有记载。因此，赤松德赞的生母是纳囊氏喜登较为可信。然而，《巴协》中的这段文字却指金城公主为赤松德赞的生母，斥责喜登的抢子行为，并对她为了唐蕃友谊、藏汉团结而远离家乡的行为寄予了满腔同情和无限敬仰。这是从文学艺术的角度，真实地表达出希望藏汉两族人民团结友好的愿望。赤德祖赞在唐开元十八年（730年）上书玄宗说：

"外甥是先皇帝舅宿亲，又蒙降金城公主，遂和同为一家，天下百姓，普皆安乐。"

《巴协》还记述了赤德祖赞派遣桑喜到中原求取佛教经典的过程。书中说：

> 父王（赤德祖赞）乃派桑喜及其他四人一起捧持函件到内地去求取佛教经典，并下令道："如果尊令完成使命，即赐以奖赏。如果完不成，则杀头！"于是五人启程，来到格吾柳地方的住处。
>
> ……吐蕃使者如期到达内地，汉族僧人向之敬礼。使者向皇帝献上赞普的奏函。皇帝接览后，准予所请，并对桑喜说："你是汉人巴都的儿子，留在这里做我的内臣不好吗？"桑喜听了心想："我若留住内地，今生固然快活，但是，为了使吐蕃地区发展妙善佛法，一定要把佛祖教义的经典献于赞普手中，然后再设法向赞普申明此事。"想完回答道："皇帝赐我留住此地，实感大恩。但是，吐蕃赞普下了严令，我若不回去，将把我的父亲处死，那会使我非常悲伤！还是先让我返回吐蕃，完成使命。然后与父亲商量，再设法前来做您的臣民吧！"皇帝说："我实在喜爱你，你想要什么赏赐？"使者说："若给奖赏，请赐予一千部佛经！"皇帝说："你到达猛兽出没的格吾柳隘口时，未遭猛兽危害，反受到敬奉；布桑旺保的善卜者说你是菩萨化身；汉地具有先知神通的僧人也向你顶礼。佛陀预言中曾说，在红脸人之城，将出现一个最先弘扬圣法的善知识。看你的德行，这一预言，定是指你无疑！那么，我就来帮助你吧！"于是，赐给一千部用金子在蓝纸上写的佛经，还额外赐给很多物品。
>
> 于是五位求经使者返回吐蕃，途中遇到巨石挡道，有一位名叫格雅的僧人正在身套法索修行。他具有先知神通，帮助使者粉碎巨石，疏通道路，并告知使者吐蕃赞普已经去世，王子尚未成年，因此，喜黑业的大臣毁灭佛法，拆毁寺庙，推行苯波教。还教给使者们回吐蕃后，弘扬佛法的步骤和方法。最后留住供食两个月，送出两日路途，互行顶足之礼而别。
>
> 桑喜得知佛寺被毁，心中难过，便和其他四人到五台山求取庙宇和佛像蓝图。来到山下时，其中一人不知如何爬上去；一人爬到山顶，但一无所见；一人虽见寺庙，但不得其门而入；一人虽见寺门，但觉门为网索封拦不能进去；最后，只剩下桑喜一人进入寺院。他向文殊等所有菩萨和全体阿罗汉献供敬礼，并和他们亲切交谈。在交谈时，将他们的面容、姿态等默记于心，以为修庙塑像之蓝图。之后，出寺下山，山中猛兽皆向之敬礼，并护送到山脚。五位使者乃返吐蕃。

在众多藏文历史著作中，大都记有吐蕃派人到中原求取佛经和延请僧人的事迹。如《青史》载：赤德祖赞时"从中原迎请和尚多人，敬请佛法"；"王子（赤松德赞）幼年，派桑喜往中原求取佛经，……唐主赐予大批蓝纸金字的写经。"《西藏王统记》载："赤松德赞曾依汉法塑造佛像。"《西藏王臣记》载：赤德祖赞时"从中原京师翻译《金光明经》和《律分别》……"此外，汉文史书中也有相同记载。如《册府元龟》载："（建中）二年二月，以万年令崔汉衡为殿中少监持节使西戎。初，吐蕃遣使求沙门之善讲者。至是，遣僧良琇文素一人行，二岁一更之。"敦煌写本，王锡著《顿悟大乘正理决》中记赤松德赞时,"于大唐国请汉僧大禅师摩诃衍等三人。同会净域,乐说真宗"。这些记载都说明汉藏两族在佛教文化交流方面的密切关系。

《巴协》中的这段文字是根据当时的历史事实,采用艺术手段,吸取民间传说,加以渲染而成。它一方面反映了藏族人民对汉族的先进技术和文化的仰慕及倾心学习的态度;另一方面也反映了汉族朝野上下对藏族使者的热烈欢迎和极力帮助的友好行为。这是一曲藏汉两族、唐蕃双方亲密无间、互相帮助、彼此学习的美好赞歌,行文简朴,脉络清晰,富有神话传奇色彩。最后一段描述五位使者上五台山时,采用对比手法,层层突出桑喜的出类拔萃。其中桑喜一面和泥塑菩萨谈天,一面默记他们的容貌姿态等情节的叙写,更是新颖而富有情趣。

关于唐蕃友好交流,《巴协》还记述了赤松德赞派以巴·赛囊和桑喜二人为首的三十人组成的取经使团,到内地取经:

> 这时,唐朝皇帝的大臣布桑旺保跟前有一个精通占卜的人对布桑说:"从现在起,再过六个月零六天,将有两位菩萨化身的使者从西方来朝见皇帝。"布桑问道:"你怎么知道?"答道:"我以占卜算知!他们的相貌和服饰是这样的。"说完画了两幅像。布桑将此事奏禀皇帝,皇帝下令道:"给这两人献上丰盛的供养,打发到我跟前来!"

这段文字与叙述桑喜五人取经基本相同,采取了民间故事中多次反复的手法,都是在使团到来之前做铺垫和烘托。书中又展叙了使团到来时受到唐朝皇帝、大臣和百姓热烈欢迎的场面:

> 这时,两位菩萨化身的使者来到内地的消息,很快传了开去……众僧人和信佛百姓听说后,也都密集如云,前来迎接观看。把房屋、墙头、柱子和天空都饰满彩绸。焚香奏乐,尽情欢乐,表示热烈欢迎。皇帝对赛囊说:"没有比你叫我更喜欢的人了!……无论你想要什么赏赐,我都给你!"赛囊禀说:"能见到皇帝的面,已经感到非常幸运。再加对我与众不同的称赞,没有比这更高的奖赏了。别的什么也不要,但是,无论如何请恩赐一位高僧,我们要向他学习经教。"皇帝准其所请,并为赛囊等人集中居住修建了一所院子,找来艾久市的僧人教他们佛法。

书中最后说唐朝皇帝帮助使团圆满完成使命,并赏赐给赛囊、使团成员及吐蕃赞普丰厚的礼物,帮助他们顺利返回吐蕃。以上记载反映出当时唐蕃之间亲密友好的交往以及藏汉人民之间亲如一家、情同手足的情谊。

二、新旧矛盾,佛苯之争

从松赞干布建立强大统一的吐蕃奴隶制王国以来,辽阔的青藏高原开始由原来各部族、邦国等分散独立、各自为政的状态,逐渐形成了军事联盟统一的局面。到了赤德祖赞和赤松德赞时期,奴隶制经济也取得了比较充分的发展。

在吐蕃以前的原始社会时期,青藏高原广泛流行并为人们所信奉的原始宗教为苯教。但是,逐步发展的奴隶制的经济基础和大一统的政治局面与苯教产生了矛盾。苯教主张万物有灵论,认为山有山神,水有水神,其他各物也都有各自的神灵,这些神灵各自分散,各行其是，互不统属。与这些山川湖泊等有着密切关系的部族或邦国，也都有各自崇奉的山神、水神或地方神，互无联系，互不干涉，各得其所。这与吐蕃统一之前青藏高原的分散状态和原始经济相一致。松赞干布建立吐蕃奴隶制社会后，逐步统一了青藏高原。因此，苯教万物有灵论的观点与吐蕃社会的发展产生了矛盾。

早在吐蕃王朝建立之初，松赞干布便开始从祖国内地和邻邦尼泊尔、印度等地引入佛教，以期逐步替代苯教。到赤德祖赞和赤松德赞时期，大力提倡佛教，极力促进这种新的宗教信仰的交替过程，以适应当时政治经济发展的迫切需要。但是，这种交替过程并不是一帆风顺，而是经过了长期的、反复的激烈斗争。《巴协》用了很多篇幅，以浓郁的文学笔触，对这场斗争做了生动形象、淋漓尽致的描写。从总的进程看，它大致写了这场斗争的三大阶段：

松赞干布在吐蕃建立之初的兴佛和他去世后的反佛活动，拉开了历时久远的佛苯斗争的序幕；赤德祖赞时期的佛苯斗争则是统治阶级内部王室与奴隶主贵族之间你死我活激烈斗争的第一幕。

前面已经叙述了赤德祖赞为了提倡佛教，派桑喜等到中原求取佛经的事迹。此外，书中还说：在此之前，赤德祖赞就曾派禅噶·木勒果夏和聂·杂纳鸠摩罗二人到印度去求取佛法。二人听说桑吉桑哇（佛密）和桑吉喜哇（佛寂）两位班智达正在冈底斯山修行，便前去迎请。虽然未能把他们请回吐蕃，但是也带回了一些佛经。赞普便修建佛堂，安放佛经加以供奉。

金城公主到吐蕃后，又将文成公主从唐朝带来的被泥封于密室中的释迦牟尼像取出供奉。之后，赤德祖赞派桑喜去内地取经。但是，桑喜从内地取经回到吐蕃时，赤德祖赞已经去世，王子赤松德赞尚未成年。执掌吐蕃政权的大臣是信奉苯教的尚·玛降超巴杰。他颁布了禁佛的"布琼"法，并下令说："国王所以短命而死，都是奉行佛法所致，实在不吉祥！佛法说来世可以转生，那是骗人的谎言。为了消除今生的灾难，应该信奉苯波教才对。今后，谁若再崇奉佛法，定将他孤零零地一个人流放到边荒地方去！今后，除苯教外，一律不准信奉其他教派，大昭寺的释迦牟尼像是内地的佛像，要送回内地去！"随后，命令三百人将佛像用皮绳编织的网套起来往外拉，拉到卡扎洞下面，怎么也拉不动了，只好就地埋在沙坑里。还把一个照管佛像和经塔的内地和尚赶回内地。卡扎、真桑等寺庙被拆毁，大昭寺被改成屠宰场，牲畜被杀，鲜血淋淋的皮子被剥下搭在佛像上，内脏和肉腔等被挂在佛像手上。信奉佛教的大臣芒和白等人也被杀害。凡此种种，使得刚刚抬头的佛教又被镇压下去。但是，当时信奉佛教的力量也正在进行反抗。书中记载，反对佛教的尚赤·陶杰唐拉巴双手举在胸前，连叫"啊！啊！啊！"三声，脊背开裂而死。觉若·结桑杰贡的手脚不由自主地蜷缩起来，干成团而死。于是，庶民百姓和占卜者都说："这是因为内地的释迦牟尼佛像被埋在沙坑里发怒了。把佛像埋起来，实在罪大恶极啊！"

这些都是信仰佛教者起而反抗和报复的曲折反映。还有一些人则在暗地里继续信奉佛教。如巴·赛囊在外面佯装信奉苯教，家中却仍然秘密供奉一个汉族僧人，奉行佛法。以上是佛苯斗争的第一阶段。

《巴协》接着叙述赤松德赞成年后，下决心要提倡和推行佛教，他先妥善安排了两位帮助他兴佛的得力大臣巴·赛囊和桑喜，一方面使他们免遭反佛势力的杀害，一方面让他们为将来推行佛法做积极准备。

随后，赤松德赞为了能牢牢掌握政权，顺利推行佛法，便与手下的尚·雅桑和郭·赤桑雅拉等信佛大臣商议弘扬佛法之事。尚·雅桑说："赞普您的祖上松赞干布倡行圣法，使吐蕃繁荣发达，父王赤德祖赞也继兴佛法。可惜父王死后，佛法被尚·玛降所灭。此人反对佛法，凶狠残忍，您的兴佛愿望，恐怕难以实现。"大臣郭·赤桑雅拉道："我有办法对付他！你们做我的后盾，我能使赞普满足愿望。"于是照他所说商定了计策。

此后，赤桑雅拉暗暗赏赐赞普手下的传令使、卜者、预言吉凶者，嘱咐他们到处散布预言说："赞普将有大灾难，国政也将遭逢厄运。需要两位职位最高的大臣到墓穴里待三年，灾厄就可以消除，赞普可以长寿，国运也可以兴旺发达。"不久，形成了强大舆论。于是，赤桑雅拉便让尚·雅桑在群臣集会的时候，出面提议应该设法禳除赤松德赞的灾难和国家的厄运。赤桑雅拉接着说："应该给国王寻找禳解灾难的替身。因此，谁是国王最大的属臣就由谁来承担！我家世显贵，功高禄厚，臣属中我最大。我来当一名禳灾替身！"玛降见此情景，被逼无奈地说："大臣中没有比我再大的了，我同意做赞普的另一个替身！坟墓修在哪里？"赤桑雅拉回道："要么修在帕热，要么修在菊地的邦桑。"玛降说："还是修在纳囊扎普吧！"

修墓穴时，玛降吩咐道："把好石头砌在前面！"并设法把牛角凿通，连接成管子使水流入以供饮用，又开沟使之流出。同时还准备了防饥的食物、御寒的衣服，并开启穴孔以免憋闷。坟墓修完后，赤桑雅拉和罗·德古纳巩商量好计策，脚上穿着鸟毛做的靴子，身上穿着马脖做的衣服。二人被送进坟墓后，赤桑雅拉说："这里做玛降的睡处，这里做我的睡处，这里可以放水……"一边说着，一边走来走去。玛降则在他身后紧紧相随，寸步不离。忽然，赤桑雅拉拍着手掌叫道："看！那是什么？"说了就跑。玛降去抓他时，只抓着脚上的一把鸟毛。又因赤桑雅拉穿着马脖衣服，颜色与土一样，黑暗中难以看见，所以溜出了墓穴。罗·德古纳巩看见赤桑雅拉出来后，便用巨石堵上墓门。玛降被关在墓中，他才知中了赤桑雅拉的圈套。后来，看守墓穴的人在牛角管里发现了一支玛降射出来的箭，上面写着"纳囊族的人们挖开墓，救我出来"等字样。赤松德赞与信佛大臣暗中商量定计，最后将玛降处死。

《巴协》通过描绘双方你死我活的斗争，揭示了统治阶级内部争权夺利斗争的尖锐程度和残酷性。

赤松德赞等用此计杀死了反对佛教的核心人物玛降。随后，赤松德赞放手派人到印度迎请寂护来吐蕃宣讲佛法。他还主持过一次佛苯大辩论，苯教遭到惨败。按辩论前的规定，苯教徒有的改信佛教，有的放弃苯教信仰，有的奔走他乡。苯教经典也被烧掉或抛入河中。此后，虽然仍有数次反复，但佛教势力在吐蕃王室的大力提倡和推行下，已经处于优势地位。这是佛苯斗争的第二阶段，也是最高潮。

最后，《巴协》又记述了迎请寂护和莲花生到吐蕃传法的经过。沿途，莲花生降伏羌纳木地方的夜叉年钦唐拉（年钦唐拉山山神）、宁钟（今聂荣）的凶恶白龙、喀纳湖的恶龙等地方神祇和龙魔，并收服它们作为佛教的护法神，曲折地反映出寂护和莲花生进入吐蕃时，受到沿途信奉苯教的各地势力的反对和阻挠。在斗争过程中，佛教也吸收了吐蕃苯教的一些神灵、仪规等，使佛教具有了本土化特征而更有利于传播。

作者还用较大篇幅，浓墨重彩地渲染和叙述了修建桑耶寺的过程，作为这场斗争的最后阶段。书中先写勘察建寺地形，讲述主佛殿神奇莫测的大柱子。叙述修建有藏、汉、印三种风格的三层楼高主殿。描绘各个殿堂、厅塔等，层次分明，列数各殿所塑佛像，主从有别，有条不紊。寺庙修成后，举行开光庆典，更是盛况空前。书中这样描述：

> 于是，赞普将全体居民召集起来，祈祷的吉时到了，扎玛尔地方熙熙攘攘挤满了人。莲花生大师从格如洲殿托着盛满鲜花的盘子走出来，到了白色佛塔前面。他以禅定力将下殿众神（神像）请到塔外，绕白色佛塔而行，面向东方。大师往他们五色缤纷的帽盔上抛撒鲜花。众神又走回佛殿，按原来的顺序就位。……赞普向大师献上一盘金粉，以酬撒花之盛意。在盛大的庆祝会期间，寺外的各座佛塔之间摆满各种食品与奶酪，分赐给参加演出节目的演员。每人二三份，无一人遗漏。之后，各个演员进行精彩的表演。第一天，只见在药草山嫩噶和扎琼两峰的阳坡上，忽然出现了梅花鹿，表演者牵着绕场一周。第一项表演的情景，画在寺中围廊门后的墙壁上。……第二天表演，只见从刀帕地方跑来七匹骆驼，上面骑着七个人，在奔跑时，他们互相交换骑着的骆驼。有的在骆驼上挥舞刀剑，有的人高举着一幅横幡。……第三天，只见一个叫羌噶依的人，头顶八根紫檀木梁，在乌孜平坝上奔跑，然后放在南门槛边。木梁极沉，普通人连一根也拿不起来。还在很多杉木顶端横置一木，木的一头有位身上燃火的魔术师，另一头有小孩探头窥视。……大家跳起幸福欢乐舞，人人唱歌，群马驰骋，百鸟齐鸣，吐蕃兴旺繁荣。这些情景都画在寺门背后的北面墙壁上。

这段描写采取了铺排手法：莲花生三次开光撒花，接受金粉为酬，神气十足；众神列队进出，井然有序；节目表演，精彩惊险，各显其能。庄重里有欢乐，重复里有变化，场面宏大，气氛热烈。再如国王的欢歌，大臣、后妃的唱和，百姓的载歌载舞，骑士的奔突驰骋，百鸟的飞翔鸣叫……写出了庆祝典礼热闹的盛况。

三、拉萨僧争，顿渐之辩

苯教势力被削弱后，赤松德赞兴佛成功。这时期吐蕃的佛教很快又面临着一场自身内部不同派别之间尖锐的斗争，这就是顿悟派和渐悟派之争。顿悟派主张无须供佛念经，废除一切宗教仪式，强调人的主观觉悟，认为一旦领悟就可立地成佛。渐悟派则认为佛教徒必须经过累世的渐次修行，才能成佛。顿悟派和渐悟派之间的矛盾正如世界上的很多事物，当外部的强大敌对势力被战胜而消失或减弱以后，事物本身往往又会自我分化产生内部的矛盾斗争，其激烈程度有时不亚于与外部的敌对斗争。《巴协》对此也做了专段叙述。

书中写道：

> 这时，从内地来了一个汉和尚，名叫摩诃衍那（一作摩诃衍），即大乘和尚。他宣传说："修行身语等善品，不能成佛。要想修佛，应无所思忆，心无所虑。如此修行，始能成佛。"所以，吐蕃的人们逐渐转去习学他的法。因而，桑耶寺的香火、供奉断绝，求法与修身语善行的也停止。最后，只剩巴·罗德纳、毗卢遮那、巴·白央等少数几个人还坚持信奉和习学大师菩提萨埵（寂护）所传之法，遂形成两派，以观点不合而引起争论。

关于摩诃衍那到吐蕃的情况，据摩诃衍那上赤松德赞的第二道表疏中所讲："当沙洲降下之日，奉赞普恩命，远追令开示禅门。及至逻娑（今拉萨），众人共问禅法，为未奉进止，罔敢即说！后追到割。屡蒙圣主诘（问），讫却发遣赴逻娑，教令说禅。"照这段文字看来，摩诃衍那原是沙洲（今敦煌）地区的僧人，当吐蕃占领沙洲后，奉赞普赤松德赞之命，始至拉萨宣讲禅宗。摩诃衍那的第三道表疏讲，他不但在逻娑宣传禅法，而且还到吐蕃其他地区传扬禅宗。据藏族后来一些史书和《顿悟大乘正理决》等记载：当时"赞普的姨母悉囊南氏及诸大臣夫人三十余人"皆信奉摩诃衍那宣传的顿悟教法。摩诃衍那也在第三道表疏中提到："亦曾于京中以上三处闻法，信受弟子五千余人。"由此可见当时顿悟派影响之大和信徒之众，这与《巴协》所记吐蕃人多半转学顿悟的情况是一致的。当时两派矛盾的尖锐甚至达到彼此刀兵相见的程度，由于摩诃衍那的顿悟派人多势众，虽然当时赤松德赞支持渐悟派，但也无济于事。最后只好派人到印度请来菩提萨埵的弟子噶玛拉希拉（莲花戒）与摩诃衍那进行辩论。书中记述了莲花戒来到吐蕃时的情景：

> 使者来禀报：噶玛拉希拉已到达隆促地方。君臣便到河边去迎接。和尚与他的徒从也都一起来到河边。噶玛拉希拉在河对岸说："我要探问一下和尚在声明与因明方面的学识。"乃以手绕头三周，表示向和尚发问："何谓流转三界之因？"和尚看见，作为回答，乃于河这岸以手抓袍之襟而向地摔两下，意为："流转三界乃是能取与所取二取无明为因。"噶玛拉希拉见此说道："彼于问答二者皆能领悟，是一个厉害人物啊！"于是过河而来。

书中接着说：随后，在菩提洲摆设狮子座，赞普坐在中间，和尚坐在右边，他的随从弟子有觉姆降秋杰、苏央达、彭德朗噶（僧人朗噶）等一长排；噶玛拉希拉坐在左边，他的随从弟子只有巴·白央、毗卢遮那、巴·罗德纳等少数几个人。赞普赤松德赞向顿门和渐门两派每人手中献一个花环，然后下令道："……从此分裂为顿门和渐门两派。二者因观点不合，发生争论。我虽加以仲裁，非但无效，反而更引起不欢。……说我赞普左袒渐门派。如今好了，菩提萨埵的弟子噶玛拉希拉来了，请你们双方进行辩论。谁辩论胜利了，就请失败的一方不要傲慢，虚心地向胜者敬献鲜花。"

辩论结果以摩诃衍那一方失败告终。赞普遂下令吐蕃百姓王臣等人修佛应遵守国王请来的印度著名大师译定的佛法。从上述《巴协》所记情况看，双方似乎只经过一次辩论，便已决定胜负，而且矛盾性质纯系宗教观点上的分歧。但是，从其他有关史料来看，辩论似乎进行了多次，历时约一年之久，甚至还有说长至三年的，而且矛盾的性质似乎还牵涉不同政治势力之间的斗争。

此外，《巴协》还记述了赤松德赞派骑兵到印度去取佛舍利，以装藏桑耶寺的佛像和佛塔的过程，极富传奇色彩；派桑喜到阿里岩洞去取运财富的事迹，更具有神话色彩，不再一一论述了。

总之，《巴协》在记述历史事件时，细致具体，周密翔实，常采用民间传说的叙事手法，并富神话传奇色彩。该书是藏族早期的一本文情并茂、亦史亦文，不可多得的佳作。

《巴协》所记载内容大多是作者亲身经历或在当时耳闻目睹，内容具体细致，翔实可信，对后世藏族史学家影响很大。《巴协》中记述赤松德赞父子两代的事迹以及"后弘期"开始的史实，是后世《布顿佛教史》《红史》《西藏王统记》《西藏王臣记》等书内容的依据。16世纪，巴卧·祖拉陈瓦所著《贤者喜宴》一书，将《巴协》全书分段引入，由此可见此书在藏族史学著作中的重要地位和深远影响。18世纪，藏族著名学者松巴堪布·益西班觉在他所著《如意宝树史》一书中说："这些史书（指上述各历史著述）多以《巴协》为范本。《巴协》是一本关于修建桑耶寺的著述，是赛囊和桑喜等人所著。分为三份，分别保存在喇嘛、赞普和大臣手中。后来，人们对它屡作增删，便成了《喇协》《杰协》和《巴协》，其后晚出的本子，或长或短皆本于此。"松巴的这一看法比较符合实际情况。

第七章　翻译事业的兴盛

吐蕃时期，由于政治、经济、文化长足发展及与国内外各民族友好交往的需要，历代赞普都提倡翻译事业。特别是松赞干布、赤松德赞和赤热巴巾三王时期，更是组织人力，建立机构，大力推行，使得翻译事业繁荣兴旺。

松赞干布时期开始翻译工作。据藏文史书记载，在拉托托日年赞时期（松赞干布之前第五代赞普），从印度传来几部佛经，但无人能识读，所以被供奉起来。松赞干布从唐朝、印度等地请来僧人、学者与吞米·桑布扎及弟子等共同翻译了《宝集咒》《月灯》《宝云经》《宝箧经》《百拜忏悔经》等经书。这一时期翻译的经书分别存在钦普、旁塘和丹噶三座宫殿中，并编有《钦普目录》《旁塘目录》和《登迦目录》。前两者后来遗失，只有《登迦目录》收入《丹珠尔》目录部中，所收经论约六七百种，分为二十七门类。

赤松德赞时期，更大规模地组织译师翻译佛经。据《巴协》记载：桑耶寺建成后，赤松德赞从唐朝、克什米尔请来译师，并结合吐蕃本地译师，分组翻译汉文佛经和印度佛经。《西藏王统记》中详细记载了赤松德赞时期有九位著名的译师，可见当时翻译工作的盛况。

赤热巴巾（赤祖德赞）也组织译师进行了佛经的翻译。同时对"译语"加以厘定，对翻译中的名词术语以及一些字的书写方法进行规范化，纠正了在翻译和书写时出现的一些混乱现象。

吐蕃王朝末期还有一个通晓藏、汉、梵三种文字的译师郭·却珠（意为法成，又译为管·法成），他主要在沙洲一带从事译经、讲经等活动。郭·却珠将不少汉文经典译为藏文，还将一些藏文经典译成汉文。《贤愚因缘经》就是他依据汉文本和梵文本翻译成藏文的。

与此同时，汉文、梵文中关于医药、工艺、语言、史传、历算、文学等方面的一些作品也被译为藏文，流传开来，推动了藏族文学和科学的发展。《巴协》所记《金城公主的传说》中二妃夺子的情节，显然受到《贤愚因缘经》中《檀腻羁品第四十六》所记阿婆罗提王审案故事的影响。

第一节　汉文典籍、故事等的翻译

敦煌发现的古藏文写卷中，发现有一些汉文典籍《尚书》《战国策》《史记》及俗讲变文被翻译成藏文，可见汉族文化对藏民族产生了深刻影响。

一、《尚书·周书》部分章节被译成藏文

《尚书》是中国第一部古代文献资料汇编，主要保存了商朝和西周初期的一些重要史料，被儒家列为经典之一。在敦煌发现的古藏文写卷中的 P.T.986 号是汉文《尚书》中部分章节的藏译文，共"有藏文157行，外一行跋尾"[①]。这些内容可以分为四节，"四节之中，伪《泰誓》两篇，《牧誓》一篇，《武成》一篇，均属于《周书》的范围。这与当时流行在敦煌一带的汉文写本有关"[②]。

藏译文对《尚书》内容不是逐句翻译，而是以汉族史料和历史传说为素材进行的再创作。例如《尚书》中关于纣王听信妲己谗言杀涉水者及比干的故事在原文里只有"斩朝涉之胫，剖贤人之心"一句话，但藏文却"译"成如下的文字：

> 纣王和妃子妲己坐于平台之上。冬，有二人至河边欲渡。一人至，即涉水而过，另一人不敢涉水。妃妲己向王曰："奴奴听说，壮年父母生子，骨质坚硬，行路有力；老年父母生子骨质稀疏，行路无力。"纣王遂将那两人招来，为辨明（妃言）真伪，令将其双脚斫断。时王叔比干曰："此举与礼法相违，极不应该！"纣王曰："予无杀一人之权乎？"言已，下令。妃妲己奏曰："奴奴曾闻：圣人心有九窍，贤人心有七窍。此公为贤人莫非心有七窍乎？是真是假，请于圣驾看可乎？"（纣王）立即将比干杀掉，掏心呈验。心上果有七窍。涉水二人足被斫下后，奏请王验看，果如妃妲己所言，真实无讹。如此残虐无辜之事，遍于天下，弃却王礼；对父叔、臣僚等忠诚谏告之人，严刑酷法相加；极尽奇技淫巧，以取悦妃妲己心意，肆意淫乐。

从以上内容可以看出，译者依据敦煌一带流传的汉文《尚书》写本并结合历史传说等内容进行再创作，语言简洁、条理清晰，寥寥几笔生动形象地刻画出商纣王的凶狠残暴、荒淫无道，妲己的心狠手辣、阴险歹毒，以及比干的忠心耿耿、直言敢谏等性格特征。

二、《战国策·魏策》部分内容被译成藏文

《战国策》是一部以国别记事的史书，分别记录了战国时期秦、齐、楚、赵等十二国的历史事件，有三十三卷。大约在秦汉年间编纂，作者和确切成书年代已难考证。后经刘向整理，定名为《战国策》。敦煌古藏文 P.T.1291 中保存了《战国策·魏策》二、三、四中的一些藏译文残卷。

藏译文残卷中保存的《战国策·魏策》内容共有五节：一是说田需当了魏哀王的相

[①] 王尧、陈践译注：《敦煌古藏文文献探索集》，上海古籍出版社，2008年，第419页。
[②] 王尧、陈践译注：《敦煌古藏文文献探索集》，上海古籍出版社，2008年，第419页。

臣，颇得王之信任，惠子劝诫田需要谦恭处众，恪守臣道以免遭忌招祸。故事内容来源于《魏策二》。二是魏王因被秦国打败，派人去向秦国割地求和。故事来源于《魏策三》。三是魏安厘王在位时，齐、楚联军攻魏。魏王派唐雎使秦，说秦王以利害，使之发兵救魏。故事来源于《魏策四》。四讲述秦已灭韩国和魏国，便派使者威逼安陵君降秦，安陵君派唐雎为使者至秦。唐雎以勇敢、无畏的精神威慑秦王，使其一时不得侵占安陵。故事来源于《魏策四》。五是"缩高死国"，赞扬老者缩高为保卫国家，宁肯自杀也不愿劝子叛降。故事来源于《魏策四》。

藏译文基本表达了原有故事的情节和意思，体现出原故事中人物的性格和精神面貌。下面以敦煌藏文写卷中第一节惠子劝告田需应恪守为臣之道的内容为例，分析《战国策》原文与藏译文写卷的异同。

《战国策》中惠子劝诫田需的原文是："田需贵于魏王，惠子曰：'子必善左右。今夫杨，横树之则生，倒树之则生，折而树之又生。然使十人树杨，一人拔之，则无生杨矣。故以十人之众，树易生之物，然而不胜一人者，何也？树之难而去之易也！今子虽自树于王，而欲去子者众，则子必危矣。'"①

藏译文是："襄王薨，子哀王即王位。哀王为政，以田需为相臣，颇得王之信任。智者惠子对田需说：'你已为相臣，应谦恭啊！比方以杨树为例，横放着它，它也会生长。但是，如果一个人去拔它，它就不长了。十个人种杨树，只用一个人去拔它，它就长不了。十个人合力去种植易于生长的杨树，但一人即可除之。何也？这是因为种植、生长比较困难，而毁坏、拔除它却非常容易的缘故啊。如今，你被任命为大臣，深得大王的宠信，有很多人不喜欢你，并想把你赶出相臣之列，所以，你要警惕啊！你要以大臣的规矩来约束自己啊！'"②

与《战国策》原文相比，可以看出藏译文译者的翻译风格比较自由，并没有完全拘泥于汉文的字句，而是译其大意。惠子劝说田需时，首先以特别容易生长的杨树为例，十个人种植杨树，一个人拔掉，所植杨树全部被毁掉。原因是种一棵树使之成活难度较大，拔掉一棵树很容易。然后由树及人，指出田需虽然现在得到魏哀王的宠信，但有很多人想赶走他，他的处境很危险，应该谨慎行事以免招来横祸。

藏译文的内容有所增减。第一，藏译文写卷内容有删减。《战国策》原文中用"横树之则生，倒树之则生，折而树之又生"这三句说明种植杨树成活率很高。藏译文只用"横放着它，它也会生长"举例点明杨树极易生长的特点，删减了《战国策》原文中杨树倒插、折枝插也会生长这两种情况。第二，藏译文写卷内容有增加。藏译文中一开始交代了魏襄王死后，其子哀王继位，非常信任田需，以其为相，补充了田需为相的背景，可见，译述者比较熟悉中原当时的社会历史情况。惠子在劝诫田需话语的首句就指明田需为人处

---

① 缪文远、缪伟、罗永莲译注：《战国策》，中华书局，2012年，第727页。
② 王尧、陈践译注：《敦煌古藏文文献探索集》，上海古籍出版社，2008年，第434页。

事应谦虚慎重,最后一句再次语重心长地告诉田需希望他恪守为臣之道,前后对应,主题突出。藏译文写卷行文顺畅明达,人物性格鲜明。

三、《史记·魏世家》部分内容被译成藏文

《史记》是我国第一部纪传体通史,其中本纪、世家和列传主要是西汉以前一些历史人物的传记。司马迁根据可信史料塑造了众多性格鲜明的历史人物形象,反映了从古代到西汉复杂的社会生活面貌,表达了作者的社会理想,达到了史学和文学的高度统一。《史记·魏世家》中秦将王贲引水灌大梁城灭魏的相关内容记载如下:"(王假)三年,秦灌大梁,虏王假,遂灭魏以为郡县。""太史公曰:吾适故大梁之墟,墟中人曰:'秦之破梁,引河沟而灌大梁,三月城坏,王请降,遂灭魏。'"

敦煌古藏文写卷中的 P.T.1291 号第四节残卷内容说:"魏王假在位之时,秦王始皇以王贲为将,攻魏。王贲引大水灌溉魏之大梁城。水浸,城坏,执王假,灭之。将魏收入治下。后,魏之兄弟往昔未入为秦之属民者,由秦始皇遍以诏书谕之:尔之国君政事已为朕所灭,地亦入秦矣……"

二者比较可见,《史记》中秦将王贲引水灌溉大梁城后灭掉魏国的记载比较简单。而敦煌藏译文残卷结合《史记·魏世家》内容及太史公司马迁评论观点翻译而成,同时补充了秦始皇颁发诏书遍告天下魏国灭亡的内容,使王贲引水灌溉大梁城、水浸城坏、俘虏魏王、魏国灭亡、秦王昭告天下的过程更为具体详尽。

四、《史记》中毛遂自荐的故事翻译为藏文并改编进入吐蕃历史

毛遂自荐的故事在汉族广为流传,这则故事来源于《史记·平原君虞卿列传》,原文如下:

> 秦之围邯郸,赵使平原君求救,合从于楚,约与食客门下有勇力文武备具者二十人偕。平原君曰:"使文能取胜,则善矣。文不能取胜,则歃血于华屋之下,必得定从而还。士不外索,取于食客门下足矣。"得十九人,余无可取者,无以满二十人。门下有毛遂者,前,自赞于平原君曰:"遂闻君将合从于楚,约与食客门下二十人偕,不外索。今少一人,愿君即以遂备员而行矣。"平原君曰:"先生处胜之门下几年于此矣?"毛遂曰:"三年于此矣。"平原君曰:"夫贤士之处世也,譬若锥之处囊中,其末立见。今先生处胜之门下三年于此矣,左右未有所称颂,胜未有所闻,是先生无所有也。先生不能,先生留。"毛遂曰:"臣乃今日请处囊中耳。使遂早得处囊中,乃颖脱而出,非特其末见而已。"平原君竟与毛遂偕。十九人相与目笑之而未废也。
>
> 毛遂比至楚,与十九人论议,十九人皆服。平原君与楚合从,言其利害,日出而言之,日中不决。十九人谓毛遂曰:"先生上。"毛遂按剑历阶而上,谓平原君曰:"从之利害,两言而决耳。今日出而言从,日中不决,何也?"楚王谓平原君曰:"客何为者也?"平原君曰:"是胜之舍人也。"楚王叱曰:"胡不下!吾乃与而君言,汝何为者也!"毛遂按剑而前曰:"王之所以叱遂者,以楚国之众也。今十步之内,王不得

  恃楚国之众也，王之命悬于遂手。吾君在前，叱者何也？且遂闻汤以七十里之地王天下，文王以百里之壤而臣诸侯，岂其士卒众多哉？诚能据其势而奋其威。今楚地方五千里，持戟百万，此霸王之资也。以楚之强，天下弗能当。白起，小竖子耳，率数万之众，兴师以与楚战，一战而举鄢郢，再战而烧夷陵，三战而辱王之先人。此百世之怨而赵之所羞，而王弗知恶焉。合从者为楚，非为赵也。吾君在前，叱者何也？"楚王曰："唯唯，诚若先生之言，谨奉社稷而以从。"毛遂曰："从定乎？"楚王曰："定矣。"毛遂谓楚王之左右曰："取鸡狗马之血来。"毛遂奉铜盘而跪进之楚王曰："王当歃血而定从，次者吾君，次者遂。"遂定从于殿上。毛遂左手持盘血而右手招十九人曰："公相与歃此血于堂下。公等录录，所谓因人成事者也。"

  平原君已定从而归，归至于赵，曰："胜不敢复相士。胜相士多者千人，寡者百数，自以为不失天下之士，今乃于毛先生而失之也。毛先生一至楚，而使赵重于九鼎大吕。毛先生以三寸之舌，强于百万之师。胜不敢复相士。"遂以为上客。①

毛遂在平原君赵胜面前自荐随其到楚国，面对楚王迟迟不答应平原君"合从"抗秦之事，他按剑上前，首先以性命威胁楚王，其次指出楚国地广兵多，凭此可以称霸天下，再次指责楚王忘记了楚国被秦国大将白起发兵侮辱的历史，最后指出"合从"对楚及赵国都有利。楚王最后答应联合赵国一起抗击秦国。毛遂自荐、不辱使命，被平原君称赞为"毛先生以三寸之舌，强于百万之师"。平原君从开始怀疑毛遂的才能到最后对其大加赞赏，烘托出毛遂对自己才能的自信及过人的胆识。

敦煌古藏文写卷P.T.1287号《赞普传记》第四章《纳日伦赞传略》，其中描写君臣商议平息达保叛乱事情时，就运用了毛遂自荐的故事情节：

  后，于达保地方，有已入编氓之民户谋叛。赞普（纳日伦赞）与诸大论相聚而议降服达保王：谁人堪充任将军。时，有名为参哥米钦者，自告奋勇，应身而起，曰："不才堪充此任！"琼保·邦色曰："尔往昔曾充任此将军之职乎？若谓聪明俊哲之士有如毛锥，置于皮囊之中。尔出任鑫囊纰巴一职，已经多年，吾未闻有人赞尔能胜此任者。尔实不堪当此大任也。尚喋喋不休者，何也！此事诚属荼毒百姓庶民之事也。"米钦曰："众人未曾称美于不才，信然！往昔，吾（犹如毛锥）未处于皮囊之中以露锋芒者，亦信然也。设若往昔，吾处于皮囊中别说锋刃外露，连锥柄以下早已露于外矣，遑论锋刃？！故于今日吾能有所启请，乃往昔未处皮囊中以外露也，正为今日有所启请也！"后，赞普竟依米钦所请，授以征讨达保、抚绥编氓之将军之职。米钦乃克达保王，收抚达保全境。②

这段文字写赞普纳日伦赞召开会议商议平定达保叛乱之事，参哥米钦勇于自荐、敢当重任，体现出他积极进取的精神。同时通过"赞普竟依米钦所请，授以征讨达保、抚绥编

---

① 司马迁：《史记》，中华书局，1982年，第2366—2368页。
② 王尧、陈践译注：《敦煌古藏文文献探索集》，上海古籍出版社，2008年，第108页。

氓之将军之职"短短几句话，烘托出纳日伦赞知人善任的领袖才能。琼保·邦色虽然也只有一段话，但把他居功自大、轻视别人的高傲性格刻画得生动形象。作者通过人物自己的语言和行动塑造其性格特点，形象鲜明，栩栩如生。

参哥米钦"锥处囊中"一段话，与《史记》中记载的毛遂在平原君面前自荐时的对话如出一辙，可见作者对毛遂自荐的故事比较熟悉，创作时吸收了这一素材。不过，译述者把平原君质疑毛遂在自己门下多年没有人称赞其才能改为琼保·邦色对参哥米钦能力的怀疑，更突出了纳日伦赞善于识别人才的杰出才能。同时，《史记》中对毛遂在楚国以过人胆识促使楚王同意联合赵国共同抗秦的经过进行了浓墨重彩的描写，但是《纳日伦赞传略》中仅以"米钦乃克达保王，收抚达保全境"一句，讲述了参哥米钦率领军队打败达保王、收服达保全境，对米钦自荐做了呼应，条理清楚、叙事精练。

五、《孔丘项橐相问书》藏文故事

在敦煌古藏文写卷中，还有三种文字上互有异同的《孔丘项橐相问书》的藏文译文，其中两种较为接近。同时，敦煌还发现了《孔丘项橐相问书》十五种不同的汉文抄件，与藏译文比较，也有差异。所以藏译文可能是译者根据这些不同文本而作的"译述"或者另有所依。

藏译文中说：孔子乘车东游，在路旁遇见三个小孩，两个在玩，一个却不玩。孔子便好奇地问他什么不玩。小孩回答："两个人在一起玩，如果闹急了，会打起架来。打架会撕破衣服，还会败坏父母的名声，没有什么好处。"孔子又问："你年纪轻轻，怎么懂得这么多道理？"小孩又做了回答。于是孔子就出难题考问道："什么山没石头？什么水没有鱼？什么人没有妻子？什么女人没有丈夫？什么树没有树丫？什么牛没有犊？什么马没有驹？什么门没有闩？什么车子没有轮？什么火没有烟？什么刀没有鞘？什么人没有姓？"小孩一一作答，毫无难色。后来，孔子反被小孩驳倒，掉转车头回去了。

译文中的孩子，无论孔子怎样询问，始终不肯说出姓名，这点与汉文原文不同。其他汉文中有"项橐拥土作城，在内而坐。夫子语小儿曰：'何不避车？'小儿答曰：'昔闻圣人有言：上知天文，下知地理，中知人情，从昔至今，只闻车避城，岂闻城避车？'夫子当时无言以对，遂令车避城下道"一节，还有孔子曰"吾与汝平却天下，可得以否"一段，以及最后的诗等，译文中没有。其他故事情节则基本一致。不难看出，译文中不肯说出姓名的孩子就是项橐。

译文语言流畅，如实再现了原文中叙事简洁、回答精练以及人物性格鲜明的特点，说明译者有相当高的文学修养。

六、部分变文的藏译文

在敦煌古藏文写卷中，还出现了一部分汉族佛经变文的藏译文，其内容有"论无常""论酗酒""论恶行""论孝敬之经""善恶经论"等，现见于法国巴黎图书馆影印《敦煌古藏文手卷选集》第一辑 P.T.640 号、P.T.126 号卷。这部分写卷，前面和后面都已残缺不全，中间还有一些不清晰和空白的地方。其中"论孝敬之经"是关于孝敬父母的，如：

> 无父难生女与男，
> 无母不育不能产。
> 母亲育儿多辛苦，
> 最初怀胎步履艰，
> 未生之前受煎熬。
> 满月之后离母体，
> 如同宰羊血肉鲜。
> 左右身旁满是血，
> 疼痛难忍死复还。
> 潮冷床褥母亲卧，
> 干暖之处娇儿眠。
> 母心常注儿身上，
> 一瞬难舍实可怜。
> 长大只听妻子话，
> 父母责备白眼翻。
> 母子相见如仇敌，
> 这种人落地狱间。
> 永世受罪难解脱，
> 念此应以孝为先！

这部分变文将母亲十月怀胎、生儿育女的含辛茹苦，以及对儿女的牵肠挂肚、爱护备至等描述得真实细腻、感人至深。批评了那些"娶了媳妇忘了娘"不敬父母的人，劝戒大家孝敬父母。只是把对不孝者的惩罚依托于佛教的地狱报应观念，则是脱离现实、不可取的。

这段变文，在汉文《父母恩重经变文》中可以找到相应的内容，如：

> 经云：生得此身，咽甘吐苦。洗濯不净，不惮劬劳。忍热忍寒，不辞辛苦。干处儿卧，湿处母眠。三年之中，饮母白血。
> 不惮吐甘咽苦，洗浣盖是寻常。
> 或时忍热忍寒，慈母不辞辛苦。
> 可忍这身成长后，恣行不孝忘深恩。
> 甘甜美味与儿食，苦涩一般母自尝。
> 忍热忍寒那思倦，抱持起坐忘苦辛；
> 回干就湿是寻常，乳哺三年非莽卤。
> 岂料长成都不孝，忘却从前掬养恩。

渐离怀抱，身作童子，常系母心，百般忧虑。①（下缺）

经：月满生时，受诸痛苦，须臾好恶，只怨无常，如杀猪羊，血流洒地。②

在汉文《父母恩重经讲经文》《孝子经》中也有相同内容。众所周知，佛教传入中原后，受到儒家思想的影响，特别是孝敬父母的伦理思想，大量渗入佛教。再经过俗讲变文的渲染，就更加突出。这种孝道观念引入藏族社会，对当时的伦理道德起到了一定的影响。

在藏译《无常经》中，有劝人弃恶从善的，如：

多做善事生吉处，

多做恶事变鬼魔，

二者何为须细思，

人皆死亡难逃脱，

这段劝人戒恶从善的变文，基本意思是好的。死后善有善报，恶有恶报，所以要仔细思考，多做好事为佳。在某种程度上表达了人民的愿望和感情，但它所依托的宿命论思想则是不可取的。再如下面一段，也是同一种思想感情的表达：

死时不分弱与豪，

一切众生皆难逃。

生时不肯为善事，

死后难以把罪消，

该做何事细思考！

此卷之藏文《无常经》全部八十余句，有不少与汉文《无常经讲经文》中的词句和意思是相似的。这部分汉文俗讲变文的翻译，实际也是综合译述的方法，并非全文直译。全文采用七音节的诗句，这是吐蕃时期藏族诗歌没有的格律形式，显然吸收了汉族七言诗的格律，丰富了藏族诗歌的表现手段，对后世藏族七音节诗的形成产生了重大影响。

总之，敦煌古藏文写卷中保存的《尚书》《战国策》《史记》和变文等藏译文残卷，说明汉族这些文学作品在吐蕃已经流传并对藏族文学产生影响。拉鲁女士也多次提到敦煌藏译文写卷来源于汉族文学并受其影响。她在《巴黎国家图书馆入藏伯希和搜集的敦煌文写本清册》目录中曾提示"P.T.986和1291号两个令人注目的卷子是译自汉文的古代文学作品"③。拉鲁女士在出版的第二卷附册的分类说明中进一步明确提出"受汉人影响的文学作品是 P.T.986、1291"④这样的观点。可见，汉族这些优秀文学作品在藏族的流传，开扩了藏族民众的眼界，丰富了他们的思想，对藏族文学产生了深刻影响。

---

① 王重民、王庆菽等编：《敦煌变文集》下集，人民文学出版社，1984年，第699—700页。
② 王重民、王庆菽等编：《敦煌变文集》下集，人民文学出版社，1984年，第679页。
③ 王尧、陈践译注：《敦煌古藏文文献探索集》，上海古籍出版社，2008年，第416页。
④ 王尧、陈践译注：《敦煌古藏文文献探索集》，上海古籍出版社，2008年，第416页。

第二节　印度文学《罗摩衍那》的翻译

《罗摩衍那》是印度的一部伟大史诗,大约流传于2世纪。据传作者为蚁垤,但一般都认为是民间创作。在流传过程中蚁垤或者曾对众多梵文传抄本中的一种做过加工整理。19世纪以来,《罗摩衍那》曾先后被译成英、法、意大利、俄、日等国文字。我国敦煌发现的《罗摩衍那》藏译本可以说是最早的译本。

季羡林曾把《罗摩衍那》译成汉文。据其介绍,全书分七篇,讲述罗刹王抢走了罗摩的妻子悉达,罗摩在猴王的帮助下救回妻子的故事。敦煌藏文译本,不是全文翻译,而是大大压缩了原文的缩译本。同时将原文的偈颂体①改为以散文为主,中间插入一些诗歌的说唱体。但是,《罗摩衍那》的主题思想、主要故事情节和总框架被保留下来,而故事发展的顺序略有不同。

藏译文描写悉达的美丽及人们把她献给罗摩为妻一段:

这时,达辖格惹伐(罗刹王)的妃子生了一个女孩,看相人预卜说:"她将消灭父亲和罗刹族类。"因此把她放进一个铜锅里盖好,让河水冲走了。天竺的农民从……把女孩取出来,看见是一个美丽可爱、双目闪光的女孩,便收养了。因为是从水渠中得到的,所以取名叫"渠获女"。后来,"渠获女"长大了,出落得特别漂亮、可爱。农夫想:"像这样一个美貌而贞慧的姑娘,如果嫁给普通人,太可惜了。应该找一个具有崇高品德、与她相配的人当她的丈夫。"于是便四面八方去寻找,遇到罗摩。只见他长得英武漂亮,认定他就是"渠获女"最合适的配偶。于是将姑娘装饰打扮起来,领到罗摩跟前,禀道:

秀发乌黑右旋眼如青莲,
声音悦耳宛如梵音,
肤色光泽而柔润,
珍宝缦饰腰胯美,
胜于吉祥无垢莲,
四肢健美而匀称,
金身好像宝贝涂染,
光彩照亮四面八方,
浑身馨香旃檀芬芳散,
她是人间的天上宝物,

---

① 偈颂作为佛教九部经体之一,是佛教文献的重要组成部分,也是人们礼佛时所唱的颂词。"偈"又作"伽陀""偈陀",意译"偈颂"或"颂"。一般以五言四句或七言四句为一偈,与诗歌的形式相近。参看王志鹏:《敦煌写卷中佛教偈颂歌赞的性质及其内容》,《敦煌研究》2006年第5期。

说话时口散睡莲香连绵,
她在哪里展笑时,
哪里就出现欢乐的场面。
珍宝姑娘降临此世间,
除你以外,在此世界上,
没有别人能作她夫男。
你具百种德相饰身美,
功德学识齐备美誉传,
若将此女献给你,
各种枝叶定会更繁衍,
各色花儿定会更鲜艳,
饰品打扮柔媚可心意,
请你收下穿绸戴宝的这姑娘!

农夫如此赞美后,把姑娘献给罗摩。罗摩看后觉得,世人之中没有比这个女子更美丽、更有德相的了,顿生爱意。因此他不能再专心苦修,便娶了这个姑娘,取名悉达。罗摩也当了国王。

以上描述了悉达的美丽世上无双,就连不贪恋国王宝座、在林中苦修的罗摩也为之动心。罗摩丢下修仙的苦行和她结婚。此部分藏文语言优美,形象生动。

再如写哈努曼达火烧罗刹楞伽城一节:

然后,神女告诫说:"没有比猴子更能惹是生非的了。你要老老实实躲起来,当心罗刹来杀你!"但是,哈努曼达偏偏不听告诫,走到罗刹的花园中,把树拔出来,根朝天,把树梢往地里栽,搞了很多恶作剧。众罗刹见了,向达辖格惹伐禀道:"花园里来了一只凶暴的猴子!"达辖格惹伐派了很多部下去捉拿,全被哈努曼达杀死了。达辖格惹伐气得暴跳如雷,便将修炼成的一条"日光索套"交给大儿子,派他去捉拿哈努曼达。但是,如果索套孔眼大了,猴子就变小,套不住;如果索套孔眼小了,猴子就变得十分巨大,又套不进去。于是罗刹王向成就神祈祷。成就神告诫哈努曼达说:"暂时让索套套住,不伤害你的生命!"于是,哈努曼达让索套套住了。众罗刹说:"你这个专爱惹事,凶暴捣蛋的猴子,杀了吧!"哈努曼达请求道:"这次,我不请求饶命。但是,像杀死我父亲那样来杀死我吧。"罗刹说:"可以照办!那么,你父亲是怎样被杀死的?"答道:"我的父亲是在尾巴上缠了一千匹布,然后沾上一万斤酥油,点上火烧死的。"于是,罗刹也照样对付哈努曼达。点上火后,哈努曼达使劲甩动尾巴,把顶上覆盖着(易燃的)紫梗树枝的罗刹城堡和房屋大部烧着,还烧死了很多罗刹。之后,把布从尾巴上撕下来扔掉,又回到神女跟前……

这段叙述把哈努曼达机智勇敢的性格刻画得活灵活现。哈努曼达到达罗刹城后,没有听从女神让他躲藏的劝告,而是明目张胆地来到罗刹的后花园,通过拔树、恶作剧等一系列手段吸引了大批前来捉拿自己的罗刹。面对强敌，哈努曼达没有退缩，他迎难而上，杀死了来追杀的罗刹，体现出勇敢无畏的性格特点。面对罗刹王的索套，他机智地根据索套眼的大小来变化身体，使其无法抓捕。当要被处死时，他向罗刹王提出要像他父亲一样被烧死。当罗刹王看到哈努曼达甩动捆在尾巴上长长的、熊熊燃烧的布匹烧毁了大半罗刹城堡及很多罗刹时，才发现自己中了他的圈套。哈努曼达有勇有谋、机智聪明的形象，被塑造得栩栩如生，跃然纸上。

第二编
分裂割据时期的藏族文学
(9世纪40年代—13世纪60年代)

第一章 社会发展与文学概况

朗达玛被杀后，西藏开始进入分裂割据时代，形成了不同的政权，彼此争权夺利，攻伐不断。奴隶和平民纷纷起义，佛教渐盛，各宗教流派林立，纷纷出书立说宣扬本派教义，推动了作家文学的发展。与此同时，民间文学发展也很迅速。

第一节 社会发展概况

朗达玛死后，他的两个儿子约松和云丹各据一方，互争权位，战争不断。这些地方势力，内对属民进行剥削和压迫，外与其他地方势力争权夺地，互相征伐，造成藏族社会的大动乱。藏族百姓颠沛流离，无家可归，生活在水深火热之中。再加天灾人祸，百姓苦不堪言，各地奴隶、平民纷纷举行大规模的起义。869年，手工匠人首领韦·阔谢来丁从多康发难，率领起义军挺进西藏，席卷拉萨一带，取得巨大胜利。随后，韦·洛波洛琼也揭竿而起，与阔谢来丁彼此呼应。之后，约如（今山南、工布一带）的大奴隶主尚·解赛耐赞强派奴隶百姓在山顶修筑水渠，奴隶无法忍受苦役折磨，提出"砍山头不如砍人头容易"的口号，发动起义，沉重打击了奴隶主。此后几年，起义军首领许布达孜等四人率军攻下山南琼结，杀掉一些大奴隶主，掘毁了多处吐蕃王朝历代赞普的陵墓。

此时，甘青各地屯垦的吐蕃奴隶嗢末和当地被吐蕃统治的各族人民趁机联合起来举行起义，脱离吐蕃控制，归附中原统辖。

西藏本土形成了封建分裂割据局面：云丹占据拉萨一带，子孙相传，形成"拉萨王系"；约松的两个儿子分别在阿里和后藏建立政权，形成"阿里王系"和"雅砻觉卧王系"。阿里王系后又分为三支（其中包括古格王朝等）。

奴隶制度在这一历史阶段的初期已经瓦解。主要从事生产者是平民以及由解放奴隶转变成的自耕农。这些人在发展过程中又发生分化，少数人成为农奴主，大多数沦为农奴。另一方面，部分幸存的奴隶主也改变经营方式，转化为农奴主，他们原有的大部分奴隶也转变为农奴。农奴制经济确立并稳定后，经济有了相应的发展。

西藏各地方势力的统治者，为巩固自己的统治地位，都大力提倡和推行佛教。由于有名译师及高僧大德所学传承不同，再加上各地方势力的需要，形成了藏传佛教的不同流派，促进了藏传佛教的发展和传播。除噶当派、宁玛派、噶举派和萨迦派这四大教派外，还有希解派、觉宇派和觉囊派等。

噶当派源于阿底峡。古格王朝统治者益西沃为了加强对农奴的控制，大力推行佛教。他选派仁钦桑布等二十一人去克什米尔学习佛法，最后只有仁钦桑布和勒白喜饶二人活着回来。他们二人回国后宣扬佛法，翻译经典，成为著名的大小译师。后来，益西沃的孙辈沃德和绛曲两位王子派人到印度迎请阿底峡到阿里讲佛。1038年，阿底峡到阿里脱定寺宣讲佛法。1045年，堆隆的豪门居士仲敦巴（1005—1064年）从阿里迎请阿底峡到前、后藏传法并一直跟随学习，成为其大弟子。1054年，阿底峡在聂塘圆寂。第二年，仲敦巴在聂塘主持了悼念阿底峡的仪式，并建立了聂塘寺。1056年年初，仲敦巴修建热振寺，将阿底峡的遗骨供奉在热振寺银塔中。仲敦巴传其衣钵，形成噶当教派。热振寺成为噶当派的祖寺。

宁玛派主要继承吐蕃时期的佛教，创始人是素琼巴（1014—1074年）和卓浦巴（1074—1134年）父子。宁玛教派也称为红教，主要寺院为山南的敏珠林寺、多吉扎寺以及四川德格的佐钦寺等。敏珠林寺位于山南扎囊县敏珠林村，最初由鲁梅·楚臣西绕在10世纪末建成。1676年，五世达赖喇嘛的一位宁玛派经师仁增·吉美多吉重建敏珠林寺，1717年毁于战火，1720年再度重建。敏珠林寺以注重研习佛教经典、天文历法、书法修辞及藏医、藏药而闻名全藏。原噶厦地方政府的僧官学校校长，向例由敏珠林寺的僧人担任，该寺为西藏培养了大量人才。

噶举派的创始人是玛尔巴（1012—1097年）、米拉日巴（1040—1123年）和塔布拉杰（1079—1153年）师徒三代，大约在11世纪形成。噶举派最初分为香巴噶举和塔布噶举两个传承体系。香巴噶举的创始人为琼布乃交，14、15世纪已衰落。塔布噶举创始于玛尔巴、米拉日巴和塔布拉杰师徒三代，派系繁多复杂。

楚布寺为噶玛噶举派黑帽系祖寺，坐落于拉萨市堆龙德庆区拉嘎乡，第一世噶玛都松钦巴·曲吉扎巴活佛于1189年（有史料称1187年）创建，并圆寂于此，后被追认为噶玛噶举黑帽系第一世活佛。1256年（元宪宗六年），楚布寺法座噶玛拔希奉诏赴和林，元宪宗赏赐其一顶金边黑色僧帽及一颗金印，其法系传承称为"黑帽系"。噶玛拔希被认定为都松钦巴的转世，开创了藏传佛教"活佛转世"先河。此法后被藏传佛教各教派广泛袭用，并不断完善，形成了一套严格的活佛转世制度。楚布寺成为第一座藏传佛教活佛转世制度的寺院。

萨迦派大约形成于11世纪。"萨"汉语意为"土"，"迦"汉语意为"灰白色"，萨迦即为"灰白土"之意。因萨迦寺所在的本波山腰有一片灰白色的岩石，风化如土状而得名。

1073年，贡却杰布（1034—1102年）创建萨迦寺，并亲任寺主。其子贡嘎宁布（1092—1158年）掌管萨迦寺四十八年，确立了萨迦派代表学说，被称为萨迦五祖之首。

贡嘎宁布的两个儿子索南孜摩（1142—1182年）和扎巴坚赞（1147—1216年）分别为萨迦派的第二、第三代祖师。父子三人没有正式出家，人们尊称其为"白衣三祖"。萨迦派第四代祖师是萨迦班智达·贡嘎坚赞（1182—1251年），也是萨迦派和元朝王室建立关系第一人。1247年，六十多岁的贡嘎坚赞在凉州同蒙古阔端王商讨西藏归顺蒙古事宜并将其引入佛门，为佛教传入蒙古打下了基础。五祖八思巴（1235—1280年）先后被元世祖忽必烈封为国师、帝师，推动了蒙藏、藏汉民族之间的文化交流，进一步巩固了西藏和祖国的关系。

第二节　文学概况

西藏在分裂割据时期，教派林立。各派僧徒为宣传佛教教义及本派主张，著书立说，阐述观点，从而使作家文学有了很大的发展。如噶举派米拉日巴的《米拉日巴道歌》，萨迦派贡嘎坚赞的《萨迦格言》，宁玛派僧人发现的"伏藏"以及噶当派仲敦巴的《师徒问道语录》等。可见，这一时期佛教的传播和发展为作家文学的发展起到了催化作用。

以上作家都是僧人，其作品为宣传佛教教义，充满了浓郁的佛教色彩，这是这一时期及此后很长时间内藏族文学的一个突出现象。书中宣扬了"人生是苦海""人生无常如梦幻"的消极人生观，鼓吹"业因业果""循环报应"的宿命论观点，散布"超脱尘世""出家修佛"等出世思想。这些思想对饥寒交迫、找不到出路，又不明白苦难的社会根源的藏族民众来说，无疑是一支麻醉剂，把他们引向了逃避现实、寄希望于虚无缥缈的来世，而在今生忍受屈辱、任人宰割的悲惨道路。佛教为统治者服务的事实及对劳动人民的危害性，是不言而喻的。

但是在这些作品中，也提出了一些适应当时社会进步和生产发展的政治主张：有的客观上暴露了统治者的残暴、贪婪以及某些上层喇嘛的虚伪和欺骗，有的反映了黎民百姓的疾苦并表示同情等。这也使他们的作品有了程度不同的进步意义。此外，《米拉日巴道歌》和《萨迦格言》在继承吐蕃时期诗歌的基础上，开创了"道歌体"和"格言体"诗歌新流派，对后世产生了很大影响。

民间文学方面，英雄史诗《格萨尔王传》产生并流传开来，它是在神话、传说、诗歌和故事等民间文学发展的基础上产生的。反之，从它又可以看出当时的神话、故事、民歌、赞词和谚语等其他民间文学种类的丰富和发展。《米拉日巴道歌》和《萨迦格言》也从民间文学中汲取了丰富的营养。

这个时期，宁玛派僧人发现了众多伏藏作品。"伏藏"是"藏法"之意，据传吐蕃时期，有些王公贵族或者在宗教斗争中暂时失利的一方，把一些著作埋藏在神像下、屋柱下或者岩洞中，被后世一些佛教徒发现并公之于世。因其是从埋葬中取出的书，所以称为"伏藏"，取出者被称为"掘藏师"。在伏藏作品中，最为著名的是相传由松赞干布所著的

《玛尼全集》和《柱下遗教》，以及相传为莲花生所著的《五部遗教》和《桑耶寺大事记》等。《玛尼全集》据传由释伽桑布和竺托乌珠两人分别从大昭寺的夜叉殿和马头金刚像的脚下挖出。它由吐蕃佛教、松赞干布本生传及教诫三部分组成，其中松赞干布的传说故事具有较高的文学价值。《柱下遗教》是《玛尼全集》的一部分，独立成册，是松赞干布的遗嘱之一。据传该书是阿底峡在智慧仙女化身的"拉萨疯婆子"指引下，从大昭寺的瓶型柱中取出的，又称《柱间史》《柱间史——松赞干布的遗训》等。从书中内容看，大约是11至13世纪的作品，应是伪托松赞干布之名，真实作者也许是掘藏师本人吧。两部作品记录了神猴和罗刹女结合繁衍后代、十一面观音化为马头菩萨救助五百名商人出罗刹境等许多古代民间神话和传说。特别是《柱下遗教》中关于聂赤赞普的身世、止贡赞普与属下比武被杀、拉托托日年赞得天降宝匣等记述详细，是藏族最早记录神话、传说的一部文学作品。这两部书在散文中间杂少数韵文，语言流畅，情节曲折，引人入胜。《五部遗教》从赤松德赞时期开始记述吐蕃王朝历史。1285年该书被发现，1292年面世，相传是莲花生大师所著。但从所写内容来看，显然是伪托古人，其真实的作者可能是声称发掘此书的宁玛派僧人邬坚领巴。《五部遗教》的史料丰富珍贵，文学价值较高，特别是《后妃篇》更具文学色彩。

总而言之，这一时期的文学在文风上继承了吐蕃时期的朴素、质实，同时对修辞手法及诗歌格律等又有所发展，是一个民间文学长足发展、作家文学兴起和走向繁荣的时期。

第二章 《格萨尔王》

《格萨尔王》也称《格萨尔王传》，常常简称为《格萨尔》。它是一部长期在藏族人民群众中广泛流传，内容广博、结构宏伟的英雄史诗。《格萨尔王》是研究古代藏族社会生活、经济文化、道德观念、风俗习惯、宗教信仰等问题的一部百科全书。

第一节 分部本《格萨尔王》故事梗概

《格萨尔王》主要以民间艺人"仲肯"①的口头说唱形式在藏族民众中流传。最初流传时，可能只有《天神卜筮》《英雄诞生》《降魔》《霍岭之战》《保卫盐海》等少数几部。后来在不断的流传过程中，民间艺人陆续增加了新的内容。从目前已知的民间艺人说唱的书目看，有超出一百多部。但是，他们经常说唱的有几十部。

一、《格萨尔王》版本

在《格萨尔王》长期流传的过程中，有些崇奉格萨尔王的人，自己或请人抄录某一民间艺人说唱中的一部或两部，保存下来；或者是一些喜爱《格萨尔王》的僧徒、文人，根据民间艺人的说唱记录整理几部，以资赏读，这便出现了许多手抄本及少量木刻本。在此基础上，付印出版。

《格萨尔王》主要有两种版本。一种是分章本，即把格萨尔王一生事迹分为若干章节写在一部书里，如《格萨尔王》贵德分章本、《格萨尔王》拉达克本及一些蒙文本《格斯尔传》等。近年来，四川甘孜州发现两种分章本，一部叫《岭·格萨尔上半生的故事》共十一章；另一部叫《格萨尔王》，内有《佛法宗》《金子宗》和《水晶宗》等三章。

另一种为分部本。有的把分章本中的一个故事情节扩充为首尾完整的独立一部；有的在分章本内容之外，增加新的故事，独立成篇；有的分部本派生出新的分部本，大故事套小故事，中心人物是格萨尔王，汇总起来就构成宏伟的英雄史诗《格萨尔王》。

在藏族居住区域，《格萨尔王》主要以分部本流传。目前搜集整理的《格萨尔王》大

---

① 仲肯：说唱格萨尔故事的人。

约八十多部，有一百多万诗行，一千多万字。《格萨尔王》是世界上最长的一部英雄史诗，与希腊的《荷马史诗》、印度的《摩诃婆罗多》《罗摩衍那》等史诗一样，成为世界文化宝库中的璀璨明珠。

二、《格萨尔王》产生年代

1. 国内外学者关于《格萨尔王》产生年代主要有三种观点

第一，产生于8—10世纪，反映吐蕃时期的藏族社会生活。

第二，产生于11世纪前后。9世纪末，奴隶制内部各种矛盾冲突激烈，各地奴隶和平民纷纷起义，奴隶主阶层争权夺利、互相攻伐。藏族社会这种动荡不安的局面持续了二三百年，广大藏族百姓深受战乱之苦，渴望出现一个爱护百姓、保卫家乡、除暴安良的英雄人物来造福百姓。在此背景之下孕育了《格萨尔王》。

第三，15世纪之后开始创作，历经几百年逐渐形成比较完整的形式。

但是，《格萨尔王》并非个别人在某一历史阶段创作出来的文学作品，而是在漫长的藏族社会发展过程中，历代的民间说唱艺人和文人集体创作出来的古老史诗。主人公格萨尔也不是某个具体的历史人物，而是藏族历史上众多英雄的统一体。

2.《格萨尔王》发展演变过程

第一，公元前三四百年至6世纪，即藏族氏族社会开始瓦解，奴隶制国家政权逐渐形成阶段，格萨尔王故事产生。

第二，7世纪至9世纪前后，吐蕃王朝时期，格萨尔王故事进一步丰富完善和发展，且逐渐流传到周边国家和地区。

第三，10世纪至12世纪初，吐蕃王朝崩溃时期，西藏社会由奴隶制向封建农奴制过渡，格萨尔王故事的形式和内容在流传过程中更加成熟完善。11世纪前后，《格萨尔王》的框架和主题基本形成，并出现手抄本和木刻本，其后的创作基本是对已成型的格萨尔故事的完善和补充。

第四，13世纪以后，随着藏族与中原地区其他民族及周边国家的交往，《格萨尔王》逐渐传入蒙古族、土族、纳西族等民族地区以及周边国家、地区，并在这些地方产生了名称、内容与《格萨尔王》不尽一致，具有本民族特色的格萨尔王故事。蒙古族的《格斯尔》就是其中之一。

可见，格萨尔王的故事是在民间流传的过程中进一步丰富和发展的。

三、《格萨尔王》分部故事梗概

格萨尔王故事由诞生史、降魔史和地狱部三部分组成，可用"上方天界遣使下凡，中间世上各种纷争，下界地狱完成业果"三句概括全部内容。《格萨尔王》有很多部，难以一一列出介绍，下面摘取常见且较重要的几部，简述故事梗概[①]。

《仙界遣使》

《仙界遣使》，也称《天岭卜筮》。目前见到的手抄本与印刷本有四五种，情节详略各异。主要内容是：观音菩萨看到人间妖魔肆虐，黎民百姓遭受苦难，便向阿弥陀佛恳请护佑。天上众神聚集商议，决定派天神之子推巴噶瓦降生人间，扫除暴虐，拯救百姓。为了给神子寻找人间的生身父母，莲花生首先选中岭部穆布咚氏王族中性情温顺、胸怀宽广的森伦做推巴噶瓦的人间父亲，然后又找到最富有的龙王邹纳仁钦的三女儿梅朵娜泽做他的母亲。莲花生先设计将其赐给郭部首领敦巴坚赞为妻。

《英雄诞生》

岭国和郭部发生战争，郭部杀害了岭国总管绒察查根的次子琎巴曲杰。岭国发兵报仇。晁通事先告密敦巴坚赞，敦巴坚赞带领郭部族人逃走。他的妻子龙女梅朵娜泽被岭国俘获，作为战利品分给森伦为妃，被称为郭姆。后来，郭姆生下一个儿子，这个孩子就是神子推巴噶瓦。嘉察特别喜欢这个弟弟，给他取名觉如。觉如出生后，多次受到叔叔晁通的迫害。觉如多次战胜晁通，保护了自己和母亲。五岁时，觉如母子被逐出岭地。八岁时，岭地降大雪，岭地人畜全部搬迁到觉如被放逐的黄河川。不久，觉如母子又被逐出黄河川。

《赛马称王》

《赛马称王》，也称《赛马登位》。格萨尔在贫困和屈辱中长大。他十二岁时，晁通为了登上岭国王位，主张岭部举行赛马大会。赛马获得第一名的，可以获得岭地的统治大权，并可迎娶部落中最美丽的森姜珠牡为妻。总管绒察查根派珠牡去找流落在外的觉如，让他回来参加赛马。珠牡和郭姆为觉如智捉千里马江噶佩布，觉如骑着这匹马在赛马中夺得第一名，从而成为岭国的格萨尔王，并娶珠牡为妃。

《降服魔国》

《降服魔国》，也称《魔岭大战》。北地魔国的魔王鲁赞性情残暴，每天要吃掉一百名男女儿童。他从晁通派人送来的书信中得知格萨尔正在闭关修法，便施展魔法抢走了格萨尔的次妃梅萨。格萨尔为了降伏鲁赞，救回梅妃，便亲赴魔国。他从梅萨那里知道鲁赞的寄魂物后，弄干了鲁赞的寄魂海，用仓库的金斧子砍断了寄魂树，用玉羽金箭射死了寄魂牛，趁鲁赞昏迷时射死了其额间闪闪发光的寄魂鱼。魔王鲁赞被杀后，梅萨为了独占格萨尔的宠爱，给他喝了迷魂酒，使他忘记了岭国。格萨尔与梅萨在魔国生活了十二年。

《霍岭之战》

由《霍尔入侵》和《平服霍尔》两部分组成。格萨尔到北方降魔多年没有回来。岭国东北方向的霍尔国国王白帐王趁格萨尔没有回国，带兵入侵岭国，想抢走王妃珠牡。岭国

[①]《格萨尔王》分部故事梗概主要来源于降边嘉措、吴伟编撰：《格萨尔王全传》，五洲传播出版社，2006年。

众英雄在嘉察的带领下奋起抗击侵略。王妃珠牡用计让白帐王等待了三年。最后，珠牡让酷似自己的婢女里琼吉冒充自己来到霍尔营帐，白帐王高兴地撤兵。晁通射箭告诉白帐王实情，白帐王立刻带兵抢回珠牡和许多财宝。嘉察为救珠牡，追杀了许多霍尔兵，被辛巴梅乳泽射死。

格萨尔在魔国得知霍尔抢走珠牡的消息后，立刻赶回岭国，严厉惩罚了晁通。他只身前往霍尔国。格萨尔分别杀死了霍尔国白帐王、黄帐王和黑帐王的寄魂野牛，并除掉了霍尔王三兄弟，救出妻子珠牡。他降伏霍国大将辛巴梅乳泽后，委任其管理该国。

《姜岭大战》

《姜岭大战》，也称《岭与姜国》《征服姜地》《保卫盐海》等。姜国的国王萨丹想把岭国的盐海据为己有，于是派王子玉拉托琚为先锋，带兵抢夺盐海。格萨尔先派梅乳泽降服了姜国的玉拉王子，接着，格萨尔王带兵大败姜国军队。萨丹王亲自带兵来到盐海附近，当他口渴到海边喝水时，把格萨尔变成的金眼鱼喝进肚里。格萨尔在萨丹王的肚子里变成千辐轮，降服了姜国的萨丹王。王妃曲珍带着其他两个王子也降服了格萨尔王。

《岭与门域》

《岭与门域》，或称《门岭大战》。岭国南方的门国国王辛赤和他的大臣都是魔鬼化身，他们专爱吃人肉、喝人血，门国的百姓处在水深火热之中。格萨尔为报复过去门国抢夺岭国财物、杀害岭国英雄之旧仇而与门国发生了战争。格萨尔用箭射死了辛赤王的寄魂物九头毒蝎，最后又用箭射倒辛赤王，辛赤王掉在火海中被烧死。格萨尔夺回了岭国的珍宝，降服了世界四大魔王，拯救了天下百姓，天下太平。

《大食马国》

《大食马国》，或称《大食财宗》。晁通为了娶丹玛的女儿，派人到大食国偷盗了该国的"青色追风"等三匹骏马。他把宝马献给扎拉王子，请求王子做媒迎娶丹玛女儿为妻。在王子帮助下，他如愿以偿。大食国得知晁通盗走宝马的消息后，为夺回宝马向岭国进军，引起两国纷争。王子扎拉奉格萨尔命令带军迎敌，以失败告终。格萨尔亲率军队征讨大食。大食赛赤尼玛王战败逃走，被格萨尔王追杀。格萨尔战胜大食国后，把得来的财物和牛羊分发给大食百姓及岭国大臣和百姓。

《攻占索波马城》

索波马城出现很多恶兆，国王命令法师作法消灾。十天后，岭国出现了许多恶兆。格萨尔王领兵出征索波马城。索波马城国王娘赤拉噶想派人迎接格萨尔军队进城，但是遭到拉吾和仁钦两位王子的反对。他俩带兵与岭国开战。最后，拉吾被玉拉杀死，仁钦投奔他乡。索波马城国王投降岭国，格萨尔得到宝马柔巴俄宗。

《碣日珊瑚国》

《碣日珊瑚国》，也称《珊瑚聚国》。碣日国国王达泽杰布派人抢劫了岭国商人的财物，并杀死著名商人达瓦扎巴。岭国发兵，进攻碣日国。岭国军队在途中被阿扎部落所阻，交战三年，没有获胜，后经藏王调解始得前进。格萨尔王战胜碣日国王达泽杰布并杀死他，最后打开碣日的宝库珊瑚城分赐臣下百姓。

《向雄珍珠国》

晁通抢劫了向雄国商人的货物财宝，向雄王也派人抢走晁通的牛羊财宝，引起两国战争。晁通被向雄活捉后，泄露了岭国军情，使岭国的这场战争打得格外艰苦。最后格萨尔率军攻破珍珠城，用神箭射死了向雄国王伦珠扎巴，取得胜利。

《祝古兵器国》

分上、中、下三卷，是目前分部本中篇幅最长的一部。北方祝古大王宇杰托桂武艺高强、擅长巫术，被称北方格萨尔。宇杰托桂权高势重，不听大臣劝谏，发兵攻打古杰藏地。祝古军队入侵藏地，藏地国王丹赤杰布派人向格萨尔王求救。格萨尔征调属国霍尔、姜国、门国、蒙古（上、下）、黎国、向雄国及岭国等各部落的兵将，迎战祝古。多次大战之后，格萨尔率领的各路大军打败祝古军队，降伏宇杰托桂王，开启武器宝库。

《雪山水晶国》

岭国收服了雪山拉达克水晶国的两个部落。拉达克王旋努噶布派王子毕扎带兵征讨岭国。格萨尔王、扎拉王子和丹玛分别率领岭国的三队兵马到达玛国迎敌。丹玛和岭国其他将领杀死了雪山国大将昂堆奔仁及其两个弟弟。格萨尔王的军队突破层层阻截包围了雪山水晶国王宫。格萨尔用刀砍死雪山国王旋努噶布后，打开水晶宝库，分赠众人。

《松巴犏牛宗》

松巴贡塘国的国王有一位如花似玉的小女儿叫美朵措母。很多国家派使者前来松巴求亲，都被国王贡赞赤杰拒绝。晁通也派人到松巴为二儿子求婚，碰壁而归。晁通使用隐身术将公主抢回自己部落与儿子成婚。松巴王得知女儿被岭国晁通抢走，便派大将用幻术擒获了晁通，并抢劫了色巴商队的财物。格萨尔王率领十八国兵将围住王城，国王贡赞赤杰向格萨尔王投降并献上松巴的犏牛宝库。

《米努绸缎国》

分上、下两部。米努是一个岛国，分为上、中、下三部分。女王达鲁贞统辖中、下米努地区，王妹拉鲁贞统治上米努。岭国征服白热国后，女王达鲁贞要为邻国的白热王报仇，但王妹主张与岭国和睦相处，因而发生内讧。王妹偷偷回到自己的封地上米努，派使臣向岭国求援。格萨尔王带兵前来助战。格萨尔降服米努国上师后，化身上师模样来到下米努，拜见女王达鲁贞。他先砍断达鲁贞的寄魂毒树，杀死巨蛇、猛虎、狗头雕、红牦牛等寄魂物，最后用箭射死她。王子扎拉带兵砍死达泽本巴，取得中米努，岭国获得胜利。格萨尔王任命拉鲁贞做上、中、下米努三部的女王，带领军队班师回岭国。

《阿里金子宗》

北地阿里国有七个残害百姓的恶魔。阿里大臣赞拉多杰的儿子宇杰托桂目睹恶魔当道、百姓受苦。他逃出阿里，投奔岭国，请求格萨尔出兵阿里，消灭七个妖魔，拯救百姓。三年后，格萨尔王命辛巴梅乳泽和宇杰托桂为先锋，自己亲率大军出征阿里国。格萨尔王消灭了恶魔的寄魂山后，又派大将杀死了七个恶魔。国王达瓦顿珠率领臣民高兴地迎接岭国君臣。格萨尔王在阿里公主扎西茨措的帮助下，打开仙人埋藏金银珠宝的金窟，取出黄金，救济阿里和岭国的百姓，使两国民众都过上了和平、幸福的生活。

《梅岭大战》

岭国北方有一个国家叫梅岭金子国。国内有天王三兄弟，两个哥哥信奉外道，凶狠残忍。小弟达噶尼玛崇奉佛教，逃离了两个哥哥的谋杀。他乔装成乞丐到王城，发现国内百姓被哥哥朗如王逼得无法生存。为解救受苦受难的百姓，他来到岭国请求格萨尔出兵伐梅。此时，格萨尔王也得到了天神预警，得知平伏梅岭的时机已到。格萨尔便命达噶带领大军讨伐梅岭，降服了朗如赞父子。格萨尔王打开玛瑙石洞，分珍宝给臣民。

《地狱救妻》

《地狱救妻》，又叫《阿达拉姆》《阿达拉毛》。格萨尔王为王子扎拉和绒国公主阿曼举办了盛大的婚礼后，得知妃子阿达拉姆在自己去汉地时已经患病去世。格萨尔王发现英勇善战的阿达拉姆死后被阎王打到地狱受罪，格萨尔到地狱问阎王要人，阎王说阿达拉姆要在地狱熬过五百年才能解脱。格萨尔在莲花生大师的帮助下，把阿达拉姆和在十八层地狱受难之人超度到净土。

《地狱救母》

格萨尔的母亲郭姆死后，被打入地狱，受到酷刑拷打。格萨尔知道后闯入地狱，大闹地府，把母亲和所有受苦的人超度到净土。

《返回天界》

《返回天界》，又称《安定三界》。格萨尔在人间八十一年，他东征西讨，降伏四方妖魔，拯救了天下受苦的百姓，安定了三界。格萨尔下令岭国各部男女老少到森珠达孜宫集会，告诫臣民百姓要多做好事，多行善事，尊敬父母，要听智者之言。格萨尔将岭国王位传给王子扎拉后，带领珠牡和梅萨一起返回天界。

此外，还有《开天辟地》《擦瓦绒箭宗》《嘉察诞生史》《丹玛诞生史》《蒙古马宗》《丹玛青稞宗》《香香药宗》《木雅药宗》《阿色铠甲宗》《乌斯茶宗》《征服紫骡宗》《夹岭之战》和《降伏柏戈热国王宗》等部。

第二节　思想内容

《格萨尔王》是一部宏伟的史诗，以格萨尔王抑强扶弱、除暴安良为思想主线。在流传过程中，不同时代和不同阶层的人按照自己的意图和需要，不断对它进行改造和加工，形成藏族历史和文化的堆积层。所以，《格萨尔王》的主题思想显现出多义性，有些部分甚至相互矛盾。但是，总体看来，它的主要内容还是积极健康的。概括起来，主要有以下几方面的内容。

一、为民除害，保护百姓

《格萨尔王》在《仙界遣使》中，通过神佛之口明确给予了格萨尔"降服妖魔、抑强扶弱、救护生灵，使善良百姓能过太平安宁生活"的使命，整部史诗也是基本围绕这个主题展开的。格萨尔自己明确宣称："世上妖魔害人民，抑强扶弱我才来""我要铲除不善之国王，我要镇压残暴和强梁""我要令强权者低头，为受辱者撑腰"。我们从他一生的英雄事迹中，可以看到他践行了自己的诺言。在《降服魔国》中，他排除臣属的劝阻，不顾爱妻珠牡的挽留，到北地去消灭了那个以"一百个大人作早点，一百个男孩作午餐，一百个少女作晚饭"的魔王鲁赞。另外，格萨尔杀掉的姜国国王萨当、霍尔国的白帐王、门国的辛赤王都是"喝人血、吃人肉"残暴贪婪、不顾百姓死活的暴君。他痛斥那个强迫小孩喝很多酸奶以至胀死而取乐的喇嘛。他说："除了贫苦百姓的公敌外，格萨尔并无私仇；除了黑头藏民的公共法度外，格萨尔自己并无私法！"正因为如此，百姓对他是十分爱戴的。晁通的女仆受不了主人的残酷虐待，她们唱道：

> 我叫阿琼姬，
> 她叫李琼姬，
> 天天背水到河边，
> 挨打挨骂受闲气！
> ············
> 大王北去，霍尔兵马来，
> 王后珠牡被抢走，
> 我俩痛苦无可忍，
> 剪去左边头发表忧愁。
> ············
> 大王北国降妖怪，
> 神通变化人难猜，
> 留下右边头发表想念，
> 预祝大王早回来！
> ············
> 有朝一日大王回朝转，
> 定能降服晁通贼，
> 我们白天盼来黑夜盼，
> 盼望大王早回还。

歌中反映出百姓对格萨尔的怀念和敬仰之情，说明格萨尔对百姓的爱护。

当他打败入侵的敌国之后，他所惩罚的对象仅限于个别挑起战争的罪魁祸首，对于敌国的一般臣属和百姓绝不残杀和骚扰。反之，还要打开仓库，将财物散发给百姓，加以救济。对敌国忠良的文臣武将加以重用，让他们以仁爱之心来治理国家，让百姓安居乐业，过上幸福的生活。

这些表明：在统治者只顾争权夺利，互相征战，残杀百姓的战乱年代中，广大劳动人民反对暴政和暴君，希望出现一个爱护百姓，替百姓办事，使百姓能过上和平、幸福生活的英雄的美好诉求。史诗中的格萨尔便是在那个多灾多难、动荡不安时代中被广大藏族人民塑造出来的英雄形象。

二、反对侵略，保卫家园

《格萨尔王》的另一条主线就是反对侵略，保卫家乡，这与"为百姓除害，保护人民"的思想互相交织，密不可分。但是，二者又有所区别。

格萨尔出发到北地降魔时，他曾嘱咐岭国的臣民说："不要挥兵去犯人，但若敌人来进犯，奋勇抗击莫后退！"这句话，成为格萨尔、岭国众英雄及百姓与邻近诸部落和邦国相处的行动指南。当格萨尔去北地降魔期间，代理国政的格萨尔的哥哥嘉察听说霍尔前来进犯，召集岭国臣民宣告："国家有难，大家要团结起来，同心同德，努力杀敌，争取为民除害，为国立功。"又说："格萨尔大王去北方，降伏妖魔未还乡，临别一切托给我，让我保国护牛羊。我俩这样讲说好，现在一切都丢光，王妃若再被抢去，不如挺身战死疆场上。"他身先士卒，英勇杀敌，给侵略者以迎头痛击，使敌人闻风丧胆。嘉察战死沙场后，他的英名世代相传。

又如智勇双全的英雄丹玛在探敌时唱道："男儿在太阳底下扯闲话，都说我是英雄汉；姑娘在炉边烤火扯闲话，全说我里外都能干。如今大敌压国境，从前的豪言看今天。为国为众探敌情，纵死沙场心也甘！"

再如在《保卫盐海》中，当姜国出兵夺取岭国盐海的消息传来时，格萨尔说："姜地兵马犯边疆，寸土不让不投降，花岭大战紫姜国，为卫公利图自强，为护岭国救百姓，为保饭食与民享。"尽管敌人非常强大，但他率领众英雄和人民，经过八年苦战，终于取得最后胜利。这些突出表现了岭国的英雄们和民众热爱祖国、保卫家乡、反对侵略的坚定立场和崇高品德。

此外，《格萨尔王》中描写的大小一百多场战争的模式是：别的国家先来侵略岭国，抢走牛羊财产，掳去黎民百姓，甚至掠走格萨尔的妃子。格萨尔率领岭国的英雄和百姓进行自卫反击。《霍岭之战》《姜岭大战》《卡契玉国》《祝古兵器国》《岭与门域》和《索布马国》都是如此。这种反对侵略、保卫家园的主题都是在当时封建地方势力之间为了争夺地盘，扩大势力，互相攻伐，不顾百姓死活的社会现实基础上产生的。

在反对侵略，保卫家乡的同时，史诗中还表达了黎民百姓盼望结束战乱，早日实现统一的美好愿望。格萨尔王打败外族侵犯者以后，继续率领本国英雄和人马乘胜追击，一直打到发动侵略、挑起战端者的老窝，给罪魁祸首以应有的惩罚。然后安置贤良之人来治理该地，并使之归顺岭国，纳为属下。格萨尔在对霍尔国、姜国、卡契玉国和祝古兵器国等的战争中都是如此，真实地反映了在分裂割据情况下，各邦国的统治者之间互相攻战的社会情况。表面看来，似乎有悖于反侵略的思想，但深入探究起来，正是由于藏族民众认识到分裂割据局面是造成互相侵扰、战乱不断、百姓遭灾的根本原因之一，所以，他们塑造了格萨尔王，让他东征西讨"扫平群雄，统一天下"，彻底改变分裂割据状况，消除侵扰战乱根源，达到统一和平的目的。

三、理想王国，向往之情

《格萨尔王》中描绘了岭国这样一个藏族民众心目中的理想王国。在史诗中，岭国是一个风景优美、人人参政、和平安宁的国家。在岭国，没有人身依附关系，没有苛政酷刑，每个人都有分取战利品的权利。如此美丽的地方，在青藏高原的历史上没有出现，在藏文典籍中也没有记载。可见，岭地是藏族民众世代梦寐以求的理想王国的象征。

《格萨尔王》在希望建立一个公正、平等、正义理想社会的同时，更多表现出对物质生活的追求。藏族民众生活在高寒地区，自然条件恶劣，生产不发达。由于奴隶主及农奴主的残酷剥削，人们一直过着极其贫困的生活，因而对物质生活的追求尤为强烈。

史诗中与岭国为敌的各个部落、邦国，它们的生产物品或特产大体可以分为下列几类：一是各类牲畜，如松巴的犏牛、大食的牛，白热、阿吉和芒康等地的绵羊，阿里、热尺、向雄等地的山羊，司钦、蒙古、西宁等地的马等。二是日常生活必需品，如典马地区的青稞，嘎德的粮食，羌国、擦瓦、北部等地的盐，乌斯、汉地的茶，百增、才玛、嘎尔吉等地的朱砂以及山南的香樟等。三是金属及武器，如玛雄、雪山、木雅等地的黄金，曲格、亭格等地的铁，祝古的兵器，特列、擦哇绒等地的箭，西宁的伯赛、索布的铠甲和米努的剑等。四是装饰品，如达容、雪山等地的水晶，聂荣的红宝石，启如的珊瑚，阿扎的玛瑙，达泽、向雄、钦凯的珍珠和北罗刹的海螺等。这些都是人们生产和生活的必需品。格萨尔每次反击侵略，攻入敌国后，总是将该国的特产和财宝一部分散给当地的百姓，大部分搬运回岭国赏赐给臣民和百姓。这些反映出人们增加财富，改善生活，发展生产的美好愿望。当然，这里还残存着古代藏民族游牧部落之间互相掠夺的痕迹。

四、高原美景，民俗画面

《格萨尔王》中描写了青藏高原别具特色的美丽风景和风俗画面。史诗中所描绘的岭国和其他地方的高原景物，都是经过广大人民群众，特别是众多民间艺人的想象、加工以及高度概括出来的。在《门岭大战》《姜岭大战》《擦瓦绒箭宗》《阿里金子宗》《丹玛青稞宗》《雪山水晶国》等部中，生动形象地描绘了门域、姜萨当（今云南省迪庆藏族自治州一带）、擦瓦绒（今西藏昌都地区）和阿里等地的自然风貌和壮丽景色。每当艺人们讲到辽阔苍凉的阿里地区，富饶秀丽的门域和擦瓦绒地区，其美丽的风光景色使听众产生身临其境的感觉。

《格萨尔王》中常用山赞、水赞和名胜赞来描写景物。所谓山赞、水赞和名胜赞，就是随着故事情节的发展，围绕人物的活动，尤其是主人公的活动，对高原的山川、河流和名胜古迹进行生动细致的描绘，寓情于景，借景抒情。这类"赞"在讲述山川景物和自然环境时，还穿插了许多历史知识和传说故事，使富有故事性、知识性、趣味性的情节和人物形象的塑造有机地结合在一起，语言生动自然、形象优美。扎巴老人的说唱本《岭与门域》中，有一段讲岭国大军到了门地，格萨尔要考验姜国王子玉拉托琚是否忠诚，同时也想检验一下自己的作战谋略是否符合门国的情况，便用山赞的形式向玉拉托琚询问门国的地势地貌，兼问此界上的其他名川大山："玉拉王子请向前看，那座小沙弥持香似的山，它的名字叫什么？白色鹰鹫踞山岩，雄姿屹立白云间，它的名字叫什么？孔雀站立在山前，开起彩屏真鲜艳，它的名字叫什么？三座大山峰连峰，曼陀罗呈现在眼前，它的名字叫什么？……"格萨尔询问玉拉四十六座名山的情况，共一百八十六行诗。玉拉托琚根据提问逐一回答。玉拉的唱词中用形象鲜明、比喻生动的语言讲述了这些山的历史和特征，共一百九十二行。一问一答，加上前面的叙述和后面的结语，一口气能唱四百多行诗，气势磅礴、雄浑豪放，充分表现了老艺人非凡的艺术才华和对祖国山河的无限热爱。《格萨尔王》说唱艺人云游四方，到处流浪，走到哪里，就在哪里说唱。他们走遍了青藏高原的山山水水，雄伟壮丽的世界屋脊、神奇瑰丽的景色，陶冶了他们的情怀，净化了他们的心灵，使他们获得了丰富的养分，激发了他们的艺术灵感和创作热情，描绘出雪域高原特殊的自然环境。这些神奇绚丽的画面对《格萨尔王》的产生、流传和发展，产生了重大影响。在听众（读者）面前，展现出世界屋脊驰骋风云、气象万千的艺术世界。

《格萨尔王》还为我们描绘了一幅幅生动形象的古代藏族社会的风俗画卷。古代游牧民族的日常生活、生产劳动、群众歌舞、庆祝大典、赛马、占卜、煨桑、祭祀、修行以及氏族社会的全体部落成员的大会都有具体而生动的描写。在《仙界遣使》《英雄诞生》和《赛马称王》等部中，详细描绘了古代藏族部落社会的组织形式和社会结构，反映了当时的生产方式、婚姻制度和伦理道德观念。格萨尔通过赛马获胜，做了岭国国王之后，率领众英雄降伏妖魔，在青藏高原逐步建立了以岭国为核心的部落联盟。《格萨尔王》中对以部落战争为主要内容的部落联盟做了具体生动的描述。

《格萨尔王》对藏族社会中的巫术和占卜形式也进行了详细的描述。在《仙界遣使》中，莲花生大师为让龙女梅朵娜泽做格萨尔降临人间的母亲，使龙族得了疫病。龙王邹纳仁钦请卦神多吉昂噶占卜，以便祈禳消灾。卦神有一整套占卜用具，其中包括三百六十悠卦绳、五百个卦板、一百五十个算卦的骰子、三十二支神箭、三百六十件算卦的图表以及卦书。为表示对神灵的敬重，算卦人事先准备各种供养物品：一条清净洁白的卦单子、十三支金色的神箭、五十种各色各样的宝物、白鹫鸟的翎毛、白绵羊的右前腿、没有锈的玻璃镜（这可能是后加的，但整个占卜的形式却是非常古老的）等物件。然后卦师进行请神式仪、念诵赞辞等。在古代，还有很多简便的形式，用一支箭、一根绳子就可以占卜，不需要那么多的卦具和仪式。用箭占卜，叫"箭卦"。格萨尔的父亲森伦最擅长箭卦，每次出征作战或遇到重大问题，岭国百姓就请他用箭卜卦。在岭部讨伐郭部的战斗中，森伦用箭占卜出岭部进军的路线，在行军途中遇到敦巴坚赞的妻子龙女梅朵娜泽，使她成为自己的妻子。

史诗中对巫术的描写也很多，从中可以看到古代藏族的社会习俗。诅咒是巫术的主要内容，不但作战双方施用法术，互相诅咒，在部落内部也施行诅咒。如格萨尔母子俩遭到晁通的陷害，被逐出岭国，岭国百姓不明真相，误认格萨尔母子是妖魔的化身。在驱逐他们时，人们对着母子二人吹螺号诅咒，射箭驱魔、撒灰驱逐，妇女们抖动前襟诅咒。藏学专家认为，这种习俗属于原始宗教的一种巫术。这类描写，真实地再现了藏族民众的风俗习惯和宗教活动，不但增加了史诗的民族特色和生活气息，而且具有很大的史料价值和认识价值，是我们了解古代藏族社会的形象化材料。就此而言，在藏族文学里，没有任何一部作品能与《格萨尔王》相比。

对独具特色的风土人情的真实描写，是构成文学民族性的重要内容。别林斯基曾经指出，风俗习惯"构成着一个民族的面貌，没有了它们，这民族就好比是一个没有面孔的人物，一种不可思议、不可实现的幻象"[①]。《格萨尔王》通过对古代藏族民众日常生活和风俗习惯的真实生动、细致入微的描写，在读者面前展示出一幅幅画面，再现了古代藏族人民的社会生活，丰富了作品的内容，使史诗获得了鲜明的民族性。

五、宗教信仰，教派斗争

《格萨尔王》产生的年代久远，流传地域广阔，形式多种多样，内容丰富多彩。《格萨尔王》与宗教的关系极为密切，从内容到形式，从流传到演变发展，从搜集整理到加工修改，既受到苯教观念的影响，又深受佛教思想的浸染，内容丰富又错综复杂。

1. 受苯教的影响

藏族生活在雪山环绕、气候恶劣、交通不发达的地区。在远古时代，生产力水平极为低下，人们对许多自然现象无法解释。加之，藏族民众生活的青藏高原高寒缺氧，地质构造复杂，气候瞬息万变。一会儿电闪雷鸣、倾盆大雨，一会儿又蓝天万里，阳光灿烂，彩虹横空。人们无法解释这种现象，更无法控制这种自然现象。他们认为每一种自然现象都由不同的"神灵"主宰，于是便产生了万物有灵的观念。这也是原始苯教万物有灵论的表现，认为山有山神，水有水神，族有族神，家有家神，人有战神，锅灶有灶神，每个地方的神灵都掌管着这个地方民众的生老病死和荣辱祸福。

在史诗的第一部《天神卜筮》中，所说天神的儿子下降人间当黑头黎民君王的情节，便是苯教的基本观点之一。苯教认为宇宙分为上、中、下三层（或叫三界），即上界为神，中界为赞，下界为龙，其中上界天神最高贵。第一部的历史传说中提到雅砻部落的第一代赞普聂赤赞普，就是天神之子下降人间。这与格萨尔王是天神之子下降的说法，表现的都是苯教的观点。龙宫里的龙王叫邹纳仁钦，格萨尔的生母是他的幼女梅朵娜泽。另外，还有叫"年"和"赞"的神（属于山神和土地神），他们数量众多，在史诗中所占比例很大，这些神是其他民族所没有的。史诗里反复宣扬格萨尔是赞、龙、年三位一体的英雄，其身上凝聚着三者的精灵。

[①] 别林斯基：《别林斯基选集》第一卷，满涛译，时代出版社，1953年，第40页。

这一史诗中认为，位于黄河源头的阿尼玛卿雪山既是岭国的神山，也是岭国的保护神和威力无穷的战神，同时也是格萨尔本人的寄魂山。阿尼玛卿雪山以不可阻挡的神力护持着格萨尔南征北战、降妖伏魔。岭国以壮观、隆重的场面祭祀阿尼玛卿雪山，显示了该山在人们心中的崇高地位。恩格斯在分析这种民族之神时指出："这样在每一个民族中形成的神，都是民族的神，这些神的王国不越出它们所守护的民族领域，在这个界线以外，就无可争辩地由别的神统治了。只要这些民族存在，这些神也就继续活在人们的观念中；这些民族没落了，这些神也就随着灭亡。"① 在《世界煨桑》（即《世界公桑》）中，人们祭祀神山并祈求山神保佑岭国。以上内容表现出苯教中对山神的崇拜。

《格萨尔王》中认为风雨雷电、日月星辰也各有神灵来主宰。史诗里有很多这方面的描写。《英雄诞生》中当格萨尔诞生时，出现很多祥瑞之兆。天空中雷声轰鸣，降下花雨，郭姆家的马、乳牛和羊等家畜，同时生下马驹、牛犊和羊羔，彩云笼罩了她的帐房。岭国百姓看见这些吉兆，便知道岭国诞生了一位英雄。

格萨尔幼年时，遭到叔叔晁通的诬陷迫害，母子二人被赶出岭地。离开岭地时，郭姆大声祈求山神格做念布和地方神吉杰达日做他们的保护神。山神和地方神被郭姆感动，暗中保护母子二人，并帮助格萨尔降伏了黄河下游的鬼怪与破坏草场、危害百姓的鼠王扎哇卡且和扎哇米茫。《格萨尔王》中认为牧草枯黄，草场遭到破坏，牲畜大量死亡，都是地方神和鬼怪作祟，只有降伏他们，才能使水草茂盛，牛羊肥壮。

《赛马称王》中描写岭国举行隆重的赛马大会时，蓝天白云，鲜花盛开。众英雄飞马扬鞭、力争第一。岭国百姓万众欢腾，喜气洋洋。当地的土地神虎头妖、豹头妖和熊头妖作祟，转眼间乌云翻滚，电闪雷鸣，降下冰雹，赛马大会几乎无法进行。格萨尔暗暗使用法术，请求天神帮助，降伏三妖。顿时乌云消散，阳光明媚，晴空万里。同时，格萨尔在和魔王或敌国作战时，交战双方借助风神、雷神或山神、地方神，施展法术战胜对手的描写也很多，所有这些，都表现出万物有灵的观念和对自然的崇拜。

《格萨尔王》里对古代藏族人民的"灵魂"观念有非常具体、形象的描写。灵魂观念，在古代各民族中曾经普遍存在。恩格斯说："在远古时代，人们还完全不知道自己身体的构造，并且受梦中景象的影响，于是就产生一种观念：他们的思维和感觉不是他们身体的活动，而是一种独特的、寓于这个身体之中而在人死亡时就离开身体的灵魂的活动。从这个时候起，人们不得不思考这种灵魂对外部世界的关系。如果灵魂在人死时离开肉体而继续活着，那就没有理由去设想它本身还会死亡；这样就产生了灵魂不死的观念。"②

史诗里认为，人的肉体和灵魂可以分离，肉体可以死亡，灵魂却永远存在。人死后，灵魂离开肉体到了另一个世界。普通人如此，天神之子格萨尔也同样如此。格萨尔的灵魂

---

① 恩格斯：《路德维希·费尔巴哈和德国古典哲学的终结》，载《马克思恩格斯选集》第四卷，人民出版社，2012年，第261页。

② 恩格斯：《路德维希·费尔巴哈和德国古典哲学的终结》，载《马克思恩格斯选集》第四卷，人民出版社，2012年，第229—230页。

寄托在巍峨高大的阿尼玛卿雪山，敌人想杀害他，仅伤害他的肉体不行，只有摧毁这座雪山，才能夺取他的性命。札陵湖、鄂陵湖和卓陵湖是岭国的三大神湖，也是岭国三大部落——嘉洛仓、鄂洛仓和卓洛仓的寄魂湖。嘉洛仓珠牡的灵魂就寄托在札陵湖中，辛巴·梅乳泽的灵魂寄托在红野牛身上，其他人物的灵魂，也是各有所寄。

《格萨尔王》认为，不仅人有灵魂，妖魔和动物也有灵魂。在《降魔》部中，魔王的名字叫"鲁赞"。"鲁"就是藏语"龙"的音译，即苯教所说下界的龙。一个人或神、鬼等，其生命总是依附在另一个物体上的。如欲伤其人，必先毁其"寄附物"。所以古代人们对自己生命的寄附物都是极端保密的。格萨尔王与鲁赞格斗之前，妃子梅萨设法从鲁赞口中得知其灵魂分别寄托在大海、古树、野牛和额前的小金鱼上。大海浓缩成一碗癞子血，格萨尔打翻这碗血后，魔王感到难受；格萨尔用金斧子砍断灵魂存放的古树时，魔王的神志开始恍惚；当格萨尔用金箭射死灵魂存放的野牛时，魔王开始进入睡眠状态；格萨尔进入魔宫，对准魔王额头上的那条闪闪发光的小鱼，一箭射死了魔王。霍尔国的白帐王、黑帐王和黄帐王的灵魂，分别寄托在白野牛、黑野牛和黄野牛身上。门部落的寄魂物是九头食人的猛虎，姜部落萨旦王的灵魂寄存在一条巨大的毒蛇身上，姜部落螺氏三兄弟的灵魂寄存于飞禽身上。而岭部落的灵魂鸟是白仙鹤、小乌鸦和花喜鹊。由上可知，在《格萨尔王》中，海、铁、鱼、树、野牛、石头、湖泊、毒蛇、飞禽和野兽等都可以做灵魂的依附体。藏族先民坚信这些自然物和人一样具有保护他们的生命即灵魂的能力。同时还认为，某个人或某个部落如果有三个或四个以上的灵魂依附体，那么这个人或部落就具有极强的生命力，就越难被敌人害死。灵魂只要有了另外的依附体，不但人或部落本身的生命得到依托和保障，那些被灵魂依附的物体也可以产生不同寻常的能量，变得威力无穷。寄魂物表现出先民们已经具备十分强烈的生命意识即生命的危机感、珍视感以及忧患意识，更表现出先民在生产力水平低下时，生命无法保障，便穷尽一切来弥补自身的不足、缺陷，把至关重要的灵魂依附在不易受到伤害的其他物体上的美好愿望及丰富的想象。

《格萨尔王》中认为不论岭国的将士，还是敌国的妖魔，在战死之后，只是肉体被消灭，灵魂并不会消亡，而是继续在轮回之中游荡。因此，每当战争结束，格萨尔都要大做法事，祈祷祝福。不仅要超度岭国将士的亡魂，还要超度妖魔的灵魂，防止他们变换形体，继续危害众生。因此，史诗里对格萨尔有这样的评价："早上是降伏魔王的屠夫，晚上是超度亡魂的上师。"在藏族文学作品中，有很多描写古代藏族民众对灵魂观念的认知与感悟的内容，具有极高的认识、研究价值。

2. 与佛教的关系

《格萨尔王》是藏族人民在漫长的历史长河中集体创作的结晶。书中也宣扬了"神的万能说""灵魂转世""因果报应"和"化身说"等佛教思想。

如《格萨尔王》的开篇《仙界遣使》中开宗明义提到：人世间动乱不堪，各种妖魔横行霸道，他们吃人肉，喝人血，吞人骨，扒人皮，百姓处在水深火热之中。观音菩萨见世间众生受轮回苦海之难，便祈请阿弥陀佛发慈悲，救度众生。众神按照佛的要求进行商议，决定委派天神之子推巴噶瓦到人世间当人主，并答应为神子提供在人间降妖伏魔所需的神奇物品：琼图推噶的头盔，鹏龙图案装饰的威慑三界的盔旗，能够抵挡各种武器的大铠甲，能听懂人话的十支箭，能唱歌的十支箭，能食人肉的十支箭，能喝人血的十支箭，能刺入人骨的十支箭，能降伏有形和无形鬼怪的十支箭，还有一张名为热贵齐瓦的弓箭，一天之内能跑遍南瞻布的神马及其他所需物品。

神的万能说是世界上一切宗教倡导和认可的一种普遍现象。世界上的各种宗教认为世间的造物主具有无所不能、无所不知的超自然力量和先见之明。所以，同样在藏民族的观念意识中，神灵不但无所不能、无所不知，而且是至高无上、神圣不可侵犯的。《格萨尔王》中有许多关于神的各种预言的描写，它是格萨尔王在人世间完成各种重要使命的依据和法宝。格萨尔王在一百多次部落战争中，降妖伏魔的英雄业绩与莲花生、白天母、白姑母桂姜牧、大日如来等指点迷津和帮助密不可分。例如，格萨尔得知自己的爱妃梅萨被黑魔抢走后，骑马追赶，天母突然出现并告诉他降魔的时机尚未成熟。后来，天母又出现在格萨尔的梦中，并告知降魔的最佳时机已到，让格萨尔前往魔域，降伏黑魔营救爱妃。当格萨尔的王妃珠牡尾随格萨尔前去魔域而不愿一个人留在岭部落时，天母就在两人之间变出一条河等。格萨尔的出生、成长过程以及成年后在人间的辉煌业绩，都是"神的万能说"在格萨尔形象上的体现。通过格萨尔无所不知的智慧和无所不能的法力以及料事如神的能力展现，作者群体塑造出了自己崇尚、向往的理想英雄形象。

藏传佛教的天堂和地狱说在《格萨尔王》中得到了生动、逼真的体现。在《地狱救妻》和《地狱救母》两个部本中列为专题，紧紧围绕格萨尔王的妃子阿达拉姆和他在人间的生母郭姆这两个女性人物给予了集中的诠释。格萨尔王的妃子阿达拉姆死后，因生前所造之孽而下地狱受苦。格萨尔王去营救时，遵照阎王的指引，念佛祈祷，将阿达拉姆和其他在地狱受苦者从一层层地狱解脱出来，最后送往极乐世界。格萨尔的人间生母郭姆死后，格萨尔又孤身前往地狱，与阎王展开理论，救回在地狱受难的生母及其他受苦者，一起送往极乐世界。令人毛骨悚然的地狱世界中的"死无常""十八地狱""三恶趣""回向""阎王和他的随从、刑具""冥界的审判"在《格萨尔王》中展示得非常详尽。这些对各层地狱酷刑惨状的描写也是佛教基本观点的宣传。同时对藏传佛教所强调的"善有善报"（亡后升天堂）、"恶有恶报"（亡后堕地狱），所以要积德行善的思想学说，以及把天堂归结为善界，地狱归结为恶界，人界归结为善恶交错处，从善从恶全凭自身修炼的佛教意义上的善恶观念做了清晰生动的阐释。

在《格萨尔王》中，主人公格萨尔是白梵天王的儿子、天神的化身、莲花生的化身，岭部的八十大将（有时称三十将，有时称五十大将）为印度八十大成就者的化身，格萨尔的王妃珠牡是白度母的化身，格萨尔的叔父晁通是马头明王的化身，岭部落总管绒察查根是印度大成就者姑姑日巴的化身。格萨尔的姑母朗曼噶姆是一位神通广大，能预言未来的女神，常常以莲花生和白梵天王的传言人身份出现，并凭借各自幻化本领向格萨尔传达天神、佛的旨意以及各种难料之事的解决方法，帮助其完成上天赋予的降妖除魔、惩恶除暴、造福众生、弘扬佛法的使命。

3. 崇佛抑苯的思想倾向

关于教派斗争的反映，在史诗中主要表现为苯教与佛教的斗争，体现出崇佛抑苯的主题倾向。如在《岭与门域》之部中便说门国的辛赤王信仰苯教，是佛教的敌人。所以，格萨尔王必须铲除他，使佛教得以传扬兴盛。

《阿里金窟》又译《阿里金子宗》。在岭部北面有一个盛产黄金的阿里国，过去崇奉佛教，后来七个魔臣窃取王政，国王达瓦顿珠徒有虚名。魔臣们废佛兴魔，百姓倍受苦难。阿里大臣之子宇杰托桂对魔臣残害百姓的行为不满，逃出阿里向格萨尔求救。格萨尔王亲率大军降服阿里七魔后，委任达瓦顿珠为阿里首领。格萨尔打开阿里金库，取出各种黄金宝物赈济阿里百姓，从此阿里百姓在佛法的普照下过上了幸福的日子。在《索岭之战》（或称《索布马宗》）中也能看到类似描写：整个索布部落信奉苯教，不遵从佛法，百姓苦不堪言。为解救深陷苦海的百姓，格萨尔发兵索布并把它收复到佛法的管辖下，从索布部落夺取了各种稀有良马等。《格萨尔王》各部本一致写道：格萨尔每收复一个部落，总把财产分给自己部落中的人和被打败部落的穷人，并行法事，消除一切祸害百姓的妖魔鬼怪，同时把至高无上的佛法传授给被打败部落的民众，从此被打败部落的民众开始过上了幸福美满的生活。

总而言之，《格萨尔王》反映了藏族的价值观、人生观、道德观和审美观，表现出藏族民众保卫家乡、保护百姓、盼望统一、追求幸福的美好愿望；同时也有人生苦海、轮回转世等消极因素的出现。但是消极成分是次要的，始终无法掩盖这部史诗的灿烂光辉。

第三节　艺术成就

《格萨尔王》反映出藏族人民渴望统一、追求和平等美好愿望以及宗教信仰、风俗习惯、生活方式等多方面的情况，可以说是藏族古代社会的一部百科全书。其艺术成就主要有以下几个方面。

一、圆形的叙事结构

《格萨尔王》的结构可以用"上方天界遣使下凡，中间世上各种纷争，下界地狱完成业果"这三句话概括总结。"上方天界遣使下凡"指诸神在天界商议决定派天神之子推巴噶瓦到人间降妖除魔，拯救黎民百姓出苦海。"中间世上各种纷争"讲述了格萨尔的诞生、成长以及他降伏妖魔的整个过程，是史诗的主体和精华部分。"下界地狱完成业果"讲格萨尔拯救坠入地狱的妃子和母亲，以及一切受苦的众生。格萨尔完成天神交给自己的任务后，带着珠牡和梅萨返回天界。史诗所反映的空间顺序分别是天界—人间—地狱—天界，起点也是终点，构成了圆形的叙事结构。

二、人物形象栩栩如生

在《格萨尔王》史诗中，出场的重要人物有上百个。无论是正面的英雄，还是反面的暴君，也不管男女老少，都刻画得个性鲜明，形象突出，给人留下了不可磨灭的印象。通过人物本身的语言、行动和情节来塑造人物形象，是《格萨尔王》史诗的特色之一。

《格萨尔王》中人物虽然众多，却没有给人雷同和概念化的感觉。尤其是对以格萨尔为首的众英雄形象的描写，最为出色，使其成为藏族文学史上不朽的典型。

格萨尔是史诗的主人公。他的身上既有神的特征，如他是天神的儿子下降人间，能役使鬼神，具有神力和魔法，可以变化无穷；同时又具有人的特点，他有人间父母，有人类喜怒哀乐的感情，具有高瞻远瞩、善良勇敢等品德，甚至也有人类的一些弱点。而在人的特性方面，又将藏族历史上许多类似的英雄人物的共同特征糅合在格萨尔身上。因此使格萨尔这个英雄形象成为一个既有共性又有个性，充分代表藏族广大人民的愿望和理想的古代英雄的典型形象。而这个形象是在当时分裂割据、互相征伐、动荡不安的历史环境中塑造出来的。

同是写英雄人物，但却各不相同。史诗对总管绒察查根老英雄的刻画也极为感人。查根老谋深算，洞察真伪，忠贞英勇。当霍尔入侵，晁通以花言巧语企图麻痹大家的时候，他当面揭穿其阴谋；当嘉察不顾安危要去侦察敌情时，他立刻予以阻止；当晁通设计让他十三岁的幼子昂琼上阵时，他实事求是地提出自己愿意按规定"认罚"而赎免幼子前去。但昂琼不听劝告执意去作战，后被晁通陷害，为国捐躯。查根强忍悲痛，鼓励大家继续战斗。查根的胸怀宽广、顾全大局、忠心为国的崇高品格令人感动。另外，嘉察的勇猛刚烈和丹玛的智勇兼备都在《格萨尔王》中得到赞扬。

英雄史诗在着力塑造格萨尔等英雄时，还成功地刻画出美丽聪慧的珠牡形象。珠牡虽然生在望族富家，却不肯嫁给富有的大食国王以图富贵，而选择了穷苦潦倒的"觉如"。她妈妈一听，气得脸色发白，立刻关上大门，不让珠牡进家，并唱道："岭地的三姐妹，去挖蕨麻去。走到半路上，私自把亲许。不选核桃仁，却要核桃皮。珠牡你这傻丫头，断送了今天的好福气。"珠牡在门外唱道："岭地的三姐妹，去挖蕨麻去。走在半路上，自愿把亲许。选了核桃仁，没要核桃皮。我嘉洛·珠牡啊，才算是有好福气！"妈妈又唱道："岭地的三姐妹，去挖蕨麻去。走到半路上，私自找女婿。不选大食财宝王，却选觉如穷孩子。傻丫头还多嘴，你有什么好福气！"珠牡答唱道："岭地的三姐妹，去挖蕨麻去。走在半路上，自愿把亲许。不选大食财宝王，选中了觉如穷孩子。富贵贫贱我不管，珠牡得了个好女婿！"妈妈的责骂和威胁没有使珠牡屈服，也没有动摇她对格萨尔纯洁坚贞的爱情。最后，妈妈只好开门放女儿回家。

又如，当格萨尔不在岭国，霍尔前来进犯时，珠牡团结岭国的英雄与百姓奋起抵抗。在被围困的三年中，她巧施计策，缓和敌人的进攻，期盼格萨尔回国。当她被俘到霍尔国之后，忍辱负重，等待格萨尔援救。珠牡的身上集中体现出藏族妇女的优良品质。当然，她也有缺点。当格萨尔决心到北地降魔时,她不愿与丈夫离别,千方百计加以劝阻。最后,格萨尔不得不扬鞭策马,不顾而去。又如,她为了独占格萨尔的宠爱,不让次妃梅萨见格萨尔,也不转达梅萨向格萨尔的请求,致使梅萨被魔王抢走。但是,这些情节如实地表现出她对格萨尔的依恋,不但无损于她的形象,反而使她更加有血有肉、跃然纸上。

史诗将晁通对内自吹自擂、对敌屈膝投降、对不明真相的百姓欺瞒哄骗,被揭穿时则装疯卖傻等丑恶嘴脸刻画得淋漓尽致;同时揭露了黄帐王等贪婪愚笨、残暴无耻的行径,反映出其丑恶灵魂。

三、融入藏族民间说唱、谚语、民歌和赞词等

《格萨尔王》的开放性很强,在完善过程中不断吸纳藏族的神话、传说、故事、民歌和谚语等内容,形成壮观的叙事画卷,创造出人类口头演述艺术的奇迹。

史诗中采用了韵散结合的说唱形式。有散文叙述,也有唱词,继承和发展了吐蕃时期散文叙述插入歌唱对话的形式。唱词部分多采用鲁体民歌和自由体民歌的格律。但是,每句歌词的音节数已经突破六个音节而活泼多变。第三个音节的衬音"呢"也消失了。如在《岭与门域》之部中,门域辛赤王唱道:

狮子头上长的玉鬣,
老狗头上长的铁发,
想比也是无法比;

红色猛虎的六色斑斓,
小黄狐狸的一身毛片,
想比也是无法比;

彩虹一样的孔雀翎尾,
花花喜鹊的花毛,
想比也是无法比;

我辛赤是有法力的英雄,
你有点幻术的穷小觉如,
想比也是无法比。

这种唱词就采用了多段回环对应的鲁体民歌形式。史诗中还引用了很多民间流传的赞词,例如《酒赞》:

我手中端的这碗酒,
说起历史有来头:
碧玉蓝天九霄中,
青色玉龙震天吼。

电光闪闪红光耀，
丝丝细雨甘露流。
以此洁净甘露精，
大地人间酿美酒。

要酿美酒先种粮，
宝贝大地金盆敞，
大地金盆五谷长。
秋天开镰割庄稼，
犏牛并排来打场。
拉起碌碡咕噜噜，
白杨木锨把场扬，
风吹糠秕飘四方。
扬好装进四方库，
满库满仓青稞粮。
青稞煮酒满心喜，
花花汉灶先搭起。
吉祥旋的好铜锅，
洁白毛布擦锅里。
倒上青水煮青稞，
灶膛红火烧得急。
煮好青稞摊白毡，
拌上精华好酒曲。
要酿年酒需一年，
年酒名叫甘露甜。
酿一月的是月酒，
月酒名叫甘露寒。
只酿一天是日酒，
日酒就叫甘露旋。
············

有权官长喝了它，
心胸宽阔比天大。
胆小的喝了上战场，
勇猛冲锋把敌杀。

这酒向上供天神，
能保铠甲坚如城。
这酒向右供年神，
右手射箭力无穷。
这酒向左供龙神，
能保左手拉硬弓。

喝了这酒好处多，
这样美酒藏地缺。
这是大王御用酒，
这是愁人舒心酒，
这是催人歌舞酒。

这首赞歌中，叙述了酿酒的劳动过程、所需材料、酿造方法以及酒的好处，充满劳动和生活的气息。这类赞词还很多，如帽赞、箭赞、剑赞、马赞等。

史诗中还采用了大量的谚语，如："人没有远虑，会乱了大谋；马没有长力，会把人摔下。""三人同心，国政会合乎规矩；三石相靠，则大锅能够支稳。"史诗中此类谚语比比皆是，谚语的引用，增加了史诗语言的凝练性、内容的哲理性，使人深受启发。

第四节 《格萨尔王》说唱艺人及说唱仪式

《格萨尔王》说唱艺人是《格萨尔王》史诗的创作者、继承者和传播者，为《格萨尔王》的流传和发展做出了巨大贡献，他们被称为"仲肯"或"仲巴"。这些艺人一般都是出身于农奴、牧奴或其他穷苦人家，生活艰辛，以说唱《格萨尔王》史诗换取报酬，养家糊口。他们基本居无定所，大多数人是文盲，但记忆力超常，总是和朝佛的信徒或者热芭艺人结伴而行，云游四方，到处流浪。

一、《格萨尔王》说唱艺人的类型

根据《格萨尔王》说唱艺人的说唱特点，一般把他们划分为五类。为了让读者对《格萨尔王》说唱艺人有较为深刻的印象，下面例举一些较为著名的说唱艺人。

1. 神授艺人

这类艺人称曾梦到格萨尔王或其手下大将，这些人让他们说唱格萨尔王，宣传格萨尔的故事。他们认为自己关于格萨尔的故事不是自己学来的，也不是听别人说的，而是神把格萨尔的故事授赐到他们的头脑里，然后开始说唱。此类代表人物主要有西藏的扎巴、桑珠、玉梅、斯达多吉和青海的达哇扎巴。

扎巴（1904—1986年），出生在昌都市的边坝县。扎巴说自己做梦梦到格萨尔的大将丹玛，丹玛说你这个肚子里都是没用的东西，于是把他的肚子打开，拿出里边的五脏六腑，把《格萨尔王》的本子一部一部装到他的肚子里。扎巴醒后，老觉得想唱，便开始了他说唱格萨尔王故事的生涯。他从1979年开始录音，1986年11月去世，八年共讲授二十六部，共计五百多万字。目前大部分已出版。

桑珠（1922—2011年），出生于昌都丁青县，20世纪60年代定居在拉萨墨竹工卡县。桑珠本来是个文盲，但他在梦境中能阅读《格萨尔王》的本子，梦醒之后对《格萨尔王》的故事记忆犹新。22岁，他开始说唱《格萨尔王》。桑珠足迹遍布西藏各地，广泛吸取民间文学的谚语、歌谣、生活用语等，使他的说唱内容日益增多，说唱技艺日渐成熟。《格萨尔艺人桑珠说唱本》已整理出版四十五部藏文版，是世界上最全面、最系统的《格萨尔王》史诗艺人说唱本。目前大部分被翻译成汉文，已经正式出版十五册汉译本。桑珠的说唱内容基本涵盖了《格萨尔王》的全貌，填补了世界上根据一个艺人说唱构成了比较完整的《格萨尔王》史诗的空白，创造了世界史诗领域个体艺人说唱史诗的最长纪录。1991年，桑珠被文化部授予"格萨尔说唱家"称号。2009年，他被授予格萨尔国家级非物质文化遗产传承人。

玉梅，出生在那曲索县的格萨尔说唱世家，她的父亲洛达曾是索县远近闻名的格萨尔说唱艺人。洛达最传奇的经历是"摆擂台"。有一位从外地来到索县的格萨尔说唱艺人，他对自己的说唱非常自负。洛达受家乡父老邀请，与之展开了一个多月的说唱比赛。最后，外地艺人主动认输。洛达已经去世多年，但此事在索县及其周边地区流传至今。

然而玉梅认为自己开始说唱与父亲无关。她说自己十六岁那年有一次做梦，梦中来到了有一个黑湖泊和白湖泊的地方。黑水湖中突然跳出一个妖怪来，把她往湖里拖；白水湖走出来一位仙女对妖怪说，她是我们格萨尔大王的人，我要教她一句不漏地把格萨尔的英雄伟绩传播给全藏的百姓。说着用哈达缠住她的胳膊与妖怪争夺，最终妖怪只好弃她而去……醒来后玉梅大病一场，痊愈后就会说唱格萨尔了。玉梅自称可说七十部，其中《梅岭之战》《塔岭之战》及《亭岭之战》是其他艺人所没有的。

斯达多吉（1990—），出生于西藏昌都市的边坝县。九岁梦见身穿铠甲、骑着红马的辛巴和丹玛两位大将，把他带到岭国，拜见了格萨尔王。格萨尔王命令他吃下两大摞经书。他刚拿到嘴边，经书主动进入他的腹里……梦醒之后，他便可以说唱格萨尔王。

达哇扎巴出生于青海省玉树藏族自治州杂多县。十六岁放牧途中，在野外睡着，梦中遇到"骑白马，穿白衣"的人带他到一座大帐篷里面，拜见了格萨尔王。梦醒回家后，大病三天三夜。病好以后，眼前老是浮现岭国的山水情景，从此开始说唱天界篇等。

扎巴、桑珠、玉梅和斯达多吉等人梦中的具体内容不同，但是他们有一个共同的特点，就是在童年或青少年时期都做过与格萨尔王相关的梦境，然后自己能开口讲唱《格萨尔王》中的部分内容。

2. 圆光艺人

圆光本是一个宗教术语，喇嘛在降神或占卜时，看着铜镜，回答信徒的问话；也有人在碗里倒上清净的水，以碗为镜，观象占卜。据说能从铜镜或水碗里看到过去、现在和未来，能预言一个人的吉凶祸福。这种占卜方法，叫圆光。

这种现象也在《格萨尔王》说唱艺人中出现。他们常借用的发光物品有铜镜、纸张、手指、器物中的纯净之水等。格萨尔艺人在说唱前，拿出一面铜镜（或一张白纸、或一碗净水），放在香案上，先念经祈祷，然后对着铜镜等说唱。据说他们能从铜镜中看到格萨尔的全部活动。而普通人去看铜镜，除了自己的身影，什么也看不到。或许是因为没有这个"缘分"。目前出现的圆光艺人主要有西藏昌都的阿旺嘉措和青海果洛的才智。

阿旺嘉措（1913—1994年），出生在昌都的类乌齐县。他曾给农奴主当过秘书，懂藏文，自己能记录整理。阿旺嘉措说唱或记录时，案头放一面铜镜，一块光滑的石头，一碗净水。他手里抓上一把青稞，吹吹气，把青稞撒到铜镜上。他说铜镜上开始出现一些图像、文字，最后出现《格萨尔王》的诗行，他把铜镜出现的诗行抄写下来，便可以说唱。离开这些东西，他既讲不出来也写不出来。1994年去世前，阿旺嘉措从铜镜中抄写了十一部《格萨尔王》。西藏人民出版社分为上、下两部，出版了他讲唱的《底嘎尔》部。

才智（1967—），出生于青海省果洛州久治县。才智的圆光术来自家族遗传。九岁时，他从叔父手中接过祖传的铜镜，成为家族的第五代圆光师传人。才智现为第十世格日活佛，不但是宁玛派格日寺的住持，还是格鲁派隆嘎寺的主要活佛之一。

才智说唱时，先在面前的桌子中间放置一个堆满青稞的圆形托盘，在托盘中插立一个直径大约10厘米并用蓝色哈达半遮盖的凸面圆形铜镜。他面对铜镜的凸面，右手拿着一支插有羽毛并系着五彩哈达的彩箭。铜镜前面正中位置摆放一盏酥油灯，左右两侧各摆放一个盛满水的高脚铜杯。才智焚香献祭，念诵格萨尔王和战神的祷文。再三祈祷后，他说格萨尔大王与其麾下大将及相关人和事如同影像一样出现在铜镜上。他根据镜子上显示的画面给众人口头叙述岭国的疆域、英雄形象、武器铠甲和战争场面等。

3. 掘藏艺人

伏藏是佛教术语。很早以前，据说菩萨将典籍文书藏在深山岩洞，或其他隐秘的地方，以免失传。后来被有"缘分"或有福气的人发现。菩萨把经典藏起来，叫"伏藏"；把这种宝藏挖掘出来，叫"掘藏"。藏传佛教的宁玛派流传着掘藏的传统，把专门挖掘"伏藏"的人称为掘藏大师。很多著名的佛教经典，传说都是掘藏大师发掘出来的。格萨尔的掘藏艺人很少。格日尖参就是通过这种类似宗教的形式来发掘史诗的。

格日尖参（1967—）出生于青海省果洛州甘德县。据格日尖参所讲，他在冥冥之中得到一种灵感，通过这种灵感拿出笔把史诗写下来。格日尖参已经写了三十多部，他说可以写出一百二十部。这种艺人不多，但他们也代表了《格萨尔王》传承的一个方面。

4. 吟诵艺人

照本说唱的格萨尔艺人。首先他必须有文化，可以看得懂藏文；其次，他必须掌握许多有关《格萨尔王》的曲调。《格萨尔王》的曲调丰富多彩，在玉树调查中就发现有八十多种关于演唱《格萨尔王》的不同曲调。目前发现的吟诵艺人有才忠等。

5. 闻知艺人

这类艺人听到别人的说唱后就学会了，人数较多。一般不能说唱整部史诗，只能说唱史诗当中非常精彩的部分，对史诗的流传起到很大的作用。

以上神授、圆光和掘藏等各种神秘说法，目前在科学方面暂时无法解读，但是与众多民间说唱艺人在过去政教合一的政治制度下，在政治上受迫害、经济上受剥削的地位有一定的关系。他们所说的这些离奇经历，一方面可以扩大史诗在群众中的影响，另一方面也可以借此提高自己的社会地位。

二、格萨尔的说唱仪式

《格萨尔王》说唱艺人的表演形式比较灵活，不受时间、空间限制。他们活跃在田间地头、辽阔草原、贵族的高楼大院或者农奴的破旧小屋等地，不管春夏秋冬，风暴雨雪，随时可以说唱。

艺人在说唱时，还有一些仪式，一般有以下几种：

第一，焚香请神。艺人说唱时，先设一香案。案前悬挂一幅格萨尔的画像，两边挂着三十个英雄和珠牡等爱妃的画像。香案上供奉的弓、箭、刀、矛等武器，相传是格萨尔王曾经使用过的。有的人还放一尊格萨尔的塑像，也有人供奉莲花生大师、珠牡、嘉察、丹玛或其他大将的塑像。其他供品还有几盏点燃的酥油灯和几碗"净水"。说唱艺人对着画像，焚香祝祷，然后手拿佛珠，盘腿而坐，双目微闭，双手合十，诵经祈祷。请格萨尔王或他的某个大将（各个艺人信奉、崇拜的大将不同）显圣，让他们的灵魂附体。过一会儿，摇头晃脑，全身抖动，手舞足蹈。这时，据说"神灵"已经附体，将帽子摘下，放在佛像前，开始说唱。

第二，指画说唱。有的艺人带着画有格萨尔故事的唐卡，藏语叫"仲唐"，说唱时将画挂起，然后指着画像说唱。"仲唐"一般由专门的艺人绘制，有刺绣、剪绣、堆绣等多种形式，其本身就是艺术珍品。

第三，托帽说唱。《格萨尔王》说唱艺人，不管男女老幼都有一顶帽子，藏语叫"仲厦"。"厦"是帽子，意为讲故事时戴的帽子。这顶帽子用氆氇或绸缎制成一尺来高的长方形，上面镶嵌有玛瑙、珊瑚、珍珠等装饰品。平时不戴，在说唱时，把它作为最珍贵的物品拿出来，实际上起道具的作用。

开始说唱时，说唱艺人左手拿帽，右手比画，用散韵结合的唱词，叙述帽子的来历和珍贵性。他们有时把帽子比作整个世界，说帽子的顶端是世界的中心，这里是藏族的故乡，是古代岭国的土地，格萨尔是岭国的国王。有时又说帽子的四边代表着东西南北四个方向，其上大小不同的装饰品分别代表江水、河流、湖泊和大海。格萨尔是世界上最伟大的英雄，他主宰着整个世界的命运。今天向你们讲述格萨尔大王一生无数英雄业绩中的一小段。然后才转入正题。

《格萨尔王》说唱艺人有时把帽子比为一座宝山，帽尖是山峰，装饰品被喻为金、银、铜、铁等丰富的宝藏。因为格萨尔大王降伏了四方的妖魔，保卫了宝山，我们才能享受这无穷无尽的财富，过上太平安乐的日子。

艺人对帽子的讲述，形成一种固定的程式，有专门的曲调，藏语叫"厦谐"，意为帽赞。相当于开场白，目的是吸引听众。唱词没有固定的内容，可长可短，也可以因时间、地点等不同而即兴创作。有时这种唱词本身就同史诗一样，语言优美，想象丰富，比喻生动。《格萨尔王》说唱艺人用最虔诚的心情、最美好的语言赞颂帽子，赋予它一种神秘的色彩。因此，普通百姓也认为它真的受过格萨尔大王的"赐福"，把它当作神灵顶礼膜拜。

第四，面光说唱。有些说唱艺人用眼睛看铜镜、纸张、手指或器物中的纯净之水等发光的东西来说唱格萨尔史诗。他们说自己并不懂格萨尔的故事，只是把从发光物体中看到的格萨尔的全部画面讲述给大家听。

第五节　《格萨尔王》的传播及保护

《格萨尔王》主要依靠民间职业化的说唱艺人"仲肯"来传承。藏族谚语"每个人嘴里都有一部《格萨尔王》"。至今，《格萨尔王》这部巨著还处在调查、记录、搜集、翻译、整理和分散出版的阶段。它是世界上最长的英雄史诗，两千多万字，超过世界五大史诗的总和，同时也是目前仍然以活态形式传承的史诗。与希腊的《荷马史诗》、印度的《摩诃婆罗多》《罗摩衍那》史诗一样，成为世界文化宝库中的璀璨明珠。

一、《格萨尔王》的传播

藏文创制后，一些文人将《格萨尔王》史诗记录整理成文字，出现手抄本。现存最早的是 14 世纪的手抄本。后来，随着印刷事业的发展，手抄本加工整理后刻版印刷，使其传播更为广泛。目前发现最早的刻印版本是 1716 年的北京木刻版蒙古文《十方圣主格斯尔可汗传》。

西藏和平解放后，《格萨尔王》史诗得到重视。1958 年，中国科学院文学研究所和中国民间文学研究会联合提出由青海负责搜集、整理这一史诗的建议计划，经中央宣传部批准后，中共青海省委宣传部即决定由青海省文联成立《格萨尔王》工作组，专门对《格萨尔王》史诗进行调查、搜集、翻译和整理等工作。经过辛勤的努力，积累和印刷了大批资料，取得了很大的成绩，并于 1962 年先后出版了汉文、藏文的《霍岭大战》上部，受到国内外的欢迎和重视。后来，西藏自治区和其他省区有关部门也组织人力，拨专款进行记录、整理、翻译和出版工作。各地积累的文档和音、视频资料，数量巨大。用藏文、蒙古文和汉文等出版的各种版本的《格萨尔王》有一百多种。

藏文《格萨尔王》不但流传在国内的藏族、土族和纳西族地区，而且还流传到喜马拉雅山以南的印度、巴基斯坦、尼泊尔、不丹等国家和周边地区。另外，《格萨尔王》从藏文译成蒙古文后，经过蒙古族民间艺人的加工和改造，已成为蒙古族的《格斯尔传》。它以蒙古语的形式，不但流传在国内广大蒙古族地区，而且流传到境外的蒙古国、俄罗斯的布里亚特和卡尔梅克等地。这种跨文化传播的影响力是十分罕见的。

《格萨尔王》受到国际上很多专家学者的重视，纷纷进行翻译、介绍和研究。它的部分章节或故事梗概早已被翻译成俄、德、法、英、日和芬兰等国文字出版。

两百多年前，俄国就已出版介绍《格萨尔王》。如1776年，俄国的帕拉莱斯就曾在俄国出版过《格萨尔的故事》。1839年，斯英迪特在彼得堡印行蒙文本《格萨尔王》，并译成德文出版。1902年，法国的弗兰克从藏西北搜集到藏文抄本《格萨尔王》，在1905年用藏、英文对照在印度加尔各答出版了《格萨尔王本事》。20世纪20年代，法国的达维德尼尔记录了藏族艺人说唱的一部分《格萨尔王》。回国后译成法文，1931年在巴黎出版。之后，她又来我国搜集到《霍岭大战》手抄本。另外，法国的石泰安也来中国多方搜集《格萨尔王》并积极进行研究，1956年，他在巴黎出版了《林葱土司本西藏的格萨尔王传》，1969年在巴黎出版《格萨尔王传研究》。

二、非遗保护

《格萨尔王》是藏族宗教信仰、民间智慧、族群记忆和母语表达的主要载体，是唐卡、藏戏、弹唱等传统民间艺术创作的灵感源泉，同时也是现代艺术形式的源头活水。千百年来，史诗说唱艺人一直担任着讲述历史、传达知识、规范行为、调节生活的角色，以史诗对民族成员进行教育。史诗演唱具有表达民族情感、促进社会互动、秉持传统信仰的作用，也具有强化民族认同、价值观念和影响民间审美取向的功能。《格萨尔王》在多民族中传播，不仅是传承民族文化、凝聚民族精神的重要纽带，同时也是各民族相互交流的生动见证。

20世纪50年代以来，受现代化进程的影响，藏、蒙等民族传统的生活方式发生了变化，职业化的艺人群开始萎缩。近年来一批老艺人相继辞世，"人亡歌息"的局面已经出现。格萨尔受众群体正在缩小，史诗传统面临着消亡的危险，保护工作迫在眉睫。国家非常重视对《格萨尔王》的保护工作。2006年5月20日，格萨尔经国务院批准列入第一批国家级非物质文化遗产名录。2007年6月5日，经国家文化部确定，西藏自治区的次仁占堆、青海省的才让旺堆和达哇扎巴、甘肃省的王永福、四川省的阿尼以及新疆维吾尔自治区的吕日甫为该文化遗产项目代表性传承人，并被列入第一批国家级非物质文化遗产项目二百二十六名代表性传承人名单。

2009年，史诗《格萨尔王》被联合国教科文组织列入"人类非物质文化遗产名录"。其文件中的描述较全面地概括了《格萨尔王》的艺术价值："中国西北部的藏族、蒙古族和土族社区中共同流传的《格萨尔》故事，由一代代艺人杰出的口头艺术才华以韵散兼行的方式用串珠结构讲述着格萨尔王为救护生灵而投身下界、率领岭国人民降伏妖魔、抑强扶弱、完成人间使命后返回天国的英雄故事。在藏族地区，史诗艺人辅以服饰、道具（例如帽子和铜镜等）说唱。蒙古族史诗艺人则多是师徒相传，演唱时多使用马头琴或四胡伴奏，融汇了好来宝及本子故事的说书风格。史诗的演唱伴随着诸如烟祭、默想、入神等独特的仪式实践植入社区的宗教和日常生活当中，如在诞生礼上演出格萨尔王从天国降生的段落。众多的神话、传说、歌谣、谚语等不仅作为传统的一分子成为乡村社区的娱乐方式，而且对听众起着传授历史、宗教、习俗、道德和科学的作用。格萨尔唐卡和藏戏等的产生和发展，又不断强化着人们尤其是年轻一代的文化认同与历史连续感。"[①]

综上所述，英雄史诗《格萨尔王》是在古代的神话、传说、故事、民间诗歌、谚语等民间文学的丰富、厚实的基础上产生的。它汲取了这些民间文学的精髓，补养了自己，又反过来给它们以滋润。它选取了藏族发展史上的重大时代和重大题材，表达了一个历史时期全体藏族人民的美好愿望。它篇幅浩繁，结构宏伟，具有高度的思想性和艺术性，成为藏族和祖国文学发展史上占有重要地位的文学瑰宝。它不仅是一部享誉国内外的长篇民间文学巨制，同时又是研究藏族社会历史、经济情况、道德观念、宗教信仰、风俗习惯、生活方式、语言文字以及民族关系等方面的珍贵文献。在某种意义上，可以说《格萨尔王》是藏族古代的一部百科全书。

---

① 诺布旺丹：《西藏文学》，五洲传播出版社，2017年，第62页。

第三章 《米拉日巴道歌》

道歌是藏族传统诗歌的一个重要派别，它是一些高僧大德用藏族民众熟悉的民歌形式，宣传本教派佛学义理的修法途径，劝告世人抛却红尘，修习佛法，走上解脱之道的一种诗歌形式。《米拉日巴道歌》是其代表作品。

第一节 作者及全书结构

《米拉日巴道歌》是米拉日巴首创的通俗易懂、生动形象、韵律和谐的诗歌形式，在藏族民众中广为流传。

一、作者简介

米拉日巴（1040—1123年），后藏贡塘人（今日喀则地区吉隆县北部，靠近阿里）。原名米拉日巴·脱巴噶，法名协巴多吉，人们称其为得道者米拉日巴。父亲米拉·喜饶坚赞以经商为主，家境富有。米拉日巴七岁时，父亲去世。伯父和姑母侵夺了他们的家产。米拉日巴与母亲、妹妹被赶出家门，过着贫困的生活。1078年，米拉日巴到当时著名的佛教大师玛尔巴（1012—1097年）门下学习佛法。玛尔巴让他修房盖楼，辛苦劳役六七年后，才传授其佛法要旨。米拉日巴在深山野林苦修九年多，参悟得法后，便收徒传法，成为噶举派创始人之一。米拉日巴虔信佛法，反对空谈，主张实修苦行。他与弟子日琼巴和塔布拉杰形成了噶举派中的修行派。

米拉日巴生活在分裂割据时代的西藏。当时战争连续不断，人民流离失所。佛教宗派纷纷兴起，竞相宣传佛教教义及本派主张。米拉日巴有一副好嗓子，从小就喜欢歌唱。晚年成为名僧后，便借用诗歌形式，向弟子及信徒宣传佛法，创作了许多证道性的诗歌。

《米拉日巴道歌》中的诗歌，除个别章节后面记有"弟子某某记录"等文字外，其余都是三百年后，米拉日巴的后世门徒桑杰坚赞（1452—1507年，也称乳毕坚瑾，意为"骨饰者"）跑遍西藏各地，收集民间流传的米拉日巴诗歌，编撰为系统的诗歌集，称为《米拉日巴道歌》。因此这部诗歌集也凝聚着弟子桑杰坚赞的心血。

二、全书结构

《米拉日巴道歌》一书分为五十八节，大约有四百首诗歌。其结构包括三部分。第一，米拉日巴在善河、岭巴崖、绕马、笛色雪山等地降伏来犯的鬼神，用佛法约束其行为。第二，米拉日巴引导有缘弟子日琼巴、连贡日巴、冈波巴以及女弟子巴达朋、惹琼玛等修行成佛的事迹。第三，米拉日巴对所遇施主、牧童、医生等人传法。

《米拉日巴道歌》并不完全是诗歌，而是在散文叙述中加入诗歌。桑杰坚赞在记录诗歌时，还详细记述了诗歌产生的原因，它们与诗歌交织在一起，组成章节段落，富有故事情趣。《米拉日巴道歌》实际上也是米拉日巴的故事集。

第二节　思想内容

米拉日巴一生遭遇坎坷，备受生活折磨。他的道歌中虽然有对佛教思想的宣扬，但是也有对黑暗社会、民生疾苦的反映。

一、批判统治者的残暴不仁和上层喇嘛的欺世盗名

米拉日巴是一个虔诚的佛教徒，主张抛弃一切物质生活的享受，到深山老林中刻苦修行。再加他童年时代遭受伯父、姑母的欺凌与奴役，备尝人间辛酸，所以他的诗歌中多有抨击统治者残暴不仁和某些上层喇嘛不守戒律、欺世盗名行为的内容。如米拉日巴一次出外化缘时，在一群显密佛教徒和世俗众人集会的场合，应首座之请所唱之诗歌：

此人世间是大海吗？
不管怎么舀水也无尽期！
佛法三宝是须弥山吗？
无论是谁也不肯担负！
信法誓言是山口鸟毛吗？
无论是谁也不信守！
圣法戒律是道旁疯尸吗？
无论是谁也不持守！
法垫之上有针刺吗？
高僧大德不肯稳坐！
严修律法无意义吗？
诸僧徒众不守律法！
山林静处有盗贼吗？
诸修行者常游村镇！

中有①之处减容颜吗？
众女弟子锐意打扮！
来世生处氆氇贵吗？
众女尼等多织氆氇！
对此人世怕其空吗？
不论僧俗皆增子嗣！
来生后世吃喝多吗？
男女施主不肯布施！
上方极乐世界有痛苦吗？
前往之人多么稀少！
下界十八地狱有幸福吗？
权贵争去拥挤奔跑！②

这是一首很有典型意义的诗歌。作者对现实社会中诸多不符合佛教教义和戒律的行为进行了批判。其中包括：不敬三宝，不守信教的誓言，不持戒律，不安于经垫讲经，不遵律条，不安于山林苦修，女尼织氆氇，僧人娶妻生子，不肯布施，等等。其中"法垫之上有针刺吗？高僧大德不肯稳坐"的诗句，把矛头直接指向某些上层僧人。既然是高僧大德，应当稳坐法椅宣讲佛教圣法，为众生指出解脱之路。但是，他们却抛却自己应尽的责任，而混迹于俗世，跻身于宦界，追名逐利。这就充分揭露了一些上层喇嘛假借佛教之名，实际不安于奉佛的欺世盗名的虚伪面目。再如其中的"山林静处有盗贼吗？诸修行者常游村镇"诗句，也是对那些假借在山林苦修之名，而云游于村镇欺诈百姓之流的有力抨击。特别是其中"上方极乐世界有痛苦吗？前往之人多么稀少！下界十八地狱有幸福吗？权贵争去拥挤奔跑"的诗句，对统治者的批判非常犀利。佛教认为今生做了善事，来世才能往生极乐世界享受幸福；今生造了恶业，死后将堕地狱，遭受无尽的折磨。诗中以反诘的方式，指出权贵们的行为是不想去极乐世界，而争往地狱奔跑，一针见血地揭露了统治者在人世间做尽坏事的客观现实。

如米拉日巴向弟子们宣讲"六道轮回"痛苦时，所唱诗歌中的"再没有比狗更饥饿贪吃的，再没有比官更无耻可怕的"诗句，把贪官污吏比作饿狗，生动形象地指出了官吏的贪婪本性。

再如米拉日巴教诲弟子日琼巴时所唱歌中有这样几句：

徒儿日琼听我讲：
现在圣法虽弘扬，

---

① 中有：佛教说法，人死后灵魂离开躯体，直到再次投生之前，这一阶段称为中有。
② 译自乳毕坚瑾：《米拉日巴传及道歌》（藏文版），青海民族出版社，2004年。本节所引内容均出自该书，以下不再作注。

可是真假相混杂，
　　多人争把喇嘛大师当，
　　信口尽说贪欲话，
　　儿要选好传承莫上当！
又如米拉日巴对徒弟寂光唱的歌中有：
　　善巧辞令诸大师，
　　辩论说谎如疯子，
　　讲话油滑似狡妇，
　　睡觉挺卧像大官，
　　走路横行如恶吏，
　　…………

　　这些诗歌以辛辣的笔触，对那些"权贵""官员""喇嘛""上师"等统治剥削阶级代表人物的贪婪、残暴、虚伪、无耻等本性，进行了揭露和抨击，并且明确指出，他们的最后归宿是十八层地狱。米拉日巴虽然是从佛教观点出发进行议论，但在客观上，却反映了当时民众的好恶和爱憎，受到赞赏。

二、同情弱者的遭遇

　　米拉日巴自幼受人欺凌，深感社会的不平。所以，他对受苦民众极为同情。有一次，他去化缘，碰到一位老奶奶。她一看见米拉日巴，便骂道："你这瑜伽乞丐，夏天来时讨白的（指奶制品），冬天来时讨酸的（指青稞酒），……你要瞅空来偷我女儿和媳妇的首饰吗！"说着就要往他身上撒烟灰。于是米拉日巴对她唱了一支歌：
　　清晨起来要最早，
　　夜晚睡下要最迟，
　　没完没了家务事，
　　三条都要你操持，
　　你是没有工钱的女仆役。
　　…………
　　一家之长最尊贵，
　　无钱也要收的税，
　　不可缺的子孙辈，
　　三者都要好供奉，
　　唯独你是没有份的"无需女"。
　　…………
　　要向儿媳献殷勤，
　　须听子女恶语声，
　　群孙争吵震耳鸣，

  三者都要你担承,
  你要假做耳聋修忍性。
  …………
  做事费力有如拔马桩,
  走路弯腰好像鸡一样,
  坐时无力身倒体踉跄,
  力不从心衰老临身上,
  你是灰心丧气的弯身妇。
  …………
  吃的喝的冷又脏,
  身穿褴褛破衣裳,
  睡铺破皮毛全光,
  三种滋味你要尝,
  你是人跨狗越的"得道娘"①。

  在旧西藏,藏族劳动妇女地位卑下,负担最重。在家里,她们要背水、熬茶、做饭、织氆氇、打扫清洁、洗衣服;在家外,还要拔草、割禾、打场、捡牛粪当柴烧。她们任劳任怨、辛苦操劳一生,但是,她们却遭人鄙视,受人凌辱。米拉日巴把这种情景看在眼里,记在心上,所以能述之于口,讴之以歌,同情她们的悲惨遭遇。老奶奶被米拉日巴的歌声打动,扔掉手中的烟灰,对他产生了敬仰之情。应该指出,米拉日巴除了把她引向"要信应把佛法信,要依应把具德喇嘛依"的出路外,不可能为她指出别的道路,这便是消极的一面。

  又如另一首描绘老人晚景的歌:

  父似老狗抛一边,
  儿似幼狮抱怀间;
  父似灰狐抛一边,
  儿似斑虎抱怀间;
  父似秃鸡抛一边,
  儿似雄鹰抱怀间;
  父似病驴抛一边,
  儿似骏马抱怀间;
  父似白嘴老牛抛一边,
  儿似青角幼兕抱怀间。

  诗歌连用一系列对比语句,把对待儿子和父亲截然不同的态度刻画得生动形象,控诉

---

① 得道娘:得道的妇女,善于忍耐。这里指老奶奶受尽凌辱,只能忍气吞声的境况。

了老年人被抛弃、受轻视的不合理现象，触及当时社会的又一个黑暗面。

米拉日巴同情这些被社会歧视、凌辱、抛弃的可怜人，这与他自身的生活遭遇密切相关。他曾用五十句的长歌诉说自己所遭受的不幸，其中写道：

> 只因我们母子无福气，
> 父亲米拉不幸升天去。
> 家中所有财产和牲畜，
> 全被伯父姑母抢夺走，
> 母子三人当了他奴仆。
> 吃的都是猪狗食，
> 穿的都是褴褛衣，
> 浑身颤抖寒风里。
> 常遭伯父打不停，
> 须看姑母脸阴晴。
> 当牛做马为奴仆，
> 母子三人受苦楚，
> 悲惨凄凉日难度。

歌中控诉了伯父和姑母的罪行，倾诉了他们母子三人的不幸遭遇，向读者展示了一幅旧社会以强欺弱、弱肉强食的可怕画面。米拉日巴自身经历的这些痛苦，是他同情弱小者的一个重要原因。

三、描绘西藏的美丽景色

米拉日巴苦修时长期独居在荒山深林之中，他把每天面对的山林美景也在诗歌中生动地展现出来。米拉日巴在白巴尔山修行时，有几个弟子上山来看他，请他宣讲修法感受，他借山林景色唱出了"人生无常"的道歌：

> 姜秋宗这静地方，
> 谷头山高神威扬，
> 谷口施主信仰强。
> 山后宛如白幔帐，
> 前有九欲丛林密，
> 青青草地宽又广。
> 馨香莲花赏心目，
> 六足蜜蜂采花忙。
> 叮咚泉水细细流。
> 水中禽鸟回首望。
> 枝繁叶茂果树顶，
> 美丽飞鸟啾啾鸣。

微风缓缓吹拂过，
　　树枝婀娜舞不停。
　　高高果树绿枝头，
　　猿猴嬉戏巧又灵。
　　草坪平展碧如茵，
　　牛羊寻食四散行。
　　照看牲畜小牧童，
　　歌声婉转伴笛声。

这首诗歌语言朴素，形象生动，描绘出一幅高原雪山林密泉涌、鸟鸣枝头、蜂舞花丛、草地宽碧、羊群散落的恬静而美丽的画面，读来令人神往。书中赞美山林景色的诗歌很多，例如赞美扎玛琼隆地方景物的一首诗中写道：

　　扎玛琼隆大鹏堡，
　　高空云彩浮又飘，
　　地下碧水环又绕，
　　中间雄鹰盘又旋，
　　果坠树枝曲又弯，
　　柳条拂风曳又摇，
　　蜜蜂歌唱叫嗡嗡，
　　百花放馨香喷喷，
　　群鸟齐鸣清呖呖，
　　…………

诗歌将山光水色、鸟语花香描写得生动传神，读之如耳闻其声、身临其境。歌中使用的谐音、叠字、象声等修辞手法，赋予诗歌浓郁的音乐美，读来朗朗上口、悦耳动听。

此外，还有几首描写山的赞歌，如《盆保山赞》中的一段：

　　这座雪山你们知不知？
　　如果你们不知道，
　　它是吉祥长寿仙女峰。
　　山峰高耸蓝天空，
　　恰似三角美螺供。
　　峰颈银溪如宝珞，
　　旭日早照光闪烁。
　　峰顶宛若水晶髻，
　　亭亭玉立白云际。
　　山腰以下峦起伏，
　　常罩轻烟与落雾。

霏霏如雨轻轻降,
艳艳彩霞常常升。
这是家畜吉祥兆,
驯兽成群绕山中。
鲜花丛丛耀眼明,
入药百花此间生。

歌中描绘雪山,但不着一个"雪"字。用"美螺"形容其洁白,用"水晶髻"赞叹其玲珑剔透,可谓用譬高妙。描写山下的轻烟、薄雾、细雨、彩虹、畜兽成群、花草竞长等景色,别是一番风光。不是久居山林,长期观察,哪能有如此传神妙笔!特别通过积雪皑皑的山顶、银溪环绕的山腰和花草丰茂的山脚这三种不同的美景,描绘出青藏高原一山多景的独特风貌。

此外还有一首著名的《暴风雪之歌》:

天公地婆商议妥,
派出狂风当使者。
掀起四大[①]浪滔滔,
浓云密雾两聚合。
日月双双牢中关,
二十八宿被吞没。
八曜坐狱戴镣铐,
银河拴在木头橛。
繁星冷得索索抖,
云雾墨墨把天遮,
九天九夜降大雪,
纷纷扬扬十八天。
大雪大似羊毛团,
如同飞鸟降且旋。
中雪有如纺线锭,
宛似蜜蜂落而盘。
小雪细细如芥子,
洋洋洒洒像细面。
大雪小雪落不停,
雪山增高顶天柱,
轧压密林低低伏,

---

① 四大:地、水、火、风,指形成万物的基本物质。

> 墨墨山岭银装束，
> 翻腾湖泊结成冰，
> 滔滔河水冰下注，
> 地无高低平而舒。
> 天降如此大风雪，
> 黑头人们被禁梏。
> 四足家畜遭饥荒，
> 驯兽无觅水草处。
> 空中飞禽吃食绝，
> 洞里埋没无尾鼠，
> 猛兽之口被封住。

这首歌先铺陈风云、日月、星辰之变化，以为烘托。再绘形绘色展叙大雪如羊毛团、中雪如纺锭、小雪如芥子，纷纷扬扬，铺天盖地之气势。然后收结到大河为之断流，湖泊为之不兴，雪山为之添高，低原为之填平。森林弯，碧峦白。鸟兽断食，人被禁梏……描写得声势磅礴，淋漓尽致，真是一场好大的高原暴雪啊！

《米拉日巴道歌》中插入了十多首意境清新、辞章秀丽、沁人心脾的写景诗歌，透露出米拉日巴对家乡的热爱之情。

四、宣扬佛教教义

米拉日巴笃信佛教，是噶举派创始人之一，所以他的《米拉日巴道歌》中绝大多数诗篇都是宣扬佛教义理的。如一首宣传"人生苦海"的歌：

> 芸芸众生世间人，
> 生老病死四河深，
> 人人难逃皆有份，
> 轮回大海不断根。
> 溺于苦浪不自知，
> 安乐幸福无一时，
> 怕苦反倒自作苦，
> 祈福却作有罪事。
> 欲想解脱人世苦，
> 恶行罪愆要戒除，
> 临死修法是正途。

佛教基本观点有"四谛"，即"苦""集""灭""道"。"人生是苦海"，这是一个佛教信徒首先要认识的"真谛"。所谓"苦"，有四苦、八苦以及更多的苦。四苦一般指生、老、病、死；再加上"爱别离苦""怨憎会苦""求不得苦"和"略摄一切五取蕴苦"，共是"八大痛苦"。《米拉日巴道歌》中已全部讲到。下仅列举"生苦"歌：

进入母亲肚腹间，
　　好像鱼儿被网缠。
　　浸在血浆羊水里，
　　全是赃物做枕垫。
　　作恶报应投恶身，
　　在此恶处受苦轸，
　　虽记前世语无音。
　　冷热如针砭肌肤，
　　九月十天地狱住。
　　要从母腹出生时，
　　钳孔抽丝乱筋骨。
　　生经母亲官颈中，
　　好像丢进荆棘坑。
　　抱在母亲怀抱里，
　　就如鹰爪抓小鸡。
　　揩拭不洁脏胎衣，
　　宛若活活被扒皮。
　　细细脐带被剪断，
　　恰似弄断脉根般。
　　躺时卧具是襁褓，
　　就像捆住丢地牢。
　　若还不悟空性义，
　　生苦无尽受煎熬。
　　佛法圣义死时需，
　　如果延误缘分离，
　　故应奋力勤修习！

生儿育女肯定会受到痛苦。但是，对于家庭、民族和人类来说，这是生存、延续和发展，否则，意味着灭亡。所以，人们认为这是一件值得庆祝的喜事。佛教则无限夸大了"生"的痛苦，使之绝对化，从而引证出"人生是苦海，没有意义"，应该出家修行，断灭生死，超脱轮回之苦。这种消极的人生观，违反了人类生存、发展的规律而不利于一个民族的发展。

《米拉日巴道歌》中也宣扬人生无常，有如梦幻，应避世修行的观点：
　　哎呀，青春年华乃幻饰，
　　今生无常如梦虚，
　　一旦阎王到来时，

> 财主不能用钱赎,
> 英雄宝剑无砍处,
> 怯者也难作狐逃,
> 临到此时实堪惧,
> 念此我才寂处住。

这首歌表现出面对死亡,人们无能为力、悲观绝望的情绪。借此论证"人生无常",应该"跳出红尘",苦修佛法的唯心主义世界观。

此外,为了达到成佛目的,《米拉日巴道歌》还宣扬了人们应该抛弃一切世间俗事的观点:

> 一者我有信仰的大地坚,
> 二者我有精进高墙垣,
> 三者修禅是我的打墙板,
> 四者我有智慧作美墙檐,
> 四事俱备的这座碉堡,
> 才是永固碉堡坚如磐,
> 你世间的碉堡是虚骗,
> 这魔鬼的牢狱快抛远!
> ············
> 一者我有阿赖耶①的沃土,
> 二者我把教诫的种子播,
> 三者实践的禾苗破土出,
> 四者三身②的果实已成熟,
> 四事俱备的这种农事,
> 才是长久可靠的农务,
> 你世间的农务是虚骗,
> 快抛弃吧,莫为衣食当奴仆!

按照诗歌中的说法,楼房住屋都是魔鬼的监狱;从事农业生产,乃是为衣食做奴仆。同样,接下去说,娶妻不过是自找"冤家对头",生子实际是"俗世的绳索",应该全部抛弃掉。而要学习作者,走入山洞岩窟,苦修禅定成佛。如果这样,人类便没有生存和繁衍,更无发展可言。从米拉日巴本身来说,如果没有人从事耕耘,他又向什么人化缘乞食来维持他修行的人身呢?

米拉日巴凄苦清贫的一生值得人们同情,他为实现自己的信念锲而不舍、孜孜以求的

---

① 阿赖耶:梵语音译,佛教术语。含藏一切事物种子之义,可意译为储藏处,接收器。
② 三身:佛教所说佛的法身、受用身、变化身。

精神值得人们敬佩。但是，他消极的人生观，逃避现实的道路以及晚年他以此去"化育芸芸众生"的行为，则是不足取的。

《米拉日巴道歌》中还通过米拉日巴与苯波教徒的较量以及与其他佛教派别的辩论等，反映出当时教派之间的矛盾斗争。

第三节　艺术成就

《米拉日巴道歌》语言优美，诗歌与故事相互结合，汲取民间文学营养，艺术成就很高。

一、文体韵散结合

《米拉日巴道歌》虽然名曰"道歌"，实际上是诗歌与故事互相交织，韵文与散文互相结合。这种形式，应该是继承了吐蕃时期的古藏文史料赞普传略中出现的，在散文叙述中插以歌唱的传统。

如米拉日巴的弟子日琼巴第二次去印度后回来，产生了骄傲心理。米拉日巴知道后，便去迎接他。日琼巴心想："我去印度学了很多密法回来，上师一定十分重视。再说，上师除了慈悲与加持力比我大之外，在经教和道理方面我更精通。因此，在接我时或者会还我礼的吧！"两人见面后，日琼巴向尊者行礼，尊者连回礼的意思都没有。日琼巴心中不高兴。师徒二人走在路上，看见一只牦牛角，尊者让日琼巴捡起来。日琼巴心想："上师有时说什么也不要，但有时贪欲又很大，现在连这只牛角也要，有什么用呢？"便说："这不能吃，又不能喝，还是扔了吧！"尊者却道："有需要它的时候！"说完便自己拿着走。师徒二人走到一个平坝时，忽然下起冰雹。日琼巴双手蒙头躲了起来。一会儿，冰雹稍停。日琼巴找尊者，却不见人影。突然，他听见地上的牦牛角里面传来尊者的声音。日琼巴心想："这是刚才尊者拿着的那只牦牛角。"他伸手去捡时，牛角却像贴在地上一样，怎么也拿不动。往里面一看，发现牛角没有变大，尊者也未缩小，尊者像镜中的影子一样安坐在牛角中，对日琼巴歌道：

> 你我父子若相等，
> 何不速入此牛角？
> 牛角内藏大宫室，
> 广大宽敞甚舒服！
> 若于微妙因缘法，
> 此心随意得自在，
> 则能进入此牛角，
> 享用宫屋之舒适！
> 儿呀，我今呼唤你，
> 速入此屋伴老父。

> 父唤子归子应归,
> 为子之道应如是。
> 我乃年迈衰残人,
> 生平从未到印度,
> 身微路险未远游。
> 日琼年轻身健壮,
> 曾往印度游学去,
> 参访众多成就者,
> 依止博学善知识;
> 如今已成大贵人,
> 应住广大舒适屋,
> 干枯废弃此牛角,
> 何能增长我法执?
> 是故我儿日琼巴,
> 应入牛角内室居!

日琼巴心想:"里面的地方看起来很大,容下我没问题。"但是,他想尽一切办法,连头或手都放不进去,更别说整个人啦。只好请尊者出来。尊者出来后,向天空凝视片刻,于是风停云散、红日高升,把日琼巴的衣服也晒干了。后来,米拉日巴又结合"向牧民奶奶化缘"和"日琼巴看百匹母野马生马驹"等事件,再三以诗歌形式教导日琼巴,才使日琼巴消除了骄傲情绪。

《米拉日巴道歌》中叙述故事内容用散文的形式,讲述佛教义理用诗歌韵文的形式,彼此交织在一起,构成了本书每节内容的结构模式。

二、回环对应的多段体诗歌格律

《米拉日巴道歌》中的诗歌格律,多数是回环对应的多段体民歌格律。如三段体的:

> 夏三月里乌云浓,
> 不见太阳升天空;
> 冬三月里冰封冻,
> 不见雪原花儿红;
> 因我恶劣习气重,
> 不知你是位得道翁。

这首诗歌共三段,每段两句,每句七个音节(最后一句为八音节),为回环对比式的结构。与吐蕃时期的诗歌相比较,回环对比一样,但是,已经有一些新的变化和发展。一是打破了六音节,二是句中第三音节的衬音"呢"消失,三是每句的音节停顿不同。但是,还是可以看出一脉相承的痕迹。此外,比喻也用得生动形象。

从每首诗的段数看,从二段到十几段的都有,而以三至六段的情况较多。从每段的句数看，从两句到十句的都有，其中以二到五句的较多。从每句的音节数看，以七音节句为出发点，再多到十几个音节。以七音节句的最多，不同音节间杂的诗句很多。比吐蕃时期的诗歌灵活多变。如：

  一有高阔的蓝天空，　　　　　　　　（八音节）
  二有日月一双高空升降。　　　　　　（十音节）
  如今暂时之间需要两分离，　　　　　（十一音节）
  请你蓝空平安留住，　　　　　　　　（八音节）
  我们日月去绕四洲，　　　　　　　　（八音节）
  虽走乃是暂离别。　　　　　　　　　（七音节）
  祝你蓝天不被乌云遮，　　　　　　　（九音节）
  愿我日月不被天狗吞食。　　　　　　（十音节）
  祈祷我们能够常相会，　　　　　　　（九音节）
  祈祷遵照吉祥佛法会面。　　　　　　（十音节）

  一有高而广的岩峰，　　　　　　　　（八音节）
  二有盘旋在岩峰的雄鹰。　　　　　　（十音节）
  如今暂时之间需要两分开，　　　　　（十一音节）
  请你岩峰平安留住，　　　　　　　　（八音节）
  雄鹰我去飞游四洲，　　　　　　　　（八音节）
  虽走乃是暂离别。　　　　　　　　　（七音节）
  祝你岩峰不被霹雳击，　　　　　　　（九音节）
  愿我雄鹰不被索网捕获。　　　　　　（十音节）
  祈祷我们能够常相会，　　　　　　　（九音节）
  祈祷遵照吉祥佛规相会。　　　　　　（十音节）

  下面还有三段：一是"大河"和"金眼小鱼"；二是"哈罗花"和"蜜蜂"；三是"徒众"和"米拉日巴"。译文完全按照藏文原有字数，从中可以看出这是一首五段的歌，每段有十句，每句的音节数依次是八、十、十一、八、八、七、九、十、九、十。一段中各句的字数虽然有多有少，但是各段间相对应句子的字数却是相等的，所以也是有规律可循。当然，这也不是绝对的。

  《米拉日巴道歌》中的诗结合多段回环格律，还广泛采用了多种多样的句尾叠字、叠词以至叠句等格式。这种叠字、叠词、叠句的格式，与回环反复的多段体诗歌紧紧配合，使诗歌的韵律错落起伏、交叉回环、和谐多变，增加了音乐美。可惜因为两种语言文字的关系，很难以汉文译出表示。

  《米拉日巴道歌》在运用这种格律时，广泛采取了前数段是比兴，最后一段表达中心意思的艺术手法。如上面所举例子，前四段是比喻性的诗段，最后一段表达诗的中心意思，表明米拉日巴与徒众分手时的祝愿。这种手法在《米拉日巴道歌》里，前四段称为"喻"，最后一段称为"义"或"实"。

《米拉日巴道歌》还运用了另外一种诗歌形式，就是自由体。如前面所举《暴风雪之歌》《米拉自述身世歌》以及其他几段风景歌，都属此类。它们不是多段回环对应，而是平铺直叙，一泻而下。根据内容需要，句数可多可少。但是，在一首诗歌中每句的字数是相同的。

三、汲取民间文学的营养

《米拉日巴道歌》不但采用多段体民歌的格律，而且汲取了很多民歌素材。上面所列举诗歌中前四段的"日月"与"天空"、"雄鹰"与"岩峰"、"大河"与"金眼鱼"、"哈罗花"与"蜜蜂"等，都是民歌素材，同时还吸收了民歌"分手祝愿"的内容，如：

> 藏北白唇小野马，
> 虽死马头不低下，
> 并非希冀得解脱，
> 乃是驯兽勇气大；
> 南方食肉猛虎壮，
> 虽饿不把己肉尝，
> 并非有意装样子，
> 乃是猛兽威性扬；
> 西方洁白熊狮子，
> 虽冷不离雪山岗，
> 并非没有地方去，
> 乃是兽王威严相；
> 东方鸟王白鹫鹰，
> 展翅翱翔飞不停，
> 并非害怕摔下来，
> 乃是凌云壮志兴。

这四段比喻诗的素材也完全是从民歌中吸取的。下面还有四段是"写实"的诗段，与上面的比喻诗段共同构成一首完整的诗歌。

《米拉日巴道歌》中有一首《玛尔巴煮酒方法歌》，把它和民间流传的"酒赞"相比较，可以看出它们的渊源关系：

> 要说酿酒的方法，
> "身语意"灶石先支下。
> 在那"空性"铜锅里，
> 放进"信仰"青稞粒。
> 再倒"正念慈悲"水，

烧起大火是"智慧"，
搅和匀了来煮沸。
"空性"平坝的中间，
"铺上大乐"的晒垫。
投进"教诫"之酒曲，
加上"四量"的被褥。
酿成"一味"的酒醅，
盛入"行"的瓦罐里。
"方便智慧"来催酒，
发成"五智"青稞酒。
再从"九欲"小孔里，
滤出"无漏"甘露酒。

歌中带引号的词全是佛教术语。我们把这首歌与前面介绍的《格萨尔王》中的《酒赞》做比较，便可看出除去这首歌的佛教词语外，二者在诗章结构、煮酒过程、酿造方法和所用器皿等方面都是一致的。因此可以肯定，《米拉日巴道歌》是套用了民间"酒赞"的框架和素材来宣传宗教的。

《米拉日巴道歌》中多运用群众喜爱的"鲁体民歌"形式宣传佛教，采用比喻、回环、夸张等艺术手法来宣扬佛教义理，语言朴实，通俗易懂。同时，作者也揭露了当时社会的黑暗及剥削者残暴的本性。米拉日巴大力宣扬的消极出世的宗教人生观，对当时长期生活在死亡线上，没有认识到悲惨生活的社会根源，找不到出路的广大民众产生了强烈的共鸣，起到一定的心理麻醉作用。

《米拉日巴道歌》是作家写作道歌的第一部作品集，开创了作家诗中的道歌体。它长期在藏族社会中流传，受到人们的重视和喜爱。下面一首民歌可以体现出它对后世产生的巨大影响：

你是想要赛马吗？
请把红烈马牵了来！
你是想要驮东西吗？
请把黄野牛牵了来！
你是想要对歌吗？
请把《米拉歌集》带了来！

第四章 《萨迦格言》

《萨迦格言》是一部在我国西藏地区流传很广的哲理格言诗。它产生于西藏社会从奴隶制向封建农奴制过渡的时期，对藏族社会影响深远。它是我们了解当时社会思潮、道德标准、宗教意识及风土人情的一个窗口。

第一节 作者及思想内容

9世纪中叶，朗达玛死后，西藏开始分裂为许多小的地方势力集团，这些势力集团相互征伐、战争不断，藏族民众处于水深火热之中。13世纪前后，蒙古族统治者的军事力量急剧发展，形成了威临各族、统一全国的局面，其对西藏地区也采取大兵压境的办法促其归附。此时的西藏地区，社会动荡，民心不安，政治斗争更加错综复杂。如何解决这些矛盾，学富五明的萨迦派代表人物贡嘎坚赞以《萨迦格言》的形式做出了自己的回答。

一、作者简介

贡嘎坚赞（1182—1251年），萨迦五祖之第四祖，是学富五明的一代宗师，曾执掌昆氏家族和萨迦教派政教大权。贡嘎坚赞原名白登顿珠，幼年随三伯父扎巴坚赞出家，取法名贡嘎坚赞。贡嘎坚赞勤奋好学、通晓五明、知识渊博，始开藏族研习五明之风，世人尊称其为"萨迦班智达"（萨迦乃大学者之意），简称萨班。

贡嘎坚赞一生著述很多，后人编辑为《萨班贡嘎坚赞全集》，包括《音乐论》《智者入门》《入声论》《医论八支摄要》《嘉言宝藏论》（即《萨迦格言》）等，内容涉及宗教（内明）、逻辑（因明）、医学（医方明）、语言（声明）、修辞、乐理、音韵等多方面内容。

《萨迦格言》是贡嘎坚赞在借鉴印度的《百智论》《修身论智慧树》《颂藏》《百句颂》《修身论》等同类作品的基础上，再加上自己的天才创造而成的。贡嘎坚赞还最早介绍了印度学者檀丁所著的《诗境》。他所著的《智者入门》的第一章《写作入门》对《诗境》做了简要译述，略去了《诗境》中那些只适用于古代印度梵文而不适用于藏族语文的部分，重点放在一般的文艺理论和修辞手法上，并在先后顺序上做了调整。为建立藏族自己的文艺理论和修辞理论做出了贡献。

贡嘎坚赞不但博学多才，而且是促使西藏归附元朝政府的宗教爱国人士。1239年，蒙古族统治者驻西北一带的首领阔端派遣多达那波率军攻入西藏，直抵热振寺和杰拉康寺，震惊全藏。第二年，蒙古军队撤离西藏。1244年，阔端邀请贡嘎坚赞到凉州（今甘肃武威）商议西藏归附蒙古事宜。贡嘎坚赞先派自己的侄子八思巴和恰那多吉去见阔端，自己则与西藏各地首领联络协商归附条件。1246年，六十四岁高龄的贡嘎坚赞不辞辛苦、长途跋涉到达凉州，次年与阔端会面。谈妥条件后，贡嘎坚赞曾先后两次给西藏僧俗首脑写信，宣传蒙古武力的强大，阐明西藏归顺后，蒙古对西藏规定的乌拉制度、清查户口和进贡方物等政策。他七十岁时，在凉州逝世。贡嘎坚赞的凉州之行为结束西藏的分裂割据局面，建立政教合一的封建农奴制度奠定了基础，为西藏的安定和祖国的统一做出了巨大贡献。他这种为祖国统一而献身的精神令人敬佩。

二、思想内容

《萨迦格言》共分九章，包含四百五十七首格言诗，内容涉及治国理政、为人处世、宣扬佛法等方面。下面分类论述。

1. 宣传治理理念

首先，贡嘎坚赞主张以佛教治国，提倡政教合一体制。例如："国王要依法治理国政，否则他就会走向衰败；太阳若不能驱除黑暗，定然是发生日食的象征。""天下的国王虽然多，奉法爱民的却很少；天上的神仙虽然多，与日月同辉的却很少。"[1] 这两则格言中的"法"主要指佛教，体现出他以佛法治国的理念。

其次，政治上主张实行仁政，反对暴政。如："经常以仁慈护佑属下的君主，很容易得到奴隶和臣仆；莲花盛开的碧绿湖泊里，虽不召唤，天鹅自然会飞集。"又如："君长对自己的百姓臣属，若能如此如此以恩保护；那么属下对君长的事情，就会这般这般努力完成。"从以上格言可以看出，贡嘎坚赞主张君主要以仁慈、以恩保护民众，反对残酷压榨百姓，以缓和农奴主和农奴的矛盾。他在第六章中讲道："即使是秉性极为善良的人，若总欺凌他也会生报复心；檀香木虽然性属清凉，若用力钻磨也燃烧发光！"这则格言说出了官逼民反的道理。这也是吐蕃王朝倾覆的根本原因。贡嘎坚赞从9、10世纪的奴隶、平民大起义看到不可抗拒的力量，因此在另一首格言中说："如果经常虐待属下，君长就会走向灭亡！"因此，他在吸取前代奴隶主阶级教训的基础上，提出了比较开明的政治主张。虽然他是为了巩固新兴农奴主阶级的统治地位，但是在客观上也起到了使人民休养生息、安定社会秩序的作用。这对经受了四百年战乱之苦的藏族民众和社会都是有好处的。

如果农奴不服管束，他也主张动用暴力。"对不驯服的众生发慈悲，制服他们只能用暴烈行为；希望对自身有益的人们，都用针灸来消除病危"清楚表明，贡嘎坚赞的"仁政"，是在肯定农奴主统治的前提下提出来的。如果违反了这一原则，为了保护农奴主本

---

[1] 萨迦班智达：《萨迦格言》，王尧译，当代中国出版社，2012年。本节所引《萨迦格言》内容均出自该书，以下不再作注。

身的利益,他便收起"仁政",开始使用暴力制服反抗的农奴。

再次,经济方面要求减少赋税,反对横征暴敛。他明确指出:"君长收税要循合理途径,不要过分伤害众百姓;如果白芸香树的浆液,流得太多便会枯竭。"而且"由于税民多,即使不极力收敛,国王宝库也会一点一点积满,蚁蛭、蜂蜜和上弦的月,都是一点一点积攒圆满"。这些格言指出:对百姓收取税收,不能"竭泽而渔",如果税民逃跑了,则无税可收。纳税的民户多了,即使每户少收一点,但总收入还是提高得很快。这也是他从前期奴隶主不顾民众死活,一味横征暴敛所得恶果中吸取的教训。

最后,主张任用贤能之人来治理国家。如:"如果委任圣贤当官,事情成功幸福平安。学者说:若将宝贝供于幢顶,地方即可吉祥圆满。"还有另一首:"智慧大臣以其公正,能将君民事情办成。善射者射出的利箭,瞄准哪里都能命中。"贡嘎坚赞提倡的选用贤能之人治理国政的用人原则,比依靠出身贵族、不学无术的昏庸之辈来掌权优越很多。他提出的选贤任能的原则对统治阶级和广大民众都有好处。

2. 引导为人处世

第一,赞扬勤奋好学,反对懒惰不学。作为一个著名的学者,贡嘎坚赞在《萨迦格言》中用很多诗章论述了学习问题,赞扬了好学不倦的精神,批评了懒怠不学的行为。如:"学者虽然知识渊博,别人的微小长处也要汲取;能长期坚持这种精神,很快就会成为'一切智'。"又如:"愚人以学习为耻,学者以不学为耻;学者虽然年高迈,还为来生学知识。"赞扬了学者好学不倦,活到老、学到老的精神。同时也提倡刻苦学习、谦虚好问的精神。再如:"学者在学习时艰苦备尝,贪图安逸不会成为学者;留恋微小的逸乐之辈,不可能得到更大的幸福。""格言即使出自小孩,学者也要全部学来。虽然是野兽的肚脐,也要从那儿把麝香割取。"因为作者具有虚心学习、不耻下问的行为,才成为古今敬仰的大学者。

《萨迦格言》还从反面批评了懒惰不学的行为:"以没有智慧为借口,愚者不把知识学习。其实正因为没有智慧,愚者才更要勤奋百倍!"诗中所说的"智慧""勤奋",属于佛教六度,其学习内容,自然也是佛教。但是,作者在诗中所说的越是天赋较差,越要努力学习的道理则是正确的。贡嘎坚赞在格言诗中,把好学、不好学的问题作为区分人贤愚、善恶的标准之一,这与他新兴农奴主阶级代表人物的社会地位密不可分。正是在他的大力提倡和以身作则示范下,藏族社会兴起了习学五明的良好风气,促进了藏族社会的发展。

第二,赞美谦虚谨慎,批评骄傲自大。"愚人把学问挂在嘴上,学者却把学问埋在心底,麦秸总是漂在水面上,把宝石放在水面也沉底。"又如:"知识浅薄的人很骄傲,学者却谦逊而有礼貌;溪水经常哗哗响,大海从来不喧嚣。""伟大的人用不着骄傲,渺小的人骄傲有何用?!真宝石用不着自夸,假宝石夸也不买它。"贡嘎坚赞在格言中赞扬了谦虚谨慎之人,批评了骄傲自满的人。

第三,赞赏有错即改,批评文过饰非。例如:"高尚之士经常检查自己的错误。邪恶之徒老是挑剔别人的缺点;孔雀刷洗自己的羽毛,猫头鹰却给人以恶兆。""哪怕是小恶圣者也要抛弃，卑贱者对大过也不肯丢弃；奶酪有了微尘就需要清除，青稞酒却要特别投以酒曲。""稍微有点头脑的人，对缺点都会考虑改正。这样去克服缺点的人，就会不断前进再前进。"这些格言指出智者勇于改正错误，才能取得进步，使自己更加完美；愚蠢之人只会指责挑剔别人的缺点，从不正视、改正自己身上的缺点。

第四，赞颂知恩图报，抨击忘恩负义。如："不分善恶又忘恩，奇谈怪论不吃惊，亲眼看见又询问，胆小盲从是愚人。"又如："忘恩负义的人们，谁肯与他交朋友？在农夫耕耘的地方，别的杂草难以成长。""忘恩负义的行为，首先使自己吃亏；修炼害人的秘咒，首先使自己倒霉。"作者通过以上格言指出，忘恩负义之人不但没有人愿意和他交朋友，而且会使自己吃大亏，希望大家都能做一个知恩图报之人。

第五，提倡做事要观察和调查，反对盲从和鲁莽行事。如："智者懂得独立思考，傻瓜总是随声附和；当外面一有骚乱，老狗就跟着乱跑。"强调了遇事要独立思考、认真分析，不要随声附和、盲目跟从别人，这才是智者的表现。同时贡嘎坚赞还强调了做事之前先做调查的重要性："仔细调查了再去做，事情哪里会受挫？智者察看了再走路，哪会往悬崖下迈步！"

3. 宣扬佛教义理

作为萨迦教派的创始人，贡嘎坚赞是一位极为重视"以佛法治国"的政治家，他在《萨迦格言》中宣扬了佛教思想。

第一，宣扬人生是苦海。"此身是苦海的容器，就像是自己的怨敌。如果智者善用此身，则成为幸福之根基。"这里讲人生是苦海，人的欲望无穷，招灾惹祸，难脱轮回，应善于利用此身为根基潜心修法，则能获得来生之幸。"人们短暂的一生之半，夜间睡梦如同死去一般，再加老病等各种痛苦，安乐时间还没有一半。"指出人生短暂无常，还要忍受老病诸苦缠身。"至亲好友围绕身旁，昏迷不醒两眼迷惘，不知走向何方去，此时再想积善实堪伤！"指出平时要积德行善，否则死时"不知走向何方去"，不知道要进入六道轮回的哪一道。通过宣扬"人生是苦海"，引导人们厌弃人生，逃避现实，其出发点是为了加强农奴主阶级的统治。

第二，劝人修忍戒怒。"要想消灭自己的敌人，就要专门克服嗔恨心。从无始的世间轮回起，嗔恨的危害无穷无尽。"前面已经说过佛教把"嗔"当作"三毒"之一，所以必须加以克服。克服的办法就是修忍。一切忍为上。哪怕对剥削、压迫、杀戮，对敌人也都要坚守一个"忍"字。只有这样才能达到苦海彼岸的佛土，也就是极乐世界。所以忍也被列在六度①之中。这便是作者教导人们的"圣道"。奴隶和农奴如果照此而行，其结果便可想而知了。修忍、戒贪、知足而安于天命、出世修佛，这就是作者为世人指明的解脱道路和终极的美妙归宿。这些都是毒害人民的精神鸦片！

---

① 六度：佛教指能使人超脱生死轮回的苦海而到达佛的六种方法或途径。即：布施、持戒、忍辱、精进、禅定、智慧。

第三，鼓励施舍行为，反对贪得无厌。贡嘎坚赞支持人们施舍财物的行为，反对贪得无厌之人。例如："经常乐善好施的人，名声像风一样四处传播；就像穷苦乞丐聚集，愿意馈赠的人就很多。"又如："贪得无厌的人，很快会把自己糟蹋；鱼儿贪吃钓饵，立即被渔翁诱杀。""最佳的宝物是施舍之物，最大的快乐是心情舒畅，最美的装饰是听闻功德，最好的朋友是诚实的人。"再如："想积攒钱财的人们，施舍是最好的办法；想把河水引进池塘，先退水是养池良方。"

宣扬"布施"的格言，差不多每章都有，数量也很多。"施舍"是劝导统治阶级施行小恩小惠来收买人心；同时求得神佛保佑，廉价取得进入极乐世界的门票。而对劳动人民来说，是一种巧妙的欺骗，使他们承受残酷剥削而不自知。

第四，宣扬因果报应和轮回转世的思想。如："只因前世未学习，今世终身成愚人；只怕来世仍愚蠢，今生再难得听。""攒钱而吝啬的富人，攒钱而乐施的富人，他们本人及其后人，来世将有显著区分。""因果循环不相欺，这是佛法真精神；不去学习成全知，因果正理哪能真？""哪个有情和哪个有联系，全是前生宿业所注定的。请看鹫鹰要背负土拨鼠，水獭要向猫头鹰献供物。"藏族传说：鹫鹰要背着雪猪飞；水獭捉了鱼要献给夜猫子吃。贡嘎坚赞借此宣传一切有情（生物）之间的关系，都是前生所造之"业"决定的，是不能改变的。农奴要供养农奴主，要忍受农奴主的剥削和压迫，这也是前世的原因。以上格言宣传了轮回转世、因果报应等思想。

第二节　艺术特征

《萨迦格言》在藏族地区流传广泛，取得了很高的艺术成就，本节对此进行分析。

一、个性鲜明，形象生动

在格言中，贡嘎坚赞以精练的笔触，勾勒出法王、暴君、贤者、学士、尊贵者、卑贱者、智者、愚者、勤奋人、懒汉、乐善好施者、贪婪悭吝人、忠诚善良者、狡诈欺骗者、勇士、懦夫、谦恭者、骄傲者等当时社会各阶层、各类型的人物，个性突出，形象生动。如描写暴戾国王"太亲近了国王不喜欢，太疏远了国王心不满，不亲不疏担惊又受怕，有的国王就像烈火般"。诗中只用四句话，便把一个简单粗暴、喜怒无常的国王形象勾画出来，同时还反映出臣下"伴君如伴虎"的惴惴不安。

再如揭露卑怯者的"队伍前进他殿后，撤退之时他领头，看见吃喝拼命钻，看见困难想法溜"，作者把人物放到冲锋、撤退、吃喝、困难等典型环境里加以刻画，虽然笔墨不多，但是把一个怯懦卑鄙、贪吃懒做之人生动形象地展现在读者面前。

作者在格言中刻画了上百个人物，虽然受诗歌形式的限制，不能充分展开刻画，使人物带有一定的类型性，但是，作者善于把人物放在典型环境中，突出表现人物性格，既有个性又具共性，文字简洁，形象鲜明。例如："聪明人能勇敢地改正错误，傻瓜连缺点都不敢承认；大鹏能啄死有毒的大蛇，乌鸦连小蛇也不敢得罪。""智者尽管弱小，劲敌无可奈何；兽王虽然强大，却被小兔谋杀。""恶人有时变得善良，那是他的伪装；玻璃涂上宝石的彩釉，遇见水就会露出本相。"又如："想用谎言欺骗人，实际是欺骗自身；说一次谎话的人，再说真话也不信。""恶人把自己的过失，总是往别人身上推诿；乌鸦把吃过脏东西的嘴，总是往干净处使劲磨蹭。"从以上格言可以看出，这些作品是作者深入观察社会生活，抓住细节特点进行高度艺术概括的结果。

二、比喻形象，对比强烈

贡嘎坚赞的格言诗善于运用人们日常所接触到的日月星辰、山河平原、花草树木、飞禽走兽以及吃饭喝水、骑马射箭、生病吃药等各种事物来做比喻，把本来枯燥、乏味的哲学道理用通俗易懂、生动活泼的语言表现出来，引起人们的兴趣。如："富贵之时皆朋友，假如穷了都成仇；海中宝洲远道聚，大海干时谁也丢。"全诗共四句，前两句是本意，后两句是比喻。藏族传说大海中有宝岛，所以很多人都冒着生命危险前往海中取宝。可是当海枯宝尽时，则没有一个人再去海岛。诗人以此来比喻人间出现的世态炎凉、嫌贫爱富的行为，生动贴切。又如："智弱心中常怀怨，害人之前形色变；劣狗看见敌人时，咬人之前先叫唤。"这首格言也是前实后喻，两句为一联，两联为一首，属于《诗境》中的"对举喻"类。贡嘎坚赞在格言诗中常用此形式，使深奥的说教深入浅出、易于理解。诗中所用比喻，准确精当，生动形象。

作者在诗集中把"观察智者"与"观察愚人"，"观察高尚行为"与"观察卑劣品行"等两两并列对比作为章节，把要褒扬的行为归在一起，把要贬斥的行为放在一起，从整体上加以比较。很多诗篇都可以两相对照阅读。如第一章"观察智者"中的"水流不满广阔的海洋，宝装不满国王的库房，妙欲难满人们的享受，格言难满智者的渴求"，与第三章"观察愚人"中的"蹄坑容易被水充满，小库容易被财宝装满，小块土地易被种子撒满，愚者易被点滴学识所满"，可以清楚地看出这两首格言不但整个意思是对比的，而且在用词造句上也使用了对比手法，给读者留下了很深的印象。

作者还在大部分格言中把好坏两种人物或行为并列起来，放在一首格言中加以对比。如："愚人的学问挂嘴上，智者的学问腹中藏；禾秸浮在水的表皮，宝贝放在水面也沉底。"诗中"愚人"与"智者"、"禾秸"与"宝贝"两两相比，"挂嘴上"与"腹中藏"、"水面"与"沉底"双双对照，抑扬自见。可见贡嘎坚赞格言诗中运用对比的手法，能得到褒贬自现、善恶分明、美丑鲜明的艺术效果。

三、语言精练，通俗易懂

作者还汲取寓言故事和谚语等入格言，使语言精练、通俗易懂，为藏族民众所接受。如："学者在学者中显俊才，愚人对学者怎能理解？檀香虽然比黄金还珍贵，请看愚人却烧成炭来卖！"这首格言诗借用一则寓言故事：一个人卖檀香木，很长时间没有卖出。看见他人卖炭很快脱手，便把自己的檀香烧成炭，以求速售。作者引入这则寓言，借愚者不知檀香木的珍贵来讽喻庸人不了解学者的可贵可敬。又如："如果过于骄傲自大，痛苦就会接连降下；听说因为狮子太傲慢，故被狐狸役使背重担。"这首格言诗的最后两句引用了狐狸与狮子的故事，一只狐狸常跟狮子去吃它吃剩的食物，狮子很厌恶它。一次，狮子捕获了一头大象叫狐狸背回去。狐狸说："世间有个规矩，高贵者背东西，卑贱者要在后面喊号子。请问大王干哪件？"狮子想自己是百兽之王，自然是高贵者，哪能跟在狐狸后面喊号子！于是，便背着象尸在前面走，狐狸却得意扬扬地在后面喊号子。作者运用人们熟悉的寓言故事，讽刺了狮子的骄傲自大、愚昧无知。以上格言借用民间寓言故事，言简意赅地阐明了作者的观点。

作者还善于把民间谚语引入格言中，使其成为有机组成部分。如："圣贤若被安排做大官，知道如何做的很罕见；虽然有看别人的眼睛，观察自己却还要明镜。"这与民间谚语"虽有说人的口，却需观己的镜"是同一内容和手法。再如："要尽量隐蔽自己的行为，如果显露出来就会倒霉；猴子如果不翻腾跳跃，脖颈上怎会拴上绳套？"与民间谚语"猴子把戏多，乞丐手中落"比较来看，格言的后两句是对谚语略加改变而加以应用。类似的例子还有很多，不再一一列举。

作者把这些家喻户晓的故事、典故和谚语等引入诗中来阐发道理，内容活泼，形象生动。格言诗在修辞手法、语言风格以及内容方面受到民间文学的影响，因而比较接近民众，为民众所喜闻乐见。

总之，贡嘎坚赞继承吐蕃时期诗歌的传统，汲取民间文学的营养，借鉴印度同类型作品，创作了藏族独具风格的格言诗。这种诗以四句七音节为基本格律，发表作者的政治见解，阐明处世为人的主张，宣传佛教教义，等等，形成了藏族作家诗中的格言诗派。《萨迦格言》以其丰富的内容和多彩的艺术技巧，获得藏族人民和历代学者的传颂。后世学者受其影响，也写出了《甘丹格言》《水树格言》《国王修身论》等格言诗集。

第三编
封建农奴制社会前期的藏族文学
(13世纪60年代—17世纪40年代)

第一章 社会发展与文学概况

这一时期西藏纳入元朝政府管辖,结束了四百多年的分裂割据局面。元明时期,西藏社会比较稳定,政治、经济得到了发展,同时也涌现出一批优秀的文学作品。

第一节 社会发展概况

1218年,成吉思汗的骑兵进入喀什噶尔、和田等地,随后进入西藏的阿里地区。阿里地区降服蒙古后,蒙古军在此设置都元帅二人,实行军事管制。1239年,窝阔台的次子阔端派遣大将多达那波率军进入西藏,军队深入拉萨附近的热振寺和杰拉康寺。第二年,蒙古军队随即返回。

1244年,阔端召请萨迦派教主贡嘎坚赞前来商洽藏地诸部归顺之事。1246年,贡嘎坚赞从西藏出发来到阔端的驻地凉州(今甘肃省武威)。1247年,他与阔端在凉州会面。之后,贡嘎坚赞给西藏各地僧俗首领写了一封信,史称《致蕃人书》,介绍蒙古军队的强大以及对西藏的政策。凉州会谈为西藏纳入元朝政府管辖奠定了基础。

1251年,蒙哥即蒙古汗位。1253年,蒙哥的弟弟忽必烈邀请八思巴与恰那多吉兄弟二人前往六盘山会面。此后,八思巴一直跟随在忽必烈的身边,成为忽必烈一家崇信佛教密宗的启蒙者。1260年,忽必烈继承汗位,封八思巴为国师,颁赐玉印。1264年,忽必烈改国号为"大元",迁都大都(今北京),设置掌管全国佛教事务和藏族地方行政事务的机构——总制院。八思巴以国师身份兼管总制院院务,掌管全国佛教事务和西藏地区的行政事务。1268年,八思巴主持建立西藏行政体制,划分为卫藏十三万户,以萨迦本钦[①]总领,由弟弟恰那多吉直接管理。

元朝对西藏进行了三次人口调查。1268年,忽必烈派阿衮、米林两名官员到西藏进行人口普查。第一任萨迦本钦释迦桑布配合完成,调查范围涉及西藏和今天的青海、四川西部的藏族地区。1334年又两次派人进藏进行户口稽查,在原基础上做适当调整。

---

① 本钦:元朝在西藏设置的最高行政长官,由萨迦座主或帝师推荐元朝政府任命。

为了加强对西藏的管理，仿照汉地设置了驿站。1269 年，忽必烈派人到西藏，按照人口多少、资源贫富及道路险夷情况，仿照汉地驿站制度，从青海到萨迦设立了二十七个驿站。驿站的设立为朝廷命令的及时下达、地方动态的掌握，以及军政官员、使臣及僧侣往来提供了便利。驿站所需费用由西藏各万户侯提供。

1269 年，八思巴奉命完成为蒙古族创立的拼音文字，即"八思巴文"。1276 年，八思巴请求回到西藏。1279 年，八思巴在萨迦圆寂，终年四十六岁。终元一代，共有十三任帝师，都由萨迦昆氏家族担任。元朝末年，萨迦政权日趋腐败，内讧不断，政治昏聩。此时的帕木竹巴首领绛曲坚赞在 1354 年灭萨迦政权，建立帕木竹巴政权。元朝承认既成事实，册封他为大司徒，赐银印，世袭统领西藏。之后，帕竹政权在内部纷争与仁蚌巴家族势力的扩张下苟延残喘，直至 1611 年被噶玛彭措南杰推翻。

总之，元朝三次在西藏清查土地人口，确定驿站差役，建立行政体制，结束了吐蕃王朝崩溃后的分散割据局面。

1368 年，朱元璋带领军队攻取元大都。1369 年，明朝派官员进入藏族地区，广宣诏书，通告中原易主消息。1370 年，西藏派人到南京，承认明朝政府的地位。

与元朝独尊萨迦一派不同，明朝根据藏族地区政治与宗教相结合的特点，采取"多封众建，尚用僧徒"的政策，对藏族僧人进行封赐，出现了"三大法王"（大宝法王、大乘法王、大慈法王）、五大王（赞善王、护教王、阐教王、阐化王和辅化王）以及西天佛子、大国师、国师和禅师等名号。明朝还规定了藏族僧俗首领进贡制度，并给他们回赐数倍于贡品价值的物品，西藏地方与明朝政府的贡赐关系贯穿明朝始终。

明朝在宋朝建立茶马互市制度的基础上，专门设立了茶马司来管理互市事宜。汉藏之间的茶马互市呈现繁荣景象，既有官营的茶马交易，也有民间的贸易活动。这样既增强了藏族地区与内地的经济往来和文化交流，也更能体现明朝政府对藏族地区灵活的施政措施和有效的管辖。

在元、明两个时期，西藏社会秩序相对稳定，与内地各民族交往更加密切。在政治、经济和文化等方面受其影响巨大。社会关系得到调整，社会生产发展很快，是藏族封建农奴制社会发展的上升期和鼎盛期。

13 世纪中叶以后，藏传佛教各教派特别是萨迦派和噶举派得到了统治者的扶持，享有很大的特权，拥有广大的庄园、牧场和农牧奴。一些教派的上层僧人，生活骄奢淫逸，腐化堕落，飞扬跋扈，通过繁重的乌拉差役盘剥广大劳动人民。整个佛教呈现出一种萎靡颓废的景象，大失人心。为了能够通过佛教更好地统治百姓，一场轰轰烈烈的宗教改革势在必行。针对当时佛教界存在种种问题，宗喀巴进行改革，他在噶当派的基础上，创建了格鲁派这一佛教新派别，尊崇印度龙树大师的大乘中观宗，以显密结合，先显后密次第修行。同时宗喀巴规定：第一，僧人严守戒律，不许干预世俗事务，严禁娶妻及从事劳动；第二，兴复寺院，广收僧徒；第三，每年定期举行传昭大法会，其间学僧举行辩论和考试，授予格西学位制度。1409 年，宗喀巴在拉萨大昭寺举行传昭大法会。格鲁派的这些规定取得了较好的效果,但也存在一些弊端。比如大批僧人不从事劳动,不生育人口,过着纯粹的寄生生活,既增加了广大劳动人民的负担,也在一定程度上限制了社会生产的发展。

第二节　文学概况

　　元明时期,西藏的政治、经济得到发展,社会在较长时期相对稳定,文化领域也产生了一批篇幅较长、内容充实且形式多样的历史文学。其中较为突出的著作如:布顿·仁钦珠的《布顿佛教史》(1322年写成)、蔡巴·贡噶多吉的《红史》(1346—1363年完成)、释迦仁钦德的《雅隆尊者教法史》(1376年完成)、索南坚赞的《西藏王统记》(1388年完成)、廓诺·迅鲁伯的《青史》(成书于1358年)以及巴卧·祖拉陈瓦的《贤者喜宴》(成书于1564年)等等。这些藏族历史作品,受到神话和佛经文学的影响,融入了神话和宗教色彩,但是在记录史实和叙述人物的过程中,特别是对宗教历史和高僧大德个人生平的记述中,保存了大量珍贵的史料。藏文大藏经的翻译工作开始于7世纪松赞干布执政时期,后由中外很多高僧历经八百多年时间精心甄别、翻译、校正和整理,到14世纪中叶,噶当派教典派僧人觉丹若比惹智和降央洛色益西、索南俄色等在纳塘寺把当时前藏、后藏和阿里等地区所有能够找到的大藏经原本(手写本)全部收集起来,加以校订、抄录,编纂成一部较为完整规范的藏文大藏经《甘珠尔》《丹珠尔》并刻录刊印,被称为"纳塘版"。"自'纳塘版'大藏经刊印至20世纪初的六百余年间,北京、西藏、四川、甘肃、青海等地纷纷编纂刻印的藏文大藏经,版本达二十余种。""总之,藏文《大藏经》的翻译、刻印和出版,不仅对佛教文化的继承和佛教流传做出了巨大贡献,而且促进了藏族语言、文字、文学、艺术、哲学、医学、天文、历算、印刷、建筑等的发展。所以说,藏文《大藏经》被世界佛教界和学术界称为内容最全、翻译质量最好、版本最多、流传最广的'佛教百科全书'是当之无愧的。"①

　　13世纪,噶举派僧人蔡巴·噶德贡布先后七次到汉族地区学习刻板印刷技术,并把这一技术传到藏族地区。此时,藏族的造纸技术也有了发展和提高。很多书籍被刻版印刷,这为藏族文献资料的积累和传播提供了有利条件,促进了传统文化的繁荣与传承。

　　与此同时,传记文学也逐渐兴盛。藏传佛教各教派为宣传本教派的观点,为了吸引更多信众,便将教派中比较有成就、有名望的喇嘛的生平渲染神化,撰写成书,进行宣传,于是出现了《米拉日巴传》《萨迦班智达传》《汤东杰布传》《宗喀巴传》等大批有关高僧大德的传记。

　　在诗歌方面,宗喀巴的《诗文散集》,达罗那他的道歌《歌集》和班钦·索南扎巴的

---

① 董多杰:《藏文大藏经版本述略》,《青海民族大学学报(社会科学版)》,2011年第4期。

《甘丹格言》等都是当时影响较大的诗作。《诗镜》的作者是印度的檀丁，其内容除少量文艺理论外，主要是讨论文章体裁、讲述修辞方法和写作知识的，包括诗、散文和散韵合体三种形式，以诗歌为主体，故称《诗镜》。13世纪初，贡嘎坚赞在他所写的《智者入门》一书中，大体介绍和解释了《诗镜》的内容。13世纪末，在八思巴的支持与赞助下，雄敦·多吉坚赞与印度诗学大师罗克什弥伽罗两人合作，把《诗镜》译成藏文。其后，他的弟子（也是他的弟弟）译师洛卓丹巴以此书讲学授徒，始开学习《诗镜》之风。《诗镜》的译入、讲授和推广，丰富了藏族文学、修辞学的理论知识，同时也提高了藏族作家的写作技巧。一些藏族上层文人僧徒在学习、运用过程中，按照藏族的语言特点和写作实际，对《诗镜》的内容进行补充、完善和创新，使之本土化，成为具有藏族特色的文学理论与修辞方法的理论著作。大批上层文人按照《诗境》理论创作诗歌，所写诗歌偏重形式，辞藻华丽，形容词堆砌，内容晦涩难懂。这种艺术风格独特的诗歌被称为"年阿体"（或称"诗境体"），与"道歌体"和"格言体"形成了三足鼎立的局面。

从13世纪末期开始，藏族学者撰写的诗歌、传记、历史文学等方面的著作如雨后春笋般涌现出来，融民歌、传说、宗教舞蹈等艺术形式于一体的藏戏也诞生了。所有这些，丰富了藏族文化宝库，为藏族文学增添了新的内容。

第二章 历史文学

元明时期，藏族出现了《布顿佛教史》《红史》《西藏王统记》《青史》《贤者喜宴》等一批文史并茂的历史著作。这些历史作品富有浓厚的文学色彩，因此称为历史文学。其中影响较大的是《西藏王统记》和《贤者喜宴》。

第一节 《西藏王统记》

《西藏王统记》是撰写较早，在后世产生较大影响的一部藏族历史文学，又称《西藏世系明鉴》，藏文书名为《吐蕃王朝世系明鉴正法源流》。

一、作者简介

索南坚赞（1312—1375年），生于日喀则地区的萨迦县。他是八思巴的侄孙，幼名尼玛德卫洛卓。八岁开始学习，十七岁受戒出家，法名索南坚赞，世人尊称其为喇嘛当巴（意为"贤德大师"）。后又投布顿大师和译师洛卓丹巴等学法，精于讲授、辩论和著述，通达五明，显密双解，著作多种。他曾受任国师，担任过萨迦寺主持和桑耶寺座主。与大司徒绛曲坚赞关系密切，晚年担任过宗喀巴的灌顶老师，以佛学知识渊博而著名。索南坚赞在政治、宗教两方面均有较高的地位。

二、成书时间及结构

刘立千先生认为《西藏王统记》完成于藏历阳土龙年即明洪武二十一年（1388年），距作者去世已过十三年。该书应为作者生前尚未完成，后由他人补续而成。

原文共分十八章。第一章讲世界成因、印度古代诸王、释迦牟尼降生及弘扬佛法。第二章讲塑造释迦牟尼佛三身圣像及迎神开光。第三章讲汉蒙王统传承及佛教弘传。第四章颂扬"六字咒言"的功德。第五章讲观音菩萨化度雪山众生得解脱。第六章讲观音化马王利益众生。第七章讲猕猴与岩魔女繁衍蕃地人类。第八章讲蕃地古代诸王。第九章讲观音身放四光，法王松赞干布出生。第十章讲吞米·桑布扎由印返蕃制定藏文。松赞干布制定十善正法。第十一章讲自印度与尼泊尔迎请松赞王的本尊像。第十二章讲迎请尼泊尔赤尊公主。第十三章讲迎请文成公主。第十四章讲修建大昭寺、小昭寺及其他支寺。第十五章讲为大昭寺、小昭寺及其他寺开光。第十六章讲埋藏经咒宝物，使蕃民皈依佛法。第十七章讲松赞干布王与赤尊、文成二妃功德圆满，化光融入本尊观音像胸中。第十八章讲松赞干布以后诸王及汉藏关系等。

刘立千先生在将该书翻译成汉文的过程中，因藏文原书最后一章内容包含头绪太多，过于繁杂，因而将该章又细分为十六章，合计三十三章，每章均配上标题以便于阅读。这便是藏文版与汉文版在章节安排上的差别。

三、思想内容

作为一部历史著作，《西藏王统记》在叙述历史的过程中夹杂了不少宗教宣传，使个别史实稍有失真，但是其所叙述的基本事实还是比较可信的。作品内容丰富多彩，下面做以简要分析。

1. 富有传奇色彩的神话传说

作品本身极具文学趣味，运用了不少神话、民间传说，如"神猴与罗刹女结合繁衍藏族先民""聂赤赞普的降生""止贡赞普之死""迎娶文成公主""二母夺一子"等，这些神话和传说都是在藏族地区广为流传且耳熟能详的。现摘选几则以窥其文学特点。

神猴与岩魔女结合繁衍藏族先民

作品第七章，讲述神猴与岩魔女结合繁衍出藏族先民的故事，情节如下：

> 观自在菩萨，为一灵异神猴授具足戒，令其往雪域藏地修行。神猴遵命，至扎若波岩洞中修道。……尔时忽有宿缘所定之岩山罗刹，来至其前，作种种媚态蛊惑诱引。继而女魔又变为盛装妇人，谓猕猴言："我等二人可结伉俪。"猴言："我乃圣观自在菩萨之持戒弟子，若作汝夫，破我戒律。"女魔答言："汝若不作我夫，我当自尽。"于是倒卧猴前。已而女魔复起，向猴作如是言："异哉！嗟尔猕猴王，请于我语稍垂听。我以业力成魔种，情欲炽盛钟情汝，爱欲驱使恳求汝。苟我与汝不成眷，后必随魔作伴侣。一日即可伤万灵，一夜即可食千生。若产无量妖魔子，则此雪域境土内，悉将变成罗刹城，所有生灵被魔吞。故请怜我发悲悯"。[①]

以上文字细致描绘了神猴与岩魔女相遇，以及岩魔女用言语引诱、挑逗乃至威逼神猴的情节。面对岩魔女的无理要求，神猴心中甚为矛盾，心想："若作彼夫，坏我律仪。设拒不取，将造极大罪孽。"在难以决断之际，他到布达拉山将所发生的一切和心中的疑虑告诉圣观自在菩萨，并希冀指点迷津。菩萨赐言"汝可作岩魔之夫"，怒纹佛母和救度佛母也在空中连连称是……

神猴与岩魔女结合后，生下六幼猴，其秉性如此这般："六道有情死后前来投胎，产生六猴婴。六婴秉性彼此各不相同，由有情地狱趣来投生者，面目黧黑，能耐劳苦。由饿

[①] 索南坚赞：《西藏王统记》，刘立千译注，民族出版社，2000年，第30页。本节所引内容均出自该书，以下不再作注。

鬼趣来投生者，容貌丑陋，贪啖饮食。由畜生趣来投生者，愚蠢冥顽，形色恶劣。由人趣来投生者，聪俊慧敏，内心慈善。由阿修罗趣投生者，粗犷凶暴，而多妒忌。由天趣投生者，温良和蔼，心向善品。"

六幼猴出生后，神猴将其送至甲错森林多果树的地方。三年后，神猴前往探望，发现子孙后代已有五百，然果实已尽。面对众幼猴食不果腹、饥肠辘辘的惨状，神猴再次到布达拉山面叩观自在菩萨，寻求育儿女之法。

圣者告曰："汝之后裔由我抚育。"尔时圣者起立，从须弥山缝间，取出青稞、小麦、豆、荞、大麦，播于地上。其地即充满不种自生之香谷。于是父猴菩萨引领猴儿，来于其地，并授与不种自生之香谷，命其食之。因此其地遂名为灼当贡波山。幼猴等食此谷实，皆得满足。毛亦渐短，尾亦渐缩，更能语言，遂变成为人类。从此即以不种之香谷为食，以树叶为衣。

如是此雪域人种，其父为猕猴，母为岩魔二者之所繁衍，故亦分二类种性：父猴菩萨所成种性，性情驯良，信心坚固，富悲悯心，极能勤奋，心喜善品，出语和蔼，善于言辞。此皆父之特征也。

母岩魔所成种性，贪欲嗔恚，俱极强烈，从事商贾，贪求营利，仇心极盛，喜于讥笑，强健勇敢，行不坚定，刹那变易，思虑烦多，动作敏捷，五毒炽盛，喜窥人过，轻易恼怒。此皆母之特性也。当时，山野尽属山林，江河盈溢洪水。盈满之水，开为支道，水即流归支道，原野之上，从事稼穑，营建城邑。

如此美丽、动人的神话传说，既有一层佛教的神圣和神秘感，又给人们绘就了一幅古代藏族先民在高原河谷地带繁衍生息、靠天吃饭的原始生活画面。若揭去宗教神秘的面纱，留下的则是古代人类童年时代幼稚朴实的自我认识与美好记忆。这也会使人们不禁联想到活动在土壤肥沃、森林繁茂的雅鲁藏布江流域的猴群，它们吃着"不种自长"的五谷杂粮，渐渐脱去身上的长毛，尾巴变短，穿着"树叶子"，并且开始使用了语言，逐渐向人类进化。前面讲述的"藏族先民来源于猕猴"的传说与现代的猿变人的科学论断十分巧合。同时，我们也应该看到，因为掺杂了大量的宗教成分，严重歪曲了这则神话的本来面目。

聂赤赞普与止贡赞普的传说

除了以上有关藏族起源的神话传说外，聂赤赞普的来历与止贡赞普被杀也颇有传奇色彩。关于聂赤赞普的来历，如书中记叙：

彼初降于拉日若波①山巅，纵目四望，见耶拉香波②雪山之高峻，亚隆地土之美胜，遂止于赞唐贡玛山，为诸牧人所见，趋至其前，问所从来。王以手指天。众相谓

---

① 拉日若波：今山南市乃东区雅砻境内。又据《西藏王臣记》说聂赤赞普从天下降时，是先降在工布的拉日江托山。此山为苯教的最大神山。天降说虽为神话，但亦可说明聂赤赞普是本土民族或部落产生的首领，而非外来的统治者。

② 耶拉香波：在雅砻河谷最南端，西藏与不丹交界处的一座大山。

云："必是自天谪降之神子，我辈宜奉为主。"遂以肩为座，迎之以归，故号为聂赤赞普。是为藏地最初之王。彼所建官室，名雍布朗卡（雍布拉康）……

短短几段话就交代了聂赤赞普由天上入住人间，成为雅砻部落第一位赞普，且修建了雍布拉康的故事情节。描写自然流畅，细节凝练清晰，对话简短朴实，故事本身神秘莫测，引人好奇，耐人寻味。

关于止贡赞普被杀的经过有如此描述：

止贡赞普为魔蛊惑，忽对其臣洛昂达孜言曰："汝可作余格斗敌手。"洛昂答言："大王何为？我乃臣下，曷敢与主敌对。"强之，不获免，乃备战。择氏宿亢宿日为斗期。王有一变化神犬，名宁几拉桑①。王遣其往洛昂处刺探。已为洛昂所觉，遂故诡言："后日王来杀我，不领士卒，王头束黑绫，额系明镜，右肩挂狐尸，左肩悬死犬，挥剑绕头顶，复以灰袋置红牛背上而来，则我不能敌也。"犬归，以告于王。王竟依所言设备。及至后日，如言装束，往杀洛昂。忽有狂啸声起，红牛惊逸，灰袋碎地，扬尘障目，狐尸使战神被秽而遁，犬尸亦使阳神被秽而逃。舞剑盘顶，致天绳为断。尔时大臣洛昂对王额上明镜放出一箭，王遂中箭身亡。

止贡赞普因恶魔蛊惑竟与臣子洛昂达孜择日角斗，最终成为箭下鬼，再也无缘登攀天梯返回天上。故事被描绘得有血有肉、形象逼真、惟妙惟肖。两个角色两种形象：止贡赞普暴戾恣睢，狂妄自大、目中无人，然而他的内心却是脆弱的。为了能够赢得格斗的胜利，满足自己的虚荣心，他暗地里派神犬去偷听。然而事与愿违，中了洛昂的圈套，验证了"机关算尽太聪明，反害了卿卿性命"这句话。洛昂达孜地位低下，不敢驳斥赞普的命令，但是他却机智勇敢地去应对挑战，通过自己的聪明才智蒙骗了神犬，蒙蔽了赞普，最终一战取胜，杀死了赞普，上演了一场邪恶与正义、卑鄙与智慧的较量，无情地揭露了统治者与被统治者之间的矛盾，反映了藏族人民的聪慧才干。

以上两则故事中的主人公聂赤赞普和止贡赞普都与当时的苯教有关系。苯教传说最初藏王都是从天界来的，"七王②迨子成长略能乘骑时，其父均依次攀缘天绳，逝归天界，如虹消散矣"。止贡赞普作为塞赤赞普（天赤七王的最后一位）的儿子，在与洛昂达孜的角斗中，最终因中箭而身亡。当然，即使没有中箭，止贡赞普也不可能返回天上，因为在激烈的格斗中他陷入圈套，"舞剑盘顶，致天绳为断"。后来，他的儿子如拉吉在娘曲吉莫河找到父亲尸体，为父建墓于青域达塘。如此一来，结束了藏王沿天绳返回天上的"历史"，开启了赞普修建王陵的风俗和礼制。

2. 松赞干布联姻，邻邦友好，民族团结

松赞干布在统一青藏高原地区以后，开始把目光投向四邻地区。向南部的扩张，促成

---

① 宁几拉桑：意为机警窃听者。
② 七王：聂赤赞普、木赤赞普、定赤赞普、索赤赞普、美赤赞普、达赤赞普、塞赤赞普。以上七位赞普称为天赤七王。据说他们在自己的儿子长到能骑马时，父王们就沿着天绳上天，像彩虹一样在空中消逝。

了与尼泊尔联姻，赤尊公主出嫁松赞干布。向东北部扩张，与唐王朝接触，逐步形成了摩擦、战争、联姻和友谊并存的格局。在此，主要以文学的笔触讲述松赞干布先后迎娶赤尊公主、文成公主，反映邻邦友好、民族团结的富有传奇色彩的历史故事。

关于松赞干布迎娶赤尊公主和文成公主的故事，《西藏王统记》在第十二、十三章中专辟章节讲述。书中对迎娶二位公主的缘起描述如下：

> 我（松赞干布）于此有雪邦土欲弘扬大乘佛法……即由圣像心间放二光明，一往东方，一往西方。循其所向西方而观之，见西方尼婆罗土，有王名提婆拉，公主名赤尊，身色莹白而具红润，口出诃利旃檀香气，并能通达一切文史典籍，若迎娶之，则世尊寿八岁之身像并一切大乘佛法，皆可输入吐蕃。又循其光明向东观之，见汉土唐主太宗之女公主，身色青翠而具红润，口出青色优婆罗花香气，且于一切文史典籍无不通晓，若迎娶之，即世尊寿十二岁之身像并诸一切大乘佛法皆可输入吐蕃也。

松赞干布为了在雪域高原弘扬佛法，迎娶了赤尊、文成两位公主及释迦牟尼佛八岁、十二岁等身像。当然，迎娶二位公主也是吐蕃与尼泊尔、唐王朝拓展关系的原因之一。

当禄东赞奉松赞干布之命到尼泊尔谒见国王时，献上了镶嵌有朱砂宝珠的琉璃宝铠，禀道："大王此琉璃宝铠，具有无量功德，设遇人畜瘟疫之时，身着此铠，绕行城市一周，则人畜疾病，立即消除。若遇霜冻冰雹，身着此铠，绕行田间一周，则霜冻冰雹立即制止。若逢战争，衣此铠作战，决能获胜。南瞻部洲，无有宝物能胜此铠，其价值亦无可计量，以此权作公主聘礼。王之美妙公主愿赐命许为我吐蕃王妃。"尼泊尔国王听了迎亲使夸夸其谈后，甚为恼怒，呵斥道："汝赞普之心得勿为魔魅所惑耶？想其神思错乱矣。"然后提出"能否以佛教十善建立法律？有无修建佛宇之能力？藏地有五欲受用否？"三个问题，并命禄东赞返回藏土询问松赞干布后，若能给予答复，则答应这门亲事。针对国王咄咄逼人的连续发问，禄东赞取出了临行前赞普所赐的三缄札宝匣，献于国王，这锦囊内的妙计圆满地回答了以上三个问题，并声明："如若此作，不许公主，当遣变化军旅五万，杀尔王，掳公主，并劫掠一切城市而后已。"

在软硬兼施下，尼泊尔国王不得不兑现承诺，远嫁公主。而迎娶文成公主的故事则更为曲折生动，引人入胜。

贞观十年（636年），松赞干布遣使臣禄东赞带着七枚金币[①]，一袭镶嵌朱砂宝石的琉璃铠甲到长安求亲。禄东赞与唐太宗的对答内容与迎娶赤尊公主时与尼泊尔国王的对话类似。一开始，唐太宗并没有把这位远邦来的使臣放在眼里，多次出难题诘问。幸亏，吐蕃君臣早有准备才化险为夷。由于求婚的邦国众多，唐王下旨曰："汝求婚众使，本无亲疏，

---

① 金币：直译藏文为"金的铜子"。铜子，就是铜钱，是铜的货币。金币，是金属货币。怀疑当时吐蕃是否有金币，然《新唐书》说"乃遣使赍币求婚"一语中仍有"币"字。据黄颢说，新疆出土的敦煌文献就有铜子的货币名称。这货币来源可能是从邻国交往中获得的。他又引《五部遗教》中的"汉地之王所赠之宝：金币、丝绸及珍宝"等语为证。

若识见锐敏者则许以婚，兹将斗智决之。"这才上演了一幕精彩的"婚使斗智"①的好戏。

帝取出翠玉一颗，名盘肠②。状如一小藤盾，宝光闪烁。一孔在侧，一孔在中，其内孔道，亦如藤圈，盘绕曲折，又以绢绸一束，示诸五邦③使臣，谓谁能以此绢绸贯入玉孔，即许婚公主。诸方使臣，皆有力者，故彼辈先将宝玉夺去。穷竭方便，辗转递相穿贯，历时多日，均无能贯者，乃授与臣噶，且曰："我等已穷诸方，皆不能贯，汝能贯否？"以宝玉并绢绸一束授与臣噶。噶本机智灵敏，先捕一蚁，饲以牛乳，俟大如拇指，乃以丝线系于蚁腰，再以丝线将绢绸之端，收聚一起而缝之，然后推蚁入于玉孔，另一手握绢它端，用力吹之，由气逼逐，蚁自边孔爬出矣。于时即将所系之丝线，自蚁腰解下，绢绸即自宝玉孔中轻易抽出。……

复于次日，授以羊五百只，谓此诸羊，若于明日一日，谁先杀竟，剥其皮竟，磬食其肉，皮揉成革，即以公主许之。吐蕃使者，人各杀羊一只，分别剥皮，肉作一聚，皮作一聚，肉大如顶针，加盐调和，列队传递而啖之。肉食尽已，乃将诸皮，自队首起，依次传递搓揉，及至队尾时，便到可以涂油之度矣。又仍如前，从队尾涂油揉搓，辗转传递，迫至队首，即已竣事。回顾他使所办之事，竟无一竣工者。……

复于次日，发酒百坛，谓"此酒若能于明日午前饮尽，不倾溢，不醉迷者，以公主许之。"噶乃以小盅一只，分别给其同僚，少量浅斟，由为首者法令"一饮干之！"众皆饮尽，无有倾溢，亦未醉酒。回顾他使，虑饮不尽，用大碗盛酒，过于盈满，急急吞咽，既醉且呕，酒亦倾溢。……

复以牝马百匹，小驹百匹，共在一处，谁能区分其母子者，即许公主。他使仍不能识别。噶则将牝马小驹各拴一处，经一昼夜，仅与草秣，不给饮水，明日将小驹放入母马群中，小驹各寻其母而吸其乳，因此得以辨识。……又于次日，发鸡母鸡雏百只，鸡母与鸡雏共在一处，若能分辨其孰为母子者，许婚公主。他使又不能识。噶于宽阔平坝中，撒布酒糟，纵放鸡群。于是母子成队觅食，在母鸡项下来往跳动觅食者，即其子也，否则非是，因此辨出。……

又以松木百条，谓孰能辨其本末者，以公主许之。他使又不能辨。噶饬令运此木至河岸，投木于河，树根重故，立即下沉，末端较轻，故而上浮，由此识之。

禄东赞作为松赞干布特遣的请婚使，在关键时刻发挥聪明才智，通过重重考验，不辱使命。通过对禄东赞的语言、行动、心理等方面的描写以及唐太宗最初的傲慢，轻视吐蕃及其使臣的刻画，把禄东赞的聪明机智渲染得惟妙惟肖。另外，值得一提的是，在唐太宗

---

① 关于唐王李世民考验吐蕃婚使的故事，《娘氏宗教源流》《西藏王统记》《贤者喜宴》《西藏王臣记》等藏文典籍中都有记载，内容类似，只是在具体的细节描述上有细微增删、修改而已。
② 盘肠：谓其形状似盘肠。此玉可能即汉文书籍中所说的九曲珠。
③ 据史载，在松赞干布时只有突厥处罗可汗子尚衡阳公主，吐谷浑尚弘化公主，回纥尚咸安公主等，未闻有天竺、大食尚主之事。藏族文学常喜用排比的手法来突出所述之主题，是文学上的虚构，而非信史。

所考的几道难题中,"以丝线穿九曲宝珠""辨认母马与子马""辨认母鸡与鸡雏""分辨松木的本末""杀羊揉皮吃肉并饮完酒"等考题,都与生产劳动相关,在一定程度上反映了当时吐蕃王朝已有较为发达的农牧业。

当写到文成公主到达逻些(拉萨)的盛况时,用了不同平常的笔法:

> 王即嘱云:"公主乃圣度母之化身,有大神变,由何方来,不得而知,各当好自迎迓。"于是四方之人,各各见一化身出现之境界。东方人言,公主自东方来。因此饶地之名,后亦改称为甲摩饶①。南方人言,公主自南方来。因此谓治吉浦②沟之冰凌,似右旋白螺,其说亦从此始。西方人言,公主自西方来。因此谓贝巴园③之岩石似猪鼻,当雕塑一明王像,其说亦从此始。北方人言,公主乃自北方来。相偕往迎公主及觉阿像,因此其地遂亦名为拉舒洞④。

从侧面反映了藏族人民渴望文成公主入藏,并对她的到来表示由衷的期盼和欢迎。

另外,迎娶赤尊公主和文成公主这两则故事在叙述方式和内容主旨方面具有相同之处:第一,文中对迎娶公主的过程进行了细腻的描写,通过对话来塑造典型人物;第二,松赞干布的请婚使是禄东赞,他经受住了重重考验,为赞普迎娶了公主,是故事的主人翁之一;第三,尼泊尔王和唐太宗委婉回绝吐蕃的三个问题都与佛教有关,可见他们都非常重视和尊崇佛教;第四,歌颂了吐蕃赞普和大臣为实现与周边地区的友好往来,坚韧不拔、不卑不亢的精神,既颂扬了吐蕃君臣的聪慧才智,也反映了吐蕃当时强大的综合实力;第五,两位公主远嫁吐蕃,书写了邻邦友好交往、民族大团结的赞歌。她们远离家乡,克服重重险阻,来到广寒雪域,为吐蕃的繁荣做出了贡献。

3. 宣扬佛教因果报应等思想

书中通过对牟尼赞普三次平均财富的记述,宣扬了佛教因果报应等思想。

> 为王父逝世建经律论三藏供养……呈设无量无边供品,并传谕曰:"汝等所有属民,于我先父之诸寺庙,除牛马兵器外,皆当以金银、财帛、珠宝、玉石、所有何宝,尽力为供。"以王命威重,百姓或献诸多金银财宝,或献璁玉绫罗,或献衣物严饰,亦有仅以破袍碎布为供者。王见而问曰:"汝等藏土属民,信心深浅,何太悬殊,或以无量珍宝为供,或仅供破袍碎布。"属民对曰:"此非信心深浅之别,富裕者则有所献,贫乏者无以为供耳。"王曰:"同为我之治下臣民,不应贫富如此悬殊。"遂三次均衡财富。惟仅阅一年,富者仍富,贫者仍贫。王又曰:"虽三次平均财产,苦乐之情,仍如此悬殊,其因为何?"诸受供大德高僧对曰:"皆由往昔布施之力所致耳。"

---

① 甲摩饶:"甲摩"意为汉女,指文成公主,"饶"意为"渡口",即公主渡口。此渡口在今墨竹工卡的喀纳洞。

② 治吉浦:治在拉萨河南岸偏西。

③ 贝巴园:在拉萨西的堆隆河谷口,后建明王殿堂,又称为扎拉贡布庙。

④ 拉舒:义为迎神。按《贤者喜宴》应写为"拉舒洞",即迎神处。地在今林周县旁多区郭拉山下的郭浦内。

王因而深信业果焉。

赤松德赞后期，吐蕃社会由于统治者的穷兵黩武及大兴土木修建寺庙等，奴隶制度便由鼎盛走向衰亡。到赤松德赞之子牟尼赞普即位时，又下令境内属民向寺庙及僧徒布施金银财物，增加了黎民百姓的经济负担。使贫者越贫，富者越富，阶级分化日益严重，矛盾愈加尖锐。文中所传牟尼赞普曾三次平均财富之事，一方面反映了当时贫富悬殊的社会现实，另一方面也是牟尼赞普企图缓和尖锐的阶级矛盾和社会矛盾的应急措施。但是，依然无法解决现实问题。因此，统治阶级将阶级剥削、阶级压迫所造成的贫富不均的社会现象，统统归之为"因果报应""前生命定"等宿命论，并借此来美化阶级剥削，粉饰不合理的奴隶制度，以达到麻痹人民和蒙蔽人民的目的。显然，作者在此大力提倡佛教，是为巩固其统治地位而服务的。

四、艺术特征

1. 诗文结合，富有文采

叙事和抒情时，经常用诗歌和散文两种表达方式交替进行。吞米·桑布扎创制藏文，千百年来在广袤的藏族居住区域被以不同的形式演绎着。索南坚赞用散文和诗歌结合的形式，记录了这一历史事件。

松赞干布统一青藏高原以后，为了实现政令畅通，加强与外界的经济文化交流，认为创制吐蕃文字势在必行。他曾派七名聪慧的大臣前往印度学习文字之学，因中途多阻，气候不适，无功而返。接着，他又派吞米·桑布扎等人携带大量黄金再赴印度学习。吞米·桑布扎不负重托，来到印度。当他见到李敬后，说道："大悲灵异天神种，具德生于婆罗族，由于前生修学力，教理文字悉通达。贤德持明大婆罗[①]，请君照察听我言，我乃边地吐蕃臣，大悲观音是我王，年十三龄即王位。当王升于宝座上，念欲以教抚臣民，并欲建立十善法，乃因我土无文字，令我携有隆贽礼，遣来君士学文书，贤达若君特恳求，赐教声量并文字[②]。"

吞米·桑布扎作为松赞干布欣赏且寄予厚望的臣子，历经千难万阻，克服种种困难来到印度，有机会跟随贤德学习。虽然当时吐蕃还没有自己的文字，但是吞米·桑布扎并没有自卑，而是在对大学者李敬的出身和学问进行了一番赞颂和崇敬后，不卑不亢地表达自己远道而来的目的和任务以及求学若渴的谦逊态度。

吞米·桑布扎在印度学成之后，回到吐蕃，以梵文字母为基础，创制了藏文。松赞干布对他的宠信和崇敬遭到了群臣的忌妒。他们私底下议论纷纷："君主对臣下不应如此敬奉！"吞米听到这些话以后，为了破除诸大臣的忌妒和傲慢，说道："最大功臣我吞米，跋涉险阻赴天竺，身受寒热诸艰苦，投彼婆罗智李敬，虔诚恭敬竭忱待，呈献黄金财宝礼，乃示难获文字义。为除疑难亲指授，善巧学习字韵母，梵文字母凡五十，抉创藏文三十

[①] 持明大婆罗：持明，谓修密成就密法者。大婆罗门，古代印度对贵族僧侣阶层的称呼。
[②] 声量并文字：指五明中的声明、因明和文字学。

字。心既获得真通晓,立能了解诸功德,现世欢喜后世乐,边鄙吐蕃邦境内,人中善巧兹初至,我乃除暗大明灯。我主住世如日月,同僚臣辈谁如我,雪邦吐蕃众庶民,感我吞米恩岂小。"

吞米通过以上诗句,说明自己学习和创制藏文的艰辛历程以及文字对于吐蕃社会的重大作用。诗歌中用"我乃除暗大明灯"一句,虽似夸大其词,但也确实道出了创制文字对当时藏族社会文化的发展具有划时代的意义。诗中吞米自负的神态溢于言表。抒发感情的诗歌和叙述事件的散文结合在一起,通俗易懂,具有说服力。

《迎娶甲木萨汉公主》中用散文形式叙述禄东赞从三百名宫女中认出文成公主后,为了安慰悲泣的公主,使之欢心,禄东赞和吞米·桑布扎等引吭高歌:"山具诸木,土地广博,五谷悉备,兹生无隙。金银铜铁,各宝具有,牛马繁殖,安乐如是。"禄东赞等人唱词中首先赞扬了松赞干布的英俊威武、圣明贤能,接着便是上文引用的赞美吐蕃的物产丰富、牛羊成群和美丽富饶,表达了藏族民众对家乡的无比热爱和引以为豪之情。

2. 叙事曲折,史料丰富

《西藏王统记》对金城公主入藏、在藏的事迹也有详细的记载。其中"赤德祖赞·麦阿葱"一节中,"认子""辨舅"两个故事的叙述就颇为曲折生动。

其后至秦浦,乃册立为麦阿葱之王妃焉。越一年,腹中有妊,时有大妃那囊萨名西定者,心怀妒忌,声言我身亦妊有王裔。汉公主于阳金马年在札玛生产赤松德赞。那囊萨至公主前,伪为亲昵,竟将公主之子夺去,诈言此乃我所生者。公主以乳示之,涕泣哀求,悲伤号呼,仍不授与其子。招诸朝臣往诉于王。那囊萨乃敷药于其乳上,使如真乳,流出乳汁,以示诸臣,群臣虽疑,未识其诈。于是汉妃之子为正妃所夺,其权势颇大,不能强争,亦唯置之而已。

适小王已满一周岁,为设站立喜筵,那囊氏和汉家各招二妃戚党前来赴会。于是那囊人为引小王欢乐,携来各种珍玩,服饰花鬘,届时,汉妃与那囊二家所招亲党均如约而至,会于王宫。王坐中央黄金宝座,那囊人坐于右,汉人坐于左。王令为王子盛装华服,以满盛米酒之金杯,交与小王,王父语云:"二母所生唯一子,身躯虽小神变化,金杯满注此米酒,子可献与汝亲舅,孰为汝母凭此定。"如是说已,随即祷祝。时王子略能举步,乃纵之。王子渐移步行,诸那囊人出其衣服装饰花鬘等炫耀而呼之,然未听受,竟赴汉人之前,以金杯赴与汉人而语曰:"赤松我乃汉家甥,何求那囊为舅氏。"语毕,投入汉人之怀。于是王母汉妃欢喜踊跃而呼曰:"前世姻缘所驱使,哀我自汉来弱女,既生无匹王子身,乃遭从无之奇事。己所生子横被夺,真实哀呼莫听者,示乳为证犹不与,汉女身心如火焚。心中忿极不可忍,观藏风水作毁坏,讵料今朝乃日霁,吾子汝能识舅氏,余母身心顿然安,所毁吐蕃之风水,速图除去灵山患。"如是言已,众乃信其真为汉妃之子也。

以上两则故事,将那囊妃和金城公主争夺小王子及赤松德赞认汉人为舅的场景描写得形象逼真。故事发展波澜起伏,一波三折。那囊妃利用探视机会,横刀夺爱、手段阴险;

金城公主失去儿子,爱恨交织、疾恶如仇;赤德祖赞无可奈何、互不偏袒,等待时机;小王子聪明伶俐、活泼可爱、自认娘舅,真相大白。人物性格鲜明,人物语言采用七言诗歌,结构整饬,内容表达清晰。赤松德赞认定汉人为娘舅,表达了作者乃至吐蕃社会希冀唐蕃世代友好、舅甥关系永驻和民族团结的美好愿望。然而,我们应该清楚地看到,这两则故事是不符合历史真实内容的,在现实中根本没有发生过。即便如此,也不会埋没其本身的可读性,反而增加了故事的趣味性和文学色彩。

唐太宗七试婚使的经过记载得引人入胜,奠定了藏戏《文成公主》的基调。在前文已经列举了太宗测试婚使的部分内容,下面摘录的这些情节也显示出叙事的曲折生动:

又于某夜,宫中鼓声大作,他邦使臣皆赴宫中,蕃使馆舍主妇谓使臣曰:"他邦婚使皆已入宫,汝等乃不往耶?赴之为佳。"噶曰:"未召我辈,击鼓何为,不明其由。"主妇曰:"他使既去,汝辈虽未召见,亦宜前往。"于是噶知此鼓声,必有缘故,乃率众僚每历一宫门,皆详为审视,复以蓝靛及朱砂涂诸宫门,作为暗记。比至宫中,则各邦使臣早已云集于此矣。是夜,帝召诸使观剧。迨至深宵,夜色迷蒙,帝乃下诏曰:"尔等使臣可归矣。其各寻馆舍,若不迷者,当以公主许之。"噶于宫内,借得灯笼一具,每历一宫门,且行且观,沿前所涂暗记而行,获返已寓。翌晨黎明,往观其他使臣等,或有误入人家,或有不得家门而卧于通衢者。噶又启奏云:"我等获得馆舍,他皆未能寻得,请婚公主。"帝言:"今决于三日后,在城东郊,以三百美女,衣锦佩玉,列成行伍,令公主杂居其间,若能辨识者,即以许之。"

先是,噶与馆舍主妇已暗合好,复以酒食相诱,并倾吐情语云:"……闻三日后,将杂公主于三百美女之中,列队城东郊外,若能识者,则以公主许之。……因此恳汝善为见告……"遂取金沙一升以贿之。……主妇遂告曰:"贵大臣请善记勿忘:天人化身之公主,其他诸女莫能及,他人身材无其姿,他人装饰无其美,此乃公主异人处。身色青白,面带红润光泽,口出青莲花气,身具兰麝芬芳。常有翠绿小蜂,飞绕其前。右颊上有骰子点纹,左颊上有莲花纹,额间有一黄丹圆圈,内现度母圣像。齿有白点,喉具结相。此化人公主即杂列于三百女子之间,亦不在队尾,亦不在队中,当在左列正数第六。公主之身体与衣服均有记号,不可触及其身与衣服。宜用一新箭系一红绫,比至公主身旁,公主著锦衣五褶彩裙,其外一袭,香气夺人,可以箭筶扣其衣领,牵而引之。"噶对公主束装,既得了悉,因此身心极为愉快。……

至第三日,三百女子皆华装炫服,列队于城东郊外……噶一旁静观,知诸使所选,皆无是处,心自暗喜,不禁微笑。已而噶持箭杆,率领蕃使,由左列验看,至于队末……赞扬既已,遂以箭筶扣公主衣领而引之。

唐太宗深夜击鼓宴饮婚使后,下令他们各找所住馆舍,只有禄东赞沿来时所做暗记回到寓所。在最后三百名美女中寻找文成公主比试环节中,禄东赞事先从馆舍老板娘处详细了解到公主的外貌及服饰特征,成功找到公主。以上故事情节曲折形象、引人入胜。另外,莲花生降伏魔鬼、修建桑耶寺,朗达玛灭法被杀等情节极富民间文学情趣,叙事曲折，堪称文学佳作。

索南坚赞在完成《西藏王统记》时，利用大量的藏汉历史资料，旁征博引，记述了松赞干布、赤松德赞和赤热巴巾"祖孙三法王"的事迹。重点对松赞干布在藏民族的统一，与汉族的团结交往，与邻近邦国的交往，以及制定法律、倡制文字等方面的贡献进行了赞颂。书中也对吐蕃其他赞普及重要人物如禄东赞、吞米·桑布扎、文成公主、金城公主等历史人物及与之相关的重大事件进行了记载。纵观整部作品，虽然在叙述历史的过程中夹杂了不少宗教宣传意味，使有些史实稍有失真，但其所叙述的基本事实还是比较切实可信的。正如刘立千先生在《西藏王统记》前言中所说："当然写历史不应杂入宗教渲染，使历史失实。可是在这个宗教信仰很普遍的地方，只是记录世俗政治的历史，不谈宗教，这种历史在藏族学术界看来是没有存在的价值的。"总之，《西藏王统记》是研究吐蕃时期政治、经济、历史、文化等方面的重要资料，受到国内外学者的重视，已有汉文、英文等多种译本。

第二节 《贤者喜宴》

《贤者喜宴》以翔实的史料和丰富的内容而闻名，是一部重要的研究藏族历史、政治、文学、宗教及医学等的著作。

一、作者简介

巴卧·祖拉陈瓦（1504—1566年），原名顿珠，拉萨人，是噶举派噶玛支系活佛。曾拜第八世黑帽系大宝法王敏久多吉（意为不动金刚）为师，得名"大德祖拉陈瓦"。通达显密佛学及"大小五明"，成为当时著名的学者。有《入行论大疏》《历算论》《四续部论》《贤者喜宴》等著作面世。

巴卧·祖拉陈瓦自述，四十二岁时已撰写《贤者喜宴》，六十岁时再次撰写，次年（1564年）成书。因该书刻版于山南洛扎代哇宗拉隆寺，故又称《洛扎教法史》。

二、作品内容

《贤者喜宴》共分为五大章：世界形成之章；天竺之章；吐蕃史章；于阗、汉地、西夏（木雅）、蒙古、汉地晚近之章；大小五明之章。[①]《贤者喜宴》包括《吐蕃史》和《噶玛岗仓史》，其中《吐蕃史》主要记载了藏族起源，从聂赤赞普为王开始到朗达玛被杀，吐蕃王朝分裂崩溃的吐蕃历代赞普的事迹。虽然写的是吐蕃王统历史，实际上由无数神话、历史传说故事等组成，文学色彩浓厚。其中收集的猕猴与岩魔女结合繁衍藏族、聂赤赞普降为人主、止贡赞普之死、松赞干布迎娶文成公主以及赤德祖赞迎娶金城公主等内

[①] 巴卧·祖拉陈瓦：《贤者喜宴·吐蕃史》，黄颢、周润年译注，青海人民出版社，2017年，王尧序，第3页。

容，与《西藏王统记》等史书记载大同小异。为避免重复，本节选取与前文没有重复的内容介绍，以窥其文史价值。

1. 地域风俗，赞普趣闻

除了宗教、军事、经济、文化、邦交等影响吐蕃方方面面的大事件外，书中还描写了有关地域风俗和赞普趣闻等内容，其中较为典型的就是仲年代如和达日年赛两位赞普。

> 仲年代如因疑虑之病致使身受癫病之苦。俟后，他自达布娶一名为琛萨路杰的美女，此女后来变丑。问其原因，美妃答道："我家乡有一种食物，这里没有，或许因为这个原因吧！"于是赞普派人去取。随后女仆取回众多油烹蛙，并置于库中。琛萨路杰因食蛙而复变美。仲年代如想到："我也食之！"遂以钥匙打开仓库之门，因见蛙尸，而生疑虑，遂之染疾。其时，吐蕃其他地方不食鱼，而称达布为"蛙食之乡"。据谓，该地食鱼，并称鱼为蛙。[①]

这段文字讲述西藏各地有不吃鱼的习俗，但是，达布地区除外。吃鱼就能变得美丽，自然有传奇意味。仲年代如看到妃子因吃鱼而恢复美貌，所以暗地里打开库房想去吃，不料犯了禁忌，反为所害。虽是生活琐事，但作者对故事情节、人物对话、心理活动、地方风俗描写得生动活泼、情趣盎然、耐人寻味。另外，仲年代如（不吃鱼部落）从有吃鱼习惯的达布地方娶妻，说明在吐蕃王朝以前，部落之间存在联姻情况。

仲年代如与王妃琛萨路杰生了一个天盲的儿子。仲年代如对儿子说道："你从吐谷浑地召请医生，眼开后即可执政；如果没有眼睛或者绝嗣，那么苏毗地区有一苯教徒之妻，名贾莫贾江，可从她那里将我儿松日仁布唤来，你可佯装死去，使其承续王位。"说完，为使后嗣无灾，赞普与王妃及大臣尼雅唐巴亚杰活着就居住在坟墓中。

天盲的王子被吐谷浑王医治好了眼睛，称为达日年赛。"达"指达莫山，"日"是山的意思，"年"是盘羊，"赛"是看见的敬语，其意为"眼睛治好后，特别敏锐，能看见达莫山上奔跑的山羊"。吐谷浑王给王子治眼之事颇有趣味：

> 小邦吐谷浑王，当其被召前往医治盲人眼睛之时，吐谷浑王从悬挂王子靴子之门穿门而入。俟后吐谷浑王返家，其母问之，吐谷浑王答道："未见到吐蕃之王，唯见门上挂有饰以松耳石的一只小靴，我即从门下而入，内有一盲童，我医愈其眼，旋即返回。"于是，吐谷浑王之母说道："这可不得了！我们现在将被置于吐蕃统治之下，已别无他法了！"如是，三分之二的小邦均纳入（吐蕃）统治之下。本巴王、吐谷浑王、昌格王、森巴王及香雄王等均被征服。娘、贝、嫩等氏族也被纳为属民。

吐谷浑王为达日年赛治好眼睛，后来被雅砻部落降服。达日年赛是松赞干布的祖父，作者用"门楣上挂靴，谁若从靴下走过，便表示降服于靴主"的习俗，侧面反映出雅砻部落从达日年赛开始走上了日趋强大，大规模向外开疆扩土的道路。但是把征服吐谷浑、昌

[①] 巴卧·祖拉陈瓦：《贤者喜宴·吐蕃史》，黄颢、周润年译注，青海人民出版社，2017年，第26页。本节所引内容均出自该书，以下不再作注。

格、象雄、娘、贝、嫩等均归功于达日年赛则与历史事实不符。

2. 真实反映藏汉关系

吐蕃和唐朝作为当时两个强大的政权，在两百多年的交往过程中，既有矛盾、摩擦、战争时的剑拔弩张，也有和亲、交流、学习时的友好交往。其中"吐蕃犯唐"和"长庆会盟"是最典型的两个例证。赤松德赞在唐朝爆发安史之乱之时，于763年派兵大举袭扰唐境，长驱直入长安城。《贤者喜宴》中记载如下：

> 舅甥不和，尚杰擦拉囊[①]等为军事将领，于阴水兔年击败唐廷，唐代宗逃亡陕州，随即统治汉地，并立金城公主之至亲唐广平王为唐朝之皇帝，且改变唐朝年号并颁布诏令。[②] 故（吐蕃势力）东达昴宿星升起之地京师万祥门，南抵轸宿星升起之边地恒河河畔建立石碑之地，遂统治世间地区三分之二。

赤热巴巾在位时期，唐蕃之间的军事冲突依然存在。双方经过多次交锋后，逐渐开始寻求和好的途径，致力于改善唐蕃关系。其中长庆会盟和唐蕃会盟碑，见证了双方心向和平，重申"舅甥"关系的光辉历史。这一重大历史事件也彪炳史册：

> 长子天子藏玛因喜爱佛法，遂出家为僧，居于僧众之中。次子赤达玛乌冬赞因喜恶行而不宜为王。三子赤热巴巾年十二岁于阴火鸡年执政。其时因与唐朝皇帝甥舅之间未能协调一致，于是从吐蕃每个如中共（集合成）十八个千户所的兵力，并携带各部旗帜，击杀了唐朝之诸首领，战败了唐军，（唐朝）官员献出他们所珍爱的物品。其时吐蕃所供养的诸译师班智达及唐朝的诸和尚作为盟证人，以汉地一个名曰孔古梅如的地方作为唐蕃边界，并在该地建造了一座吐蕃赞普寺院及一座唐皇寺院，此即天有日月一双，地有赞普甥舅，除此之外别无它有。和议之后，遂于磐石之上（刻以）日月之形。此后吐蕃在吐蕃地区安居乐业，唐朝于唐境安居乐业……为此，并在吐蕃、唐朝皇宫前以及边界梅如等三处逐一立碑，在石碑之正反两面刻写赞普甥舅之盟文与誓词；在石碑之左右侧面则刻写吐蕃与唐朝之诸大臣盟文与誓词。为此，以三宝、天神、龙、星辰及一切诸神为证，赞普甥舅。其时赞普年十七岁，唐穆宗执政，时年十四岁，亦即阳水虎年盟誓。吐蕃盟誓是在阳水虎年仲夏六月，当时吐蕃登坛盟誓。所录写之逻娑碑文即置于此。

唐蕃间的战与和就是两个政权交往的缩影。据学者统计，唐蕃之间发生较大的战争一共一百九十二次[③]。唐蕃使者相互往来共二百九十多次。其中，吐蕃使者赴唐一百九十多

[①] 《贤者喜宴》中记载尚杰擦拉囊为统帅攻长安事，其他书所载并非此人，攻长安者应是尚杰斯秀亭，简称尚杰斯或尚野息。《新唐书·吐蕃传》中称之为尚结息。

[②] 《新唐书·吐蕃传》载，尚结息与达扎路恭之能攻入长安，有降吐蕃的唐刺史高晖为向导，遂使吐蕃得手。《新唐书》载其事："高晖导房入长安，立广武王承宏为帝，改元，擅作赦令，署官吏。"其时唐代宗即广平李豫，即达扎路恭记功碑所载之"唐帝广平王"，逃往陕州。此处言立唐广平王为帝有误，应为唐广武王承宏。

[③] 谭立人、周原孙：《唐蕃交聘表》，《中国藏学》1990年第2期。

次。由此可知，双方在两百多年的交往过程中时战时和，发生了不少摩擦和战争，但这纯属"兄弟阋墙"之事，是中华民族多元一体格局形成过程中的插曲。我们应该清醒地看到唐蕃友好是历史发展的必然。大昭寺前的唐蕃会盟碑经过千年而不朽，它以铁的事实反映了一千多年前的"甥舅之盟""欢好之念永未断绝"，"立碑以更续新好"。此次唐蕃会盟以后，双方再没有发生战争，友好往来更为密切，经济和文化交流更加频繁。

3. 佛教色彩浓厚的神话、传说

佛教何时传入西藏，学术界众说纷纭。多数人认为是在松赞干布时期开始传入，也有学者认为是在拉托托日年赞时期传入，还有认为时间更为久远。佛教具体何时传入藏地，在此不作深究。下面根据《贤者喜宴》中的记载，对佛教传入西藏的传说做一介绍。

当拉托托日年赞六十岁时，其时他正坐在大堡寨雍布拉康之中，天空出现五光十色吉祥彩虹、花雨及天神之乐。日出之时，阳光并至，遂自（空中）降有如下（文物）：用琉璃写于金纸上的《诸佛菩萨名称经》及《宝箧经》两部如意经卷、金塔、牟陀罗印、如意珠印牌（或译"观世音咒塔印模"）等六种，在所降神物中又谓有四层玉塔。所谓如意珠印牌，乃系一具有十一面如意宝陀罗尼咒之印牌；所谓牟陀罗印，据说是一块上有自成六字陀罗尼的一肘长的宝石；故此，西藏即称最早的佛经为《宝箧经》，最早的咒语为"赞檀玛尼"①。

……又谓：第一年以琉璃溶液写于金叶之上的两部经卷降落，对此以神酒、绿玉供奉，故此翌年又获其他经卷、塔、印等物。总之，两部大乘经、咒及四法印出现了。对于所依持的这些象征物，某些密教中曾记载说：堪布希瓦措②是为吐蕃而生，（希瓦措）曾想："是赤松德赞吗？"经考虑，遂将两部经卷献予吐蕃王者，于是赤松德赞心胸豁然开朗。诸信仰苯教的大臣喜敬上天，为教化这些大臣，因此，吐蕃赞普遂将上述诸种经典等物说成是从天而降。

从以上传说可见，一天，佛经和法器突然从天空降到拉托托日年赞居住的雍布拉康，于是便有佛教是拉托托日年赞时期传入的说法。但是也有传说认为希瓦措（寂护）派人向吐蕃赞普（赤松德赞）赠送了两部经典，赞普为了说服信奉天空的苯教大臣，故意说从天而降。

千手千眼观音的来源也富有情趣。观世音菩萨对无量光佛发下誓愿，一定要用佛法化度吐蕃地方的众生脱离苦海，获得解脱。为此，观音向众生不断宣讲佛法，因类施教，备受辛苦。

有一次，他为了休息，来到南瞻部洲，驻锡就在普陀珞珈山，为息心劳静虑而修禅，禅定修毕起看三界众，对雪域众生格外顾盼，但见众生纭纭千万亿，其中之一也未化度完。愚昧蛮族格外难化育，从彼秽渊更堕污浊潭，见此情景略生懈怠心，因而

---

① 赞檀玛尼：梵文，意为极为珍贵之物。
② 堪布希瓦措：也称寂护，8世纪时被赞普赤松德赞请进藏，协助其发展佛教。

违背过去之誓言,头脑裂开分为十碎片,圣身开裂分成一千瓣。无量光佛得知霎时到,立将开裂圣体拢一团,双手约住向观音开言:"一切佛法皆因缘,系于信仰心之端,无论何人何祈求,定会如愿得偿还,观音你以祈祷力,获致诸佛皆称赞,因汝祈祷感众佛,愿望弹指得实现。佛之圣子汝莫徒悲伤,汝首虽裂分为十碎片,赐福变成十首与十面,汝身虽坏裂成一千瓣,赐福变成千手与千眼,利益众生奋力永向前!"

如上文所言,即便是众生敬奉、救苦救难的观音菩萨,也有懈怠偷懒的时候。对于观音违背誓言,身首碎裂,无量光佛并没有袖手旁观,而是尽情安慰,多方鼓励,把碎裂的身首变成千手千眼和十一面观音。有趣的是,被人们认为是无比神圣奇妙的千手千眼十一面观音,原来是观音遭受惩罚变化而成。

再如吐蕃地方神鬼反对佛法一段:

三十日晚上,国王(松赞)在卧塘湖里沐浴时,看见西南方达哇园的岩峰跟前烧着一堆火,便到那里去看。只见雪域所有的魔鬼都聚集在一棵毒树下,正商量事情。国王听见,一个老魔鬼说:"从前,雪域境内,佛没来过,佛教也不流传,完全是我们的天下。如今,内奸国王把我们的道路截断了,住处抢走了,大力推行佛法,使我们无处存身。所以,我们也要奋起,杀死敬信三宝的人,伤害行善的人,降石雨把佛殿击毁。过去,咱们把尼妃修的一百零八座佛殿的地基破坏了,干得很好,今后还要这么干!"说完便散了。次日晚,松赞王向自现观音像祈祷。从十一面观音的三忿怒面发出红、绿两道光辉。光的顶端有忿怒马鸣和忿怒甘露漩两尊神。从二神口中,喷出火焰,如天空霹雳击中魔鬼集会的毒树。毒树被击倒击碎,毒气沸腾,被风吹散。魔鬼集会的地方也被击毁。二忿怒神喷着火焰把众魔鬼驱赶到海边去了……

这段神话,虽然是说神鬼之间的斗争,但是,实际上却是人间矛盾的反映。它反映了赞普王室和奴隶主贵族不同政治集团之间,分别利用佛教与苯教所展开的一场激烈的斗争。故事中说,二尊忿怒神把吐蕃的地方神鬼赶到海边去了。这是后来佛教信徒的夸张之词。书中还讲述了松赞干布赞普派化身比丘先后到印度去取蛇心檀香的自现观音像和乳浇檀香观音像,塑造大昭寺神像等不少宗教神话,不再一一列举。

4. 反映朗达玛被刺后的历史状况

朗达玛赞普遇刺之后,吐蕃王朝逐渐衰亡崩溃,先后上演了王子争位、内部混战、奴隶起义、盗挖王陵等事件。作者通过细致的笔触再现了当时的情景:

此后,二王妃掌握各自所属之不同臣僚及属民,于是云丹据伍如,约松据约如,遂爆发"伍约之战"。此种(战乱)情况充斥于大部分藏区,各地逐一分成为所谓:大政、小政、多部、少部;金者、玉者、食肉者、食糌粑者。

从二赞普各自经过二十三年后的土牛年(869年)起,各种属民奴隶起义相继发生,于是犹如"一鸟在空,众鸟聚观效仿"。首先韦·廓谢来丁任首领,于多康起义。此后乘没庐氏与贝氏于伍如争战之机,韦·洛波洛琼任首领,发动起义。此后,尚杰赛聂赞、于约如杀死官长尤聂,又因于山腰修筑水渠而不能迎奉王妃贝萨阿莫吉,于是（修渠者）说道："砍人颈易于砍山腰"，因此琳贡弥楚担任了（起义）首领，并说道："去看夜间开放的核桃花吧"！遂即举火号召起义。继之，工域哲纳地区使用贝莫）的巧计（即举行起义）……

在起义以后第九年的火鸡（877年），经许布达孜等四人商议后，将诸陵墓瓜分，并大部分被挖掘：尼雅氏挖掘了敦卡达陵墓。蔡邦祥挖掘了杰钦陵墓。许布氏挖掘了僧格坚陵墓。珍却沽挖掘了珠杰陵墓。尼哇得到俄谢（陵墓），致使（该陵）未被挖掘而得以留存。松赞干布陵被没庐氏及久氏二人所得，遂得以保存。

842年，朗达玛被僧人拉隆·贝吉多杰刺杀以后，其二子云丹与约松争夺王位。吐蕃的将领和部属也相继叛离，各自为政，彼此攻伐。加之年馑饿殍遍野，疾病蔓延，生活在社会最底层的广大平民和身份更低的奴隶不堪忍受残酷的压迫和蹂躏，纷纷揭竿而起，燃起了规模巨大的起义烈火。起义的声势犹如"一鸟凌空，百鸟相从"。起义的人们到处攻夺城堡，逐杀奴隶主。起义后的第九年即877年，除了芒松芒赞、松赞干布等个别赞普的陵墓未被开掘外，其余均被挖掘捣毁。至此，奴隶主政权瓦解，吐蕃王朝分崩离析。

三、艺术特征

1. 历史事件中融入传奇色彩

作者在重大历史事件记述中，加入夸张、虚构等内容，使历史事件富有传奇色彩，增加了文学性。如朗达玛被刺身亡的历史事件中就加入了虚构内容，增添了文学色彩。朗达玛灭佛时，拉隆·贝吉多杰正在耶巴岩洞中专心修行。忽然发生亮光、声音和地动等奇异现象。他出外查看，只见僧徒们手拿鼓、钹，牵着狗打猎。一问才知国王灭法之事，心生悲悯之情。于是，贝吉多杰穿上外黑里白的咒师衣帽，袖中藏着弓箭，骑着被木炭涂黑的白马而去……朗达玛正在西部的拉哇园下棋，听到众属民呼喊声后心中不安，便走去诵读碑文。看见贝吉多杰来了，便对他说："黑护法神来啦。"这时，贝吉多杰下马，假装向正停留在石碑龟趺处的赞普行礼。第一次行礼时，他在袖中张开射箭的扳指，第二次行礼时装好箭，第三次行礼时则将箭射出，箭正射中赞普两眉之间，箭镞直穿至后颈。赞普说"或者三年之前，或者三年之后"，说着便双手抓住箭杆而死。接着，贝吉多杰骑马入湖，洗掉马身上的黑炭，恢复为白马；将衣服反穿过来，帽子反戴，变成白衣、白帽之人。这样，贝吉多杰躲过追兵逃往康地。

拉隆·贝吉多杰是一位文武双全、足智多谋的高僧。他精心策划了刺杀行动，一箭结束了朗达玛的性命，同时也机智地逃避了追兵的抓捕。拉隆·贝吉多杰还为吐蕃佛教后弘期培养了佛学人才，成为吐蕃史上最后一名历史名人。本书在记述他准备刺杀朗达玛之前，为了保卫佛教，神祇鼓励他并答应帮助他完成刺杀任务。他在河中洗完马后把衣帽反穿，对追赶的众大臣说自己是天神白太岁。众大臣怀疑其为"非人"，不再追赶反而嘲笑那些追赶者。贝吉多杰刺杀朗达玛事件中插入神话传说等虚构内容，颇有传奇色彩，使其更具文学特点。

2. 取材广泛，史料丰富

《贤者喜宴》一书内容从时间而论，涵盖了从远古西藏到元明时期的藏族历史，述及藏族的政治、历史、经济、宗教、文化、法律、天文、地理、自然、医学、建筑、音乐、歌舞和绘画等多个方面。尤其在噶举派历史记述中，通过大量第一手资料，记载了元、明时期西藏的政治、军事、法律、行政建制等丰富的史料，较为全面地反映了这一时期的西藏地方历史。同时也反映出元、明时期朝廷的治藏政策，特别是收录了皇帝对萨迦派和噶举派的不少封文和诏书，这些史料极为珍贵。

本书除西藏之外，还涉及汉地、突厥、苏毗、吐谷浑、于阗、南诏、西夏、蒙古等，甚至对印度、尼婆罗、克什米尔、勃律、大食等也多有记载。书中对汉藏、蒙藏民族关系的记录也是极其珍贵的研究资料，有些资料在汉文书籍中没有记载，甚至语焉不详。例如明武宗时期派遣太监刘允到西藏，但是在《明史》《明实录》中仅提及其在西藏遭到抢劫，无功而返。《贤者喜宴》则描述了他在西藏出行时的盛大排场、奢靡生活以及在西藏的行程。对刘允与噶玛巴的上层关系也有详细记载。这些记载是对汉文资料内容的补充。书中还详细记录了元朝派往西藏的内地官员，以及前往汉地朝觐的藏族官员、高僧的姓名和活动。这些内容可以弥补元、明两朝汉文史料的不足。可见《贤者喜宴》是一部广征博引、史料丰富、内容广泛的历史著作。

第三章 传记文学

朗达玛被刺身亡后，吐蕃王朝在王室争权和奴隶起义的打击下瓦解。在西藏的分散割据时期，新兴的封建农奴制逐渐取代了奴隶制。在这一过程中，佛教经过"下路弘法"和"上路弘法"两个途径的传播，迅速恢复和发展，产生了诸如宁玛派、噶当派、萨迦派和噶举派等不同教派。这些教派为宣传自己的教理、观点，纷纷为本派中比较有成就、有名望的喇嘛树碑立传，于是便出现了众多的有关"高僧大德"的传记文学。据专家统计，这一时期有四百多部传记文学作品，著名的有《米拉日巴传》《布敦大师传》《萨迦班智达传》《玛尔巴传》《日琼巴传》《汤东杰布传》等。

第一节 《米拉日巴传》

《米拉日巴传》是一部纪传体的文学作品。它不但在我国的藏族、汉族和蒙古族受到重视，而且还被翻译为英、法、日等文字，成为研究藏族历史、文化、宗教的重要资料。

一、作者简介

桑杰坚赞（1452—1507年），藏传佛教噶举派名僧、著名学者，生于后藏地方的娘堆扎西喀噶。父亲桑吉白登是一个诵持秘咒者。七岁时，从噶举派大堪布贡噶桑吉受沙弥戒，取法名桑杰坚赞。十八岁时，离开家乡，遍访名师，学习经法。他虽属噶举教派，但对其他教派所持理论也虚心学习。桑杰坚赞自幼崇敬噶举派第二代祖师米拉日巴。他以米拉日巴为楷模，隐迹高山岩窟，潜心苦修。"得道"之后，遍游西藏各地及尼泊尔。所到之处，广收徒众，弘扬佛法，受到各地统治者及信徒的敬仰。他平时化缘度日，生活清贫。行为怪诞，异乎常人。在咱日山的一次转山巡礼的圣会上，竟赤身露体，腰坠人颅骨饰，因此也被称为乳毕坚瑾（骨饰者之意），同时获"后藏疯子"的名号。

桑杰坚赞在遍访西藏各地时，目睹社会的黑暗和战乱给下层百姓带来的灾难，对他们深表同情和怜悯。他目睹一些僧人违反教规，佛教日趋衰颓，心中有振兴之抱负。为了扩大本教派的影响，获得更多信徒，他将噶举派中比较有名的喇嘛玛尔巴、米拉日巴以及弟子日琼巴等人的事迹撰写成传记，同时加以神化，四处宣扬。

桑杰坚赞的传记类作品中以《米拉日巴传》最为著名。他根据口头流传的关于米拉日巴的传说和前人的零散资料写成。该书问世后，米拉日巴的名声开始在雪域高原家喻户晓，进而成为藏传佛教各派僧人的楷模，其声誉和地位陡然提高。

二、思想内容

米拉日巴生于1040年，卒于1123年。《米拉日巴传》叙述了米拉日巴一生的经历，共分为九章。其内容梗概为：米拉日巴家原是富户，七岁时，父亲米拉喜饶坚赞去世，只剩他和母亲、妹妹三人。孤儿寡母，无依无靠，于是叔父、姑母趁机侵吞了他们的财产，并将母子三人赶出家门。后来，米拉日巴在母亲的督促下，学会咒术，将叔父的儿子、媳妇及助恶亲邻共三十五口人压死在塌屋之下，叔父、姑母仅以身免；又降冰雹击毁全村庄稼，报了冤仇，泄了母恨。但是米拉日巴却深感自己杀人毁禾，造孽匪浅，悔恨莫及。于是向当时佛教大译师玛尔巴求习佛法，以消罪愆。后来，学得法要，遁迹山林，潜心修习。获得正果后，遍游西藏各地，收徒传法，成为噶举教派一代宗师。现摘录传记中若干故事片段来展示米拉日巴的传奇人生。

1. 米拉之名的由来

在《米拉日巴传》正文中，先交代了尊者米拉日巴先世的简况及其家族被命名为"米拉"的缘起。

  我的先世是伍茹北部的一个大牧业部族之一，族名琼波。先祖是一个密教宁玛派喇嘛觉色的儿子，是位瑜伽行者。由于本尊的摄授，得到语密法力的成就；也曾去各地朝山谒圣，周游到了后藏拉堆绛所属名叫窘巴基的地方。他在那里收服加持鬼魅。因为法力高，收效极大，有了很多信徒，法缘十分兴旺，人们遂叫他做琼波觉色。在那里住了好几年，地方上凡有什么病患和鬼祟灾害都要去请他。当时，那里有一个鬼，他虽然不敢到觉色面前来，但是别人却不敢冒犯他。这个鬼魅很坏，叫人害怕。有一家人不信觉色，那鬼魅便到他家作祟。那家人请别的喇嘛来收妖除害，结果反被鬼魅作弄和嘲笑。人们对他毫无办法。这信邪道的人家有一亲戚，背着鬼魅悄悄商量，劝他们请琼波觉色来。那人说道："俗话说，只要医得好疮，即使狗油也不妨一试。快去请吧！"于是，这家人便把觉色请来。觉色刚走到鬼魅的盘踞处，抖擞精神，大声喊道："我琼波觉色来了，要吃鬼肉，喝鬼血，瞧着吧！"说着大步上前。没等他走近鬼魅跟前，那鬼魅已吓得惊魂不定，口中乱叫："怕，怕，米拉，米拉！"等觉色到跟前，那鬼魅便哀求道："你所到处，我并未敢来冒犯，请饶命吧！"觉色遂叫这鬼魅发誓，从此不再害人，然后才放了他。据说这鬼魅又回平日供祀他的那户人家去，口里还一个劲儿地嚷着："米拉，米拉，没有比这回再厉害再危险的了！"这家人问道："谁来了？"答道："琼波觉色来了，害得我几乎丢了命，逼着我起了誓。"从此，人们为了颂扬觉色的功德，大家都称觉色为"米拉"。久而久之，"米拉"便成了家族的名称。①

作者在卷首叙述了米拉日巴家族被称为"米拉"的原因，形象地再现了米拉日巴的高祖父琼波觉色从藏北羌塘草原搬迁至后藏地方后，运用高深的法力为百姓禳解医病、收妖除害、造福一方的生动故事。情节虽短，却能引发读者的兴趣，对米拉家族的历史产生好奇并对尊者及其祖先产生崇敬之情。

2. 父亲病故，家产被占

米拉日巴的祖父米拉多吉森格年轻时，因赌博输掉全部房屋和田产。他金盆洗手、改过自新后，南北往来经营生意，积累了不少钱财，购置了田地和房产。米拉日巴的父亲米拉喜饶坚赞子承父业，继续着南北贸易，因而家境殷实，家人幸福和睦。米拉日巴七岁时，父亲米拉喜饶坚赞生病去世，这家人的命运便发生了急剧变化。

> 办完丧事后，所余的财产，大家主张让我母亲娘查迦坚独自管理，需要帮忙时，大家可以从旁竭力相助。叔父和姑母说："不贴心也还是亲房嘛！我们决不会让他们娘儿三人受苦。照遗嘱办，财产由我们经管。"我的舅父和泽塞的父兄，都向他们说明情由，他们不听。于是，男人的东西，叔父拿了去；女人的东西，姑母拿了去；其余的他们各分一半。他们说："我们轮流供养你们娘儿们吧！"就这样，我们母子三人，不但没有得到财产，而且夏天要给叔父干农活；冬天，又去给姑母捻毛线。吃的如狗食一样的东西，要干毛驴才干的重活；穿的衣服破烂不堪，只得用草绳做腰带拴起来。整天得无休止地干活，手脚都裂了口。由于衣食太坏，我们变得形容憔悴，骨瘦如柴。想当年，我们的头上戴着黄金珠宝头饰，而今，头发蓬松，虮虱成堆。

当米拉日巴长到十五岁时，一天，他母亲举办宴席，邀请了父亲临终时了解遗嘱情况的所有人赴宴。宴会中，娘查迦坚先让舅父把米拉日巴父亲的遗嘱读了一遍，然后感谢多年来叔父和姑母对他们母子三人的真诚照顾，最后提出米拉日巴和泽赛已经到了成家立业的年龄，希望叔父、姑母按照遗嘱归还他们寄存的财物。

> 叔父和姑母平时不和睦，但在吞食财物上却是一致的。我家只有一个儿子，叔父和姑母他们的儿女很多。叔父和姑母两人便联合起来，说道："你们的财产？它在哪里？当初，米拉喜饶坚赞在世时，那些房屋田地、金银财帛、牛羊牲畜，都是我们借给他的。他死的时候，财产当然还给原主。从未见过你们有一厘金子，一合青稞，一斤酥油，一件有色的绫罗衣物，一只羊羔。而今竟然说出这样的话来！你那遗嘱是谁给写的？养活了你们穷娘儿三个才没有被饿死，都是我们的恩德。俗话说'恶人得了势，水都要用升子舀'，原来说的就是这个！"说罢，鼻里嗤了一声，勃然离座，又是打响指，又是抖衣襟，又是顿脚。接着说道："当心点！说真话，这房子都归我所有！你们娘儿母子给我滚出去！"说着打了母亲几耳光，又挥舞着袖子打我们兄妹俩。这

---

① 桑杰坚赞：《米拉日巴传》，刘立千译，民族出版社，2000 年，第 19—20 页。本节所引内容均出自该书，以下不再作注。

时母亲放声痛哭,倒在地上打滚,口中喊道:"他爹,米拉喜饶坚赞,看看我们母子的苦难命运吧!你说你死后要从墓穴中看的,今天是你看的时候了!"我们两兄妹除了跟着母亲哭泣外,什么也不能做。舅父呢,怕叔父儿子多,不敢去触犯他们。乡邻中同情我们的人,都说我们娘儿们可怜,没有不为我们流泪的。其余的人都在叹息。叔父和姑母反向我们说道:"哼!向我们要钱!钱,你们有嘛!你们有很丰富的酒肉摆筵席,全不吝惜地请乡邻。我们没有你们的财产!就是有,也不给你们!穷娘儿们,要是拼人多,你们可以聚集人马来打;如果人少,你施法术谋害好了!"说完便愤愤离开了。偏向他们的人也都随着他们走了。

发生在米拉日巴家里的不幸,恰恰向人们揭示了阶级社会恃强凌弱、以众暴寡、强权就是真理的不合理的社会本质。同时反映了十一二世纪藏族社会从奴隶制向封建农奴制过渡期间平民阶层分化的一个侧影,从而揭示了那些豪门巨富完全是靠坑蒙拐骗、巧取豪夺等无耻手段发家致富的真实过程。

作者在字里行间显露出对米拉日巴母子遭遇的深切同情;对豪强横蛮、不顾廉耻的叔父、姑母的憎恶,并给以无情的鞭挞。在后来的结局中,又极力渲染米拉日巴母子终于报仇雪恨,叔父、姑母得到惩罚等。这些都充分体现了人民大众的爱憎和愿望,反映了贫弱者的反抗斗争精神。因此,赋予了这部作品强烈的人民性。

3. 历经艰辛,求取佛法

米拉日巴几经周转才拜玛尔巴为师,但是其学法的过程并不是一帆风顺,迎接他的是繁重的劳动和内心的苦楚。

> 他(玛尔巴)吩咐我在东方山头修筑一个这样的碉房。我修一个圆形碉房,修到一半时,师父来了,对我说:"那天考虑得不周密。把这房子从根基上拆了,土从哪儿运来仍运还原处,石头也运回原处。"我遵命把房屋拆了,土石归还原处。师父又到西方山头上,装作喝醉了的样子吩咐我,应该如何修。于是,我按照吩咐修了一个半圆形的。这个碉房也修了一半,师父又来了,说:"这个也不成。仍然把土运还原处,石头搬回原处。"我又遵命做了。师父又到北方山头上,说道:"阿波吐勤①!那天我喝醉了,事情没有交代清楚。现在,在这里修一个很好的碉房吧!"我说:"房子修起又拆,这样做不但使我吃苦,也浪费师父的材料。请您考虑好后再吩咐吧。"师父说:"这次我既未醉酒,又一直在考虑这事,需要修一个三角形状的'秘咒宫'。你去修筑,再不用拆了。"我又去修那三角形的房子。这个也是刚修到约四分之三时,师父又来说道:"吐勤!你修的这个碉房是谁的?谁吩咐你修的?"我答道:"师父您自己吩咐的,是给公子修的房子。不是吗?"师父说:"我想不起说过这样的话。若你说的话是真的,那可能是遇到我脑子乱或者是神志不清的时候了。"我说:"那时我就担心又会发生这种情况,曾劝师父详细考虑。师父曾说,早考虑好了,并说过现在修

---

① 阿波吐勤:阿波即男子汉大丈夫之意;吐勤即大法力者,或大咒力家。

的这个，再不用拆了。师父一定能够清楚地回想起来的。"师父说："那么当时有谁作证？本来三角形的碉房就像'护摩穴'，是想把我们放在里面施咒术吗？我们既未抢夺你的家产，也未侵占你的父业，大可不必。如果不是这样，还想求法的话，这种连山神都不喜欢的东西，快把它拆了吧！土运还原处，石头搬还原处。这样，可以传法。否则，你便滚开！"说时生气了。那时我心中虽然无限苦恼，但是又贪想求法，不得不遵从上师之命，把这三角形房子拆了。土运还原处，石头搬回原处。那时，我的背都磨烂了。我想：让师父看一下吧，只会遭到责骂的；让师母看看吧，也会觉得我在抱怨。所以，不敢让他们看，只在师母面前哭泣，并恳求她帮我求法。师母到了师父面前，说道："干吗修这些全无意义的房子，尽折磨人！请你发发慈悲，给吐勤传点法吧！"……

又过了几天，师父要出门，让我作为侍者一同前去。到了父族人所遵约守护的那个要道，他说："现在，你在这里修一个四方碉楼，灰色的九层楼，连宝顶共十层。修成后决不拆除。并传给你修行法和教授，让你修道，供给你修道期间的口粮。"我说："那么，师父许诺的这些，可否请师母作证呢？"师父说："可以，可以。"于是，师父画出建筑物的图形，我去请师母来。我当着师父师母两位的面，说道："过去修三次，拆三次：第一次，师父说考虑不周；第二次，说喝醉了酒；第三次，说脑子乱，神志不清，说过的记不起了。……"

于是，米拉日巴开始在那里修建四方形碉楼的屋基。玛尔巴的弟子俄敦曲多、楚敦旺额等人嬉戏时滚下一个大石头。米拉日巴便把它作为墙基砌到中门。大约修到两层楼高时，玛尔巴过来指着那块石头让搬回原处。米拉日巴只好从墙顶拆起，把石头送回原地。然后，他又按照玛尔巴吩咐搬回石头做墙基。在他修到七层楼高时，玛尔巴又吩咐他暂停修碉房，外修一个有十二根柱子的走廊，附带修一间山神堂。米拉日巴便从走廊的基础修起。其间，他腰部长了一个疮，不久，臀部又磨了一个伤口。三个伤口都溃烂了，脓血淋漓，背上的伤口溃烂成大疮。师母看后，流下了眼泪。她告诉丈夫米拉日巴背部长疮完全溃烂的事并责备他残酷无情。

师母很气愤地诉说后急忙走了。师父说："那么叫他来！"我以为也许要给我传法了，便去到师父跟前。师父说："吐勤，把溃烂处让我看看！"我让他看，师父仔细看了一遍说道："我的怙主那若巴在自己的身体上经受了十二大苦行、十二小苦行，不同的苦行共二十四种，比你这个要厉害得多。我自己也是不顾可爱的生命，不惜财帛，拜那若巴为师。所以，要想求法，就不能抱怨受苦，还是去修未完工的房子吧！"我想师父说得也对。师父在我的衣服上加了一个背垫，并说："马驴都是这样做的。衣服上已经加上了背垫，快去搬土运石吧！"我问："背上已经溃烂长疮了，在衣服上加背垫有什么益处？"师父说："泥土不至于钻进去。"我想这是上师的命令，不好违抗，只好把取土的工具，挂在胸前去运泥土和粉刷墙壁。上师看见后，心想这样遵从师命的大德实在罕有！他自己也禁不住在一旁暗暗流泪。

作者用了较长篇幅描绘了忍受精神和肉体双重折磨、百折不挠、不达目的誓不罢休的米拉日巴形象。文中，玛尔巴让米拉日巴修建一座房子，在此过程中，他经受了房子盖了拆、拆了盖，脊背、臀部都磨破长疮，脓血交流，吃尽苦头，甚至受骂挨打的"非人"待遇。当然，他也动摇过、灰心过，甚至想到了自杀。但是这些折磨和虐待并没阻挡米拉日巴虔诚求佛法的迫切愿望和坚忍不拔的决心。

玛尔巴采用"非常"之手段，屡次刁难、考验米拉日巴，这种方式在常人看来似乎有些不近人情。但是如果没有玛尔巴这样的处心积虑，米拉日巴学法之后怎能经受住食不果腹、衣不遮体在深山岩洞进行苦修的痛苦，怎能成为藏传佛教的高僧大德？这足可见大师玛尔巴的良苦用心。同时，在作者的笔下，我们可以看到师母达梅玛对米拉日巴劳苦时的疼爱、求法时的赞助、悲伤时的安慰，显示出其慈祥善良的本性。

4. 家遭不幸，厌世修法

米拉日巴随上师玛尔巴学法返还家乡后，听闻并目睹了家里田园荒芜，墙倒屋塌，经书残破脏污，母亲早已去世化为白骨，妹妹流落他乡的悲惨景象，特别伤心。正如文中描述的：

> 因此，当时我想，他们害怕我的护法神，可能不会加害于我。只是老母去世，妹子下落不明，叫我非常失望，不免悲从中来，便坐在一个僻静处痛哭起来，一直哭到太阳快要下山时为止。黄昏后，我才回到家中。正如梦中所见，屋外的地上长满蒿草，我家那栋如寺庙一样的房屋坍塌了。进屋一看，《宝积经》经书因屋漏雨被浸渍，同时灰尘积聚，已经破损不堪，成了老鼠和雀鸟的巢穴和粪秽的堆积处。目光所到之处，全是一派衰败景象，使人伤心。我在灶下积灰处，看见破布片和泥土混成一堆，上面长着很多青草。拨开草丛看时，现出许多灰白的人骨，知道是母亲的骸骨。因为我太想念母亲了，这悲痛的心情实在难以忍受，心里乱极了，口中说不出话来，气愤得几乎晕倒过去。……
>
> 便把母亲遗骸收拾好，把《宝积经》上的雀粪尘土拂拭干净，仔细整理拾掇了一番。幸好被雨点破损得不十分严重，经中文字还是清清楚楚的。我把这经书背在背上，母亲的骸骨放在衣襟中，心中异常酸楚，对于红尘世界感到没有意义，断绝了留恋之心，发誓要去修持有真实意义的佛法，遂唱了一支愤激不平的歌。
>
> ············
>
> 与其做那无真实意义的世间事，
> 不如去做那有真实意义的佛事。
> 初时有父却无子，
> 后来有了儿子父去世。
> 即使父子双全也无意义。
> 儿子我将去做那有真实意义的佛事，
> 往扎迦达苏去修持。

> 吾母在时儿不在,
> 儿今到时母去世。
> 即使母子双全也无意义。
> 儿子我将去做那有真实意义的佛事,
> 往扎迦达苏去修持。
> ············
> 经书在时无人敬,
> 敬奉人来时经书被雨侵蚀。
> 即使二者双全也无意义。
> 我将去做那有真实意义的佛事,
> 往扎迦达苏去修持。
> 房屋在时无主人,
> 主人到时屋已圮。
> 即使二者双全也无意义。
> 我将去做那有真实意义的佛事,
> 往扎迦达苏去修持。
> 土地在时无主人,
> 主人来时土地已荒芜。
> 即使二者双全也无意义。
> 我将去做那有真实意义的佛事,
> 往扎迦达苏去修持。
> 家乡,房屋及土地,
> 俱是世间轮回之法无意义。
> 无意义之物谁要谁可取,
> 行者我为求解脱要修法去!

米拉日巴家里遭遇的变故,更加坚定了他的厌世之心,并积极通过修法来寻求解脱。作者在以上七段体的诗歌中,每段都以"无意义"为中心思想,大肆宣扬"人生如幻,万事皆空"的佛教的消极人生观;然后,在每段中又以"去做那有真实意义的佛事"为归结,教导人们只有抛却红尘,遁迹山林,苦修佛法,才是唯一正确的出路。这种思想,对于当时身受颠沛流离之苦,挣扎在死亡线上,而又不知其社会根源,找不到出路和归宿的人民群众来说,无疑会受到迷惑,被引导走向寄希望于虚无的彼岸世界而逃避现实的消极道路。

米拉日巴一家人的命运在十一二世纪战乱频仍、纷争不息的时代,是极其普遍且具有典型意义的。当时的广大黎民百姓,也正遭遇着和米拉日巴一家类似的命运。但是,作者并没有去探索和揭示造成这种不合理社会的现实根源,也没有提出正确的解决办法,而是借这场社会悲剧，散播了消极的人生观。这是阅读本书应该摒弃的。

5. 独居岩洞，苦苦修行

米拉日巴目睹了故乡凄凉、家人离散的惨景后，更加深了他的厌离心。他断绝世俗生活，独居深山，闭关苦修。《米拉日巴传》中为世人展示了米拉日巴在深山岩洞修行的凄苦场景：

> 于是，我便搬到这里住下，以荨麻为食，仍继续修道。因为我外无衣穿，内又根本没有糌粑和其他养料，身体枯瘦得如骷髅一般，肤色如荨麻一样，毛孔中长出绿油油的毛来。……因为什么吃的都没有，肚子不舒服，不断嗳气。……这以后大约又过了一年。一天，有几个吉隆的商人打猎来到了我的住处。最初见到我便叫"有鬼！"吓得转身就跑。我告诉他们我是人，并且是修道的人，向他们介绍了我的种种情形。他们说："咦！恐怕不是，且去看看。"于是重又回来把岩洞周围巡视了一遍，问我："你修道的粮食藏在哪里？借点给我们，以后重重偿还。若是不借，便把你杀掉！"说着便对我进行威胁。我说："我的食物，除了荨麻外，什么也没有。要说有，是抬着行者的，是不怕抢走的。"他们说："我们不抢你。抬着行者会怎么样呢？"我说："会有福德。"一人说："好吧，就抬起来。"他用两臂将我举起，在地上来回地撞碰。我这修行过苦行的身体，也被碰撞得疼痛万分，难于忍受。心里无比悲怆，不禁流出了眼泪。……

> 又过了一年，所有的衣服都破烂了。……大约又修持了一年工夫。一天，听见人声嘈杂，定睛看时，只见几个猎人带着很多肉到了岩洞门口。他们看见我便喊："有鬼！"先来的人吓得掉头就跑。后面的人说："大白天，哪来的鬼！好好看一下，还在不在？"又听人说："还在呀！"走进来的老猎人也有些害怕的样子。我说："我不是鬼，是在这山中修道的行者，因为没有吃的，身体成了这个样子。"我这样把经过详情告诉了他们。他们说："让我们看看真假如何。"于是，同进洞来。看见洞里除了荨麻外，别无他物。大家这才相信了。……

> 以后大约又过了一年时光。有一天，几个江安寨的猎人，没有打着野兽，来到我这里。我穿着那所谓"马兰草穗子"的三块布正在入定。他们便用弓指着我问："你是人还是鬼？你的相貌和衣着，无论怎么看，都像一个鬼。"我苦笑着答道："嘻！我人倒是人哟！"他们认出了我的齿斑，就问："咦，你是闻喜吗？"我说："是的。"他们说："好吧，今天请你借给我们一点吃的，以后加倍还你。当初你回乡，我们听说过。这又过了很多年了，从那以后，你都一直住在这里吗？"我答道："是的，是的！可是没有你们可以吃的东西。"猎人们说："你吃的什么给点就行。"我便说："好！那你们就生火煮荨麻吧。"他们生起火，煮上荨麻。又说要点油，我说："若是有油，那食物就有营养了。我呢，没有油已过了多年。撒点荨麻当作油吧。"他们又说："那么要点土碱。"我说："若有土碱，那食物就鲜美了。我呢，没有这个也有好些年了。撒点荨麻当土碱吧。"他们又说："那么，无论如何，盐总会有吧。"我说："若有盐，那

食物就有滋味了。我呢，没有这个也有数年了。也撒点荨麻当盐吧。"……

白达想这话有理，就带上乞讨来的一桶酒和一小罐糌粑、粥汤等混合的食物，来到扎迦达苏。到了洞口向里面探看，看见我这苦修折磨的身体，双目深陷，一根根骨头突起老高，肤色发青，枯瘦如柴，肉和骨头好像要分离的样子，皮肤上长了很多绿茸茸的长毛，头发蓬松得叫人悚然，手脚等细得快要断了似的。猛然一看，疑心见了活鬼，吓了一跳。她曾听说过："哥哥饿得快要死了！"想到这句话，不禁怀疑起来，就问道："你是人呢还是鬼？"我回答说："我就是米拉闻喜呀！"白达听出了我的声音，便进洞来拉着我，喊着"哥哥！哥哥！"一下晕倒在地。我认出是妹妹白达，心中又喜又悲，急忙想办法使她苏醒。不一会白达醒过来了。她把头放在我两膝之间，用手捂住脸悲痛地号啕起来，大声数说道："母亲在想念你的痛苦折磨中死去了，没有别人来照顾。我自己苦不堪言，在家无法生活，只好漂流异乡乞讨。我想你多半是死了。若是还活着的话，可能是比较幸福的。谁知你的遭遇竟是这样！妹妹我的遭遇也是如此！这世上比我们兄妹二人再苦的恐怕没有了吧？"说着便爹呀娘呀地嚷着大哭起来。我百般安慰她，她都不肯听。我心中也十分难过，就给妹妹唱了这首歌：

…………
  我为报答众生父母恩，
  才走入了如来法门。
  看我的住处如野兽巢穴，
  他人见了都会憎恨；
  看我饮食如猪狗食一样，
  他人见了会恶心；
  看我的身体如骷髅，
  即使仇敌见了也会珠泪滚滚；
  看我的行径如狂人，
  使妹子你也惭愧和灰心；
  可是看我思想却如真佛，
  如来见了也高兴。
  座下石板冷冰冰，
  能激发皮肉生勤奋。
  体内都有了荨麻本性，
  青青的肤色不会变更。
  在荒旷无人的岩窟中，
  我厌世之心无穷尽。
  三世如来大上师，
  我心与之不离分。

凭我勤奋的修习力，
必得善果生验证。
假若能把验证生，
今生安乐自来临，
来世定能成佛身。
所以白达好妹子，
不要失望太伤心。
为了佛法请修苦行！

米拉日巴意为"着布衣的米拉"，但从字里行间发现他竟无一件完整的衣裳，仅仅只用破布条遮羞，充饥的吃食只有荨麻这种植物而已。以至于米拉日巴瘦骨嶙峋、肤色发青，路人皆以为是鬼。面对人与非人的质疑和诱惑，米拉日巴从未动摇过自己的信仰，反而以证悟的道歌度化那些人们，显示了一个真正的修行者应有的追求和智慧。

作者在叙述米拉日巴在岩洞内修行过程时，以猎人、妹妹白达与他的对话来展开情节，对其修行时的状态进行了细致描写，引人入胜，感人至深。

6. 揭露个别宗教上层的虚伪性

《米拉日巴传》中，作者截取八日大译师和格西札甫巴打着宗教的旗号，过着欺世盗名、奢侈淫逸生活的画面，揭露以他们为代表的某些宗教上层的虚伪性。

来到定日，她（米拉日巴妹妹白达）看见八日大译师坐在高高的台座上，张着伞盖，穿着华贵的绸缎衣服，僧俗弟子吹奏海螺，许多人围绕在他周围，斟茶敬酒，敬献很多供养。白达心想，别的佛教徒有这样的好处，我哥哥的佛法，不但自己吃苦，旁人还瞧不起他，亲友们也只有跟着蒙受耻辱。倘若这次遇见了哥哥，无论如何同他商量，尽量设法使他去做这位法师的随从。她向在那里赴会的人打听我的下落，听说我在镇地，她便来到镇地。经过询问才找到我的住处基浦。她见到我就说："哥哥，你的佛法，口里没有吃的，身上没有穿的，羞耻也顾不上。这样实在不行，现在可以用这氆氇做一条裙子。别的佛教徒，例如叫作八日大译师的那位，他下坐高座，上张伞盖，身穿绫罗，口中喝的是香茶美酒，僧俗弟子们都吹法螺，聚了一大群人，其供养之丰盛更无法设想。这样，不仅亲眷沾光，人前也可以夸耀。这才是一位很好的佛教徒。看他能否收留你做随从？若是肯收留，即使做个地位卑下的扎巴也可以。这样，生活会舒适一些。否则靠哥哥你的这个佛法和我的能力，我们兄妹二人是活不出来的呀！"说罢痛哭起来。我回答说："白达，不要这样说。你看我无衣穿，装束不整齐，便说不顾羞耻。我的这个东西，本来为人所共有，我自己感到满足，因此才能与法相遇。所以我并不以为羞。尤其是此乃母亲生我时即有，更没有什么可羞。比较起来，那些明知是罪过还无所顾忌，扰乱父母的心，盗取上师三宝的财物，为了满足自己的私欲，不惜用种种欺诈手段，伤害众生的人，害己害人，一切圣贤天人都耻笑他们……"

文中所说八日译师是当时萨迦派显赫一时的人物。这段话对以他为代表的某些"高僧大德"假借宗教之名欺骗世人、鱼肉百姓的伪善面孔和可耻行径，给予辛辣的讽刺和无情的鞭挞。这正是作者借米拉日巴之口，对当时佛教徒腐败糜烂的生活、寡廉鲜耻的行为、颓靡不振的风气所发的感慨和议论。文中借兄妹两人之间的对话，来突显妹妹对哥哥和自己现状的忧虑以及对八日译师的羡慕与赞扬，也显示了八日译师表面的显赫不可一世；又以米拉的鄙视与鞭挞，揭穿其内里的卑鄙龌龊，先扬后抑，形成鲜明对比，手法颇为巧妙。

再如对格西札甫巴的揭露：

> 遇到镇地定马一位名格西札甫巴的法师。因他富有牛羊、财产，镇地人们举办法会时，总是推他坐首席。他对尊者表面上装着谦恭的样子，而内心深处却十分嫉恨。
>
> ……………
>
> 札甫巴有一个姘妇，他答应给那妇人一个很贵重的松耳石，让她在奶酪中放毒药暗害尊者。当时尊者正住在镇地的扎喀。于是，他打发那妇人送去。尊者早已知道他化度有缘善根成熟解脱的事业已经完成，即使这妇人不送毒食，涅槃的时候也到了。他想，若这妇人未得到松耳石以前，事就办成了的话，事后，她可能得不到松耳石。就对妇人说："你这次送来的食物我不吃，以后再送来我便吃。"妇人听了害怕起来，心想，莫不是尊者知道了？于是羞愧地把食物拿回去了，对札甫巴说："尊者有未来先知的神通，他已知道了，故不肯吃。"便将来龙去脉说了一番。札甫巴说："假若有神通决不肯说下一次拿来的话，必然会把食物给你，让你吃下。但他没有这样说，只说下次拿来，这就证明他没有神通。现在，你把这松耳石拿去，这食物务必要送进他的口中！"便将松耳石给了她。妇人说："人们都相信而且肯定他有神通。正因为有神通，所以上次才没有吃。再去担保仍然是不肯吃的。我不要松耳石，害怕得很，心中实在不安。我再不去做这种事了。"格西道："那些俗家人肯定他有神通，因为他们没有看过经典，是受了他狡诈的欺骗。我的书中说有神通的人，不是他那个样儿。我敢担保，他没有什么神通。这次你把食物送给他，若是见到实效，我俩既然已经有过那样的关系，正如吃大蒜一样，不管你吃多吃少气味是没有差别的。因此，今后我们就干脆结为夫妻。不但这个松耳石，就是我的一切内外财产都交给你管理。我们甘苦相共，那样，我俩错了就一起错，勉力为之吧！"妇人听他说得天花乱坠，就信以为真，打算再干。于是，又把毒药加在奶酪里面。

作者着力塑造了格西札甫巴披着宗教外衣聚敛财富，坐享荣华富贵，粗鲁蛮横、阴险狠毒、骄奢淫逸、道德沦丧的形象。札甫巴虽然"富有牛羊、财产"，拥有权势，但却不学无术，不讲实修，拘泥于教条，只会从经论中摘取片言只语，并以此来炫耀自己，诘难别人，结果被米拉日巴狠狠地批驳了一通。作者借施主之口对他评论道："格西法师，不管你对法如何精通，但是，像你这样的出家人，即使多得把大地都能塞满，也顶不住尊者一根汗毛。"另外，佛徒本是戒淫的，格西札甫巴却有个姘妇。为泄恨报私仇，他竟指使姘妇几次三番毒杀米拉日巴。这件事有教派争斗的成分掺入其中，但实质上反映的则是宗教队伍内部邪恶势力的猖獗和残酷。米拉日巴作为正义势力的代表,为了弘扬佛法而敢于牺牲自我。

两则故事均是正义与邪恶、正面与反面的较量,揭露了当时社会某些上层僧侣剥削人民、欺骗群众的本质和卑鄙无耻、阴险毒辣的真实面目。更能突显出米拉日巴奉行教义、谨守教规、严于律己、不慕荣华、不图富贵、不谋私利,为自己选择的事业鞠躬尽瘁的光辉形象,也为僧俗树起了一面怎样做人的旗帜,具有较强的教育意义。

三、艺术成就

1. 采用师徒问答、第一人称自述的形式展开内容

《米拉日巴传》全书都是由米拉日巴的大弟子日琼巴向师父询问,米拉日巴向众弟子讲述自己的经历,有点像自传形式。该书此种形式是受佛经文学的影响。在佛本生故事中,释迦牟尼就是在弟子的询问下,向弟子们讲述自己的亲身经历。

2. 人物个性鲜明

本书在刻画人物性格方面达到了一定高度,对米拉日巴的母亲娘查迦坚恩怨分明的个性表现得特别突出。

娘查迦坚没能从叔父和姑母处要回遗产,便让米拉日巴拜师学习。一天,米拉日巴的启蒙老师带领他参加一次喜庆酒。米拉喝醉了,师父叫他拿着供养物先回去。他因喝醉又倾心于当天唱歌的人们,自己也很想唱歌,就边走边唱起来。正好,往回走的路经过他家门前,当他走到门口时,还唱着。这时,阿妈正在家里炒青稞,听见后,心中生疑,想道:怎么回事?这好像是我的孩子的声音?!像我母子所受的痛苦,人世间是没有的了,他不会唱歌吧。当时就带着怀疑的心情探望。一看果然是自己的儿子,大为震惊,便把火钳丢在右边,搅青稞的棍子丢在左边,任随青稞炒焦。右手拿起捅火棍,左手抓起一把灰土,下楼时,长梯阶就滑,短梯阶便跳,急急忙忙跑出门外,把灰撒在米拉日巴的脸上,用捅火棍打他的头,喊道:"爸爸,米拉喜饶坚赞,你生了这样的儿子,要绝后了!看看我们母子们的苦难命运哪!"说完便晕倒在地。……阿妈苏醒过来,站起身,泪流满面地凝视我道:"儿呀!比我们母子苦的人这世上恐怕没有了吧!你还有心唱歌吗?老娘我想起来实在寒心!"说罢,痛哭不已。

藏族习惯,撒灰是为了驱鬼的。娘查迦坚把灰撒在自己儿子身上,又给以无情捶打,气得晕倒在地,强烈地表现出她恨铁不成钢、恨子不成器的痛苦心情。反衬出娘查迦坚对欺凌、虐待他们的叔父、姑母等人的深仇大恨和迫切希望报仇的思想。从侧面勾画出她"恩怨分明"的性格特点。

以后,米拉日巴学成咒术,以法力弄塌叔父家的房屋,压死叔父正举行婚礼的儿子和新媳妇以及亲友等三十五口人时,母亲欣喜若狂。书中是这样描写的:

> 白达看见这情形,便飞跑回去告诉母亲:"阿妈,阿妈!叔父的房子倒了,死了很多人,快看呀!"母亲心想是不是真的,高兴得跳起来看个明白。只见叔父家尘土

飞扬，听到哭声震地。母亲真高兴极了！当时，母亲便用一件破衣挂在一根木棍的顶端摇晃着，高声叫道："供养呀，祭祀呀！神圣的上师三宝！喂！乡邻们！米拉喜饶坚赞生的有儿子没有？我娘查迦坚穿破烂的衣服，吃粗劣的饮食，为儿子备办口粮求学，看呀！是不是成功了？当初叔父和姑母不是对我们母子说，人多就带人马来打仗，若人少施咒术来害我吗？现在，就是人少施的咒术，这比人多的乡丁还要强呀！看看楼上的人们，看看楼底下的牲畜，看看房中的财产吧！我留着这条老命不死，才有今天这个时机，看我儿子演这样一幕戏法。看呀，我娘查迦坚可能还有比今天更高兴的事要出现哩！"她心满意足地数落着。

通过上面这段文字刻画出娘查迦坚达到报仇目的后的那种近乎疯狂的行为，一方面表现出她的欣喜若狂，反衬出她对敌人刻骨的仇恨；另一方面突显出她恩怨分明的性格特点。前后两段文字，把娘查迦坚放在不同的环境中，从语言和行动等方面来刻画人物个性，妙笔传神。

另外，叔父和姑母忘恩负义、贪得无厌的性格也刻画得活灵活现、跃然纸上。米拉日巴的父亲病亡后，叔父和姑母作为最亲近的人，理应肩负起照顾这孤儿寡母三人生活的责任，但是他们不但不念及米拉喜饶坚赞曾经收留和帮助他们的恩情，反而忘恩负义、以怨报德，霸占了米拉日巴家的财产，奴役和虐待米拉日巴母子三人。他们贪得无厌、仗势欺人、蛮横无赖的丑恶嘴脸，通过语言、行动的描写被暴露无遗。

3. 情节曲折，引人入胜

玛尔巴四次让米拉日巴修建房屋。第一次让他在东山山头修一个圆形碉房，修到一半时，玛尔巴说考虑不周密，让米拉日巴从根基拆掉，把石头和土运回原处。第二次，让他在西方山头修一个半圆形碉房，修到一半时，师父说自己当时喝醉没说清楚，要求他拆掉，必须把石头和土运回原处。第三次让米拉日巴在北方山头修一个三角形房子，大约修到四分之三时，玛尔巴说自己当时脑子混乱或神志不清，让其拆掉。第四次，玛尔巴让他在要道修灰色九层楼连宝顶共十层的四方形的碉房。修屋地基时，玛尔巴的几个弟子来玩耍，在嬉戏时滚下一个大石头，米拉日巴便把它作为墙基砌到中门。大约修到有两层楼高时，师父让他把石头搬开送回原处……米拉日巴经受了多次修房子"盖了拆、拆了盖"的遭遇，脊背、臀部都磨破长疮，脓血交流，吃尽苦头。但是这些困难并没有阻挡米拉日巴求习佛法的迫切愿望，显示出他从不半途而废、坚定不移虔诚求法的决心。

第二节 《玛尔巴传》

《米拉日巴传》的作者桑杰坚赞为了扩大噶举派的影响，还撰写了噶举派第一代创始人玛尔巴的传记。《玛尔巴传》又称《玛尔巴译师传》，该传记在米拉日巴的弟子日琼巴与安宗敦巴两人编写传记的基础上，又吸收了玛尔巴其他弟子俄巴、梅敦等口传内容撰写而成。

玛尔巴（1012—1097年），生于山南洛扎的卓窝隆。自幼习法，先从卓弥译师学习梵文，后又三次赴印度、四次赴尼泊尔，从那若巴、麦哲巴、智藏等大德学习《喜金刚》《密集》《大手印》《胜乐》等密法，又将许多经典从梵文译成藏文。返回西藏后定居于洛扎卓窝隆，多方弘扬佛法。从学的弟子很多，最著名的有米拉日巴等四大心传弟子。至其再传弟子塔波拉杰时，其教派势力更为强盛，世称塔波噶举，玛尔巴遂被尊奉为塔波噶举派的祖师。

一、思想内容

《玛尔巴传》通过记述玛尔巴一生中三次前往印度学法的生动事迹，真实而形象地反映出后弘期佛教人士学法、弘法的情况。传记共分为五章：降生西藏，初遇佛法；三赴印度，求取佛法；精修教诫，获得证悟；实现誓愿，宏法度生；完成大业，隐入法界。其中玛尔巴三次到印度求取佛法的全过程占了该书内容的百分之七十还多。从初次前往印度、拜诸位大师学法到学成回藏，都浸透着玛尔巴学法之艰辛及求法的虔诚执着。

1. 执着求法，信守誓约

玛尔巴下定决心前往印度求法，从一开始就表现得很坚决。为了能够在印度拜名师学法，他冲破家人的多方劝阻，并变卖部分家财作为学法的"进见礼"。可见玛尔巴学习佛法的坚决及执着。

> 玛尔巴辞别洛迦觉色，转道回到家乡洛扎。他见了父母便央求说："我要前往印度学法，请把我应得的一份财产、田地、房屋全部给我，以作资粮。"父母姊妹听罢异口同声劝道："你去印度学习翻译有何用？学习佛法又能作甚？至于说到修法，若是能修就在西藏修得了；若是不能修在家务农算了。"玛尔巴则对父亲说："您老人家先前曾讲要送我去远方投奔名师，儿我今日正是遵您言教，决意远去印度，访投名流'班智达'上师。"[①]

家人无论怎样劝阻，他都不听，执意拿到了应得的那份家产。玛尔巴留下房屋、田地未动，而将其余家产全部兑换成十八两赤金带着。当他正准备与两位同伴启程之际，不料两位同伴因亲朋劝阻而改变主意不去了，剩下玛尔巴独自一人踏上旅程。

传记中对玛尔巴第三次去印度求法也有类似的叙述。米拉日巴遵师命闭关，梦中得到空行母的授记，不明其意，便去询问玛尔巴上师。此时，玛尔巴上师突然领悟到自己离开印度时，那若巴大师要求自己再去印度的含义，于是立刻决定动身赴印度。众弟子苦苦劝阻。

> 玛尔巴说："无论你们怎样说，我已在上师那若巴面前发誓还要再到印度去拜见他一次，那若巴上师也叮嘱一定要如约前往，不论遇到什么风险，也要去印度一次。"

[①] 桑杰坚赞：《玛尔巴译师传》，张天锁、申新泰、文国根、张家秀译，西藏人民出版社，1989年，第8页。本节所引内容均出处该书，以下不再作注。该书作者译名查同杰布，乃桑杰坚赞另一译名。

玛尔巴不听劝阻，众弟子无可奈何，便将他为去印度而备办的金子等器物暗中藏了起来。玛尔巴知道后很生气地说："我若体力不支，力不从心，那当然是没有办法了。现在我身体可以，能承受路途之苦；且已在上师面前发过誓，与其违背誓言，不如死了为好。"说罢，气冲冲地便去睡了。

第二天早上，众弟子发现他卧室里空无一人，才知道他已经上路了。于是，众弟子便分头四处寻找。米拉尊者将他赶上，其他弟子也赶来一起苦苦哀求。玛尔巴说："我宁可没有给上师供养的东西，也不愿意违背誓言，没有金子，我也非去印度不可。"大家又说道："那么无论如何请先回卓阿隆，然后再去印度不迟。"由于众弟子一再恳求，玛尔巴只好同大家一起回来。回来后，众弟子又给他顶礼劝道："上师您年纪高迈，去印度途中，有一名叫贝莫贝塘的大荒漠，连马都困倦疲劳，何况您呢？途中喀拉卡瓦这个地方极其寒冷，即在盛夏也会冻裂肌肤，绒地和尼婆罗又热得要命，恒河里惊涛骇浪，令人生畏。印度的边远地区和途中必经的一些小地方，大闹饥荒，盗匪遍地，这些话都是您曾经告诉我们的，当然是真实可靠的了！您现在就不顾一切艰难险阻前去印度，倘若身遭不测之祸，叫我们这些门徒弟子以及受过您教化的人如何是好，又去依靠谁呢？若是人们要真能实修的话，那么西藏从前译出的法要也就行了，至于上师，尽可在心中观想并不断祈祷。由于慈悲摄受的力量是不分远近的，上师您住持在这里即可。若以为从前请来西藏的教法还显不足，必须前去求法时，可以派遣您的儿子达玛多德带领侍从前往，您赐以教诲，发给通行书信即可。上师请您为我们西藏这些所教化的徒众着想，无论如何现在住持这里，以慈悲摄受我们。"玛尔巴说："上师的慈悲之心虽没有远近，但我已在那若巴上师跟前发誓一定要前去再拜见他一次，正是为了可怜西藏所化徒众，才非取回从前没有求得的殊胜的教授不可。……俗话说：'商贾虽年迈，商途颇娴熟。'我虽身体稍显衰老，但也不是不能去印度的老朽，并且我对印度的情况也非常熟悉，这次无论命运怎样安排，我也非去印度求法不可。路上虽说有那么多危险，然而我有化险为夷的把握，这次纵然一死，我也要到印度去。"

玛尔巴不顾自己年事已高及家人和众弟子的阻拦，置生死于度外，毅然前往，并吟唱一首"纵然一死，我也去印度"的歌，带上一碗黄金，只身前往印度。字里行间反映出众弟子与玛尔巴之间真挚的情感以及求法路上的艰辛。传记中师徒间的对话、玛尔巴的坚持及其最后所唱道歌，反映了玛尔巴讲求信用、恪守誓言、吃苦耐劳的品质，又具有蔑视困难、不达目的决不罢休的信念与精神。

2. 对小人的揭露和批判

在第一次到印度求法的路途中，玛尔巴遇到了同去求法的虐译师，二人便结伴而行，其间发生了不少饶有趣味的故事。

虐译师又问："到印度学法需要很多赤金，你可有吗？"玛尔巴不敢以实言相告，便谎说："只有一二钱金子。"虐译师又说："这么一丁点金子抵不了什么用处，你须知，到印度去倘若没有很多金子，那就如同俗语所说的'水槽空无水，解渴成泡影'一样，徒劳无用，是求不到法的。而我却有很多的金子，只要你肯做我的仆从，那么，学法所需的金子嘛，我们可以合伙使用。"玛尔巴心中思量："这可如何是好？"最后，拿定主意，法是不向他求的了，但为了早些启程，便答应在旅程中权且与他扮作主仆。于是二人结伴而行，一直到了印度。

到印度后，玛尔巴要去投拜那若巴，虐译师却说要去找别的大师，并说如果玛尔巴继续当他的仆人，黄金可同用，否则一厘黄金也不给。因此，二人分道扬镳各投名师去了。在学法期间，二人又相遇，交谈辩论起所学佛法时，虐译师都输了，因而心怀嫉妒。后来学成回藏，二人在途中又巧遇同行，虐译师顿起不良之意，心里暗想："我二人中，论起金子固然我多，学法却是他精。"因而生起嫉妒的恶念。那时，与虐译师一起的有两位班智达，一位游学僧及几位旅伴。虐译师的书籍等物品全都托他们带着，而玛尔巴则将书籍打成包袱，自己背着行路。虐译师说："我们堂堂的大译师，亲自背着包袱，成何体统？还是交与游学僧带上吧！"玛尔巴照其所说，将包袱交给了游学僧。虐译师暗中贿赂那游学僧，教唆道："你将玛尔巴的书籍经卷故作失落扔到河中！"那游学僧从其奸计，当船行至恒河的中央时，便故意将玛尔巴的书籍经卷扔到水里。玛尔巴料到这是虐译师所为，他想起筹措金子的艰难，到印度访师求法的苦处，求到的法门与教授又是别处稀有，那样珍贵，而现在却化为乌有，心中十分痛苦，几次想投河自尽。此刻，忽然记起上师的教诲，心中的痛苦稍为减轻。玛尔巴本无报复之意，只想把事情弄个明白，便问虐译师："这都是你做的好事！"虐译师矢口否认说："我不曾做。"玛尔巴无可奈何。但当船一靠岸，玛尔巴即将游学僧捉拿到当地国王处讲理，游学僧只好将虐译师教唆的全部底细供出。于是玛尔巴便将心中所想到的作成道歌用以羞辱虐译师。歌中唱道："听呀！业力所合友，相邀结伴同行人，大家同是入法门，应当互学求奋进。何况称为班智达，译师、大德等名人，共乘一船难离分，同心同德同命运，纵不能利情可原，但加以害理难容。尤其对于佛法和我及一切诸有情，如此伤害太蛮横，天理人情怎能容？烦恼五毒恶意行，将我书籍抛水中，岂如害人即害己，致你受损也不轻，同时将你成就名、佛法、黄金抛水中。……谁知你竟是这般，上师、译师责不担，如今含羞返家园，落得狼狈不堪言。你应深刻悔罪过，莫要错上再加错。自恃大师只能把愚蠢之人欺骗过，但却怎使有缘者，获得成熟与解脱？人身如宝得不易，劝你别修三恶趣。"

虐译师被揭穿后，极力祈求玛尔巴不要对别人说穿此事，并许诺回藏后，让玛尔巴到他那里去抄写经书。然而等真正返回西藏后，虐译师又借种种原因不让玛尔巴抄录经书。对于虐译师这种嫉贤妒能、阴险使诈、不思悔过、出尔反尔的班智达，作者通过语言、动作、心理等方面的描写，将其丑恶的小人嘴脸形象地呈现在读者面前，对其进行了辛辣的讽刺和无情的鞭挞。

玛尔巴艰辛的学法经历揭示了一个事实：无论是在印度还是在西藏，当时若想求得佛法，没有大量黄金是绝对办不到的。玛尔巴自己对弟子玛巴郭勒也说过同样的话："在印度，没有黄金是求不到法的。"越是"德高望重"的大师，越要供奉大量黄金，否则便欲学无门。书中讲：玛尔巴在西藏向卓弥译师学法时，便供奉了大量黄金，即便如此，卓弥还不肯借书给他看。去印度学法，更要黄金。所以他第一次去印度时，便向父母讨取了自己的财产份额，变卖成黄金。从印度回来后，也循师之道，如法炮制，向徒弟们大量收取黄金和财物。他的心传弟子米拉日巴没有黄金财物可供奉，又非向他求法不可，所以便受尽了凌辱和奴役。神圣的佛法，在传与学的过程中，除了情感因素外，传法的深浅难易程度往往取决于所献"礼物"即利益的多寡。作为三宝之一的佛法俨然已经成了地地道道的商品，而那些道貌岸然的"高僧大德"也都成了不折不扣的商人。

传记的结尾部分也描写玛尔巴的儿子贝欧等人竟将玛尔巴的遗体当成"摇钱树"来变卖，体现出他们唯利是图的本性。

> 玛尔巴译师的色身隐入法界之后，众人才深信他是真佛。于是有人愿出很大酬金，以求得到一点师父的头发、指甲以及小片衣物等。于是便用上等绸缎将大师如意宝般的遗体包裹起来，未有焚化，请求为利益众生而住于世间。上师之子贝欧等人，把遗体之肉连同骨头给人，收取酬物。头骨被请到彭域地方一个寺庙中，上师俄巴知道后，心中不忍，于是给师父的儿子献了大礼，请求将师父的遗体赐之。他们说："那么你供养的东西最主要的应是那若巴赐给父亲的红莲宝石本尊像。"俄巴遂依其言将红莲宝石本尊像等无数财帛奉献给他们。之后，便将遗体迎请到雄地。因此，在灵骨之中以俄巴大师寺庙所供奉的灵骨为主。

二、艺术特征

1. 人物形象鲜明生动

传记塑造了玛尔巴吃苦耐劳、不达目的决不罢休的性格特点。玛尔巴为了学习佛法，先后三次到印度投拜当时的佛教大师那若巴和麦哲巴等人。每次去印度，家人和徒众都劝阻他。但是，他下定决心后，克服种种困难，绝不动摇。他第三次去印度学习佛法，不顾自己年事已高，独自一人跑到山沟、森林和村镇里寻找那若巴，吃尽了苦头。有一次，被一个残暴的国王抓到，几乎丧命。他跋山涉水，前后寻找了八个多月，终于找到那若巴，学得佛法。书中还写玛尔巴因得风寒症等病有十三次差点丧命，但他没有后悔，也没有退怯。以上情节都表现出玛尔巴为学习佛法矢志不渝、不屈不挠的精神。

2. 通过动作、心理等描写来刻画人物

玛尔巴第三次到印度习法，为了早日见到那若巴上师，他痛哭流涕，悲号呼喊，虔诚祈请。他见到尊师那若巴后，欣喜之情不可名状，遂向尊师倾吐衷肠，不觉涕泪交流。将师足至于头顶，尚觉不足，又起来拥抱师父，喜极昏迷过去。通过这些动作，描写出玛尔巴想要见到师父的急切心情以及与师父久别重逢后悲喜交加的情景。

玛尔巴这次来印度学法三年后，决心返回西藏。他在布拉哈山西边的阿摩园中休息，

清晨他想道："我今生从西藏前来印度共是三次：第一次住了十二年，第二次六年，第三次三年，共是二十一年。其中在那若巴跟前就是十六年零七个月。在习法过程中，还参谒了许多得道上师，对印度的语言和所学法要都已彻底通晓。"如此想毕，心中非常高兴地要返回西藏。但是，要舍离上师和法友，心中又很难过，并且对归途中的险滩恶水也有些担忧。不过，转念一想：这次是学业完成，获得殊胜教授返回西藏的，因而又高兴起来。这部分心理描写把玛尔巴学成即将返回西藏的内心喜悦、与师父法友分离的依依不舍以及对返藏途中艰险的担忧之情活灵活现地展现在读者眼前，丰富了玛尔巴的人物形象。

第四章 故事

藏族的故事可以分为口头流传和书面记载两种形式，下面分别做一介绍。

第一节 口头流传故事

藏族民众口头流传着许多故事，本节摘录流传很广的两则口头故事。

一、汤东杰布修桥的故事

藏族居住的地区大多山高谷深，水深流急，没有桥梁，行人往来只能靠小小的牛皮船摆渡，非常不便。有的地方甚至连牛皮船也没有，人们便赶着牲畜，背负重物，涉水而过，常常被汹涌澎湃的波涛卷走，遭受巨大的财物损失甚至生命威胁。

汤东杰布看到这种情况，便下决心在河上架桥，以便行人往来。为了筹集架桥的资金，他走遍西藏，可是也没募集到多少。因为，穷人愿意资助，但是没有钱和物料；富人有的是钱和东西，但是不肯捐献。

他的行为感动了吉尊卓玛（至尊救度母）神女，在梦中指点他到雅砻琼结去请能歌善舞的七兄妹帮忙。他请到琼结七兄妹后，便到处表演戏剧歌舞，募集到资金和铁料，在群众的全力协助下，沿河上下修了十三座铁索桥。从此，行人称便，生命财产再也不受威胁。

这则故事具有浓郁的民族特色和高原风光。山高水急是青藏高原特别突出的自然特点，这则故事正是对这种自然环境的真实反映。其可贵之处在于故事中所描写的人们，虽然尚处在生产力水平低下、科学不发达的条件下，但是，他们在大自然造成的困难面前，没有退缩不前，而是挺身战斗，战胜困难，表现出征服大自然的英雄气概。这是人类生存和前进的最可贵的动力。从牛皮船到铁索桥的变化，标志着藏族人民在发展的道路上，又向前迈进了一大步。该故事批评了富人的吝啬，赞扬了人民群众的力量，歌颂了代表着集体力量和智慧的英雄人物汤东杰布及七兄妹。

从藏文史书记载看，藏族早在雅砻部落的布德贡杰赞普时就已经开始在河上架桥，说明藏族建桥技艺的发展是比较早的。汤东杰布架设了十几座铁索桥，单从桥梁建筑看，也是巨大的进步。

二、甘丹寺经堂的大柱子

修建甘丹寺的时候，寺里的念经堂修得特别宽敞高大。为了使其更加牢固，宗喀巴大师让在经堂中间立一根大柱子，撑住堂顶。可是，找遍西藏各地，也找不着那么高大的树木。后来，在波密的原始森林里找到了合适的大树。于是，宗喀巴便派人去砍伐。砍树时，大树直流血，大家非常疑惧。可是又有宗喀巴大师的命令，只好把树砍倒，砍倒以后便往回拉，途中天黑住宿。第二天早晨，大树不见了，大家一路寻找，沿着大树回去的印迹找回森林，发现大树又长在原地了。

他们再次把树砍倒，日夜换班不停地拉，终于拉到甘丹寺。打磨好后竖在大经堂正中。但是柱子不肯支撑，下面总是离开地面一掌厚的距离，直到现在还是那样。到甘丹寺朝佛的人，都要伸手摸一摸柱底，以祈祷吉祥。

这则故事，一方面客观反映了藏族房屋建筑技艺的高度发达，即使像甘丹寺大经堂跨度那么大的房屋，中间不要柱子支撑，也能长期安全，说明劳动人民的高超技艺和聪明才智。另一方面，也曲折地表达出劳动人民对兴师动众、劳民伤财修建寺庙行为的不满和反对。那棵大树被砍时流血，拉运途中又逃回去，立为柱子也不肯支撑，始终抱着敌对和反抗的态度，这样的情节是很耐人寻味的。

第二节　书面故事

这时期的书面故事主要指一些学者为格言诗做注释时，用文字记录了格言诗所涉及的流传民间的故事，为后人留下了宝贵的文献资料。

一、《甘丹格言注释》

《甘丹格言注释》的编著者央金噶卫洛卓与《甘丹格言》的作者班饮·索南扎巴都是15世纪的人。他为《甘丹格言》作注，共收七十一则故事。这些故事就其来源和内容看，可分为寓言故事、佛经故事、历史传说三类。

1. 寓言故事

如檀香烧炭、乌龟自夸落地、猴子笑人无尾巴、兔杀狮、挂鹿尾卖驴肉、大象被哄搅池水、掉入染缸的狐狸、大鹏自大成坐骑、狮子骄傲背象尸、众鸟选猫头鹰为王等寓言故事，其中有一部分与《萨迦格言注释》的故事相同。不少故事来源于印度，可在印度古代的《五卷书》中找到。这些寓言故事短小精悍，给人以某种启示和教育。如《乌龟自夸落地》的故事：

从前，在一个池塘里，住着一只乌龟和两只天鹅及许多水鸟。因为连着十二年大旱，池塘的水也干了。两只天鹅商量道："咱们到别的池塘去吧！"乌龟说道："朋友们！别扔下我！我可以用嘴咬住一截树枝，你们俩抬着树枝的两头，带着我去吧！"天鹅嘱咐说："这样的话，你可别讲话，要闭紧嘴巴！"于是两只天鹅就这么抬着乌龟在天空飞行着。这时，山村的孩子们看见了，便嚷道："看呀！天鹅带着乌龟飞啊！"飞到另一个山村时，孩子们也是这么喊叫。乌龟憋不住了，说道："不是天鹅带着我，是我自己想走而出的主意！"一张口，松开了树枝，落在地上，被孩子们捉住，吃了很多苦头。

这则故事告诫人们，处处夸耀自己，对己不利，是要吃苦头的。

2. 佛经故事

如王子唐杰卓乐善好施、圣兽救人人害兽、国王舍肉喂夜叉、大象舍身救人群、八脚狮子救国王、九色鹿、婆罗门修忍感暴君、团结四兄弟守戒律等。这些注释故事是作者根据佛经故事改写而成，只有故事的主要情节。如王子唐杰卓乐善好施，布施儿女的故事来源于《菩萨本生鬘》，其内容与《圣者义成太子经》相同，注释只写了整个故事的梗概。故事中也有一些与《萨迦格言注释》中的故事内容相同，寓意也相同。这些故事主要是宣扬布施、忍耐、智慧等有利于众生的善行。其中瑕瑜互见，良莠掺杂，对它们应该具体分析。如"神猴救人人害猴"的故事：

有一个寻找失牛而误入密林迷了路的人，为了充饥解渴，爬到一棵长在悬岩半坡上的大树尖去摘胡桃吃。结果，树枝折断，掉进一个深谷中，爬不上来。正在绝望悲叹时，林中一神猴为了寻找食物，也来到悬岩边，就跳下深谷，费了很大力才把此人背了上来。此人被救后，却在神猴睡着时，想用石头砸死神猴来充饥。但没砸中，惊醒了神猴。神猴为他的罪孽痛心，仍把他送出森林，指给他回城之路，并劝他要多做善事。后来此人得了麻风病，痛苦不堪。

这个故事谴责了忘恩负义的蠢人，鞭挞了恩将仇报的丑恶行为，赞扬了神猴在危难时刻救人的高尚德行。同时也宣扬了佛教的"善有善报，恶有恶报"的因果报应的观点。

3. 历史传说

如文成公主的传说，止贡赞普被杀、赤松德赞计杀权臣弘扬佛法、朗达玛灭法被杀等传说。这些故事内容多取材于历史著作，前面大都已经提到，只是在注释中写得比较简单扼要。利用藏族历史典故做注释，是其他格言注释所没有的。

《甘丹格言注释》故事与格言内容紧紧相扣。故事虽是梗概，但情节交代清楚，文字精练，清晰流畅，富有风采。

二、《益世格言注释》

《益世格言》又译作《修身论众生养育滴》，是印度龙树所著的格言诗。原书有格言八十六首，藏族的洛卓白巴为《益世格言》写了一本注释故事，共计二十九则。《益世格言注释》与《萨迦格言注释》《甘丹格言注释》都属同一类型。

洛卓白巴生于后藏曲郭约钟，是第一世达赖喇嘛根敦珠巴（1391—1474年）的大弟子,协助根敦珠巴建筑扎什伦布寺,对龙树的《中观论》有特别的研究。

这二十九则故事也包括民间故事和佛经故事,如兔杀狮、井底之蛙、落井人恩将仇报、不听劝告的猴子捣毁麻雀窝等。有的故事也与《萨迦格言注释》《甘丹格言注释》中的故事相同。

除此之外,作者还用藏族民间故事做注释。如"猫喇嘛讲经"就是一则流传在甘南藏族地区的民间故事。内容如下:

  一只年老力衰的猫,身披袈裟,手持佛珠,爬上法座,一本正经地讲起经来。骗得老鼠们以为它改恶从善,因而对它产生了信任,都来听它讲经。猫儿讲经有三条纪律:一要专心;二要虔诚;三要排队出入,不准回头探望。老鼠遵命行事,于是猫每次讲完经后,就将最后一只老鼠捉来饱餐一顿。可是"若想人不知,除非己莫为",最后,老猫终于被当场捉住,揭穿了真面目。

这则故事有详略不同的异文传世,情节也有差异,但它蕴含着深刻的社会意义,形象地揭示出高贵的袈裟包藏着某些宗教上层的贪杀之心。它揭开了宗教上层伪善的面目,将压迫者的兽心赤裸裸地展现在世人眼前,表现出民间故事积极的斗争性。

第四编
封建农奴制社会后期的藏族文学
(17世纪40年代—中华人民共和国成立)

第一章 社会发展与文学概况

这一历史阶段横跨清朝、民国时期到中华人民共和国成立,共计三百多年。藏族社会的封建农奴制度由兴盛转为衰落,三大领主与广大农奴之间的矛盾日益尖锐,同时还伴有统一与分裂、爱国与叛国、侵略与反侵略、专制与民主的激烈斗争。清朝时期,清政府直接管理着西藏的重大事件。民国时期,国民政府也参与管理了藏族的重要事件。在那多事之秋,西藏面临着前所未有的危机和挑战。与此同时,藏族的作家文学和民间文学也有了长足发展。

第一节 社会发展概况

17世纪中叶,五世达赖喇嘛和四世班禅经过协商,把青海的蒙古和硕特部固始汗引入西藏。固始汗率军进入西藏后,夺取噶玛巴管理西藏的一切权力,尽归五世达赖喇嘛。1642年,五世达赖喇嘛派专使到沈阳与清政府通好。1652年,他应邀到北京觐见顺治皇帝。1653年被顺治皇帝册封为"西天大善自在佛所领天下释教普通瓦赤喇怛喇达赖喇嘛",确定了达赖喇嘛在西藏的权力和地位。同年,固始汗也被清政府册封。此后,五世达赖喇嘛凭借政权的强大威势,发展格鲁派寺院组织,扩充僧尼人数,形成了庞大的政治宗教集团,进一步加强了西藏地方政府政教合一的制度。

但是,当时统治西藏的有两大势力。达赖喇嘛掌管宗教权力,政权和军权归固始汗掌握。到拉藏汗时期,双方为争夺在藏的统治权而展开斗争,拉藏汗杀死了第巴桑杰嘉措。清廷顺水推舟,册封拉藏汗让其掌管西藏事务。1717年,新疆蒙古准噶尔部袭扰西藏,杀死拉藏汗,推翻蒙藏联合掌政的甘丹颇章政权(1642—1717年)。康熙两次派兵征讨,在西藏地方武装配合下,彻底清除了蒙古在藏的势力及影响,安定了西南边疆,加强了祖国统一。

1727年,西藏地方统治集团内部四位噶伦政见不合。阿尔布巴与其他两位噶伦密谋,以突袭方式杀死了康济鼐,掀起一场战乱。颇罗鼐从后藏起兵捉拿了阿尔布巴等三人,并上报清廷。清政府一方面批准把叛乱者处以死刑,一方面降旨颇罗鼐总理西藏事务,并开始设置驻藏大臣。其后近二十年间，西藏在颇罗鼐的治理下，人民休养生息，社会安定，生产得以发展。然而在他去世后，袭郡王位的次子珠尔默特纳木扎勒，恣意妄为，被驻藏大臣傅清等斩杀。清政府借此机会废除了郡王制（1728—1751年），授权七世达赖喇嘛掌管西藏政务，建立三俗一僧的噶厦政府（1751—1959年）。

1788年，发生了廓尔喀侵藏事件。廓军劫掠后藏扎什伦布寺，残害百姓，给西藏人民带来了重大灾难。后在清政府派遣军队及西藏民众的共同努力下，赶走了廓尔喀军队，保护了人民的生命与财产。1792年，清政府颁布了"藏内善后章程二十九条"，进一步加强了对西藏的管理。

19世纪以来，英、俄等国家觊觎和图谋西藏的野心日益膨胀。1841年，第一次鸦片战争期间，英国为牵制中国人民的抗英力量，唆使森巴（道格拉）军从其侵占的拉达克（克什米尔）侵入阿里地区，并派人以游历、探险、考察、传教等名义侦查西藏各种情况。英国在1888年和1904年先后两次入侵西藏。面对来犯之敌，西藏人民自发组织起来，誓死保卫家园，他们用最原始的武器与英军展开血战，就是历史上著名的隆吐山战役和江孜保卫战。两次战役虽以失败告终，但展示了藏族人民保家卫国的英雄气概和大无畏的牺牲精神。

此时，江河日下的清政府在帝国主义的坚船利炮下，采取了屈膝媚外的政策，签订了有伤国家尊严、有损藏族人民利益的不平等条约。此时，藏族上层逐渐分化成两派。一部分站在藏族人民一边，主张坚决同帝国主义斗争；另一部分人毫无民族气节，与帝国主义串通一气，做了很多背叛祖国、出卖民族利益的事情，成为历史的罪人。爱国的宗教人士热振活佛被杀害，就是一起严重的政治事件。

藏族人民在同帝国主义侵略势力做斗争的同时，还与残酷压榨和迫害人民的少数官员和领主展开了斗争。暴动和起义事件接连不断，封建农奴制度日益动摇。

1933年12月，十三世达赖喇嘛圆寂。1934年8月，国民政府派遣专使黄慕松等人到拉萨祭奠。同年11月，蒙藏委员会在拉萨设立办事处，为恢复国民政府驻藏机构奠定了基础。1940年2月22日，国民党官员吴忠信主持了十四世达赖喇嘛的坐床仪式。同年4月1日，蒙藏委员会驻藏办事处正式成立。

1921年，中国共产党成立，为中国各族人民获得自由解放开拓了前进的道路。1935年，红军长征经过滇、川、青、甘四省藏民族居住区域，严格执行"三大纪律、八项注意"，宣传和贯彻民族平等、民族团结以及宗教信仰自由等政策，成立苏维埃政府，吸收一部分藏族青年参加红军，在藏族地区播下了革命的火种，对藏族社会产生了深远的政治影响。

在这段历史时期，涌现出了五世达赖喇嘛、颇罗鼐、热振活佛和格达活佛等推动藏族社会进步发展的历史人物。他们犹如一面面旗帜，展现着峥嵘岁月中藏族进步人士维护祖国统一的精神风貌。从清朝、民国政府到中华人民共和国成立，无论国家是积贫积弱还是繁荣昌盛，都未曾放弃对西藏的管辖和治理！1949年，随着毛泽东主席在天安门城楼上庄严宣告"中华人民共和国中央人民政府今天成立了",中国迎来了亘古未有的新时代。1951年5月23日,中央人民政府和西藏地方政府在北京签订《中央人民政府和西藏地方政府关于和平解放西藏办法的协议》,宣告了西藏的和平解放,西藏地方的历史画卷从此掀开了崭新的一页。1959年,西藏进行民主改革,百万农奴翻身解放,当家做主,彻底摧毁了封建农奴制度。西藏迈入了新时期。

第二节　文学概况

在这一历史时期,藏族文学出现了一些著名的作家和作品。在历史文学方面,五世达赖喇嘛阿旺·洛桑嘉措撰写的《西藏王臣记》文采华丽,史料记载翔实,在文风及学术上产生了很大影响。

在传记文学方面,官至噶伦高位的多卡夏仲·策仁旺杰撰写的《颇罗鼐传》打破了过去只为高僧大德写传记的惯例,反映了当时的社会现实,开创出史传文学的新道路。小说可分为长篇小说和寓言小说两种。前者以策仁旺杰的《旋努达美》、达普巴·罗桑登白坚赞的《郑宛达哇》为代表,后者以《猴鸟的故事》《白公鸡》《禅师与鼠》《茶酒仙女》《花猫母子辩论》等为代表。寓言小说故事性强,借用比喻说明道理,较多使用了谚语,容易为群众接受。

诗歌方面可以分为作家诗歌和民歌两大类。六世达赖喇嘛仓央嘉措创作的诗歌是作家诗歌的代表。仓央嘉措的诗歌具有立意新颖、语言清新、风格独特等特点,在藏族诗坛上独具一格,受到藏族民众的喜爱。此时,还出现了一批道歌体诗歌,目的虽为宣扬宗教,但同时也批判、揭露了反动统治者的贪婪残暴、虚伪卑鄙等行为。《夏嘎巴道歌》在艺术方面沿袭了《米拉日巴道歌》的特点。除道歌外,格言诗以《水树格言》《国王修身论》等最为有名。这些格言哲理诗在内容、艺术等方面对《萨迦格言》都有发展,在社会上也产生了一定的影响。这时期的民歌主要内容有三类:一是揭露、控诉反动领主的压迫,争取自由;二是反对帝国主义侵略,歌颂抗英将士的英雄气概;三是歌颂和怀念红军,表达美好理想。这些民歌真实地反映了社会现实,表现出藏族民众的思想感情。除此之外,民歌中还出现了一些反映爱情和劳动的诗歌。

这个阶段的民间故事在原来神话传说、古代趣闻、爱情故事的基础上,出现了嘲弄、惩罚封建领主的故事集《阿古顿巴》。这些故事情节生动,吸引读者兴趣,备受世人追捧。此外还有一些反帝反封建的抗英故事以及红军故事流传。

藏戏中的白面具藏戏大约产生于8世纪。15世纪初,汤东杰布为了募捐修铁索桥,带领山南琼结七兄妹演出藏戏,发展了藏戏艺术。他晚年回到自己家乡日吾齐后,在白面具藏戏基础上创建了蓝面具藏戏。五世达赖喇嘛洛桑嘉措从小喜欢藏戏,17世纪中叶,他首先把民间藏戏引入哲蚌寺的雪顿节进行演出,形成雪顿节藏戏演出习俗。在他的关注和帮助下，其家乡白面具藏戏发展较快。18世纪末期，八世达赖喇嘛强白嘉措扩建罗布林卡时，在离园东门不远的地方专门修建了一座观戏楼阁，同时允许民众在雪顿节时进入罗布林卡观看藏戏演出，提高了藏戏在僧俗心中的地位，并促进了藏戏艺术的发展和传播。20世纪初，十三世达赖喇嘛时期已经形成六个白面具藏戏班和四个蓝面具藏戏班雪顿节到拉萨献演藏戏的制度。藏戏在17世纪中叶以后发展很快，故把藏戏放在本编中详细介绍。

  这一阶段，藏汉文学交流得到很大发展。汉族的《西游记》《三国演义》《水浒传》《聊斋志异》等书的主要情节被翻译成藏文传入藏族地区，受到藏族民众的喜爱。与此同时，藏族的《格萨尔王》《米拉日巴传》、仓央嘉措诗歌以及一些藏族民歌、藏族故事被译为汉文，传到汉族和其他民族地区，促进了各民族的文化交流。

第二章 史传文学

历史文学以五世达赖喇嘛的《西藏王臣记》为代表，而传记文学《颇罗鼐传》的出现，打破了传记多为高僧大德立传的传统，开创了藏族传记文学的新篇章。

第一节 《西藏王臣记》

《西藏王臣记》是继《西藏王统记》《贤者喜宴》之后的又一部著名的历史文学作品。它成书于17世纪中叶，是五世达赖喇嘛阿旺·洛桑嘉措的代表作品。三百多年来，一直受到人们的推崇。

一、作者简介

阿旺·洛桑嘉措（1617—1682年），出生于山南琼结的贵州家庭。六岁时被认定为四世达赖喇嘛的转世灵童，迎至拉萨哲蚌寺供养。九岁拜四世班禅洛桑·曲吉坚赞为师并受沙弥戒，取法名阿旺·洛桑嘉措，开始学习佛法。二十一岁从四世班禅受比丘戒。1642年建立甘丹颇章政权。1652年，五世达赖喇嘛亲率三千人到北京朝见顺治皇帝，受到隆重欢迎和礼遇。1653年，顺治帝册封其为"西天大善自在佛所领天下释教普通瓦赤喇怛喇达赖喇嘛"。五世达赖喇嘛一生执政四十一年，1682年圆寂于布达拉宫，享年六十五岁。

五世达赖喇嘛著述颇丰，撰成作品三十多卷。内容十分广泛，涉及梵文、蒙文、历史、诗歌、天文、射箭和马术等。最著名的有《西藏王臣记》《相性新释》《菩提道次第论讲义》等。

二、思想内容

《西藏王臣记》全名《天神王臣下降雪域（西藏）陆地事迹要记——圆满时节，青春喜筵之杜鹃歌声》，成书于1643年（甘丹颇章政权建立后的第二年）。除去开头的赞美诗和第一章介绍了佛教的来源和发展之外，其余部分按时间顺序叙述了西藏历史上的重大事件，如：松赞干布先祖事记、松赞干布统一青藏高原、赤松德赞修建桑耶寺、莲花生到藏降妖伏魔、佛苯之争、朗达玛灭佛被诛；分裂割据时期吐蕃后裔政权、后弘期传法；元明清时期，元朝与萨迦政权的关系，萨迦政权旁落，帕木竹巴政权的兴衰，固始汗发兵剿灭政教敌人，护持佛法，等等。

本书以西藏历史发展为经，以政教变化为纬，阐发了作者的历史观，凸显详今略古、详政略教的特点。阿旺·洛桑嘉措作为格鲁派的宗教领袖，在叙述历史的过程中难免会掺杂一些神话传说，给西藏历史人物和史实披上了一层神秘的宗教外衣，使整部书形成了神话和历史兼而有之的特征。

1. 神话传说

《西藏王臣记》记述了不少神话传说，既反映出藏族人民对本民族历史的特殊记忆，又融入了浓厚的宗教情感。

天赤七王的故事

书中用神话故事的形式叙述了雅砻部落的前七代王的来历，特别是聂赤赞普的降临，具有浓厚的佛教色彩。

> 圣观世音又复思维，此时藏地虽有若干小邦之主，然无一大王出世，则佛教之兴，颇有困难，故未作加持。适有众敬王之裔与甲巴者，生有一子，圣者乃为之作加持焉。此子相貌，异乎常儿，眼皮下陷，眉如翠黛，齿如列贝，手臂如轮辐之支分，具是各种德相。父疑为神怪所变，远逐边地。持白莲者放射殊胜智慧之光，照之使其改变心境。彼乃行至拉日江托山巅，望见雅砻土地，如天堂胜景，下移地上，亚拉香布之雪山明洁秀美，致璧月生爱而施以拥抱。旋来拉日若布山顶，沿天梯下降，步行至于赞塘阁西。时苯教中有才德卜士十二人放牧于此，为其所见，乃趋前问从何而来，彼以手指天，知乃自天下谪之神子。众言此人堪为藏地之主，遂以肩为座，迎之以归，因此遂称为"聂赤赞普"。此与《青史》中所说的赤·赞普·沃德，同为一事。聂赤修建雍布拉康宫，才米辛氏之木杰翻译苯教。聂赤赞普配妃朗木木，生木赤赞普。木赤赞普配萨丁丁，生丁赤赞普。丁赤赞普配索陶陶，生索赤赞普。索赤赞普配多美美，生子美赤赞普。美赤赞普配达季拉摩迦摩，生达赤赞普。达赤赞普配赛季拉摩，生塞赤赞普。以上七代皆凭天绳升空而逝，无有坟墓。以上总名天赤七王。[①]

对于聂赤赞普从天而降、入主雅砻地方的故事，《布顿佛教史》《西藏王统记》《贤者喜宴》等书皆有记载，只是在表述上略有差异。在本书中，五世达赖喇嘛认为聂赤赞普来到人间的原因是为了佛教的兴起。他身世神奇、相貌怪异，又受到菩萨的加持和引导，无疑会使人们对其产生敬畏之感。天赤七王的名字都冠有母亲姓氏，可以看出当时还处于母系氏族社会。

除此之外，书中还讲到松赞干布是"由至尊观自在菩萨所化现的人王"；赤尊公主和文成公主是由"怒纹佛母"和"救度母"化现的；元太祖成吉思汗是"日月光明所生之

[①] 五世达赖喇嘛：《西藏王臣记》，刘立千译注，民族出版社，2002年，第9—10页。本节所引内容均出自该书，以下不再作注。

子"等。这些都反映出"王权神授"的思想。

迎娶文成公主

关于迎娶文成公主的故事，本书中的描述则与《西藏王统记》《贤者喜宴》文本记载以及民间流传有所不同。书中说派往唐朝迎娶公主的是松赞干布的化身：

> 于是，菩萨化身赞普大王，又欲遣使前往东方，迎娶唐王之文成公主。王为之先事，如同上述。从左眼中放出光明，变化轮王等相，至唐王皇宫宝石门前，由丞相宝，操作汉语而向王言："我吐蕃之王，乃大悲观音之所变化，尔之公主，亦系度母化身，将迎立为妃。并赐释迦牟尼像作为嫁奁，若不许嫁，则兵伐唐都，如蒙见允，则汉藏和好，永息烽烟。"唐上下咸为震惊，遂则许之。

文中描述的松赞干布化身为转轮王及金轮、神珠、王妃、大臣、大象、良马、将军等七宝[①]，共同前往唐朝。这样既可显示吐蕃最大的诚意，又可确保联姻的成功，因此，松赞干布亲自迎娶文成公主。如此一来，便增加了庄重性和隆重性，使藏汉联姻之事显得更有意义。而事实上，前往长安迎娶公主的是禄东赞，并非松赞干布亲自前往，他只是亲自率兵到柏海（扎陵湖）迎接。

书中记述六试婚使的情节与其他书籍所记大同小异。这里说"六试"，比其他书中所记缺少了"认马"的比试情节。迎娶文成公主的传说故事受到藏族民众的广泛喜爱。历史学家把考验婚使的主要情节写进自己的著作中，人们则把这些故事改编成藏戏搬上舞台，有的情节还被画成壁画。这个故事之所以受到藏族群众的一致喜爱和重视，不仅因为故事情节一波三折，波澜起伏，引人入胜，更重要的是表现出藏族人民非常珍惜汉藏兄弟民族的团结友爱，并赞扬了为藏汉两个民族团结做出贡献的历史人物。

昆氏家族与朗氏家族名称来源

在元、明时期的西藏历史发展进程中，昆氏家族和朗氏家族发挥了非常重要的作用。昆氏家族中的贡嘎坚赞、八思巴和朗氏家族中的大司徒绛曲坚赞都是西藏历史上著名的人物。他们为推动中华民族的大一统事业做出了卓越的贡献，其家族名称也如他们的丰功伟绩一般，充满了神奇色彩。

> 兹言萨班之族氏，传谓天神，有介仁、玉仁、玉赛三昆仲。玉赛下地为人间主，生玉赛奇拉等四弟兄。当彼与董族之十八大部落作战，天上玉仁前来相助，征服敌人，归其奴使。玉仁娶木族之女牟萨登为妻，生玛桑等七弟兄。其前六子随父上升天界，幼子生子托察巴沃达。彼娶门萨·错摩杰为妻，生一子名雅邦吉。雅杀罗刹迦仁查麦，夺其妇雅仲斯玛作为家室，产生一子。因与寇仇结合所生，故子名为昆巴吉（意为仇中生）。昆族之名殆从此始。

这则神话和聂赤赞普神话属同一类型，正如文中所说，昆氏家族也与天神有着千丝万

[①] 据《智度论》中说："此王即位时，由天感得轮宝，转其轮宝，而降伏四方，故曰转轮王。"同时此王拥有轮宝之外，还有马宝、象宝等六宝，合为七宝。

缕的联系，而且昆氏先祖不仅能杀死罗刹，还夺其妻而生子，可见昆氏家族的勇猛威武。这段故事与《萨迦世系史》中记载如出一辙，这样做无疑有抬高著名人物族系威望的作用。

在讲到帕竹噶举的掌权者朗氏族系来源时，作者同样也采用神话传说的方式。

《灵犀宝卷》云："衮乔邦先世，由五大种精结成一大卵，外卵壳凝聚，成白色天岩，内壳之卵水，漩成白螺海，中卵黄凝浆，生六道众生，成十八神卵，中品十八卵，齐出成螺卵。"如上所述，白色螺卵中分别现出五官四肢百骸，逐渐转成为一幼婴，极为清俊，令人爱怜，遂名其为叶门杰布。

书中接着讲叶门杰布下传若干代后，出现一个"天神八昆仲"中的第五弟转世，名叫芒道达赞。他的妻子绒萨切江，久不生子，心中不乐，因此他去天界询问诸兄长，经兄长们指点，回到人间修法、祈祷，得与梵天女婚配。

次日，产生一子，携往拉日山巅，将子置于石匣之中而祷曰：此子若为芒东之裔，人子将更坚于神子；若属非是，则听鸟兽吞噬之。汝因已染人气，不能复返天界，乃仍回夫家。以上诸情语之芒东，二人立即往拉日山巅观之，见一婴儿，头有松石发束，顶心白雾缭绕，青龙吐水为之增力，狮子哺乳为之饲育，鹫鸟展翅为之覆蔽，野兽逡巡为之守护，尚有五彩虹霓为之张结帐幕。其父见状而惊呼曰：朗索！朗索！连呼三声，朗族之名，遂自此出。

这则神话传说，前半部分讲由白螺卵生长变化成人，使人联想到藏族人类起源之一的"卵生说"，而在《麒麟宝册》中成为渲染朗氏家族族源的神话传说。后半部分讲天神下凡人间，与梵天之女婚配等，不但提升了朗氏家族的威望，也增加了族源的神秘感。

2. 重大历史事件

《西藏王臣记》对发生在西藏历史上的重大事件，特别是对蒙藏之间关系的发展轨迹进行了勾勒。

多达那波进藏

成吉思汗时代，蒙古汗国的军队在灭西夏、征服中亚的战争中，曾经进入过西藏阿里和甘青藏族地区的边缘地带，在此过程中与藏传佛教的一些僧人发生了接触。当时的阔端王子受命统治西夏和指挥西路进攻南宋，他认识到藏族地区对于巩固西夏以及保障蒙古军南下四川与南宋军队作战的重要性。因此阔端决定对西藏采取军事行动，把藏族地区纳入蒙古汗国的统治。因此，阔端命令多达那波两次入藏，当然两次入藏的侧重点有所不同。

成吉思汗有子嗣多人，一子名阿阔台。台有二子名贵由和阔端。阔端皇子曾遣多达那波西征入藏，其攻战之术，虽大白天亦生畏惧，而以之加诸藏地，故全藏莫不为之慑服。……

至于蒙军入藏，烧毁热振寺及杰拉康，杀害僧众多人，造成寺变。……不久，蒙古汗王发动善心，改向白业，遣甲门及将军多达那波入藏，兵临索介莫。法主京俄仁布齐赴纳邓塘，派贡巴·释迦仁往迎。多达欲杀之，京俄大师祈祷度母，天降石雨，始于大师惊服生敬。从此藏地木门人家①多为霍尔输纳贡赋。东起工布以上，西至尼婆罗和南至门域以内，所有坚寨，皆被削平，定立森严法律，强制藏民皆遵王命，不得违反。并遣使回报王庭。称言此边徼藏地，薮林最多者，唯噶当派；通达情理者，唯达隆巴；望最高者，唯止贡京俄；明晓佛理者，唯萨迦班智达。当迎致何人，请传王令。若以今生圆满福报而论，此赡部洲如成吉思汗之所受享，再无过者。倘求后世有利，则应迎致佛教大师，宣讲解脱和一切种智之道，最关紧要。未久，使臣返藏，携有迎请萨迦班智达之函扎，及下达萨迦法主之敕令。甲门来至萨迦，宣王旨意。

1239年，阔端王子派部将多达那波带领一支蒙古军队，从甘青出发，进入西藏腹地，遭到了强烈的抵抗。文中曲折地反映出西藏一些地方势力对于蒙军的抵抗，比如多达那波焚毁了热振寺和杰拉康寺，杀害了五百名僧人；敬安大师显示神通"天降冰雹"等。虽然通过武力取得了胜利，但他却深感难以用武力长期统治。阔端派遣多达那波第一次进藏的目的有两个：一是用武力击溃所遇到的武装抵抗；二是与藏传佛教上层人士建立联系，邀请一个德高望重的人到凉州来商讨西藏如何归附蒙古之事。

多达那波在拉萨一带驻留近两年。其间，他与僧俗上层频繁接触，并向阔端禀报了卫藏地区的宗教、政治情况，并说明贡嘎坚赞兼掌后藏政教大权且享有"学富五明"的崇高声望，可以请求其出面协助治理。阔端便向贡嘎坚赞发出正式邀请诏书，请他前来凉州商谈西藏归附问题。1244年，贡嘎坚赞接受了阔端的邀请，携带八思巴和恰那多吉两个侄子从萨迦寺出发，途经拉萨前往凉州。到拉萨后，贡嘎坚赞让两个侄子先去凉州，自己留下与当地上层人士磋商归顺蒙古之事。1246年，贡嘎坚赞抵达凉州。次年，阔端和贡嘎坚赞举行了具有重大历史意义的"凉州会盟"。

忽必烈与八思巴建立主属关系

1251年，阔端和贡嘎坚赞相继去世，八思巴继承了贡嘎坚赞的衣钵，开始了自己的宗教和政治活动，并与元世祖忽必烈发生了密切的关系。

> 八思巴传为大译师噶瓦白孜之最后转世。彼方年幼，即善闻思经教义理。赴霍尔时，先在前藏出家，法名洛朱坚赞·白桑布。及法主萨班和皇子阔端，施（主）受（供）二者皆入灭后，薛禅大王即皇帝位，时八思巴大师年届十九，则尊为帝师②。授以灌顶国师玉印，供缕金珍珠袈裟，珍宝所缀氅衣、宝冠、金伞、金椅等多种精工巧制物品。此外尚赐升金升银、马匹骆驼、茶叶彩缯等，一切珍玩受享，莫不优赐有加。……而后复往帝都，首次现呈所创蒙古新字，帝则赐予僧人掌权之诏书。帝于师前三次领受金刚密甘露；初领时以全藏十三万户作为供礼，其第二次供以全藏三区，第三次则供以大量荞民及阿阇世王所分得之如来舍利灵骨。

---

① 木门人家：西藏民间谚语中常说："汉族铁门人家，藏族木门人家。"意思是说旧时汉族的门，多是钉有铁片铁钉的门，藏族人家大都是木门。此处言藏地木门人家，指全体藏民的意思。

② 此处所说帝师并非指1271年忽必烈赐给八思巴的"帝师"封号，而应该指八思巴第一次给忽必烈灌顶后，担任忽必烈宗教上的上师。

八思巴自幼学法，又在凉州生活多年，得到贡嘎坚赞的悉心教导，熟悉蒙古宫廷生活，还接触了汉地、西夏、维吾尔等处的佛教僧人，其佛学造诣很深，因此在佛法上深得忽必烈及其他蒙古贵族的尊奉。另外，忽必烈进军大理时，看到了八思巴等藏传佛教首领在藏族地区的影响力，尊崇八思巴能保证蒙古军在穿越藏族地区时的安全，并能得到沿途藏族部落提供的方便。

1260年，忽必烈即位后，封八思巴为国师。1264年，忽必烈设立总制院，掌管全国的佛教事务和藏族地区的行政事务，并授命八思巴以国师身份兼管总制院院务。1271年，忽必烈改国号大元，称帝。他册封八思巴为"皇天之下、大地之上、西天佛子、化身佛陀、创制文字、辅治国政、五明班智达八思巴帝师"。忽必烈与八思巴在政治上建立了主属关系。

除此之外，书中还记载了明朝末期，格鲁派受到来自青海喀尔喀部的首领却图汗、康区的白利土司顿月多吉以及藏巴汗噶玛丹迥旺波三方势力的排挤和打击。为了化解危机，格鲁派首领五世达赖喇嘛阿旺·洛桑嘉措与四世班禅洛桑·曲吉坚赞等联合青海的蒙古和硕特部固始汗，消灭并肃清了格鲁派的政教敌人，建立蒙藏联合执政的甘丹颇章政权的详细过程。

固始汗作为蒙古族杰出的政治家和军事家，为维护藏族地区的安定、加强西藏地方与中原地区的关系做出了贡献，也为蒙藏关系进一步发展以及藏传佛教的东传起到了推动作用。因此，五世达赖会赠予固始汗以"持教法王（丹增曲杰）"的称号，并在《西藏王臣记》中专辟一章对其丰功伟绩进行赞颂。

3. 教派斗争

在佛教传入西藏，逐渐本土化的过程中，形成了诸多教派。这些教派在各个时期都存在斗争现象，有时暗流涌动，有时你死我活，激烈程度不一。

八思巴与噶玛巴西斗法

蒙哥登大汗位后①，对西藏地方实行分封制度。藏传佛教各教派借此机会纷纷在蒙古王室内寻找靠山。八思巴为取得忽必烈的信任，请求与噶玛巴西斗法。

> 噶玛拔希②显示能入水不溺，游行虚空，践石成迹等之种种神变。帝曰："吾帝师圣者，虽为弥陀化身，然其神通变化与及证悟，不及此髯。"王妃乔乌乃将此言，转告师前。并言："若不显示神通，噶玛巴当成为供境上首，而于萨迦族裔定妨难。"师遂于王臣集会之中……示现各种希有变化，使有目者皆得共睹。

八思巴在这场看似荒诞离奇却充满宗教神秘感的"斗法"中取胜。噶玛巴西离开忽必

---

① 当时蒙哥在位，忽必烈尚未继位。
② 噶玛拔希，即噶玛巴西（1204—1283），法名却季喇嘛，"巴西"系蒙古语，意为轨范师。元宪宗蒙哥时，赠金边色僧帽、金印等，从此所传称为噶玛噶举黑帽系，他被认定为藏传佛教噶玛噶举派创始人杜松钦巴转世的化身，开藏族活佛转世的先例。

烈，追随蒙哥。蒙哥赐给他一顶金边黑色僧帽及一颗金印，遂衍出噶玛噶举黑帽系。

大司徒推翻萨迦政权

自"凉州会盟"后，萨迦派不断得到元朝政府的鼎力扶植，朝廷对其的尊崇达到了无以复加的程度，让其他各教派望尘莫及。然而当元王朝由盛及衰时，萨迦政权内部出现争斗，表现出大厦将倾的局面。文中有这样的描述：

> 是时，萨迦因宗室权贵甚多，分裂为四大喇章①，内部不和，其所有政教二权均丧于帕竹之手。此诚如预言中云："土地内袭猪翻覆，雅砻金刚手化身。"其义颇与实事相合。……使其统御卫藏四茹之地。故为时不久，皇帝亦遣达鲁花赤等金字使者持诏前来，封其为大司徒名号，并赐诰印焉。

文中的"土地内袭猪翻覆，雅砻金刚手化身"两句有寓意。其中，土是"萨迦"的"萨"的意译，"帕竹"的"帕"是藏文"猪"的音译，"雅砻"就是指雅砻河谷，即帕竹政权所在地。"金刚手"，即所谓"执金刚杵，常侍卫佛者"，这里指的是大司徒绛曲坚赞。整个句子的意思是萨迦政权内部发生分裂，被崛起于雅砻河谷的帕竹政权的杰出人物绛曲坚赞所推翻。

诚如以上所说，萨迦昆氏家族逐渐由一个统一的封建领主集团分裂成四个在政治和经济上相互并列的小集团，即细脱、拉康、仁钦岗、都却等四大喇章。这给雅砻河谷地方的帕竹万户提供了可乘之机。当萨迦政权日益衰败之际，帕竹政权却在悄然兴起，养精蓄锐。绛曲坚赞利用萨迦的内讧和纠纷，顺势而为，击败并逐步掌握萨迦地方权力，1357年，绛曲坚赞被元政府封为大司徒，并颁给印章。

三、艺术特征

1. 偈颂②与散文相结合叙事，用词典雅华丽

书中用散文叙述事件原委，以偈颂抒发感情，藻饰修辞，语言典雅华丽。譬如作者在结语用颂词对大司徒绛曲坚赞的丰功伟业进行赞颂。

> 因此司徒欲以吐蕃先代法王所制十善法规作为准绳。若能如此遵行，则既不舍弃贫弱，亦不纵容强悍，洞察真伪，分清皂白，则能使全藏安宁，虽老妪负金于途，亦可坦然无虑。其所制之律有：英雄勇虎律、懦夫狐狸律、官吏执事律、听讼是非律、逮解法庭律、重罪肉刑律、警告罚锾律、胥吏供应律、杀人命价律、伤人处刑律、狡赖赌咒律、盗窃追赔律、亲属离异律、奸污赔偿律、过时愈约律等十五条法规。此外尚有，对难于调伏而心怀邪恶之敌党，为实施予计策略。挫败敌方势力，而行武力作战之法；外敌进攻时而行坚守寨堡之法；委任治理民事之官吏奉行善业，无亲疏爱憎，而行公正不阿之法；有杀人者不作抵命；不作使二命同尽等造罪之事，而行赔偿

---

① 喇章：音译，意为师长的住处和大喇嘛的寺庙。因经济力量不同，有大小之分。
② 偈颂：偈，梵语，偈陀（佛经中的唱诵词）之略，译言为"颂"。一颂有四句，各句字数相等，是常用作赞颂或表达宗教哲理的一种诗体。

命价之法。诸如是等运用巧智作出详规,犹如展开整匹白练,以微笑之姿而从远方招迎圆满新时之嘉宾。

诗曰:无畏坚定,战场英勇,刀锋到处夺敌命,
　　　白骨遍地,色惊月童,北惧卢州空逃遁,
　　　血浪红光,照射马面,山亦迁移隐海外,
　　　胜鼓频传,诸天共议,前去稽首声喧腾。

前面叙述绛曲坚赞利用萨迦政权内部矛盾纠纷不断,乘机击败并逐渐掌握了萨迦政权。元政府册封绛曲坚赞为大司徒并颁给他印章。书中在用散文介绍绛曲坚赞的主要贡献之后赋上一首偈颂,每句十五个音节,行文古奥简洁、用辞典雅华丽,增加了该书的文学性。作者把历史叙述与诗歌赞美相结合,使著作中的不少内容具有一定的历史真实性,同时也具有较高的文学价值。

2. 历史故事与神话传说杂糅,佛教色彩浓厚

《西藏王臣记》延续了以往著述的特点,也为历史人物和重大事件披上了宗教外衣,融入了神话传说成分,使故事充满神秘色彩,使主要人物的形象显得更高大、饱满。这无疑与五世达赖喇嘛封建农奴主身份和宗教领袖地位是分不开的,也与他的唯心主义思想是分不开的。对于这一特征,原著中比比皆是。聂赤赞普从天界降临人间的主要目的是宣扬佛教,松赞干布化身转轮大王之相分别到尼泊尔王宫和唐朝长安皇宫提亲,八思巴与噶玛巴西斗法等故事情节,都是把历史故事与神话传说、佛教思想等融为一体进行叙事。本节前文内容中已多有这一方面的论述,此处不再赘述。

作者采用文学写作手法来记述历史,突出史政内容,简化宗教色彩,给人以耳目一新的感觉。但是,作为文学作品,它也有不足之处。正如刘立千先生在《西藏王臣记》前言中所说:由于过分注意文词修饰,导致理解困难。正是这些不足影响了本书的传播。

第二节　《颇罗鼐传》

《颇罗鼐传》不仅是一部传记文学,而且是一部极有价值的历史典籍。该书以颇罗鼐一生事迹为中心,穿插叙述蒙古和硕特部落入驻西藏掌握政权的过程以及清朝康熙、雍正时期藏、蒙、满、汉各族在西藏发生的重大事件,为研究当时的社会状况提供了重要的文献资料。

一、作者简介

多卡夏仲·策仁旺杰(1697—1764年),出生于西藏拉萨北面的达隆地方(即今林周县境内)。按照他自己的说法,他们家族是松赞干布时期著名大臣禄东赞的嫡系子孙。策仁旺杰的父亲阿旺仓巴,在1714年(康熙五十三年)即拉藏汗时期曾随军出征不丹。母

亲名叫淌钟，出身蔡巴万户。后因为家族内部矛盾，西藏地方政府乘机没收他们的领地归公，并取消了他祖父对达龙寺和波多、伦珠布两宗的管理权，只留下一份封地多卡彭措饶丹庄园，家族名改称多喀。策仁旺杰出生时家道已经败落，他六岁开始学习藏文，十岁时学习历算、阅读经卷，十五岁进敏珠林寺师从当时著名学者发祥（印度学者，梵名音译为"达玛室利"）学习五明之学及宁玛派经典等。在此他结识了对他一生都有较大影响的师兄颇罗鼐。

1716年（康熙五十五年），十九岁的策仁旺杰走上仕途，在拉藏汗属下担任税务官及日喀则宗本。次年，准噶尔袭扰西藏杀死拉藏汗，策仁旺杰卸任。后又在准噶尔扶植的第悉达孜哇属下任甲孜直古宗的宗本，在拉萨期间担任卓尼尔和仲译（即迎宾官和秘书官）的工作。当清政府在西藏地方的配合下，驱走准噶尔并处死达孜哇后，策仁旺杰在颇罗鼐的极力担保下，免遭惩处。后来，他被派去征收大貕卡贡日噶布（贡嘎）的赋税，到藏北地区担任孜本。1727年（雍正五年），噶伦阿尔布巴、扎尔鼐、隆布鼐等联合杀害了总理藏政的噶伦康济鼐。颇罗鼐等起兵奋起抵抗，最终在清军的协助下，平定了此次内乱。在颇罗鼐的推荐下，雍正皇帝任命策仁旺杰为噶伦。

策仁旺杰对颇罗鼐感激涕零。担任噶伦不久，他为报答提携之恩，开始创作长篇传记文学《颇罗鼐传》。1733年（雍正十一年），全书完稿。该书稿以拉萨刻本传世，藏布达拉宫。除此之外，还有长篇小说《旋努达美》、梵藏合璧的《佛本生记》、自传《噶伦传》和《藏梵字典》等著述。

二、框架结构

本书由十九章组成，各章内容依次为：家世、青少年时代、结婚、初入宦途、保卫门达旺、拉藏汗的败亡、苦难、转机、驱走准噶尔、暂时的宁静、波动、康济鼐之死、内战、胜利、总理全藏事务、不丹内附、欢乐的年月、夫人逝世、晚年。

三、思想内容

《颇罗鼐传》属于史传文学，书中详细记叙了颇罗鼐从呱呱坠地到晚年的主要事迹。通过记述颇罗鼐一生中几个重要时期的功绩，描绘出一幅17世纪末到18世纪30年代的西藏社会全貌。对准噶尔侵扰西藏、卫藏战争、平定不丹内乱等重大历史事件都有详细记载，生动形象地反映出18世纪前后西藏地区动荡不安的政治局面。

1. 颇罗鼐的文治武功

准噶尔部首领噶尔丹败亡后，其侄子策妄阿拉布坦自立为汗，继续投靠沙俄，反对清政府，长期觊觎西藏地方，企图取代和硕特部而统治西藏。1717年（康熙五十六年），策妄阿拉布坦谎称护送噶登旦增夫妇回藏，遣大将策旺敦多布率六千士兵，长途跋涉袭扰西藏。在准噶尔军步步紧逼，千钧一发之际，颇罗鼐谨遵拉藏汗之命，动员征集卫藏地区的民兵在达木（今当雄县）奋力抵抗，他始终大义凛然、身先士卒，奋勇作战。正如书中所言：

过了几天，滚滚大军，伴着号鼓声，向前冲杀。颇罗鼐台吉身先士卒，朝着敌军五将之一的都噶，就是那个性情残暴、牙齿脱落、眼皮下垂、自以为英雄无敌的沙场老将的营盘猛攻。双方军队伤亡惨重。颇罗鼐台吉的脚被火枪击中，疼痛难熬，几乎摔下马来。为了不至于动摇军心，颇罗鼐台吉一言不发，强振精神，指挥若定，使得士气倍增。

············

打了一天仗，不分胜败而归。

颇罗鼐台吉的亲戚朋友向他言道："你为汗王英勇作战，大显身手，堪为表率。所向披靡，舍生忘死，这全托汗王的洪福。只要各处战场的官兵能稍稍做到你的样儿，拉藏汗王则必获全胜。现在，战事被拖得艰苦疲惫，你脚又受伤，行走不便，仿佛鸟儿断了翅膀，忍受着疼痛，敌军一天天强大，我军一天天疲惫、厌战。根据这种情形，谁知事情最后会弄成什么样儿。你既然脚已受伤，借此躺上担架，正好返回故里。"

颇罗鼐台吉对这些劝说，很不以为然，答道："请亲友们想想呵，你们对我的一片好心，虽然领情，但不可行。世界上，所谓主仆，乃是前世因缘。忠心为主的人，可以涤罪，获得幸福。那虚伪、狡诈、欺诳的奴仆，今生来世，无疑要受痛苦，遭灾罹祸。再想想吧，拉藏汗王秉性善良，纯如赤金，对我厚爱，重加信任。有人要拼命挑拨离间，也是枉然。如今，正当汗王心情郁闷，许多恶奴就像扔弃枯枝似的要丢开主子，我怎能学坏蛋们的行径？再说，我敬信佛法僧，一定会得到好报，汗王洪恩浩荡，我受点伤算不了什么。只要一息尚存，誓必使尽力量和一身武艺，奋勇作战，决不回转！"

一席话，羞得那些人默然不语，无地自容。①

颇罗鼐在与准噶尔军酣战之际，不幸受伤，但他不顾个人安危，忍着疼痛，仍然坚持作战斩杀来犯之敌，为前方将士做出了表率。当亲友劝其退下火线养伤时，他以当前战事吃紧、忠于汗王以及因果报应等为由，对劝说者晓以利害，言辞可谓振聋发聩，句句切中要害，令前来劝说的亲友无言以对！以上细节和对话描写，将一位恪尽职守、舍生忘死且具有虔诚信仰的真实的颇罗鼐呈现在读者面前。

卫藏战争发生后，颇罗鼐联合后藏及阿里精兵几千人，与阿尔布巴、隆布鼐、札尔鼐三位噶伦的军队交锋，并于1728年攻入拉萨，平定了内乱，擒获并软禁了阿尔布巴等人。他力排众议，等候朝廷处置。书中有如下描述：

佛爷（达赖喇嘛）送给颇罗鼐三四匹上等绸缎和五百两银子，派人来说，请发善心，饶了三位噶伦和他们的亲属的性命。他们从拉雪出来，大家在颇罗鼐王爷脚前叩

---

① 多卡夏仲·策仁旺杰：《颇罗鼐传》，汤池安译，西藏人民出版社，1988年，第144—146页。本节所引内容均出自该书，以下不再作注。

首作揖。

颇罗鼐王爷向佛爷禀道:"三域圣佛的告谕,一一遵从。别说杀他们,就是他们的亲戚、随从、财产、房屋,我也不会随便动一动的。待以后,等文殊菩萨化身皇帝的军队来到,康济鼐和我如何损害佛教和众生的利益,如何有碍于佛爷的事业,等等等等,让噶伦们说个清楚;三位噶伦如何胡作非为,背道而驰的事情,我也要讲个明白。大家就这样谈出来。最后,我有罪,就惩处我;噶伦们有罪,就惩处他们。现在,我没有什么可说的。在这期间,绝不违背佛爷旨意。"

············

大部分阿里、后藏军队和首领们都商量好了,同声向颇罗鼐王爷禀道:

"大人容禀:你的有福之雄师,在世界之巅,举着战胜一切残暴的军旗,名声震撼四方。现在正是丽日普照,人人感到幸福的时刻。像那三个穷凶极恶的噶伦,还让他们自由自在,这无论如何是不应该的。以后,大皇帝的军队一来,你就不能作主了。事情的后果如何,将不得而知。因此,在这还能裁夺的时候,把他们打发到下世去吧!"

经再三地诉说,颇罗鼐王爷只得回答道:"聪明人听着。大皇帝的军队就要来了,正好请他们作证。在他们面前,让那些恶臣们讲一讲康济鼐和我的过失;我也要说一说那三个可恶的噶伦的罪行。那时,无论是我还是别人,没有罪过,行为正直者,都会受到表彰;而胡作非为、背道而驰的人,必然要被处死。鉴别好坏,政教上都有一定之规。因此,过早地杀掉罪犯,到了后来,虽然说,这是他的罪恶,这是他说过的,这是他干下的坏事,但是,没有另外一方的申述,哪个聪明人又能判断呢?如果靠狡辩取胜,那不是胜利。所以,别人的话要听,自己的话要说。真的就是真的,假的就是假的,要以真理惩罚敌人。如果自己能够做到这样的话,那么,可以说是世界上的圣贤,是真正的英雄,是最明智的人,将永远立于不败之地。因此,我不杀这些恶臣,要在大皇帝的大清军队的面前,一句一句地辩明。我说的是事实,是真理,是完全可信的。要说得那班坏蛋像冬天的杜鹃一样开不起口。最后,我们会如愿以偿。"

对阿尔布巴等人是"宽宥"还是"处死",颇罗鼐没有听从任何人的意见,更没有擅作主张,他始终恪守人臣之道,等皇帝的军队来到,听候朝廷处置。文中的对话,字里行间显示出颇罗鼐胸怀坦荡、光明磊落、行事稳重、忠于朝廷的高大形象。同时,也反映出后藏官军对制造西藏内乱的"恶臣"的深恶痛绝。

颇罗鼐除了疆场杀敌、勘定叛乱等武功方面有卓越的功绩外,其在治理西藏内政、处理与不丹间的事务、刊刻佛经《甘珠尔》等方面也做出了巨大贡献。仅举几例以窥全貌:

颇罗鼐王爷政令严明,有力地治理着西藏。真是法令威严,公正而毫不虚伪;平等而不可触犯。因此,大家安居乐业。偷窃、诈骗、吵闹之事,也就杜绝了。

另外,古时的良好风气,逐渐丧失,恶习日益泛滥。那些下级官吏,使用属民(如)驴马,叫百姓运送物资;只给很少一点价钱,换取黎民百姓们又好又多的东西;

无故殴打百姓,盛气凌人。如此等等,层出不穷。颇罗鼐王爷发下文告,上面慎重地盖着大印,除了警告少数人外,并且也告诫了其他僧俗大众、贵贱人等,谁也不可无法无天。对那些一点赋税也缴纳不出的属民,从前是派人去催逼,像榨芝麻似的取走许多工资和赏钱。现在,则多次行文领主们,派去的人不得横行霸道。昔日,金字使等来往人员,皆需坐骑。所到之处,沿途百姓要支马差,所以,得先花钱买马,以便支差。因经常饲养马匹,十分劳累。马一旦在三四个月中死去,又得花钱再买。弄得大家苦不堪言。有鉴于此,为了减轻他们的苦楚,从拉萨到阿里和多康之间,颇罗鼐王爷根据需要,派去自己的侍从和骏马,建立驿站。这样的好制度,使百姓松了一口气。并且,国家的公函文书,过去要走一个月,而今只要九、十天就送到了。办法妙极。以往,弃家出走的属民,他们的差税,由邻近的其他百姓分摊,弄得民不聊生。现在,如果他们离家时间太久,就在户籍上注销,这就减轻了其他百姓的差税。如此仁政,大家受益匪浅。这些都已载明,想来,连梵天也难以做到。

············

从前,刊刻佛经,据说,每人每月完成五六块木刻版是最好的;完成三四块是中等的;大多数只能完成一二块;个别人则连这也做不到。现在,最熟练的刻匠,每月可刻十六至二十三块木版;中等的可刻十至十五块,有的可刻八至十二块;大多数是五至七块;就连最笨的人也可以刻三块。因此,在铁狗年至铁猪年(指1730—1731年)这一年的时间里,就全部刻完了。靠着佛菩萨的伟大加持,颇罗鼐王爷的大力倡导,主持工作的大经师阿达查巴和久日图苛雪齐两人的周密筹划,以及许多虔诚善良、学问满腹之士的协助,终于完成了这一无与伦比的功德。这是众生今生后世的幸福之源。

就这样,排除了种种困难,顺利地刻完了《甘珠尔》。

平定各方叛乱后,饱尝战乱之苦的人民渴望社会稳定,休养生息、安居乐业。颇罗鼐不负众望,文治武功,运筹得体,举措得当,效果显著!

2. 阿尔布巴等杀害康济鼐,引起西藏战乱

1727年(雍正五年),总理西藏事务的噶伦康济鼐被阿尔布巴、隆布鼐、札尔鼐三噶伦合谋戕害,对于这一过程,书中做了详细的描写:

六月十八日,在大昭寺觉卧佛殿一侧的办公室三界台阁,康济鼐和贝子阿尔布巴、公隆布鼐、札尔鼐台吉等相聚,一同坐了很久,商量事情。因为显得很亲热,康济鼐丝毫没有怀疑大祸即将临头。他对大家笑容满面,轻松愉快,说了许多兴高采烈的话,并且放声大笑。

这时,拉雪的总管阿沛洛桑来到,向康济鼐呈上一封长长的公文。正当康济鼐在审阅的时候,送信人洛桑顿悦从背后扑上来抓住康济鼐的发辫,阿沛洛桑、贝子阿尔布巴、公隆布鼐和札尔鼐台吉等抽出刀来砍杀。内库里面,门房外头,他们的随从们一哄而上,刀如雨下。这时,真像是百名屠夫宰杀牲畜。

  康济鼐拼命向门房奔去，但是，身体和双手被许多人抓住，刀子无情地砍来，伤口鲜血直流。他们乱砍乱杀，并且还破口大骂道：

  "过去，你凭着一身本领，权势显赫，飞扬跋扈，从不把我们放在眼里。你的威风，原来如此，该是倒霉的时候了。"

  虽然力不敌众，康济鼐仍拼死拼活地挣扎反抗。最后，喉咙里发出咕噜噜的响声，一命呜呼。

阿尔布巴、隆布鼐和札尔鼐都为平定准噶尔之乱做出了贡献，被朝廷授予爵位，担任噶伦，协助康济鼐共同管理西藏事务。然而，他们并未恪尽职守，为了争权夺利，煽起内乱，杀害康济鼐。其心胸之狭隘，手段之残忍，令人发指。康济鼐遇难，也与他平时飞扬跋扈，从来不把众噶伦放在眼里的性格和为人有关。书中对康济鼐遇害的前因后果交代得很清楚，没有夸饰，徐徐道来，使读者如同亲睹。

阿尔布巴等人将康济鼐杀害后，并未善罢甘休，妄图铲除与康济鼐有瓜葛的政治势力。前藏军队所到之处，一片狼藉，藏地民众再次遭受战乱。

  他们（隆布鼐的军队）所到之处，不仅拆毁寺庙，破坏佛像，掠夺装藏①，且焚烧无辜的百姓的房屋。因为贪图女的手钏，竟然砍下女人们的手臂。后藏的百姓，正痛苦不堪。

  …………

  卫区、塔工军队，在偏僻的村庄四处流窜。在扎什伦布寺所属的札苦，把班禅活佛的宝座和靠垫等，毁的毁坏，拿的拿走。噶登却沛和藏札寺等的许多佛菩萨像也遭破坏，装藏被拿走。到奴玛的府邸，把《甘珠尔》经书，像草一样践踏；撕得像一片片竹叶；四处扔撒得像满地的棕榈树叶。把紫檀木书版改成器具的柄把，经绳做了镫带和缰绳。有一座大转经筒也被毁坏。一些寺庙和村庄遭火焚。见着修行的沙门就随意扒下他的袈裟，剥得赤身裸体，又赶又打，还要恶言詈骂。总之，所作所为，完全跟野蛮人一个样，毫不想想善恶之分。

作者用"拆毁""破坏""掠夺""焚烧"等动词，深刻地揭露了前藏军队对所到之地进行打砸抢烧的卑劣手段。

3. 朝廷对作乱者严惩不贷

颇罗鼐与众将士浴血奋战，终于将阿尔布巴等俘获，并听凭清政府皇帝处置。策仁旺杰作为见证人将这一场面完整记录了下来：

  一天，行刑时，全副武装的北京军队，有的打着红旗，穿着红衣，宛如朝霞映红大地；有的打着白旗，穿着白衣，犹如云雾缭绕；有的打着黄旗，穿着黄衣，好像铺着的琥珀璎珞；有的装扮虎豹，手执刀剑盾牌。大家都拿着各种武器，雄赳赳气昂昂，浩浩荡荡在布达拉山背后聚集。在这中间，三个噶伦和他们的亲属，脖子上拴着

---

① 装藏：佛像、佛塔内装入的经卷、珠宝。

铁链，被带了过来。噶伦阿尔布巴观察一番，听到说："木枷何在？"因此，满以为现在要套木枷，不会杀头了。阎王掐住脖子，凡夫们还自欺欺人，妄想着活命，真是：转眼就要丧命，自己还不明白；仍然抱着幻想，却与死神作伴。

随后，全部罪犯，一一被带了出来。个个剥得赤身裸体，勒着肩膀，反剪双手，像长颈鹤似的伸着脖子。颈项套着木枷，背后插着招子，上面写着："该犯凌迟"，"该犯绞死"，"该犯砍头"。犯人夹在军队中间，被押着前行。

帕玛日山脚下的草坝上，已经支起迦尸迦帐篷，铺好了垫子。一些北京的将军，坐在上面。驻藏大臣查郎阿①吩咐颇罗鼐王爷及其随从都来观看。

在不远处，立着四根法柱。一根柱上绑着阿尔布巴；一根柱上绑着隆布鼐，另外两根柱子上，分别绑着觉隆喇嘛和南杰扎仓的管事。三个噶伦的亲属待在中间等死。四周被拿着各种兵器的骑兵和步兵团团围住。一会儿，法鼓如摩羯嘶鸣；法螺似老象哭泣；法笛像公鸡尖叫。头戴法帽、身着法衣、冠顶上拖着翎毛的官兵们，高声呐喊，犹如狼嗥。同时，火铳就像打雷似的放了三下。最后，行刑的刽子手们袖子一卷，手举铁钩和弯刀，走上前去……一时，十七个罪犯也都各自归阴了。

作者首先对朝廷所派军队的各色龙旗、服饰、兵器进行了细腻的描写，体现了满族八旗军的威严和浩荡声势，起到了震慑作用。之后，寥寥数语，便成功刻画了阿尔布巴沦为阶下囚仍心存幻想、妄想活命的心理，极具讽刺性。这一刻与他之前为非作乱的嚣张气焰形成了鲜明对比。最后，作者对三位噶伦及其党羽伏法的场面进行了还原，整个行刑过程非常残忍、血腥，起到了杀一儆百，以儆效尤的作用。可见无论任何人危害到国家利益及西藏稳定，都要受到清政府的严厉惩罚。

4. 宣扬佛教消极人生观

传记中，作者借机进行宗教宣传。譬如，拉藏汗败亡，颇罗鼐被准噶尔军抓获，军官索要财物，对他大肆威吓。

颇罗鼐台吉又想道："呵，世间真是虚无缥缈的幻境，霎时即灭，无常多变。事物的规律，本来就是在生之后，就有大呼而来的死。如今，我已面临死境，别说我是这般弱小，就连佛陀也要在徒众的面前示以涅槃之相。三千世界的转轮王，无不死去。拉藏汗王抛弃那么好的政权、那么多的财富和千千万万顺从的百姓，竟投往下世去了。正如佛所说的'死亡之事，无所不在，天空有，海上有，层峦叠嶂的山中也有'。谁都不能征服死亡，我自然不会例外。现在，再也没有什么可以留恋的了。亲朋好友不是前世结伴而来的。在以往的世世代代中，不管是为神为人，所有的财产，一皆留下，只是独自转生。不仅如此，连相伴的躯体也得摈弃。因此，贪图享受的思想，务必根除，不应再贪恋人世的荣华富贵。尽管说世间生老病死的苦轮，滚滚转

---

① 此处有误，当时是副都统玛喇、学士僧格驻藏。时任吏部尚书的查郎阿作为钦差大臣奉命率兵进藏，并非驻藏大臣。

动,但要知道,它实则并不真正存在。心中存着信念,那是罪过。万物的生死涅槃,只是徒具虚名,实则空空,要树立空性的信念。"

在遭逢军事上的失利,自己身陷囹圄等突如其来的变故时,颇罗鼐万念俱灰,在此宣扬了"人生苦海""万事皆空"等消极人生观。

三、艺术特征

《颇罗鼐传》不但内容丰富,而且在艺术上取得了很高的成就,达到了艺术性与思想性的高度结合。

1. 选取重大事件,塑造颇罗鼐形象

纵观整部作品,作者并没有对颇罗鼐一生的事迹进行叙述,只是选取了几个重大事件进行详尽描写。从他的家世写到1733年,即作品完成的时间,而颇罗鼐去世的时间是1747年。这种形式的传记属于藏文传记作品中的一种,称为"多决",它一般只记载某人一生中某些特殊时期的事件,而不是整个一生的事迹。《颇罗鼐传》主要记述了从17世纪到18世纪30年代西藏地区发生的重大事件,比如:颇罗鼐的祖辈、父辈效命于甘丹颇章政权;颇罗鼐出生,去敏竹林寺学经,结婚,走上仕途,保卫门达旺[①];准噶尔侵扰西藏,拉藏汗败亡,与康济鼐协助清军驱逐准噶尔;青海罗卜藏丹津反叛及平叛;阿尔布巴等三噶伦杀害康济鼐,挑起卫藏战争,颇罗鼐召集后藏和阿里军队平息叛乱,清廷处置叛乱者;总理西藏事务,采取多种措施,包括与民休养生息、恢复发展生产、整肃社会风气、安定社会秩序、修复寺庙、刻制《甘珠尔》、妥善处理西藏与不丹之间的纷争等等。在协助康济鼐抗击准噶尔叛乱时,体现出颇罗鼐恩威并施、机智勇敢的性格特点。阿尔布巴等人杀害康济鼐后,颇罗鼐迅速起兵平定了叛乱,稳定了西藏政局。擒获阿尔布巴等人后,没有杀之以泄私愤,而是等候清政府处置,凸显出其深明大义的一面。被封郡王,执掌西藏地方政权后,恢复生产,发展文化事业,在维护祖国统一和民族团结方面做出了巨大贡献。总之,作者选取颇罗鼐一生中的重要事迹,活灵活现地展现出其勇猛善战、雄才大略和深明大义的英雄形象。

2. 再现18世纪西藏的社会问题、民风习俗等

颇罗鼐掌管西藏政务后,弘扬佛教,饶益众生,大发慈悲心,好似一轮明月,照亮底层人民的心。

"从前,打发差役去催讨那点欠税,差役的脚钱就会弄得个个不宁,叫苦连天。有鉴于此,我在各处公布了法令,取消差役脚钱的陋习,也取消随时随地运差物资,动用驴马牛来支差的陋习。尽管如此,我仍然没有过多地考虑他们的安乐,叫百姓难以支应。现在,北京大军已经回去,西藏百姓自然是舒了一口气。今后,可以安居乐

[①] 门达旺:在今西藏山南市错那县,17世纪西藏地方政府就对包括门达旺在内的门隅地方行使管辖权。

业了。只是历代藏王时期，在苛捐杂税的重压下，很多人欠下赋税。这中间有些对欠税无所谓，有些抗税不交，而大多数人是因为家境贫穷，虽说拼命赚钱，却是所得无几，难以度日。这些人无论冬夏，穿得破破烂烂，全身苍白，蓬头垢面，手脚皲裂，流血不止，端着宛如饿鬼城色迦的那口铜盆，里面什么也没有。如此这般，对他们所欠的赋税，如果一旦行文催讨，他们不免心胆俱裂，甚是愁苦。而他们全都做过我的父亲，做过我的母亲，为我抛弃过生命。我要加以抚慰，让他们摆脱痛苦。"

想到这里，于是，向全区颁发文告，谕曰："我虽然为孤苦伶仃的西藏百姓做了好事，但是，因为厄运临头，百姓们依然在受痛苦，我实在于心难忍。从历届藏王到我执掌政教，这其中的赋税，至今未能缴纳者，业已一一记在账上。如果把这些欠账堆积起来，就有山顶那么高了。故到水牛年二月十七日为止，黎民百姓、贵贱人等，所欠粮食如青稞、蚕豆、大麦、油菜；干粮如糌粑、炒面；另外诸如油、羊、草料、柴薪等差税，全部废除。那些失去意义的账单，全都集中到噶厦。"

上文描绘了当时西藏社会底层人民苦不堪言的生活状况，造成这种悲惨境况的原因应该是三大领主对广大农奴的残酷剥削以及多次战争的破坏，这让原本落后的经济几近崩溃，以至于老百姓流离失所，背井离乡。"大多数人是因为家境贫穷，虽说拼命赚钱，却是所得无几，难以度日"，只能以乞讨为生。这时，颇罗鼐能够体察民情，施行仁政，对水牛年（1733年）二月十七日之前所欠差税进行全部废除。这无疑给当时社会注入了一支强心剂，暂时缓解了阶级矛盾，给社会底层人民稍作喘息的机会。作者策仁旺杰曾经担任税务官员，对下级官吏肆意摊派苛捐杂税，欺压百姓，富裕户或者特权阶层逃避差税、抗税不交，底层人民不堪重负的事实了如指掌。正是因为有这样的经历，他才能通过细腻、深入的描写，反映当时存在的社会问题。

另外，颇罗鼐和贝桑吉巴举行婚礼的过程，展现出18世纪西藏贵族举办婚礼的习俗。

新娘贝桑吉巴要去举行婚礼，脸和手都用清水洗得干干净净，贴身穿着光滑柔软的玄青色裙子，外面罩上青宝色的外袍，蓝色的波纹皱褶上缀着孔雀翎花朵。上衫有如条条彩虹，这全是北京巧女精工绣成。脚上蹬的筒靴，镂花织锦。纤纤袅娜的柳腰，系条宝石镶嵌的腰带，带上的丝穗婆娑起舞。……那丰润柔美的手臂上，戴着金钏和海螺镯。中指和无名指上，套着宝石镶嵌的漂亮戒指。像瓶颈一样的雪脖，佩着如红花染成的琥珀项饰。另外，珊瑚、瑰玉、琥珀的短项圈和珠玉穿成璎珞的长项链，层次分明，一一悬在胸前。串串宝石珠鬘，犹似邬波罗花怒放。珍珠鬘束，也都佩戴得整整齐齐。油光黑亮的头发，对半分开，梳在两旁，当中是珠璎顶髻，披散在身后的一股股小辫，缀满金银、珠玉、珊瑚、宝石。在这珠玉的网子上，突出那三角形的巴珠头饰，几乎遮住了半边面孔。顶髻上的松耳石，如同一轮丽日。满头的珠光宝气，灿烂夺目。穿着红艳艳的汗衫，一身华服，打扮得十分漂亮。

以上新娘子的梳妆打扮及之后连开七天七夜婚宴的描写，体现出18世纪西藏贵族上层社会举办婚礼的风俗和奢侈豪华的生活，是研究当时社会现实极其珍贵的文献资料。

3. 采用"年阿体",词句典雅华丽,多用夸张手法

本书用散文与诗歌相结合的文体,使行文协调变化,不落呆板。诗文发挥着抒情、赞颂、唱和、议论、祈祷等作用。另外,在每件事情叙述结束时,总写有诗文,予以总结,形成本书特点之一。[①] 比如,在保卫门达旺的一次战役中,由于指挥失当,攻打堡寨毫无进展,全军疲惫不堪且死伤惨重。军队人心浮动,兵士胆怯,试图逃跑。

颇罗鼐台吉言道:"兵丁们听着!我们从敌人眼皮下逃走,别说是体面人,就连狗也不如了。如果要逃,我们有骏马可骑的人,倒是能够脱险,然而,这么做不是把老弱兵丁送到敌人手中去了吗?!因此,我们宁死也不可以逃跑。"

言罢,怒火中烧,满脸像艳丽的红花一样泛红,手握长矛,用鞭子抽了三下坐骑,似雄鹰一声高叫,勇猛地冲进两千敌人之中。后面那六十名兵丁,也紧跟着杀了过去。正如雄狮大吼,扑向那力大无穷、数目众多、四腿粗壮、牙齿锐利的象群,象群吓得四处逃散一样,敌军相继跌倒,阻塞了道路,号哭着夺路而逃,赶忙奔往寨堡大门。许多敢于抵抗的敌兵,刀下丧命。守在寨堡里的兵丁,不知所措,没有心思射箭,只是捧起土灰乱撒。

> 手执利剑身披坚甲,
> 一群兵丁杀声震天;
> 军旗旌幡飞舞空中,
> 遮天蔽日大地昏暗。
>
> 一旦接战当即死亡,
> 正如拳头击向刀刃;
> 在英武的大人身后,
> 兵丁如同流星飞奔。
>
> 像雄狮一样的勇士,
> 怒火冲天猛吼一声,
> 那群大象似的敌人,
> 全都吓得心惊胆战。
>
> 如在十万毒蛇之中,
> 听凭大鹏为所欲为;
> 在敌军重重的深处,

---

① 马学良、恰白·次旦平措、佟锦华主编:《藏族文学史》(修订再版),四川民族出版社,1994年,第688—689页。

　　　　无敌英雄横冲直杀。

　　　　草堆垒得高如大山，
　　　　火星一燃登时烧光；
　　　　敌人军队正是这样，
　　　　不难一下消灭精光。

　　一时，有的刀下丧生；有的心胆俱裂，活活吓死；有的寄身密林；有的躲入山洞。大多数人待在寨堡里，恸哭号叫，害怕得连声音都在发抖。双目圆睁，呆若木鸡。

　　这一故事情节，塑造了颇罗鼐临危不惧，勇克敌人的形象。面对士气低落、敌众我寡的不利形势，颇罗鼐表现出大将风度，发出了宁死不屈、不临阵脱逃、不丢弃任何一个将士的豪言壮语。又用一系列比喻来描写颇罗鼐军队英勇杀敌和敌人败亡的情状，比如"像艳丽的红花一样泛红"的发怒的脸，坐骑的嘶鸣"似雄鹰一声高叫"，六十名兵丁"正如雄狮大吼"，敌人的溃逃如同"象群吓得四处逃散一样"。后面的诗歌，共五段，每段四句，每句八个音节，是对前文的战争场面进行总结，多用比喻、夸张手法，突显和赞颂颇罗鼐军队的英勇顽强，表现出战争的艰辛和惨烈。

　　又如颇罗鼐和年轻时的情人分别时的场景描写：

　　　　跟年轻的颇罗鼐从小相亲相爱，时常送吃赠穿的姑娘策仁布赤……想到年轻的颇罗鼐要远走他乡，心中苦恼，长吁短叹，手托面颊，像折断的芦草，脸色发黄。颇罗鼐见了，问道："姑娘为何闷闷不乐？"（姑娘）答道：……"公子是奴家的心上人，听说要去外地，叫我如何不发愁，不痛苦！"（颇罗鼐）说："没有关系，我不久就会回来。"虽然安慰了一番，但是姑娘仍然愁苦。……她轻轻唱道：

　　　　皎洁的月儿光辉明亮，
　　　　宛如撒出的龙脑粉末；
　　　　投向西方水神的怀抱，
　　　　园里的睡莲可怎么办！

　　　　辉煌的明灯照亮世间，
　　　　犹似人们依恋的太阳；
　　　　如果转到外界去照明，
　　　　那么这儿谁又来照亮！

　　　　深厚真诚地相亲相爱，
　　　　你是仁慈高贵的公子；
　　　　一旦离去会使人痛苦，

谁能深情地把我爱护!

严冬使人们感到寒冷,
冷森森宛如万箭穿心;
处在这种痛苦的时刻,
马上会想到你的身影。

明媚的春天多么美好,
美丽的大地青草如茵;
在温暖的阳光照耀下,
马上会忆及你的言谈。

当秋天来到了的时候,
南风伴着凉飕飕寒意,
望着纷纷而落的树叶,
马上会思念你的身心。

在那阳光灿烂的夏天,
百花盛开是多么艳丽;
看到花儿怒放的时候,
马上会记起你的面容。

上面诗歌采用多段对应回环的形式,每段四句,每句由九个音节组成。诗歌运用比兴手法,结合四季景色抒发离情别恨,一唱三叹,感情真挚,歌声凄婉,令人感动。

第三节 《多仁班智达传》

《多仁班智达传——噶锡世家纪实》成书于1806年(清嘉庆十一年),是多仁·丹增班觉撰写的一部记述多仁噶锡家族先代噶伦贡布欧珠绕丹班智达到多仁小班智达丹增班觉子孙间家族的荣辱兴衰史。书中重点阐述了二位班智达不同寻常的生涯,是一部噶锡家族的族谱,在西藏家喻户晓。

一、作者简介

多仁·丹增班觉(1761—1808年),出生于西藏贵族的噶锡(或多仁)家族,又名丹津班珠尔。伯祖父是西藏历史上大名鼎鼎的康济鼐,伯父那穆扎尔色卜腾(南杰才旦),官位至噶伦。父亲欧珠绕丹是颇罗鼐的女婿,也曾出任首席噶伦三十三年(1750—1783),

被尊称为公班智达。作者自幼受教于父亲,八世达赖喇嘛的经师也曾做过他的家教老师。由于其显贵的家庭出身,二十三岁便继任噶伦。1788年到1792年,西藏与廓尔喀发生了种种纠纷并由此引起军事冲突,他被责控为"擅自说和、私许银两",清廷甚至怀疑他与廓尔喀有密谋。战事平息后,丹增班觉和被扣押的西藏地方政府大臣宇妥扎西顿珠以及汉藏侍从被释放后转交给清军将领福康安。由于受嫌与廓尔喀相勾结,在清廷官员的监护下,丹增班觉被带到京城审讯。晚年,还被指控贿赂官职,并被牵扯到两位驻藏大臣策拔克与成林的案子里,几乎陷于绝境。后其长子明久索南班觉继任噶伦。

除《多仁班智达传》之外,丹增班觉还有《扎贝牟曲王子传》《格萨尔王故事·征服霍尔》等著作。

二、思想内容

《多仁班智达传》属于传记文学,它通过写实的手法记录了当时西藏复杂的政治局势以及作者宦海沉浮、荣辱与共的个人命运。此类体裁是研究传主所处时代政治、社会、宗教、经济、民俗等情况不可缺少的资料。下面对此内容进行简析。

1. 门第显赫

第一部"显赫世家"就有下面记述:

> 噶锡东有年楚河等溪流和紫金寺前的水泊,以及遍布东沼泽地的泉水、池塘、水凼;南有醋柳苑、柳林、果园等果林;西有领主管理及自耕之大片良田;北有策塘、巴东萨拉等青草如茵之大草场,故谓:"东面河泊纵横诸龙喜,南面树木茂密群鸟喜,西面谷物丰盛众人喜,北面青草丛生牲畜喜。"①

以上第一章描写了噶锡府邸周围美丽的风景。在第二章叙述康济鼐、策丹扎什建立的功勋以及以身殉职后清政府的嘉奖。

> 我祖父恩主的伯父康济鼐即大青巴图鲁②,于第六世佛王仓央嘉措时历任宗豁之司库收纳等官职。藏王拉藏汗时任上阿里三围营官。准噶尔部策零敦多卜发兵入藏,杀拉藏汗。就在准噶尔统治卫藏期间,阿里仍由其掌握,未降准噶尔。大皇帝天兵至,准噶尔部不敌,其台吉、宰桑等显贵携政府之珍宝以及贵重之服饰和布达拉之圣洛迦夏惹等一些佛像圣物,经阿里归去。营官康济鼐骗其入帐,设宴款待,随即推倒帐篷。仅少数未进帐内之随从逃逸,主要将领多被执杀,复将准噶尔所携之神圣佛像和珍宝等政府之服饰送归。最上供处檀越封大青巴图鲁为贝子,委为首席噶伦。后与阿尔布巴、隆布鼐、扎尔鼐等前藏诸噶伦不和,在拉萨三界台阁横遭暗杀。
>
> 时王爷颇罗鼐在后藏,前藏发兵来攻,阿里营官大青巴图鲁之弟即恩主公班第达

---

① 丹津班珠尔:《多仁班智达传——噶锡世家纪实》,汤池安译,中国藏学出版社,1995年,第10页。此节所引内容均出自该书,以下不再作注。

② 康济鼐因为娶了蒙古和硕特部首领拉藏汗之女,所以取了一个蒙古名字叫达钦巴图尔。参看曾国庆、郭卫平编著:《历代藏族名人传》,西藏人民出版社,1996年,第260页。

之父策丹扎什尚在。王爷搬请阿里三围军队前来援助后藏军队，为大青巴图鲁报仇。营官噶锡巴义不容辞，率阿里三围军，在江孜与前藏军队夜战。

…………

不久，颇罗鼐获胜，登上噶丹康萨宝座，随即下谕阿里，召母子与堪布·班觉扎巴。东行至扎什伦布，拜谒怙主班禅一切智洛桑益西，受长寿、马头明王合一灌顶等。经领地噶锡赴拉萨，拜谒怙主佛王格桑嘉措和王爷颇罗鼐法王。

念及策丹扎什战死之功，王爷颇罗鼐奏请雍正大皇帝，封那穆扎尔色卜腾为一等台吉亦即特尔固吉格台吉，授一品珊瑚顶子，赏戴花翎……时赏赐顶子和花翎是为藏人最早得到花翎顶戴者。

同时，王爷颇罗鼐亦将江孜地区、喀卡、萨拉、甲曲诸庄园赐予……后将亲生女儿夏仲·德登卓玛嫁与那穆扎尔色卜腾和恩主为妻。在领地噶锡举行盛大婚礼，不久即赴拉萨。

…………

不久，大皇帝复又降旨，旨意如上，最后说："今将格外施恩，封为辅国公，世袭罔替。……时（乾隆五年，1740年）恩主兄噶伦公·那穆扎尔色卜腾逝世。……又为追荐噶伦公·那穆扎尔色卜腾，按内地习俗，复赐莫祭资财。

第四章讲述公班第达被委任噶伦及巴桑策仁与策仁旺阶女儿联姻：

不久（金羊年，乾隆十六年，1751年），即按章程13条（《酌定西藏善后章程》）规定，原效力怙主一切智之恩主噶伦诺颜公班第达……经最上供处檀越商议，赏给札萨克职衔，委任噶伦。

…………

水鸡年（乾隆十八年，1753年），北达隆巴·噶斯贵胄后裔热厦噶伦·多喀夏仲扎萨克·策凌旺扎尔（策仁旺阶）的聪明美丽的女儿，我的恩母仁钦吉卓十四岁时嫁给世子台吉·巴桑策仁。

在第二部"风华正茂"第十三章，也写到自己担任噶伦的情况：

我已二十三岁，在水兔年（乾隆四十八年，1783年）二月初八我女儿策仁卓噶满周岁洗头宴会的那天，大皇帝批下的折子已到，驻藏大臣保泰钦差在桑珠康萨驻藏大臣衙门传旨，谕我承袭主子噶伦之职，赏给扎萨克封号。

第四部"晚年纪事"中，记述清嘉庆帝的一份上谕：

丹津班珠尔昔日与尼泊尔贼签约，后又无力抗争，落入敌人手中，虽被革职，但回藏后不仅接受历任驻藏大臣之命令，且最近捕捉祸首等甚是卖力，思之应予奖赏。彼身体欠佳，乃著彼之子台吉·敏珠尔素诺木班珠尔接替去世之噶伦·衮噶班觉。封丹津班珠尔为四品官，额外赏给顶戴。今后，彼父子当务必领悟最上供处檀越之恩典，勤奋办事。

作者通过诗文结合的形式向读者展示了噶锡家族的显赫门第和传奇历史。有着"四喜"的噶锡府邸可谓是风水宝地：河泊纵横、五谷丰登、六畜兴旺、人杰地灵。噶锡家族的康济鼐、策丹扎什在西藏遭受蒙古准噶尔部袭扰、西藏内乱之际，审时度势，挺身而出。他们忠于朝廷，恪尽职守，为维护国家统一、西藏安定、西南边陲稳定做出了巨大贡献。虽以身殉职，但其英雄事迹彪炳史册。他们的功勋不仅得到了清廷的褒奖，而且受到了西藏僧俗各界的认可。

噶锡家族共有五人先后担任噶伦，即康济鼐、那穆扎尔色卜腾、公班第达、丹津班珠尔和敏珠尔素诺木班珠尔，这在西藏贵族中是罕见的。噶锡家族与达赖喇嘛、班禅额尔德尼、颇罗鼐、朵喀·才仁旺阶以及进藏官员等都建立了密切的关系，使噶锡家族的名望和势力得到进一步增强，成为名副其实的名门望族。

2. 重大历史事件

书中对颇罗鼐去世后，其子珠尔默特那木扎勒专权及其覆灭的经过记述较为详细。

第二章列举了珠尔默特那木扎勒即位以后所做种种恶事，及被正法后，清政府命公班第达继任藏王位。

> 达赉巴图·珠尔默特那木扎勒即位后，正如至尊萨迦班智达著述之《格言》所说："若拥戴暴君即位，就如处危楼之中；山顶已摇摇欲坠，山下的居民惊恐。"真是举止失常，鬼魅缠身。亦如《格言》所云："恶人则犹似荆棘，一靠近就被刺痛。"
>
> 彼（珠尔默特那木扎勒）对法王颇罗鼐之上师，亲朋好友等善良之辈特别怀恨。
>
> 传闻土蛇年（乾隆十四年，1749年），热厦夏仲·策凌旺扎尔和恩主公班第达俩一同被召至噶丹康萨的寝室过道，由卓尼·罗卜藏扎什和贝仲厦巴传达该王意旨，栽诬上师强巴，夏仲·德登卓玛、公班第达、热厦夏仲等私通阿里公，阴谋发兵。
>
> ……………
>
> 金马年，大皇帝震怒，将王爷达赉巴图正法。念及西藏不可一日无人统率，二驻藏大臣曾传旨命恩主公班第达继任藏王，即登噶丹康萨之位。

第三章叙述二位驻藏大臣被杀后，西藏政局紊乱，清政府派兵抵藏，处死杀害驻藏大臣的罪犯，流放其他从犯。

> 王爷珠尔默特那木扎勒之随从罗卜藏扎什等弑二驻藏大臣，时局紊乱。桑珠颇章已散失大皇帝之内库饷银数万两，极需清查追回。王爷之卓尼·罗卜藏扎什等恶徒务必捕拿归案。西藏与内地中断之驿站需及时恢复正常。凡此等等，恩主具折上奏大皇帝。因此，前后降旨甚多。
>
> ……………
>
> 不久，四川总督策楞奉旨率领内地官兵抵藏，将罪犯罗卜藏扎什等死囚斩首，将珠尔默特那木扎勒之子达尔扎策凌等配犯流放各地。事毕，总督策楞率内地官员归去。
>
> 驻藏大臣班第等内地官员与恩主公班第达会同酌定至今尊卑人等一律遵从，且名扬各方之《西藏善后章程十三条》，呈怙主佛（第七世达赖喇嘛）格桑嘉措过目，上

奏大皇帝，晓谕藏民僧俗大众。

1747年（乾隆十二年），颇罗鼐去世，珠尔默特那木扎勒承袭其父郡王爵位，继续总管全藏事务。然而他专横跋扈、恣睢无忌，不但与驻藏大臣产生尖锐矛盾、不敬奉七世达赖喇嘛，而且还对其父颇罗鼐的旧人进行排挤打击。为了吞并阿里，戕害哥哥珠尔墨特策布登，驱逐兄子珠尔墨特旺扎勒。同时，他栽赃自己的胞妹、妹夫与哥哥相勾结，"拆散胞妹夏仲·德登卓玛母子，软禁外甥台吉·巴桑策仁于达孜宗，将其头发、指甲埋在地下咒之，实在作恶多端"。其狐疑猜忌、借端生事的形象跃然纸上。

对于珠尔默特那木扎勒作恶多端的斑斑劣行，驻藏大臣和丹津班珠尔都有所洞察，乾隆皇帝也有旨意"便宜行事"。然后，傅清、拉布敦迫于形势，未奉到谕旨，便设计剪除珠尔默特那木扎勒。但是，珠尔默特那木扎勒的侍从弑杀了两位驻藏大臣，焚毁了驻藏大臣衙门，洗劫了数万两库银，连接西藏与内地的驿站中断，西藏再次陷入内乱之中。为了安定时局，稳定西藏，清廷一面派兵进行弹压，将余党伏法；另一面对西藏管理制度再次进行改革，即废除郡王制，正式授权七世达赖喇嘛参与管理西藏行政事务，成立噶厦地方政府，分权于四位噶伦（一僧三俗）。噶伦之间地位平等，遇事秉承驻藏大臣和达赖喇嘛的指示，共同处理西藏地方各项事务，不得独理专擅。

作者通过简朴的语言、纪实的手法，再现了当时清廷废除西藏郡王制、建立噶厦政府的过程，增强了作品的真实性和可读性。

3. 汉藏联军平定廓尔喀

噶玛噶举派红帽系活佛沙玛尔巴为一己私利背叛国家与民族，以朝塔为名，前往并唆使廓尔喀抢劫后藏、劫掠扎什伦布寺财物。廓尔喀于是发兵袭击后藏。

第十九章叙述面对廓尔喀入侵，摄政王诺们汗·阿旺簇勒提木（策墨林活佛阿旺楚臣）坚决反对和谈，要求大家消灭贼寇。

> 两位驻藏大臣的主张各异，故去禀告摄政诺们汗。他训示说："从前汉藏都放纵了廓尔喀暴君，铸成此错。今彼野蛮之人想要赎地银钱，万不可拱手交出。如来索取，不能像上次了，边境诸镇要尽力阻挡。阻挡不住，那就动员卫藏塔工的军队。我虽然做过噶丹赤巴，是个喇嘛，不可亲自上阵作战，但是正如俗话说，'教敌当前，禅杖当矛'。到那时我就不能再待着了，必须去作藏军的后盾。再不能像过去那样混淆是非。遇事要分辨，立即驳斥，应予维护。廓军不是铁打的，藏军也不是酥油捏的。即便内地的援军未到，我们也能保卫家乡……"

第二十章讲述福康安、巴图鲁海兰察等率领汉藏军队不畏艰险，克服困难，击败来犯的廓尔喀军队，收复了西藏边境。

> 同时，统帅公福康安中堂大人、超勇公内大臣巴图鲁海兰察和四川总督惠龄大人等率领内地、蒙、满、金川的官兵们经宗喀、济咙而来。在叫济隆治的要隘小路上，连獐子也难行走，超勇公海兰察等索伦巴图鲁却驱骑急驰，如疾风刮来一般。弩弓射向坝子的敌人，犹似线穿念珠，箭箭射倒五六人。金川官兵，小卒走得比马快。进攻

对方，追杀逃往山林的溃敌。远的用箭射，近的拿刀劈。又趁黑夜，消灭了所有的廓尔喀军。济咙宗寨堡的廓尔喀守军像绵羊见到恶狼，挤在寨内。除了个别逃掉，其余全被歼灭。胜利的旗帜高高飘扬，收复了西藏边境，兵临尼泊尔宗。

············

这时，汉藏军队也到了尼泊尔宗背后山脚的达朋。索伦巴图鲁的将领金刚手化身超勇公海兰察知道我们到了尼泊尔宗。公海兰察的通事一个康巴人和一个廓尔喀人一同被特地派来送出箭令一般的公文，上面写道："廓尔喀王臣们悔前戒后，同时务必交出所俘汉藏人员和沙玛尔巴喇嘛及其随从。廓尔喀王臣们请降，就要看这以后的情况，否则一定踏平尼泊尔三部，切莫后悔不及。"

摄政的诺门汗·阿旺簇勒提木受命于危难之际，将个人生死置之度外，与清政府保持高度一致，主张剿灭廓尔喀贼寇，坚决反对和谈。作为当时历史的见证者，丹津班珠尔聆听了摄政王的训示和教诲，用自己的文笔记录了这样一位高僧大德在西藏危难之际，痛斥、谴责"意在讲和、希图尽快完事"的西藏僧俗、钦差大臣和"办事错谬、贻误军机"的驻藏大臣的言辞。同时，作者还对清廷调兵遣将、用兵廓尔喀的过程进行了细致描写，特别是对福康安、海兰察等将领统率藏汉联军克服重重困难收复失地，紧逼阳布城、迫使廓尔喀君臣乞降的故事情节进行了生动描述，赞扬了他们的爱国主义精神。

4. 迥异的风土人情

书中描述了噶锡家族中的一妻多夫和一夫多妻婚姻制度，反映了藏族的婚姻习俗。

在第二、第二十四章，就记述了一妻多夫的婚俗。

（颇罗鼐）后将亲生女儿夏仲·德登卓玛嫁与那穆扎尔色卜腾和恩主为妻。在领地噶锡举行盛大婚礼……

火蛇年（嘉庆二年，1797 年），世子台吉与小儿顿珠策旺俩准备娶媳妇成亲。在卫藏上下四面八方打听有否合适人家。前藏沃噶·直隆巴的小姐和后藏代本·塘迈巴的小姐等四五家的小姐，其父兄地位、家族出身、人品才能、姿色容貌等各方面都很合适，于是从打卦、授记、卜算三方面来进行磋商，挑出最好的三家，在大昭寺释尊像前献上百供，涂金祈祷，迎请慈尊师宝之转世，普布觉活佛在释尊像前求签。沃噶贵族直隆巴的小姐齐美吉姆最为合适。我们一家老少全都坚信不诬之三宝，决定立即派遣孜本·东那·丁查瓦的仲益·策旺达竭前往沃噶。

因为打卦、授记、卜算全都合适，小姐齐美吉姆可以嫁给我家两个儿子作媳妇。不久要送求亲酒。是年吉日，打算送去订婚服饰，派遣迎亲人众。必须好好准备一番。派人去直隆商量，是否请卸任噶伦·玉陀巴和孜本·东那俩为双方联姻的媒人等。回来就按世俗礼仪，由我方拉萨曲琅头人吉仲·朗吉策仁和家中随从罗布达结主仆十人去送求亲酒。

书中第四章又记述了一夫多妻婚俗。

而今噶锡瓦弄得本末倒置，虽有钱财，却要断嗣。于是夏仲·德登卓玛、仆从管家旺堆、仲益·策丹、卓尼·仁钦嘉措共同商议，按照通常惯例，我的母亲被恩主公班第达纳为小妾。

....

火鼠年（乾隆二十一年，1756年），我的母亲仁钦吉卓十七岁时生下大姐策仁卓玛。然而不久，即因魔障夭折。

正如谚语所说：藏人盼希望，于是在火鼠年的良辰吉日，热厦小女，也就是我的姨妈莆赤吉姆，时年十二岁被恩主纳为侍妾。

以上婚俗既是噶锡家族的婚姻状况，也是西藏特殊婚俗的缩影。就一妻多夫而言，多仁班智达与其兄那穆扎尔色卜腾和颇罗鼐的女儿夏仲·德登卓玛，敏珠尔素诺木班珠尔、顿珠策旺俩与沃噶贵族直隆巴的小姐齐美吉姆分别都组成了一妻多夫家庭。两个贵族之间实行如此的婚姻形式，既维护了亲情和家庭伦理，保证兄弟不分家、家人和睦、家产不分，同时也捍卫了祖传血统的高贵[①]。就一夫多妻而言，作者的母亲和姨妈都是热厦噶伦·多喀夏仲扎萨克·策凌旺扎尔的女儿，他们先后嫁给多仁班智达，这样的婚姻是西藏贵族之间的联姻，以此扩大双方的政治影响。

作者在书中第二十一章还描绘了京城的冰嬉活动：

白伞盖庙北面的大湖已经结冰，像手掌一样平坦，表面如同水晶石一样雪白。奉天承运大皇帝坐在一辆轿子外形的黄色辇舆里，下面有轮子，不是马骡拉，而是用人拖。我和玉陀俩各被两位钦差拉着左右手带到附近。皇上前后左右大小官员随从都徒步跟到冰湖中央。

这时，四面八方像惊雷一般响起八声鞭炮。接着，头戴漂亮顶子和花翎的一百来人的队伍滑到皇帝跟前叩头，排好队伍。……队伍的人都穿着鞋底像安上火镰铁齿耙一样的靴子，腰佩刀矛箭和箭囊等。他们时而似天空闪电，时而如水中游鱼，在冰面上疾驰，同时张弓拉弦，依次向那串悬着的彩绫花朵射去。除两三人外，其他人都射中花靶。箭中花靶时花靶就自行发出种种鞭炮响声。如此等等，真是不可思议，犹如魔术师变戏法一般。

进京之后，丹津班珠尔不但得到了乾隆皇帝的开恩赦免，而且在1792年有幸跟随乾隆观赏了白伞寺的溜冰射箭表演。他用文字详细记录了白伞寺北面冰湖上精彩纷呈、极具北方民族特色的溜冰射箭活动。这显示出冰嬉不仅仅是宫廷的娱乐活动，还有款待藩属及外国使节的外交功能。

三、艺术特征

1. 韵散结合，叙事抒情

全书叙事时以散文为主，在每段散文之后，用韵文对此段内容进行总结并抒发感情。

[①] 格勒：《藏族早期历史与文化》，商务印书馆，2006年，第139—140页。

书中第十二章，作者"为了学习和熟悉公务等，主张像学生那样进一个合适的政府机构。在俗官的机构中，除了孜康和噶厦雪两处，这之前还没有进过学生。上述两个机关，因工作繁忙，若要分别办理，有大量写写算算的公务文牍要做。如果来的学生多，青年人聚在一起，恐怕学得不踏实。……因此，为了向噶伦·格桑朗吉交心托子，主张我进噶厦登德瓦。以前除了卓尼、仲益、噶巴，没有学生待在那里的规矩。主子禀告上下怙主，说明情况，遂如所请，可为特殊人员。当时虽然还不是政府的正式官员，但自此吉日之后，在噶厦登当了小司书，进了卓尼、仲益的行列"。以上用散文的形式叙述了作者成为青年之后，在父亲的精心安排下，早早进入噶厦实习处理公务的情况。随后，作者引用《格萨尔王》中诗歌抒发自己由少年进入青年，应该学会自立时的心情：

　　春天丽日暖烘烘，
　　既没有东升之时，
　　也没有西落之时，
　　而是只有热和光。
　　荒草原野的幼苗，
　　既没有生长之时，
　　也没有抽穗之时，
　　因此被寒霜冻坏。
　　好心父母的宠儿，
　　不去考虑任何事，
　　此后开始衰老了，
　　因此领地被失去。
　　白岭国王格萨尔，
　　既没有胜敌之时，
　　也没有助友之时，
　　故发生霍岭大战。

第十九章，用散文形式叙述1791年作者在聂拉木同廓军谈判时，由于廓军利用红帽喇嘛使用诱骗方法，致使他们上当受骗落入廓军之手的详细情况之后，用韵文揭露了红帽喇嘛的丑恶嘴脸。其中两小节这样写：

　　内心藏着罪恶的毒计，
　　外身披着华丽的袈裟；
　　头上顶着华冠的孔雀，
　　开屏起舞在进行诱骗。

　　从那可诅咒的乌云里，
　　不断闪烁诡诈的电光；

> 守边咒师还没有醒转，
>
> 廓军这恶雹突然暴降。

作者把红帽喇嘛比作外表漂亮而肚子里全是毒物的孔雀，表面上诱骗如孔雀开屏起舞，背地里暗施诡计，好像乌云里闪动的电光，守边的防雹咒师还没明白，廓军已像恶雹一样突然来临。诗歌揭露了红帽喇嘛投靠敌人、引狼入室、杀害同袍的丑恶嘴脸以及自己对其所作所为的愤怒心情。

2. 生动形象地描绘了成都、西安及北京的风景和习俗

廓藏战争结束后，丹津班珠尔和玉陀（宇妥扎西顿珠）等人由川藏线经成都、西安、保定最后被押送到北京。这一路上，作者在领略内地城市沿途风光的同时，还对各地所见所闻进行了详尽的记录。首先，他描绘了成都幽静安逸的自然环境、妇女缠足现象，以及男丁的职业分类。

> 到这座大城（成都府）的各处城墙转转，大约要走一天的路。城市很大，集市贸易的场所很多，而且货物充足。大道全都混杂地铺着黑白两种石板，真同连环万字图案一般漂亮。道路平坦，左右两侧是一排柏树，遮阴解热。到处都有果园和花苑，环境幽美。其间还有沐浴的池塘和莲花湖，湖中栖息着各种水鸟，像击腰鼓似的鸣啼。另外，在稻田和竹林里，水牛等家畜毫无猛兽危害之态，大都悠然自在。年轻的姑娘们，这些众所周知的小脚汉妇八岁就裹足，因此一步一移地走着，颇为吃力。有的男子武艺娴熟，习惯当兵。有的则做生意赚钱。大多数是耕田种地。一个脚夫轻松地推着一辆茶包摞得很高的木轮车。这些茶树叶子制成的茶砖，包装成茶条和茶包，运往打箭炉。形形色色，无奇不有。道路拥挤得水泄不通。山脚林中幽雅的竹亭里有不少性情温和的汉和尚。吃的是水果，喝的是凉水，如同食草野兽一样生活着。羽毛丰满的美丽小鸟小雀叫唱悦耳的歌曲。枣树和柿子树等被果实压得弯颤颤。雪白的绵羊，骏黑的山羊，比马壮实的驴子毛色甚杂，白色的猪竟像耳朵灵敏的狗一样嗥叫。只能稍微说说这地方的美妙和特色，文字难以尽述，真是不可思议！

其次，作者还描绘了西安周边辽阔平坦的土地、独特的窑洞，悠久的藏汉文明交流史以及舒适的温泉。

> 离开成都府到了陕西地界，从这里去京城，所有的地方都像手掌一样平坦。东南西北看不到高山，日月像从地下升起又落入地下。境域十分辽阔。我等旅行人坐上汉骡和马匹拉着的大车，像待在宽敞漂亮的房间里，好似被疾风刮着，刹那间就走了数由旬[①]之远。
>
> 陕西地方的汉人房子像草原上旱獭打的地洞，房屋全在窑洞里。从外面远处看不见城镇。如此等等，十分奇异。到了陕西，由船夫摆渡过了黄河，抵达昔日西藏法王松赞干布迎娶文成公主的家乡过去的王都陕西西安府。这座大城的城墙范围比成都府

---

① 由旬：古时印度计算里程的一个单位名，一由旬约合二十六里。

大,但城内人口没有成都那么拥挤。在这里朝拜了文成公主的圣缘即迎请大昭寺释迦十二岁身量像时未被迎至西藏时所留下的释迦佛像白响铜莲座和文成公主供养的开口度母像等一些灵验圣物,并礼供祈祷。

....

陕西的温泉分池子和房间,此等如同天界无量宫,极其舒适,妙不可言。在逗留的一天还洗了温泉澡。

同时,作者还展现了北京城繁华壮观的皇宫和浓郁的宗教氛围。

京城比成都府和西安府更大更繁华,好似天上的群星缀饰着大地。京城虽然只有平房,但是奉天承运大皇帝的皇宫矗立在一层楼高的大石之上,十分壮观。远远望去,皇宫高耸,和两层楼高一样巍峨雄壮,像那天界无量宫。

京城的财富可与财神毗沙门的宝库相比。幸福吉祥则与三十三天的欲天有缘。京城内外,四处的庙宇僧寺甚多。

作者除了描述成都、西安和京城的不同风俗外,还对境外尼泊尔阳布城(加德满都)的殉葬进行了记录,透露出作者对这种惨绝人道的葬俗的不齿。

那时来往于阳布城(尼泊尔首都加德满都),看到一些活活烧死妇女的事情。正如第五世遍智佛所云:"身裹莲花瓣似的衣裳,仍觉粗糙不适的美女,同主子尸体在火化室,怎能忍受这烈火之苦?"

廓尔喀的宗教比外道的见行还要坏。

廓尔喀的显赫大臣名叫阿曼辛,在列主朗战场上被火枪击中,回到家中就死了。阿曼辛的三位年轻漂亮的妻子和五个女仆,跟主子的尸体一起,在熊熊的烈火中,就像在热地狱熬受痛苦似的被活活烧死。

以上摘录的不同地域的不同文化现象,只是《多仁班智达传》中的一小部分。该书虽为自传,但是从中可以了解到18世纪西藏动荡不安的政治历史、廓藏战争和西藏地方与清政府之间的关系,以及当时官方典礼仪式、藏式婚礼、祭祀活佛、灵童认定、朝圣供佛布施、寺院僧侣生活、民间风俗习惯等内容,为后人了解当时的城市风貌、风土人情、经济生活、宗教信仰等提供了文献参考,是一部集历史、文学和民俗为一体的佳作。

第三章 藏戏

藏戏是藏民族传统文化的结晶，至今已有六百多年历史。藏戏体现出藏民族独特的审美形态及价值观念。

第一节 藏戏概述

藏戏在长期发展过程中以广场演出形态为主，形成了程式化的演出结构模式。

一、藏戏演出时空特征

藏戏演出时间主要在雪顿节、望果节、藏历新年和一些寺院的宗教节日，其中雪顿节的演出最为隆重。"雪"汉语意为"酸奶"，"顿"指"宴会"，"雪顿"意即"酸奶宴"。雪顿节形成于15世纪，其来历与佛教的不杀生戒律有关。1409年，宗喀巴创立藏传佛教格鲁派（黄教），规定所有黄教寺院的僧尼在藏历四月三十日至六月三十日两个月内不得到寺外活动，必须在寺内学经、修行、礼佛，称为"雅勒"，汉语意为"坐夏"或"夏安居"。因为西藏这段时间恰逢雨季，气候温湿，适宜各种生物生长繁衍，僧人外出难免会踩死幼虫小草，从而违背佛教的不杀生戒。坐夏结束后，僧尼走出寺院，纷纷下山。此时，西藏草木丰茂，盛产酥油奶酪，热情好客的藏族民众用自家酿制的一年当中最好的酸奶招待这些僧尼，祝贺他们坐夏成功。寺院内部也举行酸奶宴以示庆贺。这一宗教习俗后来演变成为藏民族的传统节日——雪顿节。17世纪中叶，从小喜欢藏戏的五世达赖喇嘛阿旺·洛桑嘉措在哲蚌寺庆祝坐夏结束的酸奶宴会上邀请民间藏戏班助兴演出，从而形成哲蚌寺雪顿节调演藏戏的传统。1653年，五世达赖喇嘛移居扩建后的布达拉宫，雪顿节藏戏演出也从哲蚌寺转移到了布达拉宫。

18世纪后期，每年藏历三月至十月，七世达赖喇嘛格桑嘉措从布达拉宫移驾到风景优美的罗布林卡度夏，雪顿藏戏演出场地也随之从布达拉宫迁至罗布林卡。18世纪末，八世达赖喇嘛强白嘉措扩建罗布林卡时，在园内离东大门不远处修建了一座漂亮精致的两层楼阁，成为历代达赖喇嘛雪顿节观看藏戏演出的场所。强白嘉措每年召集前藏和后藏各地戏班来罗布林卡表演五六天藏戏。普通民众也被允许进入园内观看藏戏，提高了藏戏在西藏僧俗各阶层心目中的地位。藏戏也随着众多来拉萨朝拜学习的僧尼、信众由寺院传播到广大藏族地区，逐渐成为藏族不同阶层都喜爱的娱乐活动。

20世纪上半叶，十三世达赖喇嘛时期，雪顿节藏戏献演已经规范化、制度化。每年藏历七月一日，扎西雪巴、迥巴、江嘎尔、香巴、觉木隆、塔仲、伦珠岗、朗则娃、宾顿巴和若捏嘎十个戏班及希荣仲孜（曲水的牦牛舞）、贡布卓巴（贡布的单人鼓舞）共十二个固定的表演团体依次在罗布林卡露天戏台联合演出，相当于举行正式的开幕仪式。藏历七月二日，迥巴、江嘎尔、香巴和觉木隆这四个戏班开始正式献演；七月三日至六日，上述四个戏班轮流在罗布林卡露天戏台给达赖喇嘛、噶厦地方政府官员以及广大僧俗观众演出一整天自己最擅长的整本剧目。迥巴演《顿月和顿珠》，江嘎尔演《诺桑法王》（即《诺桑王子》），香巴演《文成公主》①或《赤美更登》，觉木隆演《卓娃桑姆》，或演《苏吉尼玛》，或演《白玛文巴》。这几天是雪顿节藏戏演出的高潮阶段。藏历七月七日，扎西雪巴戏班在罗布林卡举行一天的演出活动。主要表演《诺桑法王》正戏片段和开场仪式"甲鲁温巴"及结束仪式"扎西"，表示雪顿节主要活动圆满结束并举行欢庆祝福、祈赐吉祥仪式。

雪顿节期间，达赖喇嘛和他的经师坐在观戏楼第二层的大窗台口后面观看演出。噶厦地方政府的僧俗官员则停止办公，全部集中在罗布林卡露天戏台的南、北两个边沿，一字排开坐着陪同达赖看戏，中午享用噶厦地方政府提供的酸奶宴。普通的僧俗观众一般席地而坐，在露天戏台的东边观看藏戏。演出结束后，达赖喇嘛和西藏地方政府当场赏赐这些藏戏班比较丰厚的礼物。他们送给演员的礼物大部分是一袋袋的青稞。僧俗官员和观众一般都会朝舞台抛撒里面包着钱币的白色丝绸哈达，作为送给演员的礼物。觉木隆戏班的藏戏唱腔丰富优美，表演生动活泼，深得达赖喇嘛和僧俗观众的喜爱，常被规定加演一个传统剧目，连演两天。雪顿节经过六百多年的历史发展，已经变化为一个规模宏大、剧种流派纷呈、独具民族特色的藏戏艺术展演节，因此雪顿节也被称为"藏戏节"。

藏戏主要以广场演出为主。演出场所一般选取打麦场、林卡、寺院附近空地、庄园大院，或牧区较为开阔、平坦的草地。演出布景很简单，一般在演出场地中间搭一顶绘印有喷焰法轮、八宝吉祥等民族图案的白布帐篷，有防晒遮雨和划分演员表演区之功能。帐篷下面竖有一根细杆，细杆顶部系有捆扎成束的绿色树枝、小麦穗或青稞穗等物，象征丰收之意。树枝和麦穗下面一般挂有戏神——汤东杰布的唐卡画像，有的民间戏班以供奉的汤东杰布塑像代替唐卡画像，唐卡或塑像上挂有洁白的哈达。画像下面摆放一张藏式桌子，桌上摆有切玛、净水、青稞酒、酥油花、鲜花等供品。表演区的四面（至少三面）都是观众，人们只保留一条小道，供演员上、下场用。

---

① 《文成公主》原名《甲萨白萨》，亦称《文成公主与赤尊公主》，因很多戏班只演出松赞干布派禄东赞到长安迎娶文成公主，而不演出去尼泊尔迎娶赤尊公主的剧情，故多称《文成公主》。本节述及此剧目，皆称《文成公主》。

传统藏戏剧目表演时间较长，一般连续演出七八个小时，甚至三四天。演出时不分幕次和场次，中间没有休息。演员和观众遇到适当的时间，可以随时休息和吃食。因为所演藏戏剧目已经流传上百年甚至几百年，观众比较熟悉剧情和人物，看戏主要是欣赏演员的唱腔、舞蹈。观众观赏时有的一边看戏，一边和周围亲朋好友小声谈论；有的一边看着藏戏，一边摇着手中的转经筒或捻着佛珠。饥饿、口渴时，顺手拿起身边的青稞酒、酥油茶、藏式点心等随时饮食。这种休闲娱乐化的观赏方式使观众更易放松心情和释放内心的压力。

二、藏戏程式化的演出模式

藏戏在几百年的表演实践中形成了自己独特的开场、正戏和结尾这三部分不可分割而又比较完整的程式化演出结构体制，反映出藏族人民独特的审美情趣。

1. 温巴开场

传统藏戏的开场戏藏语称为"温巴顿"，"温巴"汉语意为"猎人"或"渔夫"，"顿"是"开场"之意。开场戏的表演内容主要包括猎人平整净地，甲鲁太子降福和仙女歌舞演唱三部分。乐师奏响鼓钹之后，七个温巴头戴温巴面具[①]、右手拿由五彩绸带装饰成的彩箭"达塔"首先出场。他们先一起表演祭祀、礼赞性的舞蹈，然后每个温巴依次演唱一个长调唱腔，最后再集体表演一段舞蹈。温巴的舞蹈和演唱展示平整场地、赞美山河、介绍来历、祝福迎祥等内容。温巴表演完后，两个手持竹弓，身穿甲鲁切（即王子装束）的甲鲁进入场地。甲鲁，汉语意为"王子"或"太子"。这两个甲鲁"双手平持竹弓，举向苍天，脚步后退又向前，反复数次……节奏由慢转快，接着左右旋舞"[②]，他们先作祈神赐福的舞蹈表演，然后两人交替演唱。唱词内容表示向天神祭以歌舞，向汤东杰布顶礼膜拜，以及向各方保护神祈求赐福等。演唱完之后，每个甲鲁按顺时针方向表演绕场一周的旋转舞蹈。"温巴顿"最后出场的是七个拉姆。"拉姆"，汉语意为"仙女"。她们依次进入表演场地后，按照排列顺序演唱"迎祥步步高"的唱腔，向无上佛祖、佛法僧三宝和铁桥大师汤东杰布祈祷。演唱完，每个拉姆分别献上旋转舞蹈，表示仙女下凡，与人间共享欢乐。

"温巴顿"是每一出传统剧目演出正戏之前必须表演的仪式性内容，除向观众祝福、介绍演员与观众见面之外，还有"净场、驱鬼、祭祖、迎神"的重要意义。开场戏中温巴和甲鲁的歌舞表演大都带有宗教祭祀性质，具有拙朴、庄严、神秘的韵味。

2. 说雄

"正戏"在藏文中称"雄"，是"正本""正文""中心"之意；又称为"说雄"，意为全剧之中心，即剧中故事内容之意。"雄"是藏戏的正戏表演部分，表现一定的戏剧情节

[①] 白面具藏戏中最初叫"阿若娃"，后和蓝面具藏戏一样通称为"温巴"。蓝面具和白面具藏戏中"温巴"所戴面具颜色不同。

[②] 中国戏曲志编辑委员会、《中国戏曲志·西藏卷》编辑委员会：《中国戏曲志·西藏卷》，文化艺术出版社，1993年，第169页。

和冲突，是西藏藏戏剧目演出的核心内容。

"说雄"是传统藏戏的主体内容，体现出藏戏独特的表演形态。演出时，场上演员一般围成半圆或圆圈，由剧情讲解人——剧中扮演温巴或甲鲁的戏师从队列中走到场地中央，用连珠韵白腔调介绍一段戏剧情节后退回原来位置，演员出列到场中表演区扮演角色，通过唱腔、对白、动作、舞蹈等表演方式演绎完上述剧情后回归原位，场上其余演员则一起帮腔或舞蹈；戏师再出列到表演区接着介绍下一部分剧情，演员再入场地中心表演，然后所有人一起伴唱或伴舞。如此演出程式循环往复，一直演完整个"说雄"部分的内容。戏师向观众介绍剧情，主要承担叙事功能；演员进入角色生动形象地把戏剧情节表演给观众，使单一讲述的故事情节转变为立体化的演出。可见，传统藏戏"说雄"中呈现叙述体和代言体相互交错进行表演，体现出藏族说唱文学对藏戏艺术的深刻影响。

3. 扎西结尾

"扎西"，汉语"吉祥"之意。它是正戏演完后一个祝福迎祥的综合性仪式段落。吉祥结尾的表演程式主要有戏师念诵祝词、集体载歌载舞、祝福观众、烟祭祈福、抛撒糌粑、敬献哈达和接受馈赠等内容。剧目演出即将结束时，场上鼓钹齐鸣，煨桑祭祀的香烟飘荡在广场上空，全体演员一边歌唱一边举起雪白的糌粑粉，同时撒向湛蓝的天空，以此酬神，祈求神灵永保人间幸福。此时，有的观众向场地中央抛扔包裹钱币的哈达，有的上场向演员敬献哈达，有的加入表演队伍和演员一同起舞歌唱，出现演员和观众一起大狂欢的热烈场面。

藏戏的开场戏、正戏和尾声构成了传统藏戏程式化的演出结构模式。开场戏和扎西结尾，无论演出什么样的传统剧目，这一头一尾的基本内容变动很少。"雄"是正剧或剧目的中心。藏戏中驱鬼净场、祭拜戏神的开场和煨桑烟祭、抛撒糌粑、祈福纳祥的尾声遥相呼应，表现出仪式戏的特征。这两部分仪式戏和演绎故事的正戏并列，表现出藏戏具有仪式戏和戏剧并存的独特品性，为中国戏曲从仪式戏向传统戏剧的演变提供了活的标本。

第二节 藏戏剧目内容及剧本

藏戏班所演剧目主要有《诺桑王子》《卓娃桑姆》《白玛文巴》《赤美更登》《文成公主》《朗萨雯蚌》《顿月和顿珠》和《苏吉尼玛》这八个传统剧目，民间一般称之为"八大传统藏戏"。藏戏传统剧目中蕴含着丰富的思想内容，体现出宗教性和世俗性相互融合的特点。

一、剧目内容

1. 宣扬佛教教义，劝诫教化民众

第一，轮回转世思想的宣扬。灵魂转世思想认为："生是精神的依肉体，死是灵魂的

离去。死是生命的前提，死后将重生，生命轮回，生生不息，循环不已。""在藏传佛教看来，不但高僧大德、活佛的灵魂可以轮回转世，而且一般的凡夫俗子，甚至虫类、兽类、鸟类等凡具有生命者的灵魂均都可以轮回转世。"[1] 人们今生只有不惜一切代价积德行善，来世才会有一个好的转世。

藏戏中宣扬轮回转世思想主要通过梦境情节来完成。西藏传统藏戏中涉及的此类梦境共有七个，其中六则梦境都是借怀孕预兆之梦来宣传这种思想。

例如：赤美更登的母亲根颠桑姆梦见自己"全身血管——集结起来的大中脉，变成了金刚杵形，直从脑门顶上升。金刚杵端插青天，光芒四射金灿灿。此时空中环虹现，五彩缤纷色斑斓。四面八方法螺鸣，喜气热闹非一般。如此美好之梦境，乃是怀胎吉祥兆。待到黄道吉日到，定能分娩小宝宝"[2]。赤美更登一出生便口诵六字大明咒，彰显出其神秘、特殊的身份，印证了他母亲所做的怀孕吉兆梦。

又如：卓娃桑姆的母亲姿玛，年轻时没有生孩子，满头白发时突然梦见自己"心腹之中日月升，光照之下八方明，在那卫地之山巅，发出佛声震天响，仙子仙女下凡来，洒下甘露淋我身，圆梦自觉身有孕"。她丈夫知道后非常高兴："看来菩提萨锤身，一定降临我家庵。"卓娃桑姆坠地后就开口向父母讲解佛法，其特殊来历显而易见。

此外，藏戏《顿月和顿珠》中的桑岭国王多不拉吉在睡梦中见一个游方僧告诉他，不久将得到观音和文殊化身的两个儿子。后来王后贡桑玛和妃子白玛坚分别生下顿珠和顿月两位王子。两位王子出生时天降花雨、大地震动等奇异现象分别印证了国王、王后以及妃子白玛坚睡梦中观音菩萨、文殊菩萨将要化身降生的预言，表现出兄弟两人前世今生不同寻常的身份。白发苍苍的娘察赛珍怀孕时梦见从佛母胸前放出的彩光一直射入自己心里，霎时心中盛开许多美丽的莲花，后便产下朗萨雯蚌。

传统藏戏中通过赤美更登、卓娃桑姆、顿珠、顿月和朗萨雯蚌等人的母亲怀孕时所做奇异现象之梦境，来告知众人他们异于常人的前世身份，以此来宣扬佛教轮回转世的思想。藏传佛教信徒"坚信当一位转世灵童或者杰出人物（高僧）之类降生时，父母或他人必有吉祥之梦。……诸如梦见吹响海螺、日月升起、家中有光、僧人借宿、怀坐神子、佛菩萨等，皆是非凡人物要降临的梦兆"[3]。通过梦境既宣示了赤美更登、卓娃桑姆等人前世特殊的"神佛"身份，又突出体现今生他们即将以"肉体凡胎"降临人间"人性"的一面，通过梦境这个载体，把他们的前世和今生及其身上的"神性"和"人性"紧密地结合起来，形象地告诫观众今世一定要虔诚信仰佛教，多做善事，来世灵魂才能像赤美更登、卓娃桑姆等人一样脱离"恶道"转生到"善道"中。

家喻户晓的传统藏戏中建构了多种因果模式来宣传佛教因果报应的思想。

---

[1] 平措：《〈格萨尔〉的宗教文化研究》，西藏人民出版社，2009年，第128页。
[2] 赤烈曲扎译：《八大传统藏戏》（汉文版），中国藏学出版社，2010年，第241页。本节所引八大传统藏戏剧目内容均出自该书，以下不再作注。
[3] 才让：《藏传佛教信仰与民俗》，民族出版社，1999年，第176页。

国家兴盛衰亡因果报应模式

西藏藏戏的传统剧目，常把一个国家的强大富饶与国王推行佛法联系起来，以此来宣传佛教义理。

例如，传统剧目《诺桑王子》开始就提到在天竺东部有土地疆域、宫殿城堡和物产人口毫无差别的南、北两个国家。南国国王夏巴宣努长期"器重奸臣、贱人，既不敬奉三宝，也不供养僧众，既不祭祀佛神，也不布施行善"，终于造成了本国"风雨不顺，连年灾荒，瘟疫流行，田地荒芜……内乱四起"即将灭亡的结局。而北国额巅巴因为弘扬佛法，所以国家"风调雨顺，人畜两旺，五谷丰登，众民安乐，幸福满园"。南国国王因为常年不信奉佛教，导致本国深陷灾患不断、连年内乱、濒临灭亡的悲惨境地。而北国国王以佛教治国，该国风调雨顺、粮食丰收、民富国强。两国由于实行不同的治国策略，直接导致了国内百姓截然不同的生活境况，形成了鲜明的对比。

又如，《卓娃桑姆》中的曼扎岗国王呷拉旺布采纳妻子卓娃桑姆以佛法治国的建议后，"从此国富民强，军民享受五欲乐之幸福"。本剧目把国家富裕强大、百姓安居乐业同样归结为实行了佛法之故。

上述传统藏戏剧目把国家的兴盛衰亡与该国是否以佛教治国构成因果关系，极力宣扬以佛法治国则国家风调雨顺、国强民富，反之会导致国内灾难不断，生灵涂炭。演员表演时以生动形象的方式演绎出不同治国方针造成国内百姓截然相反的两种状况，促使民众更加虔诚地信仰佛教，有利于巩固西藏政教合一制度。

个人祸福安危因果报应模式

个人祸福安危因果报应模式指剧目角色是否信仰佛教直接影响其生死祸福。藏戏传统剧目中通过许多角色因其虔诚信仰佛教，在关键时刻常得到神佛的佑助而转危为安的亲身经历，向观众宣扬善恶果报思想。例如，白玛文巴的父亲诺布桑波和五百名助手骑着神马逃离海魔女居住地时，五百名助手没听神马告诫回头去看海魔女，结果全都从空中掉进海里被吞掉。而诺布桑波"一心祈祷佛僧，一直往前，没有回头看地面，神马便把他带到仙界的兜率宫"，躲过了灭顶之灾。白玛文巴母亲拉日常赛也因为笃信佛教，关键时刻向神佛祈祷，慧空行母便托梦让她到天降塔，赐授给她防火又防水的"陀罗尼咒术"咒语。白玛文巴凭借慧空行母传授给他母亲的"陀罗尼"咒语，降妖伏兽、逢凶化吉，在龙宫取回如意宝贝，到罗刹国拿到金鳌锅和红宝石拂子，彻底粉碎了国王想杀害自己的阴谋。白玛文巴的父亲一心向佛，危急时刻靠神佛保佑转危为安；白玛文巴的母亲一生虔诚信佛，替自己儿子得到慧空行母恩赐的咒语，使白玛文巴每到生死关头凭借慧空行母赐授的咒语化险为夷，虽历尽各种磨难但最终平安回家。白玛文巴一家人因其虔诚信仰佛教，危难之时得神佛佑助，化险为夷，终得善报。

在藏戏剧目中，有些国王因其信仰佛教、上供下施而得到梦寐以求的王子，解除了自己无王位继承人之危难。《赤美更登》中碧达国国力强盛，国王扎巴白多年无子。他心急如焚，请人卜卦。扎巴白按占卜师之意皈依佛法，敬奉三宝，悲悯众生，施舍穷人，最后得到王子赤美更登，使王位后继有人。

反之，当剧中那些不信仰佛教，坏事做尽仍执迷不悟的角色，最终都落得了多行不义必自毙的悲惨下场。《顿月和顿珠》中的侍臣知休发动叛乱后，得到国王顿珠的宽恕并留在宫中继续当差。但他不思悔改，在带人逃往别国途中遇到岩崩而死，得到了应有的报应。《卓娃桑姆》中心肠歹毒的王后哈姜逼走卓娃桑姆、用鸩酒毒害国王、三次派人杀害公主贡杜桑姆和王子贡杜列巴……哈姜最终也落下了被臣民乱箭穿心、当场杀死的可悲下场。

总之，西藏藏戏中许多传统剧目通过不同角色的亲身经历，向观众宣扬虔诚信仰佛教之人陷入困境时，只要向神佛祈祷就会得到佑助并转危为安，而那些不信奉佛教、常做坏事之人，最终会受到严重惩罚的这种因果报应思想，其目的在于激发广大民众信仰佛教的热情并坚定其礼佛之心。

2. 赞美人间真情，鞭挞人世丑态

藏戏剧目中也有对人间真情的赞美。

第一，赞扬藏族青年男女生死不渝的纯真爱情。传统藏戏《云乘王子》中云乘王子和摩罗耶婆地公主之间纯真无瑕的爱情感人肺腑。云乘王子是持明国的太子，他在悉陀国的森林中偶然遇到美丽的摩罗耶婆地公主，虽然彼此不知对方身份，但内心互生爱慕之情。一天，云乘王子和陪臣阿底离一边满怀深情地谈起自己内心深爱的女郎，一边不由自主地在地上画着钟爱女子的画像。碰巧这一切都被躲在树后的摩罗耶婆地公主听到，但公主并不知云乘王子口中所说和地上所画的朝思暮想的女子正是自己，以为王子另有所爱，内心十分痛苦。此时，公主的哥哥有世王子兴冲冲跑来告诉云乘，自己父王已决定把摩罗耶婆地公主许配给他为妻。公主一听这消息，立刻转忧为喜。可云乘王子不知公主正是自己日夜思念的那位女子，以自己心中早有所爱为由直截了当地拒绝了有世王子。摩罗耶婆地公主听后，以为云乘王子内心真的另有所爱，痛不欲生，便决定在无忧树上自缢。侍女急忙呼喊救命，云乘王子闻声跑来救助，两人之间的误会才得以消除，有情人终成眷属。摩罗耶婆地公主对爱情的追求大胆、炽烈，当她以为不能和自己喜欢的人结合时，便毫不犹豫地选择了死亡，可以称为"为情而生，为情而死"的至情之人，和汉族戏曲《牡丹亭》中杜丽娘因情而死、为情而生有异曲同工之处。该剧通过云乘王子和摩罗耶婆地公主邂逅、一见钟情、日夜相思、公主误会、云乘拒婚、公主殉情、消除误会等一系列剧情，表现出他们对爱情的渴望和追求，体现了藏族人民对青年男女之间真挚情感的肯定和赞美。

另外，《诺桑王子》也是一曲对诺桑王子和云卓拉姆夫妻之间真挚爱情的赞歌。诺桑王子和云卓拉姆婚后相亲相爱，形影不离，引起其他五百名妃子的嫉妒。诡计多端的妃子敦珠白姆用重金贿赂国王的巫师哈日。哈日便用巫法让国王夜夜做噩梦，并借释梦谎称北方草原野人部落造反，若不立即派遣诺桑王子亲率军队前去攻打，明年就会国破身亡。老国王诺钦只好命令诺桑率兵去边境平定野人国的叛乱。诺桑出征后，哈日又故技重施，他借解梦欺骗国王说祭祀神灵的物品必须用"人非人"云卓拉姆的心脂做祭品，才能避免国

家的灭亡并保佑诺桑王子平安归来。诺钦万般无奈只好派遣哈日和五百名妃子去取云卓拉姆的心脂来化解国家危难。在被众人围攻的危急时刻，母后将项链交还给云卓拉姆，让她飞回仙宫暂避灾难。诺桑胜利归来，发现云卓拉姆已经回到仙境，他离开王宫，寻到大仙人处拿着云卓拉姆留下的戒指，通过重重阻碍，终于来到乾达婆的王宫。乾达婆夫妇被诺桑神奇的力量、高超的箭术和真挚的感情所征服。最后，云卓拉姆与诺桑王子夫妻团圆、重返人间。诺桑王子对云卓拉姆专一坚定，云卓拉姆对诺桑王子忠贞不渝。他们这种为爱情可以为对方舍弃一切的纯真感情体现出藏民族美好的爱情理想。

第二，歌颂伟大无私的母爱之情。人间只愿付出、不求回报的情感是母亲对儿女的一片真情，这种无私的母爱值得赞颂。

卓娃桑姆被哈姜所逼飞回西天慧空行母居住地后，人在仙境，心系儿女，时时关注他们的安危。当她看到儿子在去天竺途中被毒蛇咬伤、中毒而死后，心如刀割、潸然泪下，立刻施展法力变成一条白药蛇来到儿子身旁为其吸毒疗伤。当她得知年幼的儿女正在遮天蔽日的密林深处忍饥挨饿时，便化身成一只猴子采摘野果给他们充饥。当贱民弟弟把王子扔下悬崖后，卓娃桑姆立刻化身一只大鹰用翅膀保护儿子；在王子即将坠入深渊时，她又变成一条大鱼，把王子背到海边安全地带。然后，卓娃桑姆又化身鹦鹉，把痛哭流涕、不知所措的儿子送到白玛坚国，并帮助其成为该国国王，为以后姐弟二人团圆打下基础。作为母亲，最大的痛苦就是看到儿女身处险地，自己却无法解救，那种心灵的煎熬是常人难以忍受的。卓娃桑姆在年幼的儿女面临生死考验的危急时刻，多次隐藏真实身份变化为各种动物出手救助。她这种默默付出，不求任何回报的母爱值得颂扬。

同样，顿珠和顿月兄弟之间同甘共苦、唇齿相依的手足之情也感人肺腑。顿珠和顿月虽是同父异母的兄弟，但顿月从小喜欢和哥哥顿珠在一起，兄弟二人同吃同睡、形影不离。继母白玛坚为使自己儿子顿月将来能继承王位，便假装重病让国王把顿珠赶走。国王为保全爱妃性命，不顾众大臣反对，下令将顿珠驱逐到廓沙。顿月不顾自身安危，坚持要和哥哥一起流浪。顿珠面对宁愿放弃国王宝座和宫中荣华富贵生活也要跟随自己浪迹天涯的六岁弟弟，心存感激又矛盾重重。在顿月的苦苦哀求下，顿珠只好带他一起离开王宫。流放途中，顿珠主动承担起照顾弟弟的重任。在茫茫无际的大沙漠中，当随身携带的粮食快吃完时，顿珠饿着肚子把剩下的食物留给弟弟充饥；顿月口渴难忍时，顿珠无处找水，用自己的口水喂弟弟，给他解渴。在道路崎岖的深山老林中，弟弟走不动时，顿珠背起他继续赶路。当顿月预感到自己将要离开人世时，他丝毫没有因陪伴哥哥忍饥挨饿、受尽折磨而心生怨言，只是哭求要给他找水的顿珠不要离开自己。顿珠在相依为伴的弟弟死后，捶胸顿足，拼命叫喊，痛不欲生。顿珠强忍悲痛埋葬顿月后，一步三回头地离开弟弟坟墓。顿月被两位天师救活后，在密林中摘野果充饥，饮泉水解渴。每天，他把采摘的野果分成两份，自己吃一份，另一份留给哥哥。一天，顿月看着越积越多的野果，哭喊着哥哥，下山去寻找。已做国王的顿珠到当年自己埋葬弟弟的地方祭奠，与朝思暮想的顿月意外重逢，兄弟二人紧紧拥抱、喜极而泣。顿珠和顿月兄弟二人之间同甘共苦的手足之情具有感天地、泣鬼神的神奇魅力。

第三，讴歌斗争精神，表现乐观心态。白玛文巴到海里取如意宝、到罗刹国取金鳌锅，就是一曲与凶龙猛兽、妖魔鬼怪斗争的赞歌。《白玛文巴》中凶狠残暴的国王罗白曲钦惧怕白玛文巴父亲诺布桑波的才能，便强行命令他到龙宫取宝，使其多年杳无音信、生死未卜。国王为斩草除根、永绝后患，又强令不到十岁的白玛文巴下海取宝完成父业。白玛文巴为母亲免受惩罚，只好答应国王的无理要求。白玛文巴凭借慧空行母赐授给母亲的咒语和自己的聪明才智，历尽各种磨难到龙宫为国王取回如意宝，使国王想置自己于死地的想法落空；国王和侍臣看一计不成又另施一计，再次命令白玛文巴到西南罗刹国去取金鳌锅和红宝拂两种宝物。白玛文巴依靠"陀罗尼"咒语的神奇力量，降妖伏魔，不但顺利取回金鳌锅和红宝石拂子，而且带着五位仙女平安回家，再一次粉碎了国王想杀害自己的阴谋，取得了斗争的胜利。

在另一部传统藏戏《岱巴登巴》中也有抗争精神的反映。岱巴登巴王子取到药草回国后，面对想把自己消灭在京城之外的装病王妃军队，毫不客气地予以反击，最终处死王妃，永绝后患。白玛文巴和岱巴登巴王子身上都表现出不向邪恶势力屈服的斗争精神。

3. 歌颂汉藏友谊，展现民族团结

这方面的代表是《文成公主》，该剧目中唐太宗七试婚使、文成公主携带中原先进的技术和文化入吐蕃，促进了吐蕃经济、文化的发展，加强了汉藏人民之间的文化交流，赞扬了汉藏民族之间的深情厚谊。藏族民间认为文成公主是绿度母化身，对文成公主的崇敬之情溢于言表。

总而言之，藏戏传统剧目在思想内容方面既有对佛教因果报应、轮回转世、施舍利他等佛教思想的宣扬，又有对世俗社会中纯真爱情、无私母爱、手足之情、大无畏的斗争精神和汉藏友谊的热情赞美，同时对人性中的假、恶、丑进行了无情的抨击，体现出宗教性和世俗性相融合的特性。

二、艺术特征

1. 叙述体和代言体交错进行

戏师以韵白形式讲述戏剧情节，体现出叙述体特点；演员出场表演是代言体。藏戏的"说雄"由戏师讲说情节和演员表演剧情交替进行，体现出叙述体和代言体交错进行的特点。前文对此已有详述，此处不再赘述。

2. 情节曲折，人物形象鲜明

诺桑王子对云卓拉姆一往情深，且力大无穷、武艺高强；顿珠在流放途中细心照顾弟弟，为救其他属龙孩子免受被龙王吃的命运，不顾公主反对，舍生取义，纵身跳入海里；哈姜心狠手辣逼走卓娃桑姆、用鸩酒毒害国王后，不顾母子之情，多次装病骗取大臣信任且连续三次派人杀害公主、王子姐弟二人最后被乱箭穿身。这些情节，都曲折生动，引人入胜；同时也塑造了性格鲜明的人物形象。

3. 修辞手法多样，语言生动朴实

藏戏传统剧目中起兴、比喻、排比、反衬等多种修辞手法的运用在角色表情达意、烘托演出气氛、加强艺术感染力等方面作用巨大。

起兴手法。"兴者，先言它物以引起所咏之辞也"，藏族民歌中常用的这种起兴修辞格在藏戏传统剧目中亦很常见。例如，白玛文巴长大后，第一次向母亲询问父亲时言："小鹿之父前面走，小鹿之母跟后面，那有福小鹿走中间。即便畜生父母也双全，我这独生儿更应有父尊。望母亲勿再把我瞒，将父亲情况说个全。"第二天，他又继续追问母亲："公鸭前边来带路，母鸭在后紧相伴，小鸭欢乐玩中间。禽兽都能有天伦之乐，我父亲为何不在眼前？"白玛文巴先后两次用山中父母双全的小鹿和湖中父母相伴的小鸭这些禽兽共享天伦之事起兴，顺口引出自己为何没有父亲的话题，生动形象地表现出他迫不及待地想了解自己亲生父亲的急切心理，比平铺直叙更能打动观众的心灵。

再如，王后哈姜命令两个渔夫把卓娃桑姆年幼的一双儿女扔到湖里，当两个孩童被带到湖边时，小王子贡杜列巴对姐姐唱道："我的爱姐贡杜桑姆，你瞧下面的大湖啊，一群群黄鸭在浮游，父母前后护小鸭。作为王宫的公主、王子，能像那湖面的鸭子，跟父母一起该多好！如今我姐弟二人，多么羡慕水面上的黄鸭。"同样，当姐弟二人被奉哈姜之命的贱民兄弟押往东方山巅途中，当看到草地上玩耍的斑鹿时，弟弟又忍不住对姐姐哭诉："姐姐你看草地上，母鹿在前，公鹿在后，小花鹿被保护在中间。畜生还有父母爱子女的如此感情，我们生为国王的王子公主，还不如那牲畜，实在可怜得很啊！"小王子触景生情，由眼前所看到的小鸭、小鹿被父母保护之景联想到自己姐弟二人虽贵为公主、王子，却因失去亲生父母，屡受迫害的悲惨遭遇，不禁向姐姐诉说内心的痛苦之情。起兴手法的运用使观众感同身受，往往出现姐弟二人在场上悲戚地互相诉说，下面观众唏嘘一片的感人场面。

比喻修辞手法善于把戏剧人物抽象的感情表现得具体、生动。赤美更登的妻子得知三个儿女已被王子施舍后，放声痛哭，哀声唱道："我的三个宝贝儿，就像太阳多可爱。突如其来的婆罗门，犹如乌云把阳光遮，降下冰雹把庄稼害，竟把我亲生母子来拆开。"如泣如诉的哀叹把这位母亲痛失孩子之后，其内心犹如乌云遮盖住太阳，即将收获的庄稼突遭冰雹彻底摧毁后的悲痛欲绝刻画得栩栩如生、活灵活现。

藏戏传统剧目中常用比喻手法来描述女性外貌，形象地展示其美丽的容颜。鹦鹉称赞赤美更登妻子门达桑姆"丰满身躯如花朵，眼如秋水脸浑圆"。《苏吉尼玛》中国王在祭拜回宫途中被一个"美丽的脸儿似满圆的月亮，整齐的牙齿如月光一样，笑脸迎面有如皎月的辉光"的美女打动并带她回宫成亲。

比喻手法可以更贴切地刻画出人物的神情、处境。用人索朗巴结奉头人查钦巴命令来到朗萨雯蚌身边，"像鹞鹰抓小鸟一样，又像白雕捉羊羔、猫逮老鼠一样"，把她带到头人面前。这些比喻把索朗巴结仗势欺人、骄横野蛮、凶神恶煞的神情刻画得活灵活现，把朗萨雯蚌孤苦无助、任人宰割的可怜处境描写得生动形象，更富感染力。

藏戏演唱中常用三个或三个以上结构相同或相似、内容相关、语气一致的句子排列在一起，组成排比句式反复吟诵，以达到加强语势、强调内容、加重感情、增强艺术效果的作用。

白玛文巴的母亲拉日常赛到天降塔向慧空行母祈祷完毕，"从东方垂下白绸带，从南方垂下黄绸带，从西方垂下红绸带，从北方垂下绿绸带，从中央垂下蓝绸带"。五个不同方位垂下五色不同绸带，用排比的手法极力渲染了五部行母现身前庄严、神秘的气氛，更能吸引观众注意力，增加了艺术感染力。

《诺桑王子》中龙王为答谢渔夫的救命之恩，盛情邀请他去龙宫游玩时唱道："宫内食物味丰美，绫罗绸缎织衣衫；歌声悦耳又动听，芸香奇草幽香送。龙女婀娜又多姿，罕见珍宝藏库中。"龙王连用美味的食物、丝绸的衣衫、美妙的歌声、幽香的奇草、婀娜的龙女和罕见的珍宝六种事物组成排比句式，给渔夫描绘了龙宫中衣食之美、环境之美、龙女之美和珍宝之美，生动形象、引人入胜。

三、剧本特征

传统藏戏的剧本严格来说还不是现代完全代言体形式的戏剧文学剧本，称其为藏戏故事本更为合适。传统藏戏没有供舞台演出的脚本，其故事本采用西藏民间说唱艺人说唱"喇嘛嘛呢"的故事底本。该故事本主要表现藏戏剧目中"说雄"部分内容，由散文和韵文两部分构成，没有显示剧目演出时必有的净土驱秽、奉神祭祀的开场戏"温巴顿"及最后祝福迎祥的"扎西"结尾这些仪式性表演内容。藏戏故事本的散文部分主要交代时间、地点、环境、动作和情节发展等，由一人或两人轮流用连珠韵白念诵形式"说雄"，给观众讲解剧情。描写景色、刻画人物的散文笔调细腻、栩栩如生；叙述故事情节发展过程的散文则语言精练、生动形象。剧本中人物之间的对话和唱词均用诗歌韵文的形式来表现。诗歌部分不同的角色，配以不同的唱腔。唱词不仅采用藏族民歌中多比喻、排比的修辞手法，且吸收了民间俗语、谚语等，既富有文采又通俗易懂。藏戏传统剧目故事本中散韵相间的形式，决定了藏戏叙述体和代言体相结合的演出形态。

第四章　作家诗

这一时期作家诗歌的代表作品，主要有六世达赖喇嘛仓央嘉措的诗歌，米庞嘉措的格言诗《国王修身论》，协嘎林·明久伦珠的《忆拉萨歌》以及格达活佛的诗歌。本章对这些诗歌进行简要分析。

第一节　仓央嘉措诗歌

仓央嘉措诗歌中内容大多与爱情有关，一般被译为"仓央嘉措情歌"流传。实际上，翻译为仓央嘉措诗歌更符合诗歌内容。

一、作者

学界关于作者主要有三种观点：第一种，认为是六世达赖喇嘛洛桑仁饮·仓央嘉措所写。第二种，认为是某些别有用心之人为陷害仓央嘉措而伪造的。第三种，认为有些诗歌是仓央嘉措所写，有些可能是采录的民歌。目前尚无详细资料考证以上诸种说法。本书采用大多数学者的观点，认为仓央嘉措为其作者。

仓央嘉措（1683—1706年），门巴族著名诗人。1683年诞生在山南错那县境内的门拉沃域松，父亲扎西丹增，母亲次旺拉姆，世代信奉宁玛派佛教。1685年，第巴桑结嘉措认定其为五世达赖喇嘛的转世灵童，派人把他们一家人迁居到夏沃，暂住错那宗并安排专人照料。据文献记载，这一系列行动都是严格保密的。1696年，康熙帝得知五世达赖喇嘛已经圆寂，桑结嘉措匿丧不报，严厉责问。1697年4月，桑结嘉措派人到错那迎请灵童，安排在浪卡子暂住。9月，五世班禅应邀到浪卡子给他授沙弥戒，取法名仓央嘉措。10月，仓央嘉措正式坐床。1698年，仓央嘉措开始学习更多经典。1702年，按照宗教事务规矩及以前约定，五世班禅给其授比丘戒，但仓央嘉措拒绝受戒。1705年，拉藏汗和桑结嘉措双方发生战争，桑结嘉措被处死。拉藏汗掌握大权，对仓央嘉措的不守戒律多方责难，并向清政府奏称桑结嘉措所立的仓央嘉措"耽于酒色，不守清规"，是"假达赖"，"请于废立"。康熙帝接到奏报，命将仓央嘉措"执献京师"。1706年冬天，路经青海时，二十四岁的仓央嘉措圆寂。

关于仓央嘉措之死至今尚无定论，民间对其死亡时间和地点的说法有三大类八种之多。

第一类，死亡说，或叫早逝说。近代研究者比较认同仓央嘉措于1706年圆寂于青海湖附近这种观点，具体又有：其一，病逝说。患水肿病故。其二，谋害说。被拉藏汗的和硕特部势力害死。其三，自杀说。早年间有这种观点，不可靠，现在几乎无人再持此种说法。

第二类，非死亡说。其一，失踪说，民间有他施展法力，挣脱刑枷自行逃走的说法。其二，放行说。钦差和仓央嘉措行到青海时，皇帝责备钦差办事不力。钦差恳请他逃走。其三，营救说。有史料记载他被其他政治势力接走，此后隐姓埋名。仓央嘉措遁去后，最后的归宿都说他在阿拉善终老，学界称之为"阿拉善说"。此观点在民间广为流传。

第三类，五台山说，民间比较流行。其一，五台山囚禁，最后终老五台山。其二，五台山隐居说。隐居六年之后，1716年前后，云游贺兰山附近（现在的内蒙古阿拉善旗）。从此在当地生活，到处讲经说法，宣扬佛教，先后担任十三座寺院的堪布。1746年，六十四岁的仓央嘉措染病去世。

五台山有观音洞（今五台山台怀镇南1000米处的一个悬崖上），相传仓央嘉措曾在右洞居住。坐落在山脚的下院，据说仓央嘉措在那里静坐修持过。五台山说并不可信。1683—1710年，康熙五次巡幸五台山，此地相当于半个皇家寺院，管理一定很严格。在皇家宗教重地隐居六年，可能性不大。康熙时期，五台山有不少藏传佛教寺院，康熙将仓央嘉措囚禁于此，容易激起民族矛盾，惹祸上身，不可能如此做。五台山说最早见于近代学者牙含章先生的著作《达赖喇嘛传》。书中他对仓央嘉措的死因和下落并列了多种说法，也没有做定论。

总之，仓央嘉措1706年后的"身后事"留下了种种谜团，有待专家学者穿越层层历史迷雾，找到真相。可参看苗欣宇、马辉编《仓央嘉措诗传》（江苏文艺出版社，2009年）中第四章"别后行踪费我猜——仓央嘉措死亡之谜"。

正史记载，仓央嘉措在青海湖畔圆寂后，拉藏汗将生于1686年的益西嘉措迎至布达拉宫，康熙批准了这个新的"六世达赖喇嘛"。但是藏族僧俗民众认为其为"假达赖"，秘密寻找到仓央嘉措的转世灵童格桑嘉措并供养在塔尔寺。1716年，准噶尔的阿拉布坦派大将率领六千精兵打着拥护格桑嘉措的旗号进藏，以反对拉藏汗倒行逆施的名义发动战争，杀死拉藏汗，废掉其拥立的益西嘉措，并对西藏实行了残酷统治。1719年，康熙派兵打败准噶尔部，清除了蒙古势力在西藏的政治影响。1720年，康熙正式册封格桑嘉措为"第六世达赖喇嘛"，这是历史上第三个"六世达赖喇嘛"。不过，1724年，雍正再次册封时并未提及他是第几世，直到1757年格桑嘉措圆寂时，也没有明确其谱系身份。1781年，乾隆朝时，清政府册封其转世灵童强白嘉措为第八世达赖喇嘛，即默认了格桑嘉措为第七世、仓央嘉措为第六世达赖喇嘛的身份。

二、版本与诗歌数量

20世纪以前，仓央嘉措的诗歌以手抄本和口耳相传的形式流传了两百多年，一直没有刊印本。因此，仓央嘉措诗歌增删的可能性很大，其诗歌数量没有确切的答案，版本较多。20世纪初期，于道泉（1901—1992年）看到一本西藏友人从拉萨带到北京的藏式长条小册子《仓央嘉措》。这本小册子有诗句二百三十七句，两句一段，没有分节。于道泉在藏族朋友的帮助下，将二百三十七句翻译成汉语，并按照诗句意思分为五十四节。后来，于道泉从另一位朋友处得到一个印度人达斯（Das）所著的《西藏文法初步》，发现其附录中也有仓央嘉措情歌，共二百四十二句五十五节。于道泉经过比较发现，"拉萨本"的第十一、二十三、二十四、二十六、二十七、四十五这六节在"达斯本"中没有，而"达斯本"在五十四节后多出七节。于道泉把这七节翻译之后补充为拉萨本的第五十五节到六十一节。过后，于道泉又将一位西藏朋友的口述补遗为第六十二节。1927年，于道泉进入国民政府中央研究院历史语言研究所。他将文稿润色之后，形成国民政府中央研究院历史语言研究所版本的《第六代达赖喇嘛仓央嘉措情歌》，于1930年由"研究所单刊甲种之五"的形式正式出版。1930年的汉译本是目前最有影响力和代表性的版本，六十二节六十二首，采取"逐字逐句"的"直译"法，比较忠实藏文原文。于道泉译本开创了汉译仓央嘉措诗歌的先河。

刘希武译本。1939年，刘希武（1901—1956年）在西康省任教育厅秘书时，从著名学者、翻译家黄静渊处拿到一本藏、英两文的仓央嘉措诗集。刘希武依照英文翻译并参照汉译语体散文译成六十首五言四句的汉文古体诗。这六十首诗没有于道泉译本中的六首有关佛教的诗歌，是原本中没有，还是刘希武没有翻译，目前无法查证。刘希武译本文辞华丽、内容缠绵，与于道泉译本浓厚的民歌色彩形成鲜明对比。

曾缄译本有六十六首诗歌，几乎依照于道泉译本而来。曾缄（1892—1968年），四川人。1929年，他到西康省临时参议会任秘书长，后来在朋友处看到于道泉先生的译本，认为于先生的译本语言朴实、文采不够。于是，他把这些诗歌"施以润色"，改造为辞藻瑰丽、格律工整、运用典故、意境优美的七言诗。曾缄译本流传广泛，对后世影响很大。但他以汉文化诗词美学为标准，没有体现出藏民族文学特征。

关于仓央嘉措诗歌的数量，新中国成立前在拉萨流传的藏式长条梵文木刻本有五十七首诗歌。1930年，于道泉教授出版的藏、汉、英对照本共收录六十二首；1932年，刘家驹译本收录诗歌一百首；1939年，刘希武的汉译本收录六十首；曾缄译本收录六十六首。新中国成立后，西藏自治区文化局的版本是六十六首；1980年，青海民族出版社出版的王沂暖译本收录七十四首；1981年，民族出版社出版的庄晶译本收录一百二十四首诗歌。据说还有一本四百多首的藏文手抄本，也有人说有一千多首，但目前无人见过这些文本。现在学界一般比较认可于道泉和王沂暖整理本最终确定的数量，即仓央嘉措创作的诗歌在六十六首至七十四首之间，估计这些诗歌中也可能有伪诗。至于哪些真诗被错过，哪些伪诗被收入其中，目前无法查证。

三、诗歌内容

要理解仓央嘉措诗歌内容，必须结合其身世。仓央嘉措从小生活在民间，家中虽世代信奉宁玛派佛教，但该教派并不禁止僧徒娶妻生子。仓央嘉措便形成了爱情方面自由的思想。后来，他被指认为格鲁派的达赖喇嘛。格鲁派教义严格，僧人必须遵守禁欲戒律。身为宗教最高领袖，应该以身作则，成为众僧之表率。而仓央嘉措却以独特而显赫的身份，做出了许多"风流韵事"，写下了情意绵绵的情歌，向佛教的清规戒律进行了大胆的挑战。

1. 对佛教清规戒律的摒弃

第二十四首诗："若顺着美女的心愿，今生就和佛法绝缘；若到深山幽谷修行，又违背姑娘的心愿。"① 诗人提出了尖锐的问题：是出家修佛，还是追求爱情？是执着追求现实生活，还是舍弃今生去寻求虚无缥缈的来世幸福？这是摆在每个僧人面前必选的问题，非此即彼，必选其一。但是在政教合一的旧西藏，人们没有人身自由和信仰自由。一家如果有两个男孩，便选一个送到寺院当僧人；若有三个，要送两个去出家。人们没有选择的权利和信仰的自由，仓央嘉措的命运同样如此。

仓央嘉措到布达拉宫后虽然行动被限制，但其思想上对爱情的渴望却无法泯灭。如第十七首诗歌："面对德高喇嘛，恳求指点明路，可心儿怎能收回？已跑到情人那里。"在藏传佛教中，佛、法、僧这三宝神圣不可侵犯，任何人不得有丝毫亵渎。特别是对向自己传授佛法经典的德高喇嘛，更应毕恭毕敬，唯命是从。仓央嘉措在这首诗中把教导自己修习佛法的高僧与佛教严禁接触的"情人"相提并论，而且毫不忌讳地宣称，面对德高的喇嘛，心却跑到情人那里，表明其对人世生活的向往之情。

2. 对爱情的执着追求

仓央嘉措诗歌中除上述诗歌外，大多数诗歌描写出了爱情生活中各种复杂曲折的情景和微妙多变的心理状态，感情真实细腻，带有一定的普遍性，受到民众的喜爱。

第一，描写爱恋时的心情。第七十一首："在那众人之中，莫露我俩真情，你若心中有意，请用眉眼传递。"这首诗把开始相恋时内心喜悦，却又害怕被别人发现，只能眉目传情的状况写得生动形象、活灵活现。

第二，对忠贞爱情的执着追求。第六十二首："柳树爱上了小鸟，小鸟爱上了柳树，只要双双同心，鹞鹰无隙可乘。"柳树和小鸟相爱，只要两者心心相印，永远相伴，鹞鹰是无计可施的。诗人通过柳树、小鸟和鹞鹰三个象征意象，表现出与意中人对爱情忠贞不渝，任何外界力量也不能拆分的坚定决心。

第三，表现爱情带来的快乐。第四十六首："杜鹃鸟来自门隅，带来了春天的地气；我和情人见面，身心也感到愉快。"这首诗主要表达"我"和情人约会后愉悦的心情。前

---

① 本节所选仓央嘉措诗歌均出自西藏人民出版社编辑的《六世达赖仓央嘉措情歌及秘史》，西藏人民出版社，2003年。以下不再作注。

两句写景，杜鹃鸟的报喜给大地带来了春天的气息；后两句抒情，在这美好的景象下，"我"和情人会面后心情非常愉快。这首诗把美好的景色和喜悦的心情融为一体，反映出爱情的快乐。诗歌清新畅快，令人精神愉快。

第四，反映爱情遭到波折时的哀怨之情。第十首："渡船虽没心肠，马头犹向后看；那负心的人儿，却不回头看我一眼。"第三十首："热爱自己的情人，被别人家娶去作妻，心儿被相思折磨，已经身瘦肉消了。"第一首诗表现出诗人失恋后，对负心人决然离去的抱怨；第二首是在情人成为别人的妻子后，诗人的无可奈何及遭受日渐消瘦的相思之苦，体会深切，情感真挚，易引起读者心灵的共鸣。

四、艺术特征

1. 主要采用"谐体"民歌形式，四句六个音节富有音韵美

仓央嘉措诗歌除少数的六句、八句诗歌外，大部分都是四句六个音节的谐体民歌结构。读时，两个音节一停顿，分为三拍，即四句六音节三停顿的民歌格律。节奏响亮、朗朗上口。还可以民歌曲调吟唱，极富音乐美感。第五十三首："夜里去会情人，早晨落了雪了；保不保密都一样，脚印已留在雪上。"这首诗一句六个音节，三个停顿，读时富有音韵美。

2. 多用比兴手法，寓情于喻，借物传情

运用比兴手法，把事物与情景结合起来，状物写景，情景交融，触景生情。这是诗歌创作的重要手法。仓央嘉措诗歌中相当一部分诗歌就是运用这种创作方式，将具体的情景与情感结合起来，情与景相伴共生，由此景生此情，由此情出此景，从而形成完美的艺术效果。一般是前二句侧重写景，后二句借以抒情，而这种情与景的交融，又主要是通过联想和想象、比喻和象征来实现艺术形象的完美融合。

第一首："从那东方山顶，升起皎洁月亮。未嫁少女的面容，时时浮现我心上。"这首诗主要表达相思之情。用皎洁的月亮来比喻姑娘的面庞。反之，又以姑娘明亮的面容来映衬月亮的皎洁。前两句写景，已经有情感寓于其中，后两句抒情，使情感更加真切。动静结合，姑娘与月亮映衬，再加上景色与情感的融合，使诗歌显得含蓄而不晦涩。

第七首："花开季节过了，玉蜂可别悲伤；我和情人缘尽了，我也并不悲伤。"用玉蜂和花朵来比喻我和情人的亲密关系，花季已过，玉蜂不伤心，那我和情人缘分已尽，也不必难过。比喻新颖贴切、别出心裁，表达了诗人的心愿。

3. 采用白描手法，直抒胸臆

仓央嘉措受到两种政治势力的压制。扶持仓央嘉措为达赖喇嘛的执政者桑结嘉措，为了不给对方以口实，时时告诫他要恪守清规、潜心读经。另一方拉藏汗则借仓央嘉措的"荒唐行为"，极力攻击，说桑结嘉措拥立的不是真达赖喇嘛。总之，各方的非难和攻击一齐落到仓央嘉措头上。对此，仓央嘉措没有屈服，他一方面向五世班禅洛桑益西提出愿意交出"达赖喇嘛"桂冠，另一方面用诗歌做了有力的回击："人们说我闲话，自认说得不

差，少年我的脚印，进了女店主家。"用白描手法直接表达了对自己的行为直认不讳。初期所写的第五十二首"大胡子老狗，心比人还灵，别说我夜里出去，别说我早上才回"，描写了生怕自己行为被别人知道的忐忑不安心理，二者形成鲜明对比。还有第五十四首"住在布达拉宫时，叫持明仓央嘉措；住山下拉萨时，叫浪子宕桑汪波"，也是直抒胸臆。

4. 构思巧妙，富有浪漫主义色彩

"洁白的仙鹤啊，请把双翅借我，不到远处去飞，只到理塘就回。"这首诗表现出诗人驰骋想象、纵意凌空的浪漫气质，也表达了诗人急欲冲出牢笼、获得自由的愿望。

5. 语言活泼清新，通俗易懂

第六十二首："第一最好是不相见，如此便可不至相恋；第二最好是不相识，如此便可不相思。"语言多用日常口语，通俗质朴，清新自然。

五、仓央嘉措诗歌在汉语、英语文化圈的传播

1. 在汉语圈的传播

仓央嘉措诗歌在20世纪初期被于道泉译介到汉语文化圈后，只是在研究藏学或者与藏地关联密切的文人学者中间流行，读者群的知名度十分有限。

2010年年底，冯小刚贺岁电影《非诚勿扰2》在全国热播。该部电影尾曲《最好不相见》根据仓央嘉措诗歌改编，受到广大影迷的青睐。此外，电影里面的一个桥段中插入的一首诗歌《见与不见》，感动了无数的影迷观众，赢得了广大观众的喜爱。仓央嘉措诗歌迅速走红。这标志着仓央嘉措诗歌已经深入汉语文化圈的中心。

21世纪初，手机短信文学袭来，《信徒》的歌词宗教观点与世俗爱情两种元素在诗歌中完美地融合在一起，被当作仓央嘉措创作的诗歌广为传唱。同时，《问佛》《见与不见》《十诫诗》等诗歌也都标明仓央嘉措创作。于是，这些诗歌被不明真相的观众接受，同时在网络上铺天盖地传播。特别是《见与不见》这首诗歌中"体现出来的用佛教教义来解读阐释爱情的风格"在网络上影响很大，引发了以该诗模式进行创作的热潮，形成所谓的"见与不见体"。同时很多并非出自仓央嘉措之手的诗歌作品被归入六世达赖喇嘛的名下，并且随着时间的推移，所谓的仓央嘉措诗歌越来越多。这些伪作的仓央嘉措诗歌广泛流传，提高了仓央嘉措其人其诗的知名度，促进了仓央嘉措真诗在民间的传播与影响。

2. 在英语圈的传播

20世纪初期以来，仓央嘉措诗歌的英语翻译经历了三个阶段：

第一阶段（1906—1930年），滥觞阶段。翻译者多为英国早期带有殖民者身份特征的藏学家，他们的译诗主要出现在藏学著作的相关章节或是附录当中。

第二阶段（1930—1969年），初步发展阶段。翻译者主要是西方的藏学家，开始出现仓央嘉措诗歌的全译本和单行本。仓央嘉措诗歌翻译与藏学研究密切相关。20世纪30年代，于道泉教授的汉、藏、英对照本问世，广为流传。1961年，邓肯的著作《西藏的歌

谣及谚语》在伦敦出版。在该书第六章，邓肯翻译了仓央嘉措诗歌六十六首，虽比国内于道泉的译本问世晚了三十多年，却是海外出现的第一本仓央嘉措诗歌英语全译本。邓肯译诗在收录仓央嘉措诗歌的数量、排序及内容方面与于道泉译诗相同，这说明前者对于后者存在着一定程度的文献参考性。

邓肯与妻子路易斯曾经深入西藏生活十五年，因此他的英译本保留了原诗四行诗的特征，同时根据自己长期的田野调查经历，在原诗阐释的独特性、敬语翻译的敏锐性以及翻译注释的丰富性方面，都表现出特立独行的姿态和与众不同的视角。

第三阶段（1969年至今），多元化发展阶段。涌现出更多译本，译者身份多样化。诗人作家开始涉足其间，仓央嘉措诗歌翻译与英语诗歌创作开始发生关联，构成此阶段的特征，并流布西方。从惠格姆创译本的出现使得仓央嘉措诗歌与英语诗歌创作发生关联，到威廉姆斯与希尔译诗对于藏族"谐体"民歌形式的再现，仓央嘉措诗歌的英译历程已经走过了一百多年。大体说来，仓央嘉措诗歌英译是沿着藏学家在藏学领域的著述翻译与诗人在文学世界的介绍说明两条主要脉络进行的。

仓央嘉措诗歌作品虽留世不多，但诗歌比喻新颖，想象丰富，语言生动，形式独特，特别对追求爱情时细致入微的心理描写沁人心脾，艺术性很强，至今在世界各地广泛传唱。

第二节　《国王修身论》

《国王修身论》成书于1895年。该书是继《萨迦格言》之后，又一部在藏族民众中广为流传的格言诗集。

一、作者简介

久·米庞嘉措（1846—1912年），著名藏族学者，出生于多康雅曲定琼（今四川省甘孜藏族自治州德格县境内）。其祖系为"久"，所以又称久·米庞。他幼年聪明好学，六七岁开始跟父亲贡布达吉学藏文及历算等，十二岁在家乡的宁玛派寺院出家为僧。十八岁时前往拉萨朝圣，继而云游四方，遍访名师。因知识渊博、造诣极深被称为"班智达钦波"（大学者）。他一生撰写著作多达三十二部，涉及佛学、医学、历算、工艺、诗赋、文学等方面。《国王修身论》是其代表作之一。其弟子噶脱司徒等将米庞嘉措的著述辑为《米庞全集》，藏德格更庆寺。

二、思想内容

全书共二十一章，分别为：小心谨慎从事，考察英明人主，注意一切行动，注意一切言论，关于用人之道，《真言授记》所言，《正法念处经》所言，《金光明金》所言，精进坚定不移，性情柔和温顺，平等对待众人，具有慈悲心肠，自己保护自己，保护百姓安康，凡事与人商议，遵守十善佛法，按照法规办事，运用妙计取胜，心中牢记佛法，正确对待财富，重视修身之道。①

以上各章内容，只就大体而言，实际上很难准确归类划分，彼此之间也有相互交叉的地方。全书总的论述了"为君之道"，涉及面很广。

1. 治理国家方面的独到见解

米庞嘉措作为接近群众的大师高僧和统治者中的一员，他体察到现世矛盾和人间的疾苦，诗篇中首先表现出希望国王依法治国、施行德政的良苦用心。第一，任人唯贤。"作为治理国家君王，为了国家安乐吉祥，对于一切贤达人物，安排官位应该恰当。""贤者安排官位之上，对待百姓特别慈祥，国家政权能够巩固，众人拥戴这样的国王。""所以精明有为国王，授予各种官职之时，官衔能力必须相当，不能轻易点将封相。"第二，爱护臣民。"熟谙兵法操练武艺，保卫国土头等大事；发展农业修建民房，此乃国家第二大事；搞好商业搞好工艺，此乃国家第三大事。如果做好以上三事，众生就会称心如意。学好经典掌握知识，既搞文艺又搞生意，一切僧俗人民安乐，国家就会太平无事。""聪明国王慈悲心肠，征收差税一切从轻，对于百姓切实保佑，大家欢乐天下太平。"第三，公正执法。"王子犯法要受制裁，穷人守法要受关怀，就像头上一声霹雳，谁都没有办法避开。""国王所以大名鼎鼎，公正持法方有此称，若不按照法规办事，虽有国王又有何用？""在那法规严的地方，守法之人心情舒畅，违法之心使之当心，善律确是济世良方。""如果对于一切罪犯，一一给以适当惩办，好人则会无比欣慰，坏人则会心惊胆战。""倘若不对罪犯法办，不但好人心神不安，坏人更会放荡不羁，乃是四分五裂之缘。"第四，虚怀若谷。"所有一切贤明国王，无论何人都应寻访，不要堵塞群众言路，及时查问智者妙方。""对于臣民安乐之计，极少有人费力深思，国王应该很好研究，只听忠言尽弃诡计。""一切众生安乐之道，良规善法十分重要，要同忠实可信之人，协商制定为妙。""即使具有特殊才华，也应协商共事为佳，事情成功自不必说，不成也是美德可夸。""如何取舍自己知道，国家大事协商为好，大家共同商定之事，以后没有后悔烦恼。"第五，善用计谋。"善于运筹帷幄国王，不但掌握时间力量，而且精通具体做法，百事如意一切顺当。""依靠智慧保卫自己，即使弱者也不受欺，犹如一只智慧小兔，赶走大象杀死雄狮。"

针对如何"治国理政"的问题，米庞嘉措总结出五方面内容。他认为作为一个国家或者地方的统治者，要有辨识贤愚、知人善任的本领，对德才兼备者委以重任，而不能为伪装、残暴的坏人授予官职，否则将会贻害无穷。这说明了人才的重要性，即"得贤人，国无不安，名无不荣；失贤人，国无不危，名无不辱"②。同时，统治者也要懂得人心向背的道理，通过重农商、轻薄赋、强军事和兴教化来实现强国富民、人民安居乐业。然而，仅

---

① 久·米庞嘉措：《国王修身论》，耿予方译，西藏人民出版社，1987年。本节引用诗歌均出自该书，以下不再标注。

② 陆玖译注：《吕氏春秋》，中华书局，2011年，第839页。

有人才和以德治国还不够,需要制定法律来约束和规范整个社会的行为,"国法就是公正标尺,谁若逾越就要惩办!"但如果统治者不带头遵守,不公正执法,法律法规也只是一纸空文、形同虚设罢了。以上三者相辅相成,任人唯贤是基础,公正执法是保障,爱护臣民是目的。当然,在执政过程中,统治者还应广开言路,虚怀纳谏,多听取臣民的忠言和劝谏,运用智谋,群策群力,万不可自以为是,独断专行,这样才能巩固自己的政权。

2. 关于国王如何提高自身修养

米庞嘉措认为国王要治理好国家,必须加强自身修养。第一,品行高尚。"凡是聪明智慧国王,总是提倡德行高尚,就像太阳金光四射,照得大地特别漂亮。""国王若是贪恋钱财,就会有人行贿乱国,国王若是好色之徒,娼妓就会把头高抬。""富贵荣华贤明国王,心性调伏特别驯良,如同群星环绕月亮,万里无云特别明亮。"第二,拥有智慧。"功德能否准确看见,智慧乃是根本关键,没有智慧靠发慈悲,难以保佑国泰民安。""国王如有殊胜智慧,能使大地无比秀美,比那驱除黑暗太阳,更能放出圣洁光辉。"第三,谨言慎行。"每个国王一举一动,都要三思慎重而行。不加思考随意蛮干,即使小事也损名声。""国王举止严肃端庄,大家就会敬奉信仰,狂人看见自然生畏,威光之下不敢嚣张。""恶语太多部属逃跑,谎话害人一切毁掉,污秽之言会坏事情,以上三种应该抛掉。""国王务必认真考察,说话不可随意变卦,国王虽然只说一次,也会传遍整个国家。"第四,精进勤奋。"坚定之人去干事情,长期坚持肯下苦功,就像水滴汇成大海,最后必然硕果丰盛。""具有坚定心计之人,精神集中而且勤奋,自己不论干啥事情,绝无任何胆怯之心。""倘若特别勤奋能干,高山也非高不可攀,深海更非不可游渡,但须精神百倍向前。""今生来世积德行善,黎民之事千绪万端,国王及时努力去做,不要拖拉不要偷懒。"

孟子曰:"君子之守,修其身而天下平。"[①] 意思是说,君子的操守,从修养自己开始,从而使天下太平。这也成为后世有为统治者躬亲行之的信条。因此要求执政者在自我修养方面率先垂范。《国王修身论》同样论述了这个道理。首先,统治者品行是否高尚,对整个国家或者地方都是至关重要的,也是治国理政的主导因素;其次,必须具备智慧和谋略,不能蛮干、逞匹夫之勇;再次,言行举止要与自己的身份和地位相符,做到克制欲望,谨言慎行,严肃端庄,从而令臣民敬畏;最后,统治者也应该坚定不移,奋发有为,造福百姓。

3. 遵守佛法,提倡广行施舍

米庞嘉措作为宗教上层和学有所成的佛学家,除在劝导统治者提高执政能力、加强自身修养等方面有所论述外,也提到了统治者治理国家时要遵守佛法。第一,学经典守佛法。"不论任何一个国王,保护众生有何妙方?除了武力统治之外,还需依靠经典宝藏。""任何一个奉法国王,时时注意自己地方,一切贤达高僧梵志,都要爱护尊重师长,一切

---

① 孟子:《孟子》,杨伯峻、杨逢彬注译,岳麓书社,2000年,第258页。

通晓法理之人，掌握区分善恶妙方。怎样去干迎来幸福，怎样去干会有祸殃，如果虚心求教他们，他们就会一一细讲，宣示古代良法善规，有利国王修身治邦。""要使众生乐做善事，自觉抵制罪恶之事，对于作恶犯罪之人，按照戒律进行调伏，不但国王名扬四海，而且国家光辉美丽，一切众生幸福平安，这些教言应该牢记。"第二，提倡广行施舍。"如愿长寿富贵美名，如愿今生来世吉祥，布施能够帮助成功，愚者总是恋恋不放。""布施乃是世间美饰，可免坠入恶趣之地，布施乃是升天云梯，能够得到心静妙益。"作者提倡国王在治理国家时要学习佛教经典、遵行佛法、多行布施等。

三、艺术特征

米庞嘉措继承了贡嘎坚赞等著名学者运用格言的形式，希望对统治者提供借鉴和教育作用。

1. 语言凝练，通俗易懂

格言中大多直接讲述道理，通俗易懂。也有一些格言融入了藏族的寓言、民间故事等，言简意赅，给人以启示，具有较强的感染力。如"坏人如果官位很高，对待属下格外残暴，最后自己彻底完蛋，就像蓝毛狐狸可叹"，这则格言运用了藏族蓝毛狐狸的寓言故事。一只狐狸不小心掉进了染缸，皮毛被染成了蓝色。这只狐狸因为毛色鲜艳被推选为百兽之王。因为陷害同类、极端残暴最后被百兽杀死。米庞嘉措借用这一寓言故事说明国君治理国家要选择贤能之人做官，否则会落个像蓝毛狐狸那样悲惨的结局。又如"虽对坏人做了好事，一遇机会照样受欺，坏人一旦离开洪水，仍把斑鹿告诉猎敌"，这则格言运用民间故事，讲述一个坏人被洪水卷走，被化身斑鹿的菩萨救上岸边。然后，斑鹿走进森林。当地国王悬赏捕捉这只斑鹿，被斑鹿救活的那个坏人为了得到赏赐，向国王报告了斑鹿的下落。米庞嘉措利用这个民间故事讽刺了忘恩负义的人。

2. 句式灵活多变，格律比较自由

《国王修身论》诗歌的句式灵活多变。大部分诗歌采用七音节四句[①]，有的诗句则有九、十、十一、十九等多个音节。一首诗歌的诗行基本由四句构成，但是也有五、八、十、十一、十四、十六等多句的，体现出灵活自由的诗歌构成方式。如"如果僧众双方争吵，佛法戒律受到干扰，国王若是正确讲法，僧众也会走上正道，国王辖地一切居民，婆罗门和佛僧等等，凡是精通经典名流，应该集中各显高超。"这首诗由八行诗句构成。而"住在三十三天仙堂，帝释天王心情舒畅，他想如果我的儿子，成为如此奉法国王，运用佛法护佑国家，大地众生如在天上，对于这样奉法之王，天神都会喜气洋洋，如像爱儿一样保护，大地就会星辰吉祥，风调雨顺年年丰收，灾难全部一扫而光，各种瑞相同时显现，迎来一片幸福景象"，这首诗从多方面宣扬以佛法治国的好处，则由十四行诗句组成。诗集中这样的形式很多，不再一一列举。另外，每首诗的句尾基本押韵，读起来抑扬顿

[①]《国王修身论》藏文版以七音节为主，而耿予方先生的汉译本则都是八音节。

挫,朗朗上口,具有较强的节奏感和音乐美。

《国王修身论》主要围绕国王或者地方统治者的规范举止而写成。米庞嘉措期望具有高尚德行、遵循佛法、重视人才,有较高佛学修养的执政者来治理国家,从而达到国富民强、佛法昌盛、安享太平的目的。作者在借佛法劝告统治者放弃暴力、施行德政,提出治国安民之策外,还能够站在百姓的立场上,针砭时弊,抨击统治者的残暴行为,提出一些缓和阶级矛盾的改良主张,阐述了"民为贵""民为邦本"的进步思想,这是难能可贵的。格言中的大部分思想,对当时的统治者以及后世的执政者大有益处。

第三节　其他作家诗歌

除上述仓央嘉措诗歌、《国王修身论》之外,其他作家创作的诗歌也较多。本节主要选择 20 世纪初期代表性较强的协嘎林·明久伦珠的《忆拉萨歌》及格达活佛诗歌来分析。

一、协嘎林·明久伦珠《忆拉萨歌》

《忆拉萨歌》是协嘎林·明久伦珠 1911 年在印度的大吉岭写成,抒发了身在异国他乡的游子对家乡和亲人的思念之情。

1. 作者简介

协嘎林·明久伦珠(1876—1913 年),后藏协噶宗林奴人(今定日县协噶尔区)。幼年父母双亡,家境贫寒。1894 年在别人资助下,进入孜康(原西藏地方政府培养俗官的机构)学习。1895 年踏上仕途,1905 年任五品的聂拉木宗宗主。由于他上呈噶厦地方等各种报告意明词美,深得十三世达赖喇嘛赏识,1906 年被点名提升为噶厦秘书。1910 年,明久伦珠跟随达赖喇嘛到印度,在噶伦堡、大吉岭共住三年,1912 年年底,随十三世达赖喇嘛返回拉萨。1913 年被任命为噶伦,十个月后在拉萨病逝,年仅三十八岁。

1911 年,明久伦珠在大吉岭时写作完成长篇抒情诗《忆拉萨歌》。除此之外,他的作品还有叙述自己一生经历的韵散结合体《自叙北当木》及以藏文字母为序,赞美高尚品德、讽刺卑劣行为的诗歌《自况噶布协》等。

2. 作品内容

《忆拉萨歌》是一首长篇抒情诗。全诗由四十六节组成,其中第一节是祷辞,第二节点明写诗的宗旨,最后一节是谦语,其他四十三节抒发了作者在异国他乡对拉萨的思念之情。

第一,描写拉萨的美丽景色。第三节:"忆拉萨,群群鹤雁戏水滩,滔滔波浪接蓝天,哗哗声响吉曲水,徐徐绕过城右边。"第四节:"忆拉萨,底底河谷宽且平,绿绿芳草树成林,皓皓日月光普照,灿灿光辉多朗明。"拉萨坐落在拉萨河畔,地势平坦、山清水秀、鹤雁成群、树木成林,终年阳光普照,享有"日光城"之美称。

第二，叙写拉萨市商业贸易中心八廓街的繁荣景象。第八节"盈盈商品满其间，珍珍百物观不尽"，表现出八廓街各种商品琳琅满目、珍宝无数的繁华景象。

第三，刻画了街市上来来往往的各种人物。第七节："忆拉萨，熙熙攘攘街市上，姗姗姿态有万千，娇娇百媚如意女，嫣嫣一笑显美颜。"第十六节："忆拉萨，飘飘碗套系缨穗，闪闪胡冠如虹缀，晃晃耳坠笑容展，群群侍从紧相随。"第十九节："忆拉萨，弯弯曲曲僻陋巷，跛脚盲人乞丐帮，甜甜酸酸酒灌醉，踉踉跄跄卧街上。"诗人生动形象地勾勒出了旧拉萨城的画面：大街上既能看到姿态万千的美貌女子，也可以看到衣服华贵、仆从如云的贵族公子，在比较偏僻的小巷子也可能遇到跛足、盲人及醉卧街头的乞丐等。

第四，多方面反映出民众在拉萨的各种宗教活动和习俗。第二十五节："忆拉萨，爸爸妈妈众妪翁，颤颤双腿身难承，深深顶礼林角道，满满行人心志诚。"第二十七节："忆拉萨，圆圆嘛呢转经筒，叮叮铃声催人众，快快前来积善业，旋旋转经人攒动。"第二十八节："忆拉萨，诚诚僧众俱圣财，时时殿堂俩廊来，平平石板做长垫，齐齐五体投地拜。"以上三节诗歌描写了宗教信徒转林角、转经和磕长头等宗教祈福活动，反映出藏族信教民众的日常生活习俗。

诗人也用一些笔墨描写了僧人的辩经、跳神、驱鬼、念经等宗教活动。如第三十三节"忆拉萨，圣圣经义多闻思，黄黄格西辩经席，达达掌声相答问，难难疑问尽通释"，就是对藏传佛教寺院僧人辩经活动的具体描述。

第五，抒发作者在异乡他国对故乡亲人的思念及远离故土、前途未卜的感伤心情。第二十节："忆拉萨，爹爹请听诉衷肠，区区之躯医保康，亲亲相爱贤伴侣，慈慈双亲在家乡。""忆拉萨，彼彼拉萨旧情景，痴痴凝眸望长空，喷喷之声出口中。"诗人居住在印度的大吉岭，日日思念家乡的父母及妻子，回忆拉萨往事，历历在目，甚至达到心往神驰的境地，充分表现出他深深的思乡之情。

同时作者的一些诗句也表现出悲观厌世的心情。如第四十四节"短短余生世间情，统统抛却入幽林，微微闭目思解脱，静静修习离凡尘"，反映出作者在异国他乡，前途未卜的矛盾苦闷心理。

3. 艺术特征

第一，结构整齐，采用叠字修辞法。《忆拉萨歌》除第一、二节及最后六节外，每节最后一句末尾都有"忆拉萨"三字。汉译文为了照顾汉语音韵习惯，把这三个字放在句首。本首诗采用"叠字"修饰法中的"句首无间全重叠"形式，即诗歌每句开头的两个音节重叠，是藏族诗歌常用的一种形式。但是，本首诗四十六节全用这种叠字形式，比较难得。

第二，层次分明，描绘场景细腻生动。作者在《忆拉萨歌》中紧紧围绕"忆拉萨"这个主题，首先写拉萨美丽的风景，其次写拉萨的人和事，最后抒发思乡之情。诗歌层层深入，一气呵成，浑然一体。

诗歌每一节抓住典型，生动形象地描写一个情景，使读者眼前浮现出一幅幅画面。例如第十节:"忆拉萨,艳艳百花正芳菲,欢欢乐乐林卡会,悠悠扬扬琴笛声,咿咿响簧来相配。"描写了在百花盛开的春天,拉萨的人们全家携带食品,到拉萨各个林卡(园林)中搭起帐篷,吹奏各种乐器,尽情歌舞游乐。诗人在这节诗歌中,抓住琴笛声与拉萨藏族特有的响簧声互相交织在一起的场景,烘托出园林中喧闹欢快的情景。

这首诗歌自然朴实、优美动人,生动形象地描绘出了拉萨的自然风貌、风土人情,真实感人,深深触动了流落异乡的游子的思乡之情。这也是这篇诗歌得到藏族人民喜爱并广泛传颂的原因所在。

二、格达活佛的诗歌

格达活佛是一位爱国的宗教人士,他写了许多歌颂中国共产党和红军的诗歌。

1. 生平简介

格达活佛(1903—1950年),法名洛桑登真·扎巴他耶,出生于甘孜县白利乡德西地村一个贫苦的农民家庭。三岁时被认定为白利寺活佛并迎请入寺。1920年到拉萨甘丹寺学习,八年后考取格西学位,返回甘孜。1936年,红军长征经过甘孜、炉霍等藏族地区。在甘孜召开藏族人民代表大会,成立了"中华苏维埃博巴政府"。格达活佛被选为政府副主席。他思想进步,拥护党的民族政策及宗教政策,积极支援红军北上抗日。西康解放后,他担任西康省人民政府副主席,并兼西南军政委员会委员。1950年,格达活佛为了祖国统一与西藏的和平解放,多次请求前往西藏劝说地方政府的各界人士。7月,中央人民政府同意他前往西藏向有关人士进行宣传和劝说工作。他到达昌都时,向昌都各界宣传党的宗教政策、民族政策,介绍解放军维护民族团结、帮助人民改善生活等事实,劝说各层人士要维护祖国统一,支援解放军向西藏进军。格达活佛深得各阶层人民拥护。8月,格达活佛不幸在昌都圆寂。他不顾自身安危,为西藏人民的解放和祖国统一大业,做出了应有的贡献,是宗教界爱党爱国的典范。

2. 诗歌内容

格达活佛不但在政治上积极拥护共产党和红军,而且写了很多诗歌,热情歌颂党和红军。

第一,表达自己及藏族人民对红军的欢迎。"天空出现雨积云,干旱土地多高兴,红军带来红雨来,红旗红星亮了心。"诗歌用久旱逢甘露比喻藏族百姓对期盼已久的红军表示热烈的欢迎,赞美红军的政策为藏族人民指明了前进的方向,使他们心明眼亮。

第二,红军长征北上之后,抒发盼望红军早日打回西康的迫切之情。"高高的山坡上,红艳艳的鲜花怒放。你跨上骏马背上枪,穿过荆棘的小径,攀到山那边去了,你啊,啥时再回这地方。""山上种树盼果实,地里播种盼丰收;英雄的红军早回来啊,藏民盼的是苦日子有尽头。"红军走后,当地反动统治者又重新骑到人民头上,残酷剥削、压迫劳动人民。在这漫长的黑暗岁月,格达活佛和藏族人民日日盼望红军回到西康,推翻反动统治者,帮助人们早日过上幸福的生活。

3. 艺术特征

第一，学习藏族民歌内容抒发感情。如"红军走后，寨子空了。寨子空了不心焦，心焦的是红军走了。"这首诗与藏族流传的一首民歌"情人走了，寨子空了一半。不是寨子空了一半，是我的心空了一半"相比较，韵律和意境基本相同，可见格达活佛比较熟悉这首民歌，采用这首民歌的艺术手法，抒发对红军离开时的依依不舍之情。

第二，语言通俗易懂，直抒胸臆。如"山高有什么可怕，红军给了我一匹骏马。谁说没有人同情，有搭救我们的恩人红军"，用日常语言抒发对红军解救劳苦大众的感激之情，"恩人红军"直接表现出诗人对红军的深情厚谊。

第五章　小说

19世纪后，藏族小说的创作发生了新的变化。在传统文学的基础上，出现了一批以动物为主人公的寓言体短篇小说。主要作品有《猴鸟的故事》《白公鸡》《茶酒仙女》《牦牛、绵羊、山羊和猪的故事》《莲苑歌舞》等。

第一节　《猴鸟的故事》

《猴鸟的故事》是19世纪后期寓言体小说中流传最广的作品。

一、作者

关于《猴鸟的故事》的作者有以下三种观点：一是六世班禅洛桑·班丹益西；二是十二世达赖喇嘛成烈嘉措；三是多仁·丹增班觉（丹增班珠尔）。大多数人比较赞同第三种，认为作者是多仁·丹增班觉，本文采用此种观点。关于多仁·丹增班觉的生平，《多仁班智达传》中已做详细介绍，此处不再赘述。

二、作品内容

《猴鸟的故事》内容梗概是：从前在扎西则噶地方，有一座名叫滚桑的山。山顶上住着白狮子，山腰草地住着以神鸟白松鸡为主的各类鸟儿，山脚森林里住着猴子和其他野兽。一段时期里，它们各居其所，相安无事。突然有一天，猴子跑到半山腰的草地上去吃花草果实，鸟类认为猴群侵犯了它们的土地，便派白松鸡前去交涉。猴子们认为滚桑山是公有的地方，大家都有共享的权利。其间，猴、鸟双方多次派遣使者，各自申述理由，议订条约。然而，不但没有解决纠纷，还差点引发战争打起仗来。最后由善巧言辞和足智多谋的家禽公鸡与兔子洛旦居中调节双方的矛盾，把草地的三分之一让给猴子去享用，同时允许鸟儿到猴子所住森林里去吃东西。猴子与鸟类的纠纷圆满解决。大家和睦共处，过上幸福美满的生活。

1. 鸟类据理反对猴子入侵

面对猴群的入侵，鸟类坚持正义，委托白松鸡和猴子进行谈判。白松鸡对猴子说道：

"喂,喂,猴子朋友们!我有几句话,打算跟你们各位说一说。提起来这座滚桑山,山顶上归狮子所有,山腰归鸟儿所有,山脚下那块地方的主人才是你们兽类。从古以来,便是这样。你们现在无缘无故来到我们的草地上,悄悄地把我们的花草果实大啃大嚼,这样是不对的吧?以后恐怕你们还要大摇大摆地来,把我们的东西看成你们自己的东西,随意地吃呀、喝呀,那就更不合理了!"[1]

听完白松鸡的话,猴群中的一个小头目冷笑了一声回答道:"喂,神鸟白松鸡请听,咱也有几句话要跟你讲一讲。我想你一定会知道,这座高山是坐落在大家共有的世界上。山顶上虽然是狮子居住,不过是碰巧住在那边;它们那一群白狮子,啥时候出过买山钱?山腰上虽然是你们鸟儿居住,也只是碰巧住在那边;你们一群又一群,谁曾向你们献过什么地盘?山脚下虽然是我们野兽居住,也还是碰巧住在那边;没有用过银子买,更没有用过金子换。我们这群猴子住在这里,情形跟你们是一般;自自然然地住上了,谁也没有请来谁也没有唤。在这座滚桑大山上,花儿呀、草儿呀真新鲜,花朵呀、果子呀数不过来,大树林子看不到边。这都是咱们大家所共有,为什么你们来阻拦?大家的财产想要独自用,这是引起口舌的根源;大家的田地想要独自种,这一定要引起争端;大家的饭食想要独自吃,这一定有饿鬼把心缠。你不要多说快闭住嘴,把这个道理记在心里边。记住你回去后,对你们鸟儿好好谈一谈。"

白松鸡代表鸟类,把自古以来在滚桑山居住的各种动物领地的划分情况进行了事实陈述,希望猴子以后不要再侵入鸟类的领地。而前来谈判的猴群小头目对此不屑一顾,它东拉西扯,狡诈诡辩,强词夺理,胡搅蛮缠。从它的犀利言辞和诘问中反映出了滚桑山各类动物存在的现实矛盾。后来,又经过几次交涉,猴子依然蛮横不讲理,甚至将不惜动用武力。

作为鸟类代表的鹦鹉对此忍无可忍,向猴子们提出最后的警告:"万一不能和解的时候,大鸟儿要布满天空里,中鸟儿滚下来像石头,小鸟儿窜下来像雹子。鸟们的铁嘴和钢爪,像雷电一样厉害无比。用嘴去叼猴子的脑袋,用爪去剥猴子的皮;鸟兵撒下来天罗地网,猴子要逃走也没地方去。猴子的土地鸟儿来修窝,猴子的皮肉鸟儿做吃食。最后把猴子全消灭,世界上再没有你们猴子的名字。我们说得出来就做得出来,并非空口吹大话。这些是我的肺腑话,好心好意地告诉你。你们考虑的时候已经到了,不然的话后悔也要来不及,七天以内若是不和解,鸟兵就要布满天空来攻击。不仅要占据这座滚桑山,你们的住处也要全丧失……"

鸟类为了保卫自己的家园,从最初与猴子进行协商、交涉逐步升级到警告乃至武力威胁。整个过程充满艰辛,但始终义正词严、据理力争、针锋相对,既积极争取和平谈判解决争端,又做好了最坏打算。

---

[1] 《猴鸟的故事》,王沂暖译,作家出版社,1956年,第2页。本节引用内容均出自该书,以下不再作注。

2. 鸟类与猴子和平解决争端

代表鸟类的鹦鹉能言善辩。它义正词严的警告，使老猴洛桑意识到问题的严重性。洛桑急忙召开群猴大会，听取各方意见。又把鹿、羚羊、狍子、兔子、豺、狼、虎、豹等分别请过来商量对策。最后决定由兔子洛丹和鸟类的代表公鸡在双方之间进行调节。经过兔子和公鸡的居中斡旋，最后达成了协议："把这个草山的三分之一，请你们（鸟类）划出来交给猴子。除此而外其余的草地，再不许猴子又跑又闹又来吃。"当然，这样一个妥协是有前提的，那就是住在猴子生活地方的鸟不用搬走了。正如公鸡训斥众鸟儿所言："它们猴子住的那座森林里，大小鸟儿也数不清，旧的鸟窝到处都有，新鸟窝的数目也是天天在添增。这座森林是不是猴子的？若说是的代价怎么定？以前给过多少钱，今后还给不给也要说清！假若从来就没有付过价，我们倒要问一声：'现在你们住在森林里的这些鸟，是不是要搬出这座森林中？'若说它们没有地方去，那么，不继续住下去就不可能。同样的道理同样的事，能设身处地想想才较好；将人比己想通了，谁对谁不对就会明了。"

当猴、鸟双方就领地问题陷入僵局时，兔子洛丹和公鸡扮演了非常重要的角色，它们成为非常关键的调停者，它们既不偏袒徇私也不自作主张，而是用事实说话，从全局出发，晓以利害。正如文中所言："若是往下拖延，全世界的鸟儿和猴子，最后一定到处结仇冤。其他鸟类和兽类，大部分也要生恨怨。要是这样搞下去，全世界便不会平安。"说服的言辞中透露出了睿智和无私。归根结底，无论是侵略方还是被侵略方，最终都是本着和平的愿望，谁都不愿意看到激烈冲突和战火纷纷。基于此，猴鸟悬而未决的问题得到彻底解决，双方最后握手言和。

有人认为该寓言故事反映廓尔喀侵略我国西藏事件。1788年廓尔喀第一次入侵西藏，多仁曾被派遣和廓尔喀交涉，被迫签订了妥协条约。《猴鸟的故事》的情节与《多仁班智达传》廓尔喀第一次入侵西藏的情节基本相似。在传记中也将廓尔喀比作猴子，而将汉藏军队比作鸟类。《猴鸟的故事》中鸟类把三分之一草地给猴子，是以隐语暗示多仁·丹增班觉等与廓尔喀签订的妥协条约。

三、艺术特征

1. 格言、谚语、比喻、排比等俯拾即是

如："智者若不经过辩论和考问，他的学问深浅不能知；皮鼓若不用棒槌子打一下，和不响的东西是一样的。""三个中等人出意见，比一个大智慧者聪明还要大。""羊儿顶架要罚它的犄角，哪个捣蛋它的大祸就要临头。""火起了还是浇水好，纠纷起了还是和解好。""石头小不怕风刮走，山小不怕人抱走。""小树不怕戳破天，小人不能走遍地，小鸟不能凌云飞，小水不能冲桥去。""人不需要的是战争，树不需要的是树瘿，心不需要的是痛苦，身不需要的是疾病。""你身体好像雪山上的积雪一样白，你的声音好像琵琶一样清脆流利。""一直友好到去年，好像乳和酪在一起。"这些句子都富有生活气息，增加了作品的可读性和感染力。

2. 故事情节一波三折，体现"和平"主题

猴子和鸟类发生冲突的那一刻，不是大打出手，诉诸武力，而是以追求和平为主题进行一次次的交涉和谈判，争取双方利益的最大化，其中不乏通牒警告和剑拔弩张的紧张时刻，故事曲折，情节完整，引人入胜。通过鸟类与猴子之间的斗智斗勇，反映出藏族人民反对侵略，坚持真理，热爱和平的愿望。

第二节 《旋努达美》

18世纪前后，继传记文学、历史文学、诗歌以及戏剧文学之后，藏族文学史上又出现了以《旋努达美》《郑宛达哇》等为代表的长篇小说。这些小说篇幅较长，人物众多，故事情节曲折，表现手法多样，标志着藏族作家文学有了长足的进步和发展。

一、作者及版本

作者多卡夏仲·策仁旺杰的生平在《颇罗鼐传》一节已有详细介绍，本节不再叙述。

《旋努达美》全称为《旋努达美传——一个王子的故事》，又称《勋努达美》。该书创作开始于1718年，1720年完成，是一部以18世纪初为背景的现实主义长篇小说。然而，这部作品一度被列为禁书，以手抄本的形式在藏族男女青年中流传。1957年，民族出版社首次铅印出版《旋努达美》，从此引起人们的重视。

二、思想内容

《旋努达美》赞美了青年男女的纯真爱情，深刻地反映出当时社会动乱给人民带来的灾难。

1. 讴歌青年男女追求幸福生活，主张婚姻自由

当斯白更国的旋努达美王子到达成婚年龄时，君臣经过商议和寻访，认定葛勒阿朗国的依翁玛是王妃最佳人选。但是，依翁玛已被父亲色登国王许配给朗瓦甫登国的拉勒辟穷王子，两国已确立了联姻结盟的关系。于是，当斯白更国派婚使冲美罗哲登带着贵重的彩礼去求亲时，遭到了色登国王的婉言拒绝："言词优雅使人愉快，无数财宝令人满足。两国联姻增进情谊，实在是美好的愿望。可我不能花言巧语，纯洁的天良在召唤。诚实和忠信的利矢，射中了智慧的心灵。尼麦罗哲送来喜讯，顿时叫我心花怒放。我国感到无比幸福，恩深情重理当赞颂。只可惜小女依翁玛，同拉勒辟穷攀了亲。两国联姻结盟之约，已镌刻在碑石之上。因此斯白更的王宫，难盼依翁玛的身影。恳请贵国王臣见谅。"[①]

色登国王遵守盟约，遭到了斯白更国使者的警告和威胁，心里惴惴不安，便找女儿依

[①] 多卡夏仲·策仁旺杰：《旋努达美传——一个王子的故事》，汤池安译，青海人民出版社，1984年，第14—15页。本节所引内容均出自该书，以下不再作注。

翁玛商议此事。依翁玛心想："声誉即使封闭在金砖里，它的光辉也会闪烁在天际。旋努达美的英名，早已传遍人间。同他成亲，有何不可?!"想到这里，顿觉不妙，马上感到父命难违。于是，十指交叉胸前，含笑说道："父王的旨令确实不敢违抗，只想诉说一下我内心之言。互相指责故意地寻差找错，这就是仇恨和争吵的祸根。……因为一心一意地追求幸福，所以才阔步迈向光明大道。然而在人间苦海的波涛中，我一生要靠严父慈母眷顾。虽然说朗瓦甫登权势煊赫，王储也神采奕奕气宇不凡。但是世间人事却变幻莫测，邪门歪道会常常缠住心灵。他一旦昧着良心干尽坏事，苍生也将遭受悲惨的厄运。绚丽的鲜花像英俊的青年，欣赏它会情不自禁地爱慕。高贵的品德似辉煌的太阳，罪恶将无法在黑暗中躲藏。那座百花盛开的佛法园林，正是女儿诚心祈求的地方。虽然内心有着固执的想法，但是父母之命我决不违抗。凡是人世间所公认的习俗，历来的传统当好好地遵循。谁也难砸开紧锁的金刚链，联姻结亲的婚约铭刻心间。那条不可忘怀的长绳粗索，必将结结实实地捆住我身。因此父王的旨意不会违忤，我一定把这些话挂记在心。"

色登国王与朗瓦甫登国联姻结盟，他拒绝斯白更国的请婚也是无可厚非的事情。正如恩格斯在《家庭、私有制和国家起源》中指出的那样，"对于王公本身，结婚是一种政治的行为，是一种借新的联姻来扩大自己势力的机会。"[①] 然而这样做，一方面违背了依翁玛追求自由、爱慕英雄的美好愿望，另一方面又冒犯了斯白更国的尊严和利益。这为后文精彩的故事情节做了铺垫。

旋努达美派他的近臣斯巴旋努乔装王子，带领邦阔等百名随从去葛勒阿朗国，向依翁玛试探真情。斯巴旋努托背水姑娘向宫里送去情书。依翁玛读后，爱情之火燃烧起来，心想："得不到父母的允诺会错过美好的婚事，跟旋努达美结为夫妻的凤愿将化为乌有。……如果我同朗瓦甫登的王子成亲，今生后世，痛苦不堪。"于是向父王谎称要去郊外林园游玩，叫背水姑娘通知"旋努达美"在林园幽会，依翁玛带着女仆到林园与"旋努达美"相会，她很快识破了对方是假王子。斯巴旋努说明原委，如实转达了旋努达美王子对公主的情愫。依翁玛深受感动，经过激烈的思想斗争，毅然与斯巴旋努和邦阔等人一起逃奔斯白更国，以便与情人结为伉俪。拉勒辟穷从色登的信中获悉斯白更国遣使请婚、迎娶依翁玛的事情后，勃然大怒，决定由强悍的罗葛它勒带领一支千人队伍赶往葛勒阿朗国迎娶公主。正好在途中与斯白更国的迎亲队伍相遇，因为邦阔的告密，罗葛它勒俘获了斯巴旋努和依翁玛公主。

当旋努达美得知依翁玛和斯巴旋努被朗瓦甫登国俘虏后，他力排众议，决定带兵亲征敌国，搭救依翁玛和斯巴旋努。他对父王尼麦罗哲和众大臣言道："我很高兴挥戈上阵，宛如天鹅性喜湖泊。年轻之时苦练本领，弓箭娴熟武艺绝伦。如果不能战胜敌军，所谓本领就是空话。经常痛责随身仆从，却在亲友妇女面前，夸口装成英雄；但是敌军一旦攻

[①] 恩格斯：《家庭、私有制和国家的起源》，载中共中央马克思恩格斯列宁斯大林著作编译局编《马克思恩格斯选集》第四卷，人民出版社，1972年，第74页。

来，心惊胆战丑态百出，这才是真正的懦夫。我若蛰居不上战场，要受世人咒骂不休。我不是那妇女之辈，因此务必身先士卒。不负父王母后之命，前去征讨朗瓦甫登国。大显身手好不荣耀，敢于抗命定遭祸殃。为了深情的依翁玛，为了斯巴旋努，为了救他们出苦海，我要赶紧率军出征。"

与此同时，斯巴旋努在朗瓦甫登国制造邦阔杀死国王的坐骑珍噶多登大象的假象，获得恩准亲自处决了奸臣邦阔；又蛊惑昏庸的王子以炼制铠甲为由，下令全国百姓献铁献炭，引起民怨；还以寻找棕色金刚石为名，拆毁了京城护墙，致使旋努达美的大军到来时，朗瓦甫登国的百姓厌战，京城毫无防守之力。拉勒辟穷临阵错杀大将，虽出城一番厮杀，但大势已去，最终只好举国投降。旋努达美与依翁玛在敌国王宫举行了盛大的婚礼，举国百姓降臣皆来庆贺，纵情欢乐。

2. 揭露统治阶级内部斗争给人民带来的灾难

小说故事情节不断推进的过程中，始终围绕三个国家之间的恩怨和纠葛，而究其根本则源于旋努达美迎娶依翁玛这一事件。两位恋人经过重重考验，有情人终成眷属。这看似皆大欢喜的结局，却深藏着敌对国家人民的深重灾难。下面举例说明：

由于邦阔的出卖，斯巴旋努被打败后，和依翁玛一起被押解到朗瓦甫登国。达畏罗哲国王准备婚礼喜筵，张灯结彩，载歌载舞。他加封罗葛它勒为首席大臣，委命他为一个大郡的郡主。赏赐邦阔许多财物，任为近侍。那一千兵丁，活着回来的，有的被杀掉；有的被挖了眼睛、割了鼻子、砍断了手、剁掉了脚；有的被关进牢房。总之，大多数人命运比较悲惨。此次对斯白更国军队作战取得胜利，本应犒劳众位将士，谁曾想到，国王竟对出生入死的下层兵士进行残害，可见其好大喜功，凶残暴戾。

当旋努达美王子前往朗瓦甫登宫接受投降时，"全城街口，青年男女麇集，宛如乌云密布。一个个睁大眼睛，满怀稀奇，互相说道：'日月之光驱散黑暗，黎民百姓欢欣鼓舞。青年王子胜似天神，人人称赞名声显赫。旋努达美光辉灿烂，太阳也要黯然失色。千载难逢来了机会，竟然见到盖世英雄。痴人说梦妄想匹敌，鬼迷心窍不知高低。爱护奴仆堪称圣贤，压榨百姓却是暴君。见了王子满心欢喜，有了明主万民幸福。俯首听命衷心拥护，今生平安吉祥如意。'"

以上文字对两个邦国的君主进行了鲜明对比，一个是昏庸残暴、残害人民的刽子手；另一个是声名显赫、赢得人心的贤明君主。这强烈的对比在一定程度上反映出统治阶级为维护各自利益而发动的战争，对社会秩序、生产生活造成了严重破坏，把老百姓推入苦难的深渊。人民渴求有圣明的君主征乱伐暴，消除战争，实现国泰民安、安居乐业的美好理想。

3. 真实反映西藏在 18 世纪初期残酷的社会现状

作者策仁旺杰所处的时代，正是西藏社会政局不稳，多次陷入战乱之时。文中的旋努达美王子与依翁玛公主之间的爱情故事，也可以在当时找到现实的影子。1717 年，二十岁的策仁旺杰担任日喀则宗宗本，他经历了准噶尔侵扰拉萨之乱。战争爆发的原因是准噶尔汗王策旺阿拉布坦和拉藏汗争夺在西藏的统治权。而当时拉藏汗的姐姐是策旺阿拉布坦的第三夫人，策旺利用这种郎舅关系写信给拉藏汗，愿将女儿博托洛克嫁给拉藏汗的长子丹衷（噶登丹增），并以十万两白银作嫁妆。拉藏汗对此有所怀疑，但丹衷对婚事十分迫切，并威胁拉藏汗若不应允，他便自杀，拉藏汗只得同意这门亲事，于1714年在伊犁举行了婚礼。实际上这门亲事本身是一政治权谋，事件之初，康熙皇帝便敏锐地看出这一点，"若不深谋防范，断乎不可"。果然，婚事即终，策旺阿拉布坦采取了一系列的手段：先是向三大寺宣扬他是一个地道的格鲁派信徒，并煽动推翻不得人心的拉藏汗政权。继而调集六千人的军队，谎称护送拉藏汗的儿子丹衷远征西藏。经过多次战斗，准噶尔军攻入拉萨，持续抢掠三天，拉萨遭受到空前洗劫。拉藏汗也在兵败突围中被乱刀砍死，满以为人财两得的长子丹衷被策旺阿拉布坦用两口锅扣起来放在火上活活蒸死，妻子也改嫁他人。

策仁旺杰见证了以婚姻为手段，发动战争，消灭政敌的卑劣行径。这件事情在他心里掀起了不小的波澜，无疑对他创作这部处女作也产生了巨大的影响。只是小说的结局比残酷的现实更加人性化。旋努达美最后让位给同父异母的弟弟葛畏乐错，他与依翁玛和斯巴旋努相互为伴，三人一起到深林中修行。

策仁旺杰同情百姓遭遇的各种苦难，受政教合一制度和唯心主义世界观的限制，他不可能找到彻底解决问题的方法，只能寄希望于佛教，引导广大民众学会忍让、潜心修习佛法，最终得到解脱。这是小说主题表现出的消极一面。

三、艺术特征

1. 人物形象鲜明，故事情节曲折

小说紧紧围绕王子旋努达美与公主依翁玛两人的爱情展开，既有真挚爱情的描写，也有封建社会统治者间政治联姻的反映。通过复杂的心理描写、富有生活气息且夹杂宗教成分的对话，成功地塑造了各个人物的形象。特别是依翁玛外柔内刚，不愿违背父母之命，又不甘受制于包办婚姻的羁绊，敢于追求和表达爱情；旋努达美英俊潇洒，文武兼备，思想独立，有责任有担当。这些形象惟妙惟肖、入木三分。策仁旺杰还赞扬了机智勇敢的良将斯巴旋努，同时对邦阔这种落井下石的小人进行了无情的鞭挞，对贪婪虚伪、色厉内荏的统治者尼麦罗哲表达了憎恶之情。小说通过语言、行动和心理描写，塑造了栩栩如生的人物形象，也展现了作者爱憎分明的感情色彩。

旋努达美文武双全、足智多谋，他为美满的婚姻而斗争，但不想随意发动战争。当朝中文臣武将主张发兵去抢依翁玛时，他主张先派使者去求亲；当求婚被拒绝，群臣激愤，要求立刻起兵，他却派属下假冒自己直接向依翁玛送去情书，表达爱情，最后不得已发起战争，他不愿扩大战争范围，取得胜利后又释放俘虏，体现出他的人道主义精神。在这部小说中，旋努达美是作者塑造的理想的统治阶级的代表人物。

2. 韵散结合的叙事形式

韵散结合的叙事形式符合藏族传统的欣赏习惯。《旋努达美》是藏族古典文学中最早出现的长篇小说，其散韵相间的语言叙述方式使它具有鲜明的特色。在作品中，散文叙述事件发生的背景、经过等，使其内容丰富多彩；全书的诗歌都是用"年阿体"写成，用词华丽典雅，崇尚修辞藻饰。小说被誉为藏族古代优秀的现实主义作品之一。

第六章 民间故事

在中华文化大观园中，藏族的民间故事别具风格，具有鲜明的民族特征和地域特色。其中，流传最广的是机智人物阿古顿巴的系列故事。

第一节 阿古顿巴故事

阿古顿巴有时也称阿古登巴，是藏族地区家喻户晓的神奇人物。阿古，是汉语"叔叔"之意，是对长辈的尊称；"顿巴"是"导师""聪明人"之意；"登巴"，有"滑稽"的意思。按照藏文原意，阿古登巴就是"滑稽叔叔"。其实，这两种含义并不矛盾，都符合阿古顿巴的性格特点。他是一个滑稽幽默又聪明智慧的人物。

在四川康巴地区，有些地方叫他"登巴俄勇"，意思是"滑稽的舅舅"。在日喀则的农村，人们把阿古顿巴简称为"阿登"，并说他的家乡就在拉孜县城与日喀则市区之间的陆卓谿卡（"谿卡"为庄园之意），他的主人是庄园陆卓代瓦（"代瓦"，汉语"领主"之意）。阿古顿巴的故事是在长期口头流传的过程中，人民群众集体创作的结晶。

阿古顿巴富有智慧、乐观正直、爱憎分明、乐于助人，热爱和帮助受苦受难的农奴兄弟，专门惩治那些狡诈、伪善的国王、领主、官员、喇嘛和奸商等。他是可与格萨尔王媲美的艺术形象。他同广大农奴一样为生计奔波，同时也承受着领主们摊派的各种乌拉差役、苛捐杂税以及天灾人祸。他本人和他的故事，都具有鲜明的时代性和人民性。

一、思想内容

阿古顿巴是一位家喻户晓的机智人物。他生活在社会的底层，是当时无数受压迫、受剥削农奴的代表。他通过自己的智慧揭露了统治者贪婪残暴的丑恶嘴脸。

1. 揭露统治者贪婪愚蠢、爱财好色的本质

《宗本下马》中，宗本无事生非，听说阿古顿巴很聪明，能够惩治欺凌百姓的官员，特来寻衅，想灭一灭他的威风，想在众人面前羞辱他一番，并显露自己的聪明才智。宗本老爷看看周围黑压压一片的人群，兴致勃勃地宣布道："众人听着，我现在是骑在马上，

如果阿古顿巴能把我骗下马来，那就罢了；如果不能骗我下马，除了要当场'吃'我五十马鞭，还要把他带进县城去游街示众！"阿古顿巴这时故意装出一副紧张的样子，恳求道："老爷，这可不行啊！今天这个好日子是我女儿的嫁期。男方一会儿就要来接她去了，可她还没有打扮好呢，好多急事都得要我去料理……"宗本一听阿古顿巴的女儿今天要出嫁，一个邪念陡然在他肮脏的心里冲激起来。因为他早就听说过，阿古顿巴的女儿是有名的美女，万万料想不到她今天就要出嫁了。他心想："我得抓紧这个难得的机会去调戏她一番……"

想到这里，他不禁脱口而出："什么，你女儿今天要出嫁了？让我观赏观赏这朵含苞欲放的格桑花！"说着，一纵身就从马上跳了下来。这时，阿古顿巴急忙上前一步，说道："老爷，你就不必去'观赏'了！""为什么？""刚才，我由于过分紧张，没有把话说完全，事实是，我女儿早在一年前的今天就出嫁了！""混蛋！你这不是存心骗我吗？""尊敬的老爷，反正你已经下马了，就息息怒吧！况且，这'骗'，也是遵照你的盼咐办的呀！"愚蠢的宗本，这才悔恨自己为什么会这样粗心大意，以致上了阿古顿巴的圈套还没有意识到！在一片哄笑声中，他只好灰溜溜地骑着马走了。

阿古顿巴紧紧抓住了宗本好色的本性，哄骗他钻入已设计好的圈套。通过心理和语言描写，将宗本卑鄙无耻的形象描绘得栩栩如生。宗本机关算尽却事与愿违，在众人面前狼狈逃窜。

又如《嘲弄大活佛》：阿古顿巴从邻居那里借来了一头骨瘦如柴、半死不活的驴。驴身上放着几卷经文和两口袋破铜烂铁之类的东西，走动起来叮当叮当直响，乍听起来，似乎里面装的是银子。阿古顿巴开始向雄伟壮观的哲蚌寺走去，全村的男女老少汇成浩浩荡荡的人流跟随在他的后面。

来到哲蚌寺门前，阿古顿巴招呼人们停住。自己却空手只身地进去找主掌全权的大活佛申述来意。一派威严的大活佛一见到阿古顿巴就瓮声瓮气地劈头问道："你来干什么？""禀告活佛大人，我来请求您收我做徒弟，当一名哲蚌寺的小喇嘛！"阿古顿巴故意装作十分虔诚的样子，毕恭毕敬地说。

"嗬！你的抱负和胆量倒真是不小哇！可你不想想：第一，你是个穷光蛋；第二，你笨成这样，有什么资格当我们堂堂哲蚌寺的喇嘛呢?！去你的吧！""活佛大人，您也不要过于小看我呀！我学问虽然不多，财宝倒是带来了一些呢！""在哪儿？"视钱如命的活佛听他这么一说，突然以一种温和的口气问道。"在外边，劳您移步，到外边看看吧！"见财眼红的大活佛将信将疑地跟着阿古顿巴走出门外，阿古顿巴急忙牵着驴子挨近活佛，并大声问道："活佛大人，当您的徒弟成吗？"活佛见驴子身上既有经文又有财宝，高兴地满口答应："成！成！我收你做徒弟。"

然而，阿古顿巴却直着嗓子粗声粗气地嚷道："收我做徒弟？奇怪！干吗收我呢？第一，我没有金钱；第二，我背不出经文……"说到这里，他把嗓子提得更高，用手指着站在活佛跟前的那头驴子，继续说道："瞧它身上既有经文，又有财宝，您还是收它当您的徒弟吧！"活佛听了，一时莫名其妙，但是在场的众人，个个哄然大笑。愚蠢的活佛这才明白了阿古顿巴这番话里的含义，知道自己上当了，但又有啥办法呢？只好匆忙转过身，灰溜溜地钻进寺里去了。

这则故事以阿古顿巴到寺庙"学经"为缘由，展开故事情节，一针见血地指出了当时社会的底层民众想要在寺庙获取知识，"必须具有一定的条件：既要会背一点经文，又要家里有点钱。否则，请不到老师，当不成喇嘛"。阿古顿巴借哲蚌寺的这一大活佛贪财势利、蔑视底层人民的形象，揭露了封建农奴制度下宗教上层的伪善和贪婪的真实面目。

再如《菩萨偷吃糌粑》，是反映阿古顿巴戏弄奸商、劫富济贫的典型。阿古顿巴为了渡过"山穷水尽"、食不果腹的难关，想出了一个奇招。他在家里烧干枯的杂草和树叶，用烟火缭绕，并伴有噼里啪啦声响的假象，迷惑住了寨子里的奸猾阴狠的代理人兼投机商，说自己在炒青稞，准备磨点糌粑去拉萨卖。商人发现这是个好的商机，就提议他们俩一起去。

第二天，天还没亮，代理人就装满了两大麻袋糌粑驮在一头滚壮的牦牛身上。阿古顿巴却比他还早，当天夜里就装好了，也是满满的两驮子，只是比商人的驮子稍小一点。但他装的不是糌粑，而是揉碎了的杂草和树叶。他俩一前一后，赶着驮子在通向拉萨的羊肠小道上缓缓地行进着……因为当天赶不到拉萨，傍晚时分，他们就在一座破庙里歇宿下来。夜里，阿古顿巴听见商人鼾声如雷，他悄悄地爬起来，把自己的那两驮子"杂货"倒到外边的山沟里。然后他将代理人的两驮糌粑倒进自己的口袋里。把代理人的两只空口袋分别搁在寺庙一尊佛像的两只手上，最后还在佛像的嘴上抹了一层糌粑。

第二天，天刚破晓，商人第一个爬起来，连小便都没来得及解，就去看自己的牦牛和糌粑驮子。一看，只见牦牛，不见驮子！"天呀！我的驮子呢？"顿时，他的心像被一把钢刀刺了似的疼痛不已，不知如何是好。与此同时，他也去看阿古顿巴的驮子：奇怪，怎么他的驮子却安然无恙，是不是贼人先拣大驮子偷的呀？商人急得直冒冷汗，回去赶快把阿古顿巴叫醒："不得了啦！我的驮子不见了！""什么？我的驮子不见啦？！"阿古顿巴一骨碌爬了起来，故意装作紧张慌乱的样子问道。"不，不是你的，是我的驮子不见啦！""噢，是你的不见啦！那咱们赶紧找找去！"

他们找呀找呀，最后在庙里发现了"秘密"。阿古顿巴从佛像手上取下空空的皮口袋，一边指着那张还粘着糌粑的嘴说："瞧，原来是佛爷偷吃了！"阿古顿巴又继续说，"一定是人们很久都没有供养佛爷了，要不然夜里怎会偷吃光了……""得啦，别多嘴了！"商人连忙制止阿古顿巴这种大为不尊的议论。因为他是个信佛的人，在他看来，说佛爷"偷吃"那是违背教义、触犯神灵的。"啊，对，对！"阿古顿巴接连吐了吐舌头，也表示"虔诚"起来。

阿古顿巴巧妙地从这个狡猾凶狠的商人手中弄来两大袋糌粑，主要是抓住了他贪婪和敬畏神佛的特点。他假托佛爷吃糌粑的假象，神不知鬼不觉地将商人的青稞装进自己的麻袋。如此一来，既暂时解除了家里断炊的危机，也没有给商人留下任何口实。

在《三不会的长工》中，阿古顿巴想出了一个既不为领主出力干活，又能拿全年工钱的妙招。故事如下：

阿古顿巴听说亚东地区有个大代理人急于雇人，就去投工。主人听清他的来意以后，就问他有什么条件。阿古顿巴说："条件不少，但是不难，就看您有无诚意了。"代理人道："我当然有诚意要你，你说说条件吧。"阿古顿巴就一一说开了："首先，请您管我吃饱。"代理人点头答道："没有问题。""第二，您得先付全年的一半工钱，包括一口袋糌粑和二十块酥油。"代理人心想这不算多，也就欣然同意了。"第三，您不得中途辞我，否则，照付全部工钱；当然，我也不能中途不干，否则，全部退回已领工钱。"代理人当然没有异议，也就满口答应下来。

阿古顿巴见他一一答应下来，又提出另外一些条件："尊敬的主人，您甭看我身强力壮，有几桩活计我可干不了啊！我这个人，有啥说啥，不能做的事，我得有言在先，免得到时候出麻烦，对你和我都不好。"代理人问道："有哪几桩活儿你不会干？""有三样：赶牛拉线我不会；给山剃头我不会；一年积下来的活一次干完我不会。"这三样活计，代理人听得莫名其妙。但他向来把自己扮成行家，不懂装懂惯了，于是，就对阿古顿巴解释道："没有关系，你不用怕，我家没有这三样活计。"阿古顿巴带着不放心的神情问道："您说的可是真的？""当然是真的。没有就是没有，哪能骗你呢！"阿古顿巴转过身来自言自语道："那就好了。"

他首先预支了全年的一半工钱，把工钱送回家去，当天就赶回代理人的家。第二天早上，阿古顿巴开始在代理人家吃第一顿饭。代理人和他的老婆一向注意长工的饭量，这一下可把他们吓坏了！阿古顿巴这一顿早饭究竟吃了多少碗糌粑，就连那位善于斤斤计较的女主人也无法计算！她只知道，原来满满的一口袋糌粑，经阿古顿巴这一顿早饭，只剩下小半口袋了。但一想到阿古顿巴的第一条就是要管饱，而且自己的丈夫已亲口答应，也就不好再说什么，只好转个念头。心想：既然能吃，大概也一定能干吧。吃完饭，代理人吩咐道："现在该春耕了！今天你牵着牛，把我家要耕的地全部耕出来！""什么，耕地？这活我可不会。""你怎么能不会耕地呢？""就是不会呗！老爷，您真是健忘啊，昨天我一来就跟您说过了，'赶牛拉线'我不会。"经他这一说，代理人才恍然大悟："赶牛拉线"原来就是耕地！再经思索：嗯，耕地可不就是"赶牛拉线"吗？除了后悔以外，还有啥办法呢！于是代理人又吩咐道："那么，你给我到山上砍些柴回来吧！"阿古顿巴故意装着很为难的样子说："这活儿，我还是不会！您再想想，我不是也说过，'给山剃头'我不会吗？"确实，"给山剃头"这话倒是记忆犹新。但他哪里知道，"给山剃头"就是砍伐柴草呢？！既然如此，也只好作罢。他对阿古顿巴道："耕地、砍柴就算你有言在先，都不会干。那么，你去给我把牛棚和马厩里的积粪掏出来。这种活计，你总会干吧！"这时，阿古顿巴向他摊开双手，显出一副无可奈何的神态，窘迫而又气愤地说："老爷，您这不是成心跟我过不去吗？""这是什么意思？"代理人不可理解地反问道。"什么意思？今天刚一开工，您一下子摆出三样我早已声明过我不会干的活儿，这不是有意为难，又是什么呢？"

"啊？掏牛粪马粪你又不会？"代理人惊慌地问道。"当然啰！""不会掏牛粪马粪，这可是你现在才说的，不能算作有言在先吧？""怎么不是有言在先呢？我问您：我的'三不会'的第三条是什么？""第三条是：一年里积下来的活儿不会……""对呀！我再问您，您的牛棚马厩里的粪是不是去年就积下来的？""这还用问？当然是去年积下来的了！""所以呀，这活计我也不会。"

代理人一听气极了，立即破口大骂起来："这也不会，那也不会，难道我是雇你来吃饭的？你给我滚！"阿古顿巴严肃而又郑重地说道："这可是您中途辞我！不过，没关系，您把全年工钱给我，我走！""中途辞退，得付出全年工钱"，这又是有约在先，代理人也清楚地记得这点。但这对一个吝啬而又刻薄的代理人来说，白白地拿出一年的工钱该是多么痛心的事呀！然而，他毕竟还是一个会打算盘的人。他反过来想："像这样一个大肚皮的长工，一顿饭就要吃掉半口袋糌粑。与其让他在这儿闲待着，倒不如干脆付出全年工钱，叫他早些滚蛋！"阿古顿巴早已猜透了他的心事，就又催问了一句："您当真中途辞我吗？"代理人没有搭腔。只见他急忙转身回屋，取出一口袋糌粑和二十块酥油，气呼呼地往阿古顿巴的面前一摔，吼道："滚！滚！算我倒了一场大霉！"

在封建农奴制度下，农奴要忍受农奴主、宗教上层及领主等的残酷剥削、压迫和掠夺。他们既要为农奴主"支差"，还要承受名目繁多的苛捐杂税。农奴们夜以继日地劳作仅能糊口，根本达不到温饱。而领主则过惯了衣来伸手、饭来张口、不劳而获的奢侈生活，妄图榨干他们的血汗。阿古顿巴利用自己的聪明才智与之正面交锋，最后取得胜利。

2. 引导贫穷百姓用劳动创造幸福

《阿古顿巴的宝物》讲述了阿古顿巴引导穷哥们劳动致富的故事。一些穷哥们生活困难，请阿古顿巴想办法。阿古顿巴一句话也没说，把大家领到一块河滩地上，说："我有一个宝物埋在这里，你们只要找到这个宝物，就一辈子不用愁吃愁穿了。"大家知道阿古顿巴从来不说办不到的事情，都干得特别起劲，干了几天几夜，只挖出了一块大石头。阿古顿巴说："好啦！你们就在这里浇水、播种。"大家照着办啦。到了秋天果然是个大丰收。有人这才明白，阿古顿巴是让我们劳动，这就是最大的宝物啊！

阿古顿巴是劳动人民的代表，他知道只有依靠自己的双手才能过上丰衣足食的生活。因此，当那些贫苦的百姓来找自己时，他设计引导大家明白劳动是创造财富的宝物。

二、艺术特征

封建农奴制度下，广大农奴对于三大领主的剥削和压迫几乎无力反抗，他们只能选择默默接受和忍耐，但是他们心里都希望有像阿古顿巴这样机智聪明的民间英雄去揭露统治者伪善残暴的面目，达到惩恶扬善、扶弱济贫的目的。阿古顿巴是典型环境下的典型人物，他的故事犹如一面镜子，真实地反映出当时藏族社会的面貌。

1. 人物形象鲜明

《阿古顿巴的故事》主要运用语言、心理活动和细节描写等手法，塑造了栩栩如生的人物形象。通过阿古顿巴与国王、领主、宗本、头人、奸商等不同人物角色的精彩对话，彻底揭露了这些剥削者贪婪好色、爱财如命和欺凌百姓的丑恶嘴脸。阿古顿巴作为正义、智慧和勇敢的化身，坚决与欺压底层人民的统治者做斗争，展现出乐观幽默、斗志昂扬的精神风貌。

2. 篇幅短小，幽默风趣

阿古顿巴的系列故事极具讽刺性，是在短小的民间生活故事、笑话、趣闻等口头创作的基础上，吸取各家所长而发展形成的，富有生活气息，能够引起底层人民的共鸣。所有故事篇幅短小，语言幽默活泼，擅长夸张，情节有趣。每则故事可独立成篇，也可几个故事串联起来，字数从上百字到两三千字不等，或者使人捧腹大笑，拍手称赞；或者富有哲理，启迪智慧。

第二节 其他民间故事

藏族民间故事内容丰富，形式多样。除了上节所讲述的阿古顿巴系列故事外，在藏民族居住区域也流传着其他民间故事。

一、民间故事内容

1. 爱情故事

《茶和盐》故事中两个土司是仇家，但他们的子女美梅措和文顿巴却彼此相爱。这件事被美梅措的母亲知道后，非常生气。这位女土司便派人将文顿巴射死。美梅措得知后，便赶往火葬场，跳进火堆与他一同被烧成灰烬。女土司把他们的骨灰分开，埋在河的两岸。经过反复斗争，最后，文顿巴变成了盐，美梅措变成了茶。大家知道，藏族喝茶一定要放盐。所以每当人们喝茶的时候，他们便相会了。美梅措和文顿巴代表了无数藏族青年男女宁愿舍弃生命，也不愿放弃争取婚姻自由的志向，对封建礼教进行了血的控诉。

流传在四川甘孜地区的《拉治和鲁木措》、流传在四川白马藏区的《王岱波和峨满早》、流传在甘青地区的《塔满兹和塔尔查来鲁》等，都与《茶和盐》的故事情节相似。

西藏民间故事《罗珠罗桑和次仁吉姆》中，罗珠罗桑和次仁吉姆因热恋而结婚。但是，婚后第三天，罗珠罗桑便被当地的女官阿珍强迫去参加跑马射箭比赛，以供她挑选丈夫。在比赛中，罗桑故意跑得很慢，射箭也射得很近，以免被阿珍选中。但是，阿珍早已知道他跑马射箭都是能手，为他才举行了这次比赛。虽然罗桑跑得不快，也射得不远，但是阿珍还是选他为丈夫。罗桑不愿意，阿珍命手下人把他抓进官府关了起来。三年后，罗桑被伙伴救出。他回家与次仁吉姆逃到拉萨，两人过着美满的生活，并且生了一个男孩。阿珍派管家到拉萨找到罗桑，把他们一家三口全部害死。罗桑三人死后，变成三只鹫鹰，啄瞎了阿珍的眼睛，使她掉进拉萨河里淹死了。

这两个故事抨击了反动统治者凭借强权、霸人妻子、夺人丈夫的可耻行为。

《铁匠与小姐》也是一则著名的爱情故事。领主的小姐爱上社会地位十分低下的铁匠，并且生下了一个孩子。领主朗日本把铁匠捆在柱子上，用皮鞭活活打死并抛尸于拉萨河。小姐抱着小孩也一起跳了河。后来河边长出三棵柳树，一棵高，一棵矮，一棵不高不矮。朗日本的用人要砍柳树时，不高不矮的柳树忽然唱起了这样一支歌："请听一听，请听一听，朗日本的用人哪，不要砍最高的柳树，是铁匠明旬多吉，不要砍不高不矮的柳树，是朗日本的女儿，也不要砍最矮的柳树，那是我亲生的儿子！"但是朗日本还是命令佣人砍掉了三棵柳树。不久，三棵柳树生长的地方长出了三朵红花，朗日本又恶狠狠地把花掐掉，扔在白菜地里，白菜长得又肥又嫩。朗日本吃了白菜，肚子胀破而死。

2. 讽刺假喇嘛的故事

在藏族民间故事中，也有一些讽刺假喇嘛、假活佛的故事。

民间故事《猫喇嘛讲经》讲的是：有一只年老体衰的猫为了得到老鼠做美餐，它想到一个办法。这只猫披上红色的袈裟，戴上佛珠，装得和大喇嘛一样走进经堂，爬上讲经的宝座，翻开经书，口中高声朗诵，仿佛一个学问高深的大师在传法。一群老鼠来到经堂，看见猫阎王变成了道貌岸然的大喇嘛，非常惊讶，纷纷询问猫修法得道的经过。猫喇嘛对老鼠说："亲爱的老鼠听我言，请目不转睛地看我一眼。我是过去残暴的猫阎王，陷入了痛苦无边的深渊。我吃过无数的小老鼠，我十分忏悔这种行为太凶残。我决心离开不洁不净的红尘，专心一意学经来到了寺院。诸位不必惊慌和疑虑，我已改邪归正学经典，我是一个地地道道的喇嘛，你们再仔细地看我一眼。"猫阎王的这些言词使老鼠们认为猫已经认识到自己的错误，准备改邪归正。老鼠对猫喇嘛非常崇拜，毕恭毕敬，视若救世主。猫在取得老鼠的信任之后，提出三条别有用心的要求："第一听经要集中注意力，一字一句全部弄明晰，第二来时要带真心和诚意，对喇嘛要尊敬和忠实，第三回家排队要整齐，双目前看不要左顾和右视。"谁知在这堂皇的"规矩"后面，隐藏的是猫喇嘛的一片杀机。猫喇嘛设置了圈套，开始故伎重演，又干起残害老鼠的事情。故事说：老鼠们听完经"回家时鱼贯而行，眼睛望着前方。这样，猫喇嘛就悄悄地捉住最后一只老鼠。老鼠一看是猫喇嘛，以为它不会做坏事，没有介意，也没有叫嚷，就这样掉进了猫喇嘛的手中。猫喇嘛偷偷地关上门，把捉来的老鼠放在供桌上，敲一阵佛鼓，吃掉老鼠的四条腿、尾巴和耳朵。再敲一阵佛鼓，就划开老鼠肚皮，吃老鼠的肉，喝老鼠的血。外面只听见佛鼓的声音，老鼠凄惨的嘶鸣声早已被淹没。"

老鼠们每天排队到经堂听猫喇嘛讲经，对其信仰越来越深，可是鼠类的数目一天比一天减少了。老鼠的小头目把大家召集在一起，寻找近几个月鼠类减少的原因。它首先问那个平时最爱唱歌、最喜欢跳舞的小老鼠多吉桑布："你近来为什么不唱歌跳舞啦？"多吉桑布噘起小嘴说："我的阿妈不给我做饭吃了，不给我熬茶喝了，我不知道她去哪里了。我哪有心绪去唱歌跳舞啊！"小头目又问母老鼠达瓦："你的宝贝女儿哪里去了？怎么不见她和我姑娘一起游戏了呢？""唉，不用提了，"母老鼠十分伤心地回忆着，"自从十月十五那天去见猫喇嘛之后，小女儿就失踪了，真把我想坏了。"小头目接着问雄鼠勒桑："你漂亮妻子到哪去了？怎么不见它出来背水了？不见它上山打柴了？"勒桑跺了跺脚，搓了搓手，回答小头目："我妻子上星期四去寺院听猫喇嘛讲经，她排在队伍的最后，去照顾年老的阿妈。可是回来时她就没有了。"第二天，小头目特地排在队伍的倒数第二个。它一面走，一面回头看，果然看见猫喇嘛蹑手蹑脚地来了，猫喇嘛迅速用手捂住最后一只老鼠的嘴巴，正要拖走时，小头目大喊一声。老鼠们立刻转回头，一拥而上围住猫喇嘛。有的要阿爸，有的要阿妈，有的要儿子。真相大白，猫喇嘛受到了审判。

众所周知，猫和老鼠是天敌，互相对立。但猫假装成喇嘛，变成老鼠信仰的上师。利用老鼠对自己的虔诚信仰，达到偷吃老鼠的目的，发人深思。这则故事揭露了猫喇嘛在漂亮外衣下暗藏的丑恶灵魂，讽刺了在现实生活中，一些打着宗教旗号，干了许多违反教法、坑害群众的假喇嘛、假活佛的事情。

二、艺术特色

1. 韵散结合的叙事形式

藏族民间故事运用藏族民众喜闻乐见的韵散结合叙事方式，在叙述过程中，加入了大量的诗歌，借以抒发主人公的喜怒哀乐。故事中夹杂歌唱，贵在恰到好处，给人一种和谐之感。有时一段歌可代替一大套话，言简意赅，生动活泼，形象传神。例如《茶和盐的故事》中一对情人初恋时的对歌，男的唱："两个袋里的糌粑合起来吃好吗？两个锅里的茶合起来烧好吗？金手镯和银戒指可以交换吗？长腰带和花靴子可以交换吗？"女的答歌："一个人吃糌粑没有味儿，合起来吃时又甜又香，独自个儿喝茶就像喝凉水，两个人同喝赛琼浆，手镯戒指愿意换给心上人，腰带靴子被人看见就麻烦啦。"短短的几句歌情真意切、意境优美，双方皆心领神会，既符合放牧时的实际生活，又倾诉了初恋者试探、羞涩、欢乐和诚恳的心情，令人身临其境，窥其肺腑。

2. 现实主义和浪漫主义相结合的创作方法

在民间故事中，对现实社会发生的事件，人们的思想也插上了幻想的翅膀，进行大胆想象，充满浪漫主义色彩。藏族民众喜欢吹笛子，其来源与民间故事《头上有角的国王》中的朗达玛密切关联。朗达玛是吐蕃王朝的最后一位赞普，生性残暴、滥杀无辜，所作所为与凶恶的妖怪完全一样。藏族民众痛恨其残暴统治，把他设想为头上长角的妖魔。而现实生活中随处可见的笛子被想象为到处传播朗达玛头上长角秘密的武器，体现出现实主义与浪漫主义相结合的创作手法。《铁匠与小姐》据说是在拉萨附近发生的一件真人真事。一位领主的女儿与地位低下的铁匠相爱。领主打死铁匠后，抛尸到拉萨河。小姐抱着孩子一起跳河。这个故事在流传过程中，广大民众发挥神奇的想象力，对其进行艺术加工，设想他们一家三口死后变成了拉萨河边高低不同的三棵柳树。柳树被领主砍掉后，在原地又长出三朵红花，折射出铁匠一家人不向领主的淫威屈服，坚决与其斗争到底的反抗精神。故事结局更具戏剧性，领主掐掉三朵红花，扔到白菜地里，吃了白菜后被活活胀死，表明横行霸道者必然自食其果，故事表达了藏族民众惩恶扬善的美好愿望。《茶和盐》中为了表现美梅措和文顿巴之间生死不渝的爱情，想象他们死后分别变成了藏族日常生活不能离开的茶叶和食盐。每当人们喝茶时，美梅措和文顿巴就会相见，表达了藏族民众对青年男女真挚爱情的赞美，富有浪漫主义色彩。

　　下层民众借助民间故事热情歌颂藏族青年男女之间坚贞不渝的爱情，赞扬了他们不畏国王、土司和魔王等统治者的迫害，勇于斗争和坚决反抗的精神。同时对现实生活中统治者倚仗权势破坏百姓美满婚姻家庭的无耻行径，以及凭借花言巧语愚弄民众、违反教义的假喇嘛等，进行了无情地讽刺和批判。这些故事像一支支利箭，击中这些人的要害，勾勒出他们丑恶的面目，揭露了他们肮脏的灵魂。

第七章 藏汉文学交流

藏汉两大民族千百年来共同生活在祖国辽阔的土地上。从大西北直到大西南的漫长而广阔的地带，两族人民交错居住，彼此之间风俗交汇，血统姻联，民族融合，在政治、经济、文化等方面都有着长期的密切交往。在交往过程中，两族的文学也互相交流学习，共同繁荣。很多文学名著通过口头传播和文字翻译等途径传播，受到广大群众和学者的欢迎和喜爱。

一、藏族文学作品的翻译

藏族文学中很多名著都被译成汉文，介绍给汉族的广大读者。如《格萨尔王》《尸语故事》等较早被翻译成汉文，在汉族群众中开始流传，并受到喜爱。

1930年，于道泉教授把仓央嘉措诗歌翻译成汉文和英文发表。很多汉族学者开始学习并进行重译，不同的译本就有四种之多，分别发表在不同刊物上。同时，对诗歌作者仓央嘉措的生平及作品进行了分析和研究。

传记文学《米拉日巴传》和《玛尔巴传》及历史文学《西藏王统记》《贤者喜宴》《西藏王臣记》等作品被翻译成汉文，受到广大读者喜欢。同时还引起藏族文学、宗教和历史研究者的极大重视。

藏族还与门巴族、纳西族、土族和蒙古族等友好往来并进行文学交流。仓央嘉措诗歌便广泛流传在门巴族社会中，有些佛经故事也传入门巴族。藏族的文学作品《萨迦格言》《米拉日巴传》《尸语故事》《格萨尔王》等被翻译成蒙古文。特别是藏族的英雄史诗《格萨尔王》在传入蒙古族后，加以改造创新，形成了蒙古族史诗《格斯尔》。土族在传唱格萨尔故事时，保留了藏文的唱词，用土语以散文形式对唱词进行解说，形成藏语和土语两种语言混合的表演形式。

二、汉族文学作品在藏族地区的流传

在吐蕃时期，汉族的很多历史著述、民间故事传说、天文历算典籍、手工工艺书籍和医学药物著作等，已经传入藏地并译成藏文，对藏族文化的发展产生了积极的促进作用。汉藏两大民族亲密交往，很多汉族文学作品也在藏族群众中广泛流传。18世纪以后，清政府向西藏派驻藏大臣，同时也有常备兵员驻扎，汉藏人员之间的接触更加方便，许多汉族作品进一步传入西藏。

汉族作品《水浒传》《三国演义》《西游记》《聊斋志异》以及《包公案》《薛仁贵征东》等传入西藏。其中"武松打虎""花和尚鲁智深""赤壁之战"和"空城计"等精彩章节被专门讲说汉族故事的民间艺人"甲仲"（即"汉族故事"）演绎得淋漓尽致，深受人们喜爱。在众多文学作品中，《西游记》在藏族传播最广。

首先，出现《西游记》的藏译本《唐僧喇嘛的故事》。

《西游记》是中国文学史上第一部富有浪漫主义色彩的神魔小说，为我国古典长篇小说四大名著之一，在汉族家喻户晓、久传不衰。它讲述唐僧、孙悟空、猪八戒和沙僧师徒四人历经八十一难，最后终于取得真经的故事。《西游记》在藏地不但口头流传，而且很早就被译成藏文，以手抄本形式流传。藏译本书名改为《唐僧喇嘛的故事》，1981年由民族出版社依据手抄本排印出版。译本共有三十四回，虽然没有按照原文全部翻译，但包括了《西游记》中大部分主要故事情节。

其次，《唐僧喇嘛的故事》把小说改编为藏族人民喜闻乐见的说唱体。

《西游记》在被翻译成藏文《唐僧喇嘛的故事》时，为了迎合藏族人民的审美、阅读习惯，把小说改为说唱体，读来别具一番风味。如唐朝皇帝找不到去天竺取经的人时，唐僧向皇帝表示愿意取经这部分内容："唐僧喇嘛发菩提心，如秋空之皎洁明月，到皇帝驾前说道：'我愿去天竺取经。''天竺圣法是甘露，能引众生得解脱，请让我去取回国，虽然旅途多艰险，取到真经有法缘，法王不要把忧耽！'皇帝听了，像孔雀听到夏天的鼓声一般高兴。立刻像一棵被从根砍倒的大树一样伏倒在地，向唐僧致谢，并结拜为同心兄弟。"从上述译书与原文比较来看，作者没有按照小说中的原文逐字逐句翻译，而是进行意译，语言简化了不少，但却增加了藏族特色。不但把小说改为说唱体，而且增加了具有藏族特色的修辞手法，如"像孔雀听到夏天的鼓声一般高兴"，其中"夏天的鼓声"是藏语文的饰词，指"夏雷"。藏族人民认为孔雀最喜欢听夏天的雷声。孔雀一听到夏雷便开屏起舞。

又如唐僧从山底救出孙悟空一节："走了不远，来到一个山头。山下忽然发出一声声惨叫声。唐僧听了，吓得浑身直抖。问道：'英雄，这是什么声音？'英雄答道：'是压在山底下的猴子，吱吱叫喊。'于是，喇嘛主仆二人（指唐僧与护送唐僧的英雄）继续往前走。这时，猴子想起佛的预言，见喇嘛来，心中非常高兴，便向唐僧请求道：'请将我从山下放出！'喇嘛说：'我没有能力放你！'猴子说：'从前，当佛在世时，我认为我的本领高强，无人能比。所以便要和佛比试。佛问：'你有什么本领？''我一个跟斗能翻过三千大千世界！'佛说：'那你跳出我的佛钵口！'心想：就跳过这个，太容易啦！于是便跳，但是没能跳过，掉在佛钵里。佛钵立即变成一座山。佛用五指一按，五指变成五棵大树。佛对我预言：'因为你罪恶深重，直到未来之世，有一个到天竺去取经的唐僧，他未到之前，你就待在这里吧。他来时，你可脱出此山，走上解脱之道。'因此，请你把我头顶山头上的一张字条揭下来，我就可以出去啦。'喇嘛便爬到山顶上去找，只见一块石头上贴着一张写有'嗡嘛呢叭咪吽'六字真言的字条，便揭起来。猴子便从山底下出来，向喇嘛顶礼谢恩，当了喇嘛的仆从。"

最后，《唐僧喇嘛的故事》对《西游记》的内容有所删减和改编。

从以上列举内容可以看出译述者没有完全依据原文，可能是在收集藏族民间流传的《西游记》故事基础上整理而来，语言简洁流畅、通俗易懂。比较遗憾的是《唐僧喇嘛的故事》中漏译了"孙悟空大闹天宫"和"孙悟空三打白骨精"等精彩章节。译文中虽然没有孙悟空大闹天宫的情节，取而代之的是孙悟空要与如来佛比武，比武的方式由跳出佛掌心变为跳出佛钵。在唐僧从山底解救孙悟空这回中，采取了倒叙笔法，由孙悟空回忆他与如来佛比武情形及失败后被压在山底，并预言将来有一位到天竺取经的唐僧能帮助他脱离此山。当唐僧按照孙悟空所言爬到山顶时，发现山顶的一块石头上贴着一张写有"嗡嘛呢叭咪吽"六字真言的字条，便揭下字条放出了孙悟空。从六字真言的字条可以看出译述者在翻译时对《西游记》内容进行了改编，使之更符合藏民族的风俗习惯。

为了符合汉藏两族人民的阅读习惯，《唐僧喇嘛的故事》的回目形式也有改编。译述者在每回前面，按照汉文习惯加了回目，如"第十六回 降伏牛魔"。同时在每回的后面又增加了符合藏族著述的书写习惯"唐僧喇嘛传，降伏牛魔章第十六"等字样。

另外，在安多地区（今甘肃、青海一带藏族地区）则有专门讲唱"甲热卜"的民间艺人。"甲热卜"，即"汉族历史"或"汉族故事"之意。他们除了会说上述系列小说外，还常讲说一些"秀才负义"等类评书，深受当地群众欢迎。关羽这样的英雄人物，也成为某些藏族地区供奉的神，甚至有些人还为他写了赞词和供奉仪轨。

总而言之，汉族文学被译成藏文并在藏族地区流传，藏族文学被翻译成汉文或蒙文、土语等其他民族文字，在全国广为流传，受到全国各族人民的喜爱。译述者翻译这些作品时没有局限于一字一句地直译，而是结合文本内容进行意译，适当增删部分内容。语言通俗易懂、叙事条理清楚、主题明确突出、人物性格鲜明，显示出译述者极高的文学修养。这些文学交流加强了汉藏民族之间的相互了解，增进了民族团结，巩固了祖国统一。

后 记

汉语言文学专业是西藏民族大学首批国家级一流专业，也是国家级特色专业建设点。藏族文学史是西藏民族大学文学院重点打造的国家一流专业特色课程之一。《藏族文学史教程》是为西藏民族大学文学院国家一流专业特色课程藏族文学史所编教材，也适用于西藏自治区内高校汉语言文学专业教学使用。该教材使用对象主要为汉语言文学专业本科生和中国语言文学学科研究生。

藏族文学史在西藏民族大学开设时间较早，学术传统代代相承。1981 年，原西藏民族学院语文系开始在汉语言文学本科专业开设此课程，先后讲授此课的教师主要有张积诚、张天锁、申新泰和陈立明等。2005 年 3 月，语文系与历史系合并为人文学院。2006 年 5 月，时任人文学院院长陈立明带领教学团队申报的藏族文学史成为西藏自治区精品课程，团队成员有曹晓燕、更登磋、扎西龙珠和黄波等。2010 年 5 月文学院成立后，继续承担此课程教学的文学院教师主要有黄波、李宜、梁斌和蔡丹等。

藏族文学史课程教材最初采用张积诚自编的《藏族文学史》，遗憾该教材没有正式出版；后采用马学良、恰白·次旦平措和佟锦华主编，四川民族出版社出版的《藏族文学史》一书。后来，四川民族出版社不再出版该教材。为满足课堂教学需要，学校一度为学生复印此书使用，但因涉及版权等问题，这项工作也停止了。这就出现了虽然开设此课程、却一直没有合适教材使用的问题。为解决这个难题，文学院主讲教师商议编写一本适合西藏民族大学学生实际的藏族文学史教材。教材编写工作由李宜总体负责，参与编写的还有梁斌、赵丽和黄波等。教材编写完成后，先以内部资料形式，作为学生的试用教材。近三年的试用期，也是一个不断吸收各方意见，不断修改完善的过程。在初期设计中，《藏族文学史》还包括中华人民共和国成立后社会主义时期的藏族文学。为了与文学院已出版的《西藏当代文学教程》（胡沛萍、王军君主编，西藏人民出版社，2021年）相衔接，删掉了与该教材内容重复的1949年以后的藏族文学，更名为《藏族文学史教程》。如今，《藏族文学史教程》一书由陕西师范大学出版总社正式出版，解决了困扰文学院多年的教学没有合适教材的问题，我们深感欣慰。当然，由于编者能力有限，书中难免存在纰漏和错讹，恳请读者、专家批评指正，以便日后重版时修改完善。

在本书编写过程中，吸取了马学良、恰白·次旦平措、佟锦华主编的《藏族文学史》和佟锦华编著的《藏族古典文学》以及其他前辈时贤的研究成果，未能一一注明，在此表示诚挚的谢意。

《藏族文学史教程》的编写与出版，得到西藏民族大学相关职能部门、西藏民族大学文学院王军君院长等班子成员的大力支持。在本教材编辑出版过程中，陕西师范大学出版总社有关编辑认真核实文献、订正书稿内容，付出了辛勤劳动，在此一并致谢。

《藏族文学史教程》编写组

2024年5月20日